OBSERVED

JEDES STÜCK IST UNSER

KRISTIN GLIMMER

Black Edition

Eine explizite Triggerliste findest du im Buch auf der letzten Seite

KRISTIN
GLIMMER

OBSER
VED

JEDES
STÜCK
IST UNSER

Black Edition

Black Edition by Versum Verlagsgruppe GmbH

Observed - Jedes Stück ist unser
1. Auflage

Coverdesign: Ria Raven
Umschlaggestaltung: Ria Raven
Korrektorat & Lektorat: Alina Alerion
Satz: Christelle Zaurrini
Bildmaterial: midjourney
Druck und Verarbeitung:
Druckerei CPI Books GmbH, Leck
Printed in EU
ISBN 978-3-98942-634-4

Weitere Informationen unter:
www.black-ed.de
TikTok: black.edition.verlag
Instagram: black.edition.verlag

Glaubst du, dass es in dieser Geschichte um einen Mörder und ein rechtschaffenes Mädchen gehen wird? Du hast keine Ahnung, wie falsch du damit liegst. Unsere dunkelsten Sehnsüchte liegen am tiefsten im Schatten verborgen. Es wird Zeit, dass wir etwas Licht in diese Welt bringen.

TRIGGERWARNUNG

Hallo, mariposa,

ich muss gestehen, dass ich es bedauere, dich zu sehen. Ich hatte gehofft, dass du es schaffen würdest, uns zu entkommen. Aber hier bist du. Siehst mit geweiteten Augen und leicht geöffneten Lippen zwischen uns hin und her.

Bedauerlich ...

Du hättest es besser wissen sollen.

In unserer Welt wird es blutig werden – und das meine ich nicht im übertragenen Sinne. Ich hoffe wirklich, dass du für das, was wir mit dir vorhaben, bereit bist.

Lass dich nicht täuschen. Lass dich nicht verführen. Halte an dem fest, was dein Verstand dir zuschreit. Aber das alles sind lediglich freundliche Hinweise, keine Befehle. Jetzt nicht mehr. Deshalb bitte ich dich lediglich um eine Sache: *Vertraue deinem Stalker*.

Aber eins noch ... Du solltest nicht vergessen, dass ich mich in einem Buch befinde und keinesfalls als Vorbild für dein echtes Leben herhalten sollte, Liebes.

KAPITEL 1

DER MÖRDER

Ich stehe im Schatten verborgen und starre an den hässlichen, ausgeblichenen, altmodischen Gardinen vorbei, hinein in das Haus, was in absoluter Stille ruht.

Der Mond steht hoch über mir am Himmel, mein Herz schlägt langsam in meiner Brust. Ein Ast kitzelt an meinem Hals. Ich breche ihn ab und werfe ihn achtlos zur Seite, um mich auf das konzentrieren zu können, was sich vor meinen Augen abspielt. *Um mich auf dich zu konzentrieren. Möchtest du dich mir nicht vorstellen? Mir sagen, wer du bist? Mir erklären, was hinter deiner Anwesenheit in diesem Haus steckt?*

Mein Blick ruht auf ihrer zarten Gestalt, die lediglich von ihrem Handylicht beleuchtet wird. Ihr Gesicht wirkt überrascht, die Augen geweitet, die Lippen leicht geöffnet. Sie fasst an ihren Magen, aber nicht, als wäre ihr übel, eher, als würde sie dasselbe begierige Ziehen darin verspüren wie ich.

Dabei solltest du keine Überraschung verspüren. Nicht dieses Kribbeln in deinem Magen, nicht den Rausch der Gefahr. Du solltest weglaufen, mariposa.

Du stolperst zurück. Reißt viel zu spät die Hände vor den Mund. Viel zu spät, Liebes, weil die Reaktion nicht daher rührt, dass du ihm nicht mehr helfen kannst.

Der Lichtkegel der Taschenlampe zittert. Das Handy rutscht ihr aus den Fingern. Vermutlich schlägt es laut polternd auf dem Boden auf.

Sie schreckt zurück. Stolpert über ihre eigenen Füße.

Ein Teil von mir will hineingehen und die Sache zu Ende bringen. Ich kann keine Zeugen gebrauchen. Niemanden, der mich verraten kann oder den Bullen Beweise liefert. Ein anderer Teil will dabei zusehen, was sie macht und wie sie reagiert. Wird sie davonlaufen? Hilfe holen?

Du hast bereits zu viel gesehen; vielleicht sogar mich. Wie lange lauerst du bereits in diesem Haus? Hast du mich beobachtet? Hast du mich gehört? Spürst du meine Anwesenheit in deinem Rücken? Atmest du vielleicht noch immer meinen Geruch ein, gemischt mit dem himmlisch metallischen Duft seines Blutes?

Ich lecke mir seufzend über die Lippen, während ihre Gestalt erneut meine Aufmerksamkeit für sich einnimmt. Die junge Frau setzt einen zittrigen Fuß nach vorn. Dann noch einen. Immer näher zu dem langsam ausblutenden Körper vor ihr. Sie stößt mit dem Fuß gegen das Handy. Der Lichtkegel zuckt und beleuchtet ihre Gestalt von unten. Sie trägt einen verboten kurzen Rock, ein enges, dunkles Oberteil und hat die Haare zu einem Zopf gebunden.

Sie sinkt auf die Knie. Ich muss mich strecken, um sie durch das Fenster und an der Gardine vorbei ausreichend sehen zu können. Ein Großteil ihres Körpers verschwindet aus meinem Sichtfeld, als sie sich nach vorn beugt.

Sag mir, was machst du? Prüfst du seinen Puls? Schaust du nach, ob du ihm helfen kannst? Nein, dafür ist es zu spät. Ich hinterlasse keine sich windenden Leichen, keine Menschen, die noch eine Aussage gegen mich machen können. Ich töte schnell, still und ohne Zeugen.

Für gewöhnlich.

Wäre ich nur wenige Sekunden eher auf dich aufmerksam geworden, würde deine Leiche bereits neben seiner liegen, aber dann hätte ich nicht wie jetzt die Chance, dich zu beobachten.

Mit der Hand greife ich an den Waffengurt an meiner Hose. Während ich dabei zusehe, wie sie ihren Arsch in die Höhe reckt und weiterhin nach vorn gebeugt dahockt, greife ich nach meinem Messer und ziehe es aus der Hülle. Mit einem letzten, schnellen Blick löse ich mich von ihr und gehe zurück zu der angelehnten Balkontür, einige Meter entfernt.

Da bist du wieder.

Dieses Mal sehe ich nur deinen hübschen Arsch, den du mir entgegenstreckst. Dein Rock ist hochgerutscht. Ich atme scharf ein, als du dich leicht drehst und der Lichtkegel deinen Pfirsich beleuchtet. Er sieht gut aus. Perfekt, um meine Hand darauf zu schlagen und meine Zähne in deinem Fleisch zu versenken. Aber das ist es nicht, was meine Aufmerksamkeit in dem Moment einnimmt. Es ist der dunkle Slip, der viel zu viel Stoff für deinen herrlichen Arsch besitzt. *Es ist eine Schande, dass du diesen Körper in ein solches Ding steckst. Zu gern werde ich ihn daraus befreien und den Stoff in Stücke schneiden. Vielleicht nehme ich mir noch einen Moment mit dir, lerne dich kennen, erforsche deinen Körper, bevor ich dir ebenfalls die Kehle durchschneide und dich auf dem gefliesten Boden ausbluten lasse.* Mit meinen behandschuhten Fingern schiebe ich die Tür einen Spalt auf.

Ich komme dich holen, mariposa ...

Du zuckst zusammen, siehst dich hektisch um. Dabei war ich so still. Oder war es keines meiner Geräusche, dafür aber der Luftzug, den du auf deiner zarten Haut gespürt hast?

Du räusperst dich leise. Eine Hand hältst du zittrig, abwehrend in die Höhe. Mein Blick fällt darauf. Beinah hätte ich gelacht.

Blut klebt an deinen Fingerspitzen.

Gute Mädchen spielen mit Puppen und später mit ihrem Handy. Nur böse Mädchen spielen mit Blut und Leichenteilen.

Sag mir, warst du ein unartiges Mädchen?

»Warst du das?«

Deine Stimme gefällt mir. Sie ist sanft, zart, mit einem leichten Kratzen, als müsstest du dich überwinden, zu sprechen.

Sie ist perfekt.

Ich antworte nicht. Stattdessen schließe ich langsam

die Terrassentür und setze ein paar Schritte ins Innere des Wohnzimmers. Sie keucht leise, als wäre mein Nähertreten Antwort genug.

Faszinierend. Mit jeder Sekunde, die ich mit dir teile, wirst du interessanter für mich. Du hast mich nicht naiv um Hilfe angefleht. Du hast nicht heuchlerisch um dein Leben gebettelt. Stattdessen fragst du mich, ob ich einen Mord begangen habe.

»Wie?«

Wie? Du fragst mich, wie ich ihn ermordet habe? Nicht nach dem Warum? Nicht, was ich mit dir vorhabe?

Unruhe liegt in deiner Stimme, aber da ist keine Panik.

Du glaubst nicht, wie verlockend du damit für mich wirst.

In diesem Moment beschließe ich etwas. Ich will dich besitzen und deine Seele vergiften. Ich will sehen, welche Schwärze in dir schlummert. Und leugne es nicht. Du wärst längst weggelaufen, wenn ich falsch liegen würde.

Also, mariposa ... eines Tages wirst du mir gehören. Ich werde alles von dir beanspruchen. Jeden Moment, jeden Wimpernaufschlag und jeden Tropfen Blut, der an deinen schmalen Fingern klebt. All das wird mein sein.

Ich spüre dich in meinem Nacken.
Merke, wie du dich mir näherst.
Du lässt mich erschaudern,
doch ich bin nicht bereit, zu sterben.

KAPITEL 2
MADDY

Was zur Hölle ...

Ich schaffe es nicht einmal, diesen Gedanken fortzuführen. Ich kann nichts tun. Mich nicht rühren, nicht denken, nicht davonlaufen. Dabei sollte ich das. *Jetzt.* Nein, schon vor ein paar Minuten, als ich meine Wohnung verlassen habe, um meine Katze hereinzuholen.

Fuck, Amy, wieso kannst du nicht wie jede normale Katze einfach reinkommen, wenn ich die Tür öffne? Oder im besten Fall nicht erst nach draußen laufen, sobald ich einen Moment unachtsam bin?

Als ich ein Geräusch höre und eine Bewegung im Augenwinkel wahrnehme, schaltet sich alles in mir aus. Mein Verstand verschwimmt in ein dumpfes Nichts, der metallische Gestank gerät in den Hintergrund und ein ekelhaftes Fiepen setzt in meinen Ohren ein. »Wie?«

Seine Stimme, die ich so dicht bei mir höre, lässt meinen Körper zu Eis erstarren. Ich hocke am Boden, die

Kanten der Fliesen fühlen sich unangenehm an meinen Knien an. »Was willst du von mir hören, mariposa?« Meine Finger sind kalt, die Fingerspitzen benetzt vom Blut meines ekelhaften Nachbarn.

Ich öffne die Lippen, um ihm zu widersprechen. Ich will ihm sagen, dass ich Maddy heiße, nicht ... wie auch immer er mich genannt hat. Aber seine dunkle Stimme, die geraunten Worte und seine reine Anwesenheit rauben mir den Atem.

»Du warst es, oder?«, wiederhole ich wie von selbst, ohne es zu wollen.

Ich spüre eine Bewegung dicht an meiner Seite und zucke zurück. Für einen winzigen Moment erhasche ich einen Blick auf den Mann, der sich zu meiner rechten Seite befindet. Er beugt sich herunter, ich zittere, mein Körper bebt vor Nervosität. Ich reiße die Augen weit auf, als er in das Licht der Handylampe tritt. Zuerst sehe ich seinen Umriss, dann seine breite Brust, die in einem schwarzen Pullover steckt. Dann seinen Oberarm, seinen Hals ... ich halte den Atem an. *Seinen Kopf.* Eine schwarze Maske ist über seinem Gesicht. Lediglich seine dunklen Augen sind durch die Ausschnitte zu sehen. *Sie sind schwarz. Wie die eines Dämons, der mich verschlingen wird.*

»Ja.« Das Licht bewegt sich. Schwankt, wird hochgehoben. Dann erlischt die Taschenlampe und lässt mich in plötzlicher Dunkelheit zurück. Es dauert mehrere Sekunden, bis sich meine Augen an das schwache Mondlicht gewöhnen. Ich blinzle aufgeschreckt und erst Sekunden später gelingt es mir, seine Antwort zu begreifen. *Ja? Was, ja? Ja, ich bin ein Mörder?!*

»Wie?«, keuche ich.

»Das hast du mich schon einmal gefragt.« Ich spüre eine Bewegung an meinem Rücken. Ein leichter Hauch, als hätte er mich mit den Fingerspitzen berührt. Aus einem Reflex heraus kralle ich meine Hände auf dem Fliesenboden zu Fäusten und stütze mich zittrig ab.

»Du hast nicht geantwortet«, stoße ich hilflos aus. Mein Schädel ist leer. Ich wollte doch nur nach Amy suchen. Dachte, dass sie wieder bei meinen Nachbarn in der 7c schläft, nachdem sie sich den Bauch vollgeschlagen hat – natürlich ausschließlich mit viel zu viel Zucker, was meinem Versuch einer gesunden Ernährung komplett widerspricht.

»Was genau möchtest du hören?«

»Wie du es getan hast.«

»Nicht lieber wieso?«

»Spielt das denn eine Rolle?« Ich unterhalte mich mit ihm. Mit diesem ... *Mörder*. Mit diesem Mann mit der finsteren, erstickten Stimme und dieser angsteinflößenden Ausstrahlung. Ich hocke vor ihm. *Ausgeliefert.* Und trotz dieser Einsicht kann ich mich nicht rühren. *Das muss ein schlimmer Traum sein. Ein Streich meiner Fantasie.*

»Ist der Grund nicht das Wichtigste?«

»Nein.« Ich schlucke schwer. Wieder spüre ich eine Berührung, dieses Mal an meinem Nacken, bei der ich mir sicher bin, dass sie nicht von seinen Fingern stammt.

Es ist ein spitzer, harter Gegenstand.

Ein Messer.

Das Messer, mit dem er meinem Nachbarn die Kehle aufgeschnitten hat?

Bei diesem Gedanken rutscht mir ein Wimmern heraus.

»Wieso spielt der Grund für dich keine Rolle?« Er klingt interessiert. *Ja verdammt, vermutlich wie ein Schüler kurz vor dem Sezieren eines Tieres. Es ist eine Neugier, die mit meinem Tod enden wird. Was stimmt nicht mit mir, dass ich nicht längst weggelaufen bin?*

»Weil die Tatsachen, die Handlungen und die Ergebnisse viel wichtiger sind als die Motivation.« Ich schlucke, würge beinah wegen meiner eigenen Worte. »Ein Mörder bleibt ein Mörder, egal warum er getötet hat.«

Nur eine Sekunde später reißt er mich am Arm nach oben. Ich stoße einen spitzen Schrei aus, drehe mich hektisch herum und stoppe in dem Moment, als ich die Klinge seines Messers an meiner Kehle spüre. »Und wenn er es aus den richtigen Gründen getan hat? Was wäre, wenn in diesem Moment jemand kommen und dich vor mir retten würde? Wenn er mich tötet, um dein Leben zu schützen? Wäre er dann ebenfalls ein Mörder?« Ich spüre seine Worte weich auf meiner Haut kitzeln. Der Stoff seiner Skimaske reibt über meine Stirn und lässt mich erschaudern.

Sprachlos schüttle ich den Kopf und übergehe dabei völlig, wie leichtfertig er vom Töten spricht – und dass es sich dabei um meinen Tod handeln würde. »Du versuchst nicht einmal, dich zu rechtfertigen? Mir zu sagen, dass du es aus einem wichtigen Grund getan hast?« Er packt mich grob am Oberarm, zerrt mich zur Seite. Ich stolpere in der

Dunkelheit, dann krachen mein Rücken und mein Kopf hart gegen die Wand. Ein heftiger Schmerz explodiert in meinem Schädel und raubt mir den Atem. Stöhnend spanne ich meine Muskeln an. Er umfasst meinen Hals und drückt zu. Keuchend grabe ich die Nägel in sein Fleisch und kralle mich in seinen Arm. Der Sauerstoff in meinem Kopf wird weniger. »Du hast meine Frage nicht beantwortet, mariposa.«

Mir wird schlecht. Mein Bild verschwimmt. Ich krächze, schlage um mich, ohne bewusst etwas wahrzunehmen. Plötzlich verschwindet seine Hand von meiner Kehle und ich sacke vor ihm auf die Knie. Der Aufprall schmerzt, auch wenn er von dem Sauerstoff, der in meinen Kopf zurückströmt, überschattet wird.

Er hat mich beinah erwürgt. Verdammt, natürlich! Er hat einen Menschen, einen Mann, umgebracht. Nur wenige Minuten zuvor. Er hat es mir gestanden. Hat mich im Blut der Leiche sitzen sehen. Es klebt noch immer an meinen Fingern, hat sich vermutlich sogar in den Saum meines Rockes gesogen, als ich mich nach vorn gelehnt habe, sodass es mich, selbst wenn ich mich wasche, noch verfolgen wird.

Er beugt sich zu mir herunter. Wieder liegt seine Hand an meiner Kehle, bevor ich mich dagegen wehren kann. Er drückt den Daumen fest in die Seite und erzeugt erneut ein flauschiges und gleichzeitig schmerzhaftes Gefühl in meinem Schädel. »Wir kennen einander noch nicht, deshalb lass mich dir kurz erklären, wie diese Unterhaltung laufen wird. Ich stelle dir eine Frage und du wirst sie beantworten. Sofort. Ohne Zögern. Ohne

Ausflüchte und Gott schütze deine Seele, wenn du mich anlügst.«

Ich blinzle hektisch. Inzwischen haben sich meine Augen an die Dunkelheit gewöhnt und ich kann den Umriss seiner Gestalt in dem Mondlicht erkennen. Sein maskiertes Gesicht schwebt dicht vor meinem. Er schnauft hörbar und erinnert mich damit daran, dass ich antworten muss. »Er wäre ein Mörder«, stoße ich wimmernd aus. »Ein Mörder bleibt ein Mörder. Ein Vergewaltiger bleibt ein Vergewaltiger und ein Betrüger bleibt ein Betrüger, egal aus welcher Motivation heraus er handelt.«

Der Fremde stößt einen zufriedenen Laut aus. Sein Daumen lockert sich um meinen Hals. »Gut.«

Gut? Gut, was? Gut, dass er ein Mörder ist? Gut, dass ich nicht daran glaube, ihm entkommen zu können, geschweige denn, ihn ändern zu wollen?

»Dann erlaube mir, auch deine Frage zu beantworten ...« Er legt den Kopf schräg. Seine behandschuhte Hand ruht sanft an meiner Kehle. Er reibt mit dem Daumen zarte Kreise über meine Halsschlagader, in der mein Puls trommelt.

»Er hat mir die Tür geöffnet.« Mein Herz setzt aus. Das *Wie*. Er erzählt mir, wie er ihn getötet hat. Mist ... obwohl ich danach gefragt habe, weiß ich nicht, ob ich bereit dafür bin. »Sobald er mein Gesicht gesehen hat, wusste er, dass der Abend nicht gut für ihn enden wird.«

»Dein Gesicht«, echoe ich leise.

»Ja, mariposa. Niemand, der mir abends die Tür

öffnet und mein Gesicht sieht, wird die Nacht überleben.«

»Maddy.« Ich räuspere mich leise und starre zu ihm auf. »Ich heiße Maddy.« *Wieso sage ich das?*

Seine Maske zuckt verdächtig um die Mundpartie herum. »Es freut mich, dich kennenzulernen, Maddy.«

»Hast du auch einen Namen?«

»Natürlich. Aber wenn ich dir diesen verrate, dann wird dein hübscher Körper schon bald ebenfalls auf dem Boden ausbluten.«

»Wird er das nicht sowieso?« Mein Herzschlag stoppt bei meinen Worten. Ich zucke zurück. »So ist es doch, oder? Ich werde sterben.« Die erstickt klingenden Worte kommen mir wie von selbst über die Lippen.

»Willst du denn sterben, Maddy?«

»Nein.« Der Widerstand in meiner Kehle schwillt an. Ich sehe auf.

»Aber wir alle sterben irgendwann.« Der Mann, der Killer, geht vor mir auf die Knie. Meinen Rücken presse ich gegen die Wand, meine Beine habe ich angezogen und die Arme darum geschlungen. Er kommt dicht an mich heran, beugt sich zu mir und atmet geräuschvoll ein. »Du hast mich unterbrochen.« Seine Finger zucken an meinem Hals. Ich halte die Luft an und rechne jeden Moment damit, dass er mir erneut den Sauerstoff abschneidet.

Er macht es nicht.

Stattdessen sieht er mich für einige Sekunden aus seinen dunklen Augen an, deren Anblick sich so gut in mein Gedächtnis gebrannt hat. »Da gute Erziehung nun mal ihre Zeit braucht, werde ich dir diesen Umstand verzeihen.« Er streicht mit den Fingern über mein Kinn.

»Danke«, hauche ich leise. *Verdammt, bin ich völlig durchgedreht? Ich bedanke mich ... Nicht nur das, ich empfinde tatsächliche Dankbarkeit einem Killer gegenüber, der mich nicht erneut würgen wird, weil ich etwas gesagt haben könnte, was ihm missfällt.*

»Gutes Mädchen«, raunt er in mein Ohr und erzeugt damit eine Gänsehaut auf meinem Rücken. Wie von selbst strecke ich mich ihm entgegen. *Fuck. Dieses Gefühl ... sein Lob ... erzeugt eine brennende Sehnsucht in mir.*

»Dann lass mich dir endlich deine Frage beantworten, Maddy. Du wolltest wissen, wie ich diesen Mann umgebracht habe, oder nicht? Du wolltest, dass ich dir erzähle, was passiert ist, nachdem er mich in seine Wohnung gelassen hat?«

»Ja.« Ich schlucke mehrmals in seinem Griff. *Ich will es wissen. Weil das Wie für mich so verdammt wichtig ist. Wie kann man so etwas tun? Jemanden ... töten. Ich muss es wissen, weil ich es bisher nicht konnte. Egal wie sehr ich es auch wollte.* Meine Brust zieht sich vor dunkler Sehnsucht und Bedauern zusammen. *Ich konnte es nicht. Aber vielleicht könnte ich es durch ihn lernen.* Mein Atem geht keuchend und schwer. Meine Finger sind schwitzig. Ich habe das Bedürfnis, sie an meinem Rock abzustreifen. Dem widerstehe ich und sitze weiterhin auf dem kalten Fußboden und warte darauf, dass er erneut spricht.

»Ich bin ins Haus gekommen und habe die Tür hinter mir angelehnt. Er hat mich gefragt, wer ich bin und wer mich schickt. Vermutlich hat er bereits geahnt, dass jemand wie ich kommen und nach ihm suchen wird.« Der Fremde streift mit seiner Nase meine Wange. Ich spüre seinen erstickten Atem selbst durch die Maske. »Ich gab ihm ein paar Sekunden, um seine Frau zu sprechen, sich von seinen Kindern zu verabschieden oder seine Angelegenheiten zu erledigen. Das tat er nicht. Stattdessen lief er davon.«

Ich befeuchte meine Lippen. Fast hätte ich etwas gesagt, ihn erneut unterbrochen, doch mein wild schlagendes Herz erinnert mich daran, dass es besser wäre, still zu sein.

Er hält inne und sieht mich abwartend an. »Hast du dazu etwas zu sagen, Maddy?«

Als er zum wiederholten Male meinen Namen nennt, erschaudere ich. *Wieso habe ich ihm diesen genannt? Weil es sowieso keine Rolle spielt? Er mich tötet oder gehen lässt? Weil es seine Entscheidung ist, nicht meine? Oder weil ich genug Krimis gesehen habe, um zu wissen, dass ich diese Wohnung nicht lebendig verlassen werde? Mit oder ohne Namen.*

»Es ist vernünftig, wegzulaufen, wenn ein fremder Mann in deiner Wohnung steht«, überwinde ich mich schließlich, zu sagen. Nicht nur, weil er mir gedroht hat, ihn auf keinen Fall zu belügen. Ich will ihm die Wahrheit sagen. Es ist wie ein Drang in meinem Inneren, dem ich nicht widerstehen kann. *Und ich will seine Wahrheit hören. Seine Geschichte. Warum er meinen Nachbarn getötet hat, spielt in dem Moment keine Rolle, sondern nur, wie er es geschafft hat.*

Ich trauere nicht um meinen Nachbarn. Vermutlich wird das niemand tun. Er war ein Schwein. Ende.

»Das ist es.« Sein Daumen zieht erneut Kreise über meine Haut. »Aber du bist nicht weggelaufen, als du mich gesehen hast.«

»Vielleicht bin ich nicht vernünftig oder intelligent.«

»Das Erste muss nichts Schlechtes sein und das Zweite wage ich stark zu bezweifeln, mariposa.«

»Was bedeutet dieses Wort?«, rutscht es mir heraus.

»Mein Schmetterling.« Mein Herz schlägt bei seinen Worten ein paar Takte schneller. Mir entweicht ein leises Wimmern, das er mit einem rauen Lachen kommentiert. »Steh auf, Maddy.«

»Und dann?«

»Werde ich dir beibringen, meinen Anweisungen zu folgen, was du scheinbar noch immer nicht kannst.«

Meine Knie zittern, als ich mich aufrichten will. Sein Arm, der an meiner Kehle verharrt, gibt mir ein eigenartiges Gefühl von Halt. Wie eine Stütze, die mich in die Höhe zieht, ohne dass er großen Druck ausübt. Seine Anwesenheit genügt.

»Fürchtest du dich vor mir?«

Ich schnaufe leise. »Wie könnte ich nicht?«

»Es geht nicht darum, was du könntest oder was du tun solltest. Fürchtest du dich vor mir, Maddy?« Mit einem Mal ist das Messer wieder da. Ich spüre die flache, kalte Seite an meiner Wange.

»Nein.«

Er schnauft amüsiert. Dann wandert die Hand an meiner Kehle tiefer. Ich seufze leise, aber nicht aufgrund von Erleichterung, so sehr ich es mir auch einreden will. Es hatte beinah etwas Tröstliches, seinen Griff zu spüren.

»Und wirst du weglaufen, wenn ich dich nicht festhalte?«

»Nein«, antworte ich dieses Mal sofort. *Weil es die Wahrheit ist. Die abgefahrene, völlig absurde Wahrheit.*

»Und würdest du schreien, wenn ich dich berühre?« Seine Finger gleiten über meinen Körper nach unten. Er geht leicht in die Knie, bis er an dem Saum meines Rockes angekommen ist und diesen umspielt.

Das ist ein Traum, oder? Muss es sein.

»Wer würde mich hören?« Alles in mir sträubt sich dagegen, erneut mit einem *Nein* zu antworten. Es fühlt sich ... falsch an? Nein, *das* wäre eine Lüge. Es fühlt sich so verdammt richtig an.

»Vielleicht die Nachbarn?« Ich zucke bei seinen vagen Worten zusammen. *Ich. Ich wäre diese Nachbarin. Die Millers sind verreist, die schräge alte Lady in der dritten Etage habe ich schon lange nicht mehr gesehen. Wer weiß, ob sie nicht ebenfalls tot ist.* »Würdest du schreien, wenn du weißt, dass dich jemand hören würde?«

Mein Atem geht schnappend, als er meinen Rock zur Seite schiebt und sein Handschuh über meine nackte Haut streift. Ich sauge die Luft tief ein, dann hebe ich das Kinn an und sehe dorthin, wo seine Augen von der Maske verhüllt werden. »Und du, Fremder? Was würdest du tun, wenn ich dich bitte, deine Handschuhe auszuziehen und mich mit deinen unbedeckten Fingern zu berühren?« *Woher kommt dieser Wunsch, geschweige denn der Mut, diesen auszusprechen?*

Ein Traum, ganz sicher.

Oder der kranke Wunsch, nachzuvollziehen, wie er diesen Mann ermorden konnte. Eine morbide Neugier, wie wenn man einen Podcast über Serienkiller hört.

Meine Kehle schnürt sich zu. Er bleibt stumm. Kein Ton verlässt seine Lippen. Er starrt mich einige Sekunden an. So lange, dass sich die Zeit quälend dahinzieht und die kribbelnde Nervosität in mir überhandnimmt.

Schließlich nimmt er die Finger von meinem Körper und hebt die Hand vor mein Gesicht. Er streicht mit dem Daumen über meine Lippen. »Zieh sie mir aus.«

Seine Aufforderung lässt eine berauschende Welle durch meinen Körper strömen. Zögernd öffne ich den Mund. Ich sehe ihm in die Augen. Er blinzelt nicht, während er mir den Finger zwischen die Lippen schiebt. Auch nicht, als ich die Zähne sanft in sein Fleisch drücke. Betont langsam zieht er seinen Finger zurück. Ich beiße zu und ziehe ihm das Leder vom Finger.

Mein Herz pumpt wie wild. Schweiß tritt auf meinen Rücken und die Nervosität in mir ist kaum auszuhalten.

Aber inzwischen ist noch etwas anderes dazugekommen. Dieses begierige, verbotene, lustvolle Ziehen zwischen meinen Beinen.

Der Fremde wiederholt den Vorgang mit den einzelnen Fingern, bis ich ihm das Leder schließlich von der Haut ziehe. Ich will den Handschuh auf den Boden fallen lassen, als er mein Kinn packt. Bedächtig schüttelt er den Kopf. Das Messer an meiner Wange bewegt sich leicht. »Du bist ein verdorbenes kleines Ding, Maddy, und du glaubst nicht, wie sehr mich das freut.« Er verstärkt den Druck auf meinen Kiefer. Ich atme scharf durch die Nase ein und nehme zum ersten Mal seit einigen Minuten wieder den Gestank des Blutes wahr. Nur dass er mich dieses Mal nicht mehr abschreckt, sondern eher eine verlockende Wirkung auf mich hat; so abstoßend er auch sein sollte. »Wenn du den Handschuh fallen lässt, werde ich meine Finger von dir nehmen.«

Diese ... Drohung? Das Versprechen? Schießt durch meinen ganzen Körper. Ich presse die Zähne fest aufeinander, atme keuchend und flach.

Er wartet einen Moment. Schließlich stößt er einen zufriedenen Laut aus. »Du bist ein gutes Mädchen«, lobt er mich erneut mit rauer Stimme. Dieses Mal presse ich bei seinen Worten meine Beine zusammen und versuche, das Lodern dazwischen zu ignorieren.

Dann endlich schiebt er seine Finger zurück an den Saum meines Rockes. Ich keuche gegen das Leder des Handschuhs, als ich dieses Mal seine warme Haut auf meiner spüre. Langsam zieht er die Linie des Stoffes auf meiner Haut nach. »Das ist ein sehr kurzer Rock, Maddy.« Ich schnaufe zustimmend, obwohl er mir keine Frage gestellt hat. »Er gefällt mir, doch in der Öffentlichkeit möchte ich deinen Arsch zukünftig verdeckt sehen.« *Zukünftig? So wie: Du darfst nach dem heutigen Abend weiterleben?*

Das bedeutet nichts, versuche ich, mir keine Hoffnung zu machen. Das Problem ist nur, dass mein Herz nicht aufgrund der Chance, weiterleben zu dürfen, schneller schlägt. Es liegt viel mehr an der Aussage, dass er mich sehen wird.

Eine leise, teuflische Stimme in meinem Hinterkopf sagt mir, dass ich nur für ihn die kürzesten Röcke anziehen würde, die mein Schrank hergibt – und zwar jedes Mal, wenn ich die Wohnung verlasse. Einfach nur, um ihn zu provozieren und zu sehen, wie er darauf reagiert. Die Klinge presst sich fordernder in meine Haut. Ich traue mich nicht, zu nicken, weil ich mich sonst vermutlich schneiden würde. *Mit der Klinge, durch die bereits jemand gestorben ist,* rufe ich mir in Erinnerung.

Ich weiß, dass es falsch und grausam ist, doch ich stehe wie erstarrt da und schaffe es nicht, mich zu rühren. Das rede ich mir zumindest ein, denn in Wahrheit ... will ich, dass er mich berührt. Ich sehne mich nach seiner rauen Stimme, nach seinem Lob, nach ihm, diesem Fremden, den ich nicht kenne.

Weil das in Träumen in Ordnung ist. Ich darf verbotene Dinge wollen, die am nächsten Morgen weit hinten in meinem Kopf verschwinden und nie an die Öffentlichkeit gelangen.

KAPITEL 3
MADDY

»Weißt du, als ich ihm anbot, seine Lieben zu warnen oder sich zu verabschieden, er aber weggelaufen ist, da bin ich zugegebenermaßen wütend geworden.« Seine Worte fegen jeden Gedanken aus meinem Schädel. »Ich habe ihn mit ein paar schnellen Schritten eingeholt, in seine Haare gegriffen und das Messer seitlich in seinen Hals gerammt.« Der Maskierte lässt die Klinge sanft herabgleiten und führt sie an meinen Hals. Er bohrt die Spitze sanft in meine Haut. Ein spitzer Schmerz schießt von der Stelle durch meinen Körper. Ich beiße fest auf den Handschuh. Meine Finger kralle ich zusammen und spüre den klebrigen, blutigen Film auf meiner Haut. »Dann habe ich ihm das Messer durch die Kehle gezogen.« Seine Stimme nimmt einen dunklen Ton an.

Qualvolle Lust liegt darin. Er schnauft leise, amüsiert, als würde er die Erinnerung genießen. Seine Finger schiebt er unter meinen Rock und lenkt meine Gedanken kurzzeitig an einen völlig anderen Punkt. »Einfach so. Kein großer Akt, keine Show, kein langes Leiden.«

»Wieso?«, murmle ich dumpf in das Leder. Seine Finger streichen über den Rand meines Slips. Mir schießt die Hitze in die Wangen.

Ich war bereits in Schlafkleidung, als ich ein Geräusch gehört und die Tür geöffnet habe. Amy ist mir entwischt, obwohl ich nicht möchte, dass sie nach draußen geht. Fünf Minuten habe ich darauf gewartet, dass sie kommt, bevor mir klargeworden ist, dass ich sie suchen muss.

Nicht dass sie sonderlich weit wegläuft. Die letzten Male habe ich sie entweder aus dem dornigen Gestrüpp der Nachbarhäuser gezogen oder bei meinen Nachbarn gefunden.

Deshalb habe ich mir die erstbesten Klamotten übergezogen, die noch über dem Badewannenrand lagen. Der kurze Rock war denkbar schlecht gewählt, der Slip und der BH dafür umso besser. Ich sollte dem Widerling von meinem Nachbarn keinen Grund geben ...

Meine Gedanken stocken, als der Fremde seine Finger unter eben diesen Slip schiebt.

Er hebt den Kopf. Sieht mich an. Ich stelle mir vor, wie er lächelt. Dass er ein himmlisches Lächeln hat, welches meinen Körper durchströmt und Wärme in meinem Inneren zurücklässt. Es erreicht seine Augen nicht, was meiner Vorstellung keinen Abbruch leistet.

»Und jetzt spielt der Grund doch eine Rolle für dich?« Damit lenkt er meine Aufmerksamkeit endgültig weg von meinem Nachbarn und hin zu meiner Frage. *Wieso?*

Ich will ihm sagen, dass ich ihn verstehen will, dass dieser Drang in mir, mehr über ihn, über seine Art und selbst diesen Mord zu erfahren, immer intensiver wird. *Und dass ich durch seine Antwort realisiert habe, dass das Wie nicht genügt.* Aber ich wage es nicht, erneut zu sprechen. Zu sehr fürchte ich, ich würde den Handschuh fallen lassen und damit seine Berührungen beenden.

Eben diese jagen mir inzwischen einen Schauer über den Rücken. Er schiebt seine Hand tiefer in mein Höschen. Er saugt geräuschvoll die Luft ein, als er an diesem vor Begierde brennenden Punkt zwischen meinen Beinen ankommt. »Du bist bereits feucht für mich, Maddy.«

Ja, verdammt! Ich bin feucht. Ich laufe förmlich aus. Deinetwegen. Diese Worte würde ich ihm am liebsten entgegenschreien. Ich kann nicht und Gott, für einen Moment bin ich dankbar dafür. Mein loses Mundwerk sollte man stopfen, bevor es mich in eine ungünstige Situation bringt ... *So wie diese.*

In dem Moment löst er den Kontakt zu mir und zieht seine Finger aus meinem Höschen zurück. Er tritt einen Schritt zurück. Ich hebe protestierend das Kinn. Er legt einen Finger darunter und schnalzt leise mit der Zunge. »Ich bin hier noch nicht fertig, aber ich werde es sein, wenn du meine Anweisung missachtest.« Sofort presse ich die Zähne umso fester zusammen. Das weiche Leder schmeckt eigenartig herb und gleichzeitig leicht bitter. Vielleicht liegt sogar noch ein leichter Blutfilm darauf. Speichel sammelt sich in meinem Mund und ich schlucke mehrmals.

Dann geht der Fremde in die Knie und katapultiert meinen Puls umso höher. »Lass mich mit meiner Erzählung fortfahren, Maddy. Der Mann ist nur wenige Zentimeter gestolpert, als ich mein Messer zurückgezogen und ihn freigegeben habe. Er ist lautstark zu Boden gegangen. Seine Frau hat sich vom Zimmer nebenan über den Lärm beschwert, aber keine Sekunde damit verbracht, nach ihm zu sehen.«

Mein Blick zuckt wie von selbst zur Seite. Dorthin, wo der Gang in Dunkelheit liegt.

Die Wohnung der Bostons ist wie meine im Erdgeschoss. Die Grundrisse sind gespiegelt. Ich kann mir umso besser vorstellen, wie seine Frau nur einige Meter entfernt im Bett liegt und schläft. *Ob sie die Tür geschlossen hat? Steht ihr Bett wie meines in der kleinen Nische an der linken Wand dicht neben dem Fenster? Ob Amy bei ihr ist? Bei ihr oder ihren boshaften Kindern?*

Mein Magen zieht sich bei diesem Gedanken zusammen.

»Ich habe mir meine Maske übergezogen und wollte gehen. Ich war schon beinah weg.« Er legt die Hände an meine Oberschenkel und lässt damit die Frage, wieso er sich nach dem Mord eine Maske überzieht, verschwinden. Jetzt spüre ich die Seite des Messers überdeutlich auf meiner empfindlichen Haut an der Innenseite meines Beines. »Weißt du, wieso ich zurückgekommen bin, Maddy?«

Ich nicke und keuche gepresst. Ein Wimmern dringt halblaut aus mir hervor. Meine Knie beginnen, zu zittern, als er die Spitze des Messers über meine Schenkel zieht.

Meinetwegen. Er ist meinetwegen zurückgekommen. Sonst wäre er weg, ich in Sicherheit und die Polizei längst da.

Aber ich hätte ihn vielleicht nie getroffen.

Ein verzweifelter Laut wird von dem Handschuh in meinem Mund fast verschluckt. Der Fremde stoppt seine Bewegungen. Dann spüre ich einen heftigen Schmerz, als er die Spitze in die Innenseite meines Beines bohrt. Keuchend presse ich die Zähne zusammen, beiße fest in das Leder und schließe innerlich fluchend die Augen.

»Ich habe dich gesehen. Wie du dich nach vorn gebeugt und mir deinen hübschen Arsch gezeigt hast. Da habe ich mir geschworen, dass ich dieses hässliche Ding von deinem Körper schneide.« Im ersten Moment weiß ich nicht, was er meint. Dann bewegt er das Messer höher und zieht es sanft, mit nur wenig Druck mittig über meine Scham. Die feinen Nerven dazwischen explodieren vor Lust. Ich will keuchen, ihn an mich ziehen, doch weiterhin bleibe ich stumm. Die Lider aufeinandergepresst, leicht schwankend und die Zähne in das Leder gegraben. »Du machst das sehr gut, Maddy«, lobt er mich und programmiert meinen Verstand neu. Das letzte bisschen Vernunft verschwindet und zurück bleibt die brennende Lust, die ich seinetwegen verspüre.

Dann zieht er das Messer an meine Seite und neben meiner Scham herab. Wieder atme ich scharf ein, als ich den stechenden Schmerz realisiere. Im nächsten Moment greift er mit den Fingern an meinen Slip. Ich höre den restlichen Stoff reißen, dann rutscht dieser an meinen Beinen herab.

Er legt die Lippen auf den Schnitt, so verdammt dicht

neben meine Pussy, die sich allein bei dem Gedanken, dass er die Maske hochgezogen haben muss, begierig zusammenzieht. Seine Zunge fährt über meine Haut. Ich stelle mir vor, wie er die rote Linie ableckt, wie er mein Blut auf der Zunge schmeckt und der Geschmack seinen Verstand einnimmt.

Keuchend presse ich die Beine zusammen. Er schnalzt leise, unzufrieden mit der Zunge. Sofort im Anschluss spüre ich wieder das Messer. Dieses Mal den Griff, wenn ich richtigliege.

»Du hast dich über diesen Mann gebeugt und hattest Blut an den Fingerspitzen. Was hast du getan, Maddy?« Seine Stimme klingt mit einem Mal so klar und ungedämpft ohne den Stoff der Maske. Alles in mir drängt darauf, sein Gesicht sehen zu wollen. Doch ich rühre mich nicht.

Ich stöhne leise, als er den Messergriff durch meine Nässe zieht.

»Hast du ihm versucht zu helfen?« Seine Bewegungen reizen mich und machen es mir unmöglich, auf seine Frage zu reagieren. »Hast du, Maddy?« Er verstärkt den Druck. Schmerzhaft, gleichzeitig erzeugt es eine weitere Welle der Lust. Ich schüttle stöhnend den Kopf und hoffe, dass ihm die Antwort genügt. Zu mehr bin ich in dem Moment nicht in der Lage. »Wieso hast du sein Blut berührt?«

Wieso? Ich weiß es nicht. Ich muss ... da war ... dieser dunkle Fleck. Ich wollte ... wissen was es ist? Es spüren? Nicht wahrhaben? »Ich weiß es nicht ...« Versteht er mich? Keine Ahnung.

»Dann werden wir das wohl zusammen herausfinden müssen.« *Offenbar* ... »Siehst du den Tisch dort drüben?« Ich will den Kopf schütteln, nicke allerdings stattdessen. Ich weiß, welchen er meint. Dort habe ich Amy das letzte Mal aus den Kinderhänden gerissen und mir geschworen, sie nie wieder herauszulassen und besser achtzugeben. *Habe ich aber nicht und das war* ... Ich schaffe es nicht, die Worte zu denken. *Ein Fehler. Weil es kein Fehler war, oder? Weil ich dadurch hier gelandet bin?*

Ich muss völlig krank sein.

»Ich möchte, dass du dorthin gehst.« Er zieht sich erneut von mir zurück. Stoisch drehe ich den Kopf zur Seite. Die Maske hat er zurück über sein Gesicht gezogen. Meine Kehle wird eng, als ich den ersten tapsigen Schritt in Richtung des Küchentisches setze. Ein altes Ding aus massivem Holz. Zuletzt hat der Mann, dessen Leiche nur wenige Meter entfernt liegt, seine Drogen darauf ausgebreitet.

»Wir müssen uns ein wenig beeilen, Maddy.« Sofort beschleunige ich meine Schritte. Ich gehe zu dem Tisch, drehe mich um und stoße mit dem Po dagegen. »Umdrehen.« Wieder folge ich seinem Befehl, ohne nachzudenken. Ich reibe meine nackten Schenkel aneinander und warte darauf, dass er mir eine weitere Anweisung gibt.

»Beug dich nach vorn.«

Zum ersten Mal an diesem Abend herrscht in mir der Drang, eine seiner Anweisungen nicht zu befolgen. Ich schüttle stockend den Kopf. Der Handschuh, den ich noch immer im Mund habe, schlägt mir gegen die Wange. Nur Sekunden später spüre ich seinen Körper an meinem Rücken. Seine Wärme dringt binnen weniger Momente selbst durch die Kleidung zu mir durch. Dann greift er in meine Haare und zerrt meinen Kopf zur Seite. »Wieso?« Ich schüttle den Kopf. Zum ersten Mal steigt Panik in mir auf. »Ich will nicht ... Drogen, eklige Penner ...« Meine Stimme wird vom Stoff erstickt und von meinem hektischen Atem unterbrochen. Das Bild von ihm an diesem Tisch, die Erinnerung, wie er mich gepackt und dagegen gestoßen hat ... wie mein Arsch seine Drogen berührte und ich mich dreckig und falsch gefühlt habe, lässt mich leise wimmern.

Der Fremde zögert. Schließlich brummt er leise und gibt mich frei. Für einen kurzen Moment verliere ich den Kontakt zu ihm. Ich trete einen Schritt zurück, weil ich ihn erneut an mir spüren will. Ich ernte dafür einen festen Schlag auf meinen Hintern.

Keuchend schaffe ich es geradeso, den Handschuh nicht fallen zu lassen. Dann greift er um mich herum und drückt mich Sekunden später nach vorn. Ich sträube mich, doch er gibt nicht nach. Sein Körper ist erneut dicht hinter mir. Er kesselt mich ein, greift in meinen Nacken und drängt mein Gesicht auf den Tisch. Entgegen meiner Erwartungshaltung spüre ich nicht das Holz. Stattdessen einen weichen Stoff und seinen nackten Oberkörper direkt im Anschluss an meinem Rücken. »Das war der letzte Widerspruch, den du dir bei mir erlauben durftest, Maddy.« Instinktiv will ich mich bedanken, doch ich unterdrücke den Impuls.

Ich schlucke.

Seine Hand wandert erneut an meinen Po. Dann spüre ich einen weiteren Schlag, der mir den Atem raubt.

Der Maskierte schiebt die Finger unter meinen Rock und über meinen nackten Po. Er reibt über die Haut und seufzt leise. »Das würde ich gern bei Tageslicht sehen.« Seine bedächtigen, verträumten Worte lassen mich erschaudern. Dann verpasst er mir einen weiteren Schlag. Dieses Mal fester, sodass meine Hüfte gegen die Tischkante gedrückt wird. Ich stütze mich mit den Fingern an der Kante ab. Mein Puls rast. Bei dem nächsten Schlag spüre ich seine Finger überdeutlich, schmerzhaft auf jedem Millimeter, den sie berühren.

»Hältst du meinen Handschuh noch für mich fest?«

Ich wimmere, beiße die Zähne fest zusammen.

Nicht eine Sekunde habe ich darüber nachgedacht, ihn fallen zu lassen. *Wieso nicht? Weil der Traum dann zerplatzt und der mysteriöse Fremde verschwindet?*

»Gut, das machst du gut.« Seine Worte sind ernst, gepresst, angespannt.

Fuck … für sein Lob, für seine Aufmerksamkeit und Zuneigung würde ich töten und das ist eine verdammt teuflische Kombination. Dann spüre ich erneut das kalte Metall des Messers. Dieses Mal am unteren Ansatz meines Pos. »Bis hier hin geht dein kurzer Rock, Maddy.« Ich wimmere, als er die Klinge in meine Haut drückt und der bittersüße Schmerz mich durchströmt. »Wenn du dich vorbeugst, so wie jetzt …« Er zögert, schiebt das Messer höher, bis an die Mitte meines Hinterns. »Dann kann ich beinah deinen verbotenen Eingang sehen.«

Er streicht meinen Rock nach oben. Meine Knie

beginnen erneut, zu zittern. Kurz zieht er die Klinge zurück. Dann spüre ich den aufgewärmten Griff. Er schiebt ihn über die Haut meines Hinterns und lässt ihn langsam durch die Mitte nach unten gleiten.

Mein Atem geht schneller, als er an ebendiesem verbotenen Eingang, wie er es nannte, stoppt. Ich schlucke meinen Speichel, der sich um den Handschuh in meinem Mund sammelt. »Möchtest du, dass ich fortfahre?«

»Ja«, stoße ich gedämpft aus.

»Oder soll ich hier verharren?« Er drückt den Griff in meinen Hintern – und damit meine ich dieses Mal nicht nur die Haut. Meine Muskeln ziehen sich überrascht zusammen. Mein Herz schlägt wild. Es wäre nicht mein erstes Mal von hinten, auch nicht das erste Mal, dass dafür Spielzeug benutzt werden würde. Aber ... das hier ist kein Spielzeug. Es ist ein Messer. Absolut ungeeignet, falsch und ... *ein Mordinstrument.* »Möchtest du, dass ich dich weiter berühre? Mit meinen Fingern? Mit dem Griff meines Messers?« Nach jeder Frage harrt er einen Moment aus und wartet auf meine Antwort. Diese kommt in einem leisen Seufzen aus mir hervor.

»Wie fühlt es sich an, wenn ich deinen Eingang umkreise? Magst du es, wenn ich mir deinen hübschen Arsch, den ich in Besitz nehmen wollte, seitdem du ihn mir das erste Mal präsentiert hast, ansehe?«

»Gut.« Habe ich geantwortet? Keine Ahnung. Ich bin beinah vollständig in einen Nebel der Lust abgedriftet.

»Und wie fühlt es sich an, dass an der Klinge des Messers dein Blut glänzt?«

Dieses Mal ist meine Antwort lediglich ein dumpfes Geräusch, was ich selbst nicht zuordnen kann. Er hat den Griff zwischen meine Beine geschoben und umkreist vorsichtig meine Perle. »Und wie findest du es, dass darunter das Blut dieses Mannes kleben würde, hätte ich es nicht gereinigt? Dass ich ihn nur wenige Meter von hier damit ermordet habe?« Mein Herzschlag stoppt. Meine Atmung ebenfalls. In dem Moment drängt er den Griff sanft in meine Pussy und verharrt nur wenige Millimeter darin. Es ist zu viel. Es ist zu wenig. Er soll … *er soll das verdammte Messer weglegen und mich ficken … fuck!*

Das Messer bleibt an der Position. Seine Hand bewegt sich leicht, doch verschafft mir nicht die Befriedigung, nach der ich mich so dringend sehne. Mit einem Mal ist seine andere Hand an meinen Lippen. Er zieht an dem Stoff. Ich halte ihn eisern zwischen den Zähnen. Der Fremde knurrt leise. »Ich halte das einen Moment für dich, Maddy. Zwing mich nicht, dich erneut bestrafen zu wollen. Wir waren doch gerade dabei, dich zu belohnen. Antworte mir.«

Wimmernd öffne ich die Zähne und sauge den Sauerstoff gierig ein. Ich nehme mir nur einen Moment, um mich zu sammeln. »Gut, verdammt! Gut«, stoße ich schließlich aus.

Er reibt seine Wange, besser gesagt den Stoff der Maske, seitlich an meinem Gesicht. »Gut.« Ein Lächeln liegt in seiner Stimme. Im selben Moment lässt er den Messergriff sanft in meiner Pussy kreisen. »Und willst du, dass ich dich weiter mit meinem Messer ficke?« Ich nicke, schüttle den Kopf. Beides gleichzeitig, *irgendwie*. Seine

Bewegungen in meiner Pussy werden fordernder. Er dringt mit dem Messergriff ein Stück tiefer in mich ein.

»Du wirst dich deutlicher ausdrücken müssen, Maddy.« Seine Bewegungen stoppen. Mein Puls vibriert in meinem Kopf. Ein sanftes Surren setzt in meinen Ohren ein. »Ich will ...« *Dich. Ich muss es lediglich sagen, oder? Wie schwer kann das sein?*

»Du möchtest was, mariposa?«

Ich stöhne leise aufgrund des Kosenamens und seiner Berührungen, die immer mehr Lust durch meinen Körper treiben.

»Nimm mich.«

Fuck.

Ich habe es gesagt.

»Nimm mich. Fick mich. Schneide mich. Nur bitte ...«

Er knurrt leise und bringt meinen Verstand und meine Hormone endgültig durcheinander. Dann drückt er mir den Handschuh erneut zwischen die Lippen. Gehorsam schnappe ich danach, ohne dass er mich auffordert.

Ich habe einen Fremden gebeten, mich zu nehmen. In einer fremden Wohnung, dicht neben einer Leiche.

Den Mörder. Ich habe den Mörder darum gebeten.

Mein Kopf setzt aus, als er den Griff des Messer Millimeter für Millimeter langsam aus mir herauszieht. Mir war nicht bewusst, wie tief er in mich eingedrungen ist. Ein angenehmer Unterdruck sorgt dafür, dass mein Körper ihn nicht wiederhergeben will. Ein bedauerndes

Ziehen schießt durch meine Mitte, als er es endgültig daraus hervorzieht.

Ich höre ein Klappern. Ein Rascheln. Spüre seinen Körper dicht hinter mir. Ich bin aufgeregt, meine Nerven strapaziert und überreizt. Automatisch schließe ich die Augen, als ich seinen harten Schwanz an meinem Po spüre. Ich halte die Luft an, als er durch meine Pofalte fährt und den Druck leicht verstärkt.

Ich versuche, nicht zu wimmern, mich nicht zu rühren und Gott ... diesen verdammten Handschuh festzuhalten. Meine Finger kralle ich in das Holz des Tisches, mein Oberkörper liegt noch immer auf der Oberfläche, verdeckt von seinem Shirt. Harsch atme ich ein und sauge seinen herrlichen, herben Duft in mich auf.

Dann spüre ich ihn zwischen meinen Beinen.

Er streicht mehrmals durch meine Nässe, bevor er langsam in mich eindringt.

Ein monotones Fiepen in meinen Ohren beherrscht meinen Verstand. Das und sein Schwanz, der jeden Millimeter in mir ausfüllt.

Du hast zugelassen, dass ich dich berühre, Mariposa.
Weißt du, was das Problem dabei ist?
Ich behalte mein Eigentum.

KAPITEL 4
DER MÖRDER

Was mache ich jetzt mit dir, mariposa?

Wir beide wissen, dass ich dich nicht ficken sollte. Selbst du, obwohl dein kleiner, lüsterner Körper dir in diesem Moment etwas anderes einredet.

Nur, fuck, wie soll ich widerstehen, wenn ich deine Feuchte bereits auf meinem Schwanz spüre? Wenn dein Po so begierig zuckt, wenn ich ihn schlage? Wenn dein Blut an meiner Klinge ist, wenn sie, wenn ich, einmal davon gekostet haben und nach mehr lechzen?

Wie könnte ich?

Langsam ziehe ich mich zurück und schiebe mich erneut in ihre Pussy, die mich mit ihrer Feuchtigkeit darum anfleht, sie hart zu ficken.

Wie würdest du es finden, wenn ich dich unkontrolliert gegen diesen Tisch vögle, Maddy? Vermutlich würdest du erneut mit deiner Antwort zögern und lediglich leise seufzen. Aber gut, finden wir es heraus.

Ich stoße mich erneut tief in ihre Pussy. Lust schießt durch meinen Körper, als ich viel zu schnell gegen ihren Muttermund stoße. »Beim nächsten Mal werde ich mir doch deinen hübschen Arsch vornehmen müssen.« Sie würgt einen erstickten Laut hervor, den ich als eine Mischung aus einer Zustimmung und einem *Warum* interpretiere.

Mit einem Mal spielt der Grund doch eine entscheidende Rolle in deinem Leben. Wenn du alle deine Prinzipien so schnell über den Haufen wirfst, werden wir möglicherweise mehr als einen gemeinsamen Moment haben, Maddy. »Weil deine hübsche Pussy viel zu klein ist, um mich voll aufzunehmen. Wir müssen noch herausfinden, wie es um deinen Rachen und deinen Arsch steht.«

Ich spüre die Gänsehaut, die meine Worte auf ihrer Haut erzeugen.

Immer wieder stoße ich mich in ihre Enge, kralle die Finger in ihre Hüfte und presse sie auf meinen Schwanz.

Ich will dich aufspießen, will dir meine Härte in die Pussy, in den Arsch und zwischen deine Lippen und Titten drängen. Wie gut sie sich dafür wohl eignen, Maddy?

Ich schiebe das Messer zurück in den Gurt an meiner Hose und reiße den Handschuh mit den Zähnen von meinen Fingern. Ich werfe ihn achtlos zur Seite, greife nach meinem Schwanz und ziehe mich beinah vollständig aus ihr zurück. Ein paar Momente warte ich.

Maddy wimmert. Sie schiebt ihre Hüfte zurück, schwenkt diese begierig an meiner Spitze hin und her, bis sich meine Eier schmerzhaft zusammenziehen.

Du hattest Blut an deinen Fingern.

Vielleicht sogar an deinen Lippen.

Hast du es gekostet?

Der Gedanke würde mir gefallen.

Langsam schiebe ich mich erneut bis zum Anschlag in sie hinein und verharre einen Moment. »Du hast mich an deinen Körper gelassen, mir erlaubt, mir deine Pussy zu nehmen. Ab jetzt gehörst du mir, Maddy.«

Du hast keine Ahnung, dass ich diese Entscheidung schon getroffen habe, bevor ich auch nur ein lustvolles Stöhnen aus deinen Lippen vernehmen konnte.

Sie keucht, reißt den Oberkörper in die Höhe, als ich sie erneut ficke. Dieses Mal heftiger. Ich treibe mich immer weiter in sie, führe eine Hand an ihre Kehle und die andere nach vorn zu ihrer Pussy. Ich reibe über ihre Klit, verstärke den Druck um ihre Kehle. Sie drängt sich mir umso begieriger entgegen.

Du bist ein verdorbenes kleines Ding, Maddy. So verdorben und dunkel, dass deine Seele perfekt zu meiner passt.

Ich schnüre ihre Kehle fester zusammen, ficke sie, während ihr Körper sich immer schneller bewegt. Ihre Titten pressen sich unter dem Stoff gegen meinen Arm, ihr Arsch drängt sich in meinen Schritt. Ich spüre, wie sich ihre Pussy warm um mich zusammenzieht und kralle meine Finger noch fester in ihre Kehle. Drücke zu und schnüre ihr das Blut zum Kopf ab.

Ihr Körper erbebt unter dem Orgasmus, ihre Knie geben nach, sie sackt auf dem Tisch zusammen und bleibt regungslos liegen.

Haben wir den Moment deiner Bewusstlosigkeit nicht perfekt abgepasst, mariposa?

Mit diesem Gedanken komme ich in ihrer Pussy, die sich eng um mich zusammenzieht und jeden Tropfen aus mir hervorpresst.

Das hier war unser erster Kontakt. Ein freudiges Aufeinandertreffen verschiedener Seelen, die einander in der düsteren Nacht gefunden haben. Betrachte mein freundliches Entgegenkommen an diesem Abend als Bonus. Wenn wir uns das nächste Mal sehen, wirst du dich mehr bemühen müssen, mich davon zu überzeugen, dich am Leben zu lassen.

KAPITEL 5
MADDY

Mein Schädel schmerzt, meine Glieder sind steif und taub. Alles fühlt sich schwerfällig an und wird von einem Dröhnen in meinen Ohren und meinem Schädel untermalt. Es ist wie ein nervtötendes Pochen direkt hinter meiner Stirn, welches sich in meinem ganzen Körper ausbreitet.

Das Wummern nimmt zu, als ich mich stöhnend aufrapple und über meine Schläfen reibe. Ich presse den Rücken gegen die Holzlehne meines Bettgestells und lege den Kopf in den Nacken.

Fuck, war das ein abgedrehter Traum.

Schwer atmend presse ich die Beine zusammen, zwischen denen ich ein begieriges Ziehen mitsamt meiner Erregung spüre. Ich beiße mir auf die Lippe und schiebe die Finger schwer atmend unter die Decke und in meine beigen Schlafschorts mit den weißen Sternen darauf. *Sie ist bequem, okay!*

Als ich die Finger zwischen meine Beine und hin zu

meiner heiß pochenden Mitte schiebe, spüre ich meine Nässe, die mir sofort entgegendrängt. Ich erschaudere, fahre ein paar Mal mit den Fingerspitzen hindurch, schließe die Augen und umkreise meine Perle, um mich langsam anzuheizen. Vor meinem inneren Auge versuche ich, mir den Traum erneut in Erinnerung zu rufen.

Mit einem unzufriedenen Miauen springt Amy auf meine Beine und reißt mich aus der lustvollen Stimmung. Mit einem leisen Murren ziehe ich meine Finger aus meiner Schlafshorts und streichle die winzige Katze sanft mit der anderen Hand, während sie sich ungeduldig an der Decke reibt. »Ja, komm. Gib mir wenigstens einen Moment.« Stöhnend öffne ich die Augen, greife nach meinem Handy, das wie gewohnt neben mir auf der Matratze liegt, und tippe auf das Display. »8 Uhr ... lass mich schlafen«, murre ich leise. Das nervige Wummern schwillt erneut an. Amy miaut, als wollte sie widersprechen. Ich stelle mir etwas in Richtung *Es ist bereits viertel nach acht* vor.

Kleines, niedliches ... »Mistvieh«, knurre ich, als sie hörbar ihre Krallen in der schönen, frisch bezogenen Bettdecke versenkt.

In dem Moment, als ich mich nach vorn beuge und Amy am Bauch packe, wird mir bewusst, dass sich das Wummern nicht nur in meinem Schädel befindet.

Mein Blick zuckt zu der geöffneten Schlafzimmertür und in Richtung des Flures und der Wohnungstüre. Sofort schießt mir das Blut in die Wangen.

»Vielleicht ist es der geheimnisvolle Typ aus meinem Traum?«

Zum Glück kann Amy mich für diese Aussage nicht verurteilen – oder ich bekomme es nicht mit.

Mit einem nervösen Flattern im Magen schlage ich die Decke zur Seite. Sofort verkriecht sich mein kleines Fellknäuel in dem Gewühl und ich stehe auf.

Das Klopfen wird drängender. Ich schiebe mit dem Fuß einen der noch immer unausgeräumten Umzugskartons zur Seite, greife nach einer beliebigen Jacke im Flur und öffne, kurz nachdem ich sie mir über die Schultern geworfen habe, die Türe. Ich ziehe den Kragen eng zusammen, als der kühle Hauch der Morgenluft mich berührt und erstarre im nächsten Moment in der Bewegung.

»Houston Police Department, Officer Williams. Miss Torres?«

»Ja«, rutscht es mir nervös heraus.

»Ma'am, Sie müssen uns auf das Revier begleiten.«

Mir klappt die Kinnlade herunter. Ich starre in die grünen Augen des Officers, der in Polizeiuniform direkt vor meiner Wohnungstür steht. Mein Blick huscht über seine schwarzen Haare, das kantige Gesicht und seinen breiten Oberkörper. Verwirrt sehe ich zwischen ihm und der deutlich kleineren, kurvigen und verlegen lächelnden Blondine mit den hellblauen Augen hin und her, die neben ihm steht. »Wieso?« Mein Körper beginnt unkontrolliert, zu zittern. Ich schlinge die Arme um mich. In dem Moment werde ich zurück in meinen Traum verschlagen. *Wieso? Spielt der Grund eine Rolle? Fuck, ja! Der Grund spielt eine Rolle, nur war mir das vorher nie so wichtig gewesen …*

»Was haben Sie gestern Nacht zwischen 23 und 3 Uhr gemacht?«

Seine Frage dreht mir beinah den Magen um. Ich stütze mich Halt suchend am Türrahmen ab. Mein Herz rutscht mir in die Hose und die Luft wird aus meinen Lungen gepresst.

»Geschlafen«, stottere ich unbeholfen. *Ich habe geschlafen, oder? Ich muss geschlafen haben. Hatte einen wilden Traum. Einen völlig verrückten, absolut kranken Traum …*

In dem Moment spüre ich etwas Weiches an meiner nackten Wade. Daraufhin sehe ich, wie Amy aus der Wohnung rennt. Meine Finger sind eiskalt. Ich setze einen Schritt nach vorn, trete mit meinen nackten Füßen auf den rauen, hässlichen Vorleger, der noch von den Vormietern dort liegt, und starre der Katze hinterher.

Amy, verflucht, wo hast du mich hier reingeritten?

Am Rande nehme ich die Stimme des Polizisten wahr. »Sie müssen uns leider begleiten.« Er versperrt mir mit seinem Arm den Weg. Ich drehe mich zur Seite, stolpere ein paar Schritte und muss mich an seinem Arm abstützen, um nicht zu fallen. »Amy … sie darf nicht … also, sie soll nicht raus.« Officer Williams packt mich an den Schultern. Panisch zucke ich zurück und hebe hektisch den Kopf. Völlig aufgelöst starre ich ihn an. »Miss Torres, wer ist Amy?«

Ich starre verzweifelt zu ihm auf. Dann dorthin, wo Amy verschwunden ist. In dem Gebüsch des Hauses gegenüber. »Meine Katze.« Die Worte verlassen kaum meine Lippen. Ich zittere inzwischen so stark, dass meine Zähne aufeinanderschlagen.

»Miss Torres, Sie müssen uns bitte begleiten. Mit Sicherheit wird sich ein Familienmitglied oder Nachbar um Ihre Katze kümmern.« Mein Blick zuckt zu der Polizistin, die sich eingeklinkt hat. Sie runzelt bedauernd die Stirn, auf der sich zahlreiche Falten sammeln. Sie ist älter und wirkt deutlich verständnisvoller als ihr Kollege, der mich noch immer an den Schultern festhält.

Einerseits möchte ich mich ihm am liebsten entreißen. Auf der anderen Seite bin ich dankbar für den Halt. Ich befürchte, dass ich in dem Moment, in dem er mich freigibt, auf dem staubigen, gepflasterten Boden zusammenbreche.

»Ziehen Sie sich etwas über, sammeln Sie sich und begleiten uns bitte.« Die eindringlichen Worte des Officers sind leise. Ich sehe zu ihm auf. Bedauern liegt in seinen Augen.

Stoisch nicke ich.

»Ich werde Sie jetzt loslassen«, informiert er mich.

Wieder nicke ich.

Langsam löst er die Hände von meinen Schultern. Ich stolpere zurück, taste nach dem Türrahmen und räuspere mich. »Einen Moment.« Meine Stimme ist ein hohes Fiepen. Dann schlage ich die schwarze, ausgeblichene Holztür vor den beiden Polizisten zu.

Kaum dass sie geschlossen ist, sinke ich auf die Knie. Ich beuge mich vornüber, stütze mich mit den Fingerknöcheln ab und würge. Mir ist übel, mein Magen zieht sich zusammen.

Die Erinnerungen fluten meinen Verstand.

Ich habe Amy gesucht. Die Tür zur Wohnung der Bostons nebenan war angelehnt und ich war mir sicher, Amy darin zu sehen.

Ich bin wütend geworden, weil die Kinder der Bostons Amy bereits wehgetan haben. Sie haben ihr das Fell geschnitten, so tief, dass sie an einer Stelle geblutet hat. Die Mutter habe ich bereits dabei erwischt, wie sie ihr Süßigkeiten, Zucker und ungesunde Dinge gefüttert hat.

Deshalb habe ich das Türblatt in Rage aufgerissen.

Alles war dunkel.

Ich habe nach dem Lichtschalter getastet. Ihn mehrmals gedrückt, doch nichts ist passiert. *Vermutlich haben diese Penner wieder nicht die Rechnungen bezahlt.* Das war mein letzter Gedanke, bevor ich die Taschenlampe meines Handys angeschaltet habe und *ihn* gesehen habe.

Ich fluche leise und muss mehrmals gegen den Geschmack der Galle in meinem Hals ankämpfen.

So war es in meinem Traum.

»Das war nur ein Traum«, wiederhole ich immer wieder leise.

Es war nur ein Traum.

Es darf nicht mehr gewesen sein.

Es war ein Ausdruck meiner verbotenen Sehnsüchte. Ein dummes, dunkles Verlangen, in dem mein verhasster Nachbar, der mir nur allzu gern schmierige Kommentare hinterherwirft und dessen Kinder meine Katze quälen, stirbt.

So etwas hat doch jeder, oder?

Es ist nicht verwerflich.

Nicht ... *böse.*

Mir entweicht ein leises Quieken, als es erneut gegen das Türblatt in meinem Rücken hämmert. »Miss Torres?«

Am liebsten würde ich ihm sagen, dass er sich das *Miss* gepflegt in den Allerwertesten schieben kann.

Mache ich aber nicht.

Stattdessen schiebe ich den Kopf zwischen die Knie und denke für ein paar Sekunden nach.

In ... meinem Traum ... ist mein Nachbar gestorben. *Ermordet worden,* erinnert mich eine miese Stimme in meinem Hinterkopf. Und ich habe diesen Mörder gesehen. *Und mich von ihm ficken lassen.* Ich fluche und richte mich ruckartig auf. Schwankend komme ich auf die Knie. Stolpernd laufe ich in Richtung des Badezimmers und schalte das Licht in dem fensterlosen, trostlosen Raum ein. Auch hier stehen zwei unausgepackte Kartons, weil ich noch nicht die Motivation gefunden habe, mich einzurichten. *Nicht nachdem ich aus meinem alten Leben geflüchtet und völlig überstürzt aufgebrochen bin. Nicht nachdem meine beste Freundin meine Sachen eingesammelt und zu mir gebracht hat, die mein Ex vor lauter Zorn auf die Straße vor unsere Wohnung geschmissen hat.*

Ich schlucke, gehe zu der gelblich verfärbten Badewanne und setze mich auf den Rand. Meine Finger zittern. Sie sind eiskalt. Mein Kopf ist wie leer gefegt. Zittrig öffne ich die Jacke, die ich mir notdürftig übergezogen habe, und ziehe zögernd meine Shorts nach vorn. Ein blutverkrusteter Schnitt nur wenige Zentimeter neben meiner Scham lässt mich wimmern.

Zum zweiten Mal an diesem Morgen schiebe ich

meine Hand in meine Schlafanzughose und spüre den klebrigen Film zwischen meinen Beinen.

Mir entweicht ein aufgelöstes Schluchzen.

Sperma. Das ist Sperma, nicht meine Lust eines heißen Traums von einem maskierten Unbekannten. Das ist verdammt noch mal das Sperma eines Mörders!

Keuchend atme ich aus. Ich ziehe die Hand zurück, springe auf und renne zum Klo. Ich reiße den Deckel auf, würge und spucke bittere Magensäure in die Schüssel. Mir dreht es erneut den Magen um und ich spüre einen weiteren Schwall in mir aufsteigen.

Ich hatte Sex.

Mit einem Mörder.

Ungeschützten Sex.

Mist.

Nach einigen Sekunden sinke ich mit meinem lediglich von den kurzen Shorts bedeckten Arsch auf die kalten Fliesen. Die Berührung schmerzt. Ich werde mir überdeutlich dem Gefühl – besser gesagt dem zurückgebliebenen Schmerz – seiner Schläge bewusst.

In meinem Kopf rauscht es. Ich höre erneut das drängende Klopfen.

Ich habe mich von einem Mörder ficken lassen, dicht neben seiner Leiche. Nicht seiner Leiche. Der Leiche, die er zu einer gemacht hat, wenn das irgendeinen Sinn ergibt.

Scheiße ... wie komme ich aus dieser Sache wieder heraus?

Ich bin eine Straftäterin.

Eine Verbrecherin.

Das Wort muss man sich erst mal auf der Zunge zergehen lassen.

»Mehr wollen Sie uns nicht über diese Nacht sagen?«

Ich spüre das unerkenntliche Zögern eines Mannes, der mir nicht traut. Officer *fucking* Williams. Meine neue Hassfigur.

»Mehr kann ich Ihnen nicht sagen, da ich nicht mehr weiß«, antworte ich stoisch und nicht zum ersten Mal in den letzten … ach, keine Ahnung, wie lang ich bereits auf dem Hartschalensitz auf der Polizeistation sitze.

»Sie haben Ihre Katze hereingerufen?«, wiederholt die Polizistin, die sich inzwischen als Beamtin Jessica Berrow vorgestellt hat.

»Die Katze, die wir heute Morgen gesehen haben?«, setzt Officer Williams dazu. Ich nicke zweimal knapp hintereinander. »Die, die Ihrer Aussage nach nicht nach draußen darf?« Meine Kehle wird eng. Ich nicke und sehe ausweichend zur Seite. Leider gibt es in dem spärlich eingerichteten Verhörzimmer nichts, auf das ich mich konzentrieren kann. Mit Ausnahme des blinkenden Lichts an der aufgestellten Kamera, die mir nur allzu deutlich macht, dass jeder meiner Schritte, jedes Wort und jede Bewegung genaustens beobachtet und ausgewertet werden.

»Sie darf nicht raus, aber manchmal entweicht sie mir.«

»Sie haben also Ihre Katze eingefangen. Dafür sind Sie nach draußen gegangen …«

»Nein«, unterbreche ich ihn harsch und nestle an einem losen Faden an einer aufgerissenen Stelle meiner Jeans herum. »Ich habe die Tür aufgemacht und sie kam rein.«

»Um 23 Uhr?«, setzt er nach.

»Ich weiß es nicht«, murmle ich überrumpelt.

»Ach? Vor wenigen Minuten waren Sie der Meinung, es wäre 19 Uhr gewesen. Ganz sicher 19 Uhr«, wiederholt er meine Worte und liest diese demonstrativ von seinem Zettel ab, auf dem er sich unentwegt Notizen macht. Mit dem Stift tippt er auf die akkurat aussehenden Zeilen.

Mir schießt Hitze in die Wangen. »Wieso fragen Sie dann, wenn ich Ihnen die Antwort bereits gegeben habe? Sie setzen mich unter Druck! Natürlich habe ich keine Ahnung, was ich rede«, beschwere ich mich halblaut. Mein Bein wippt nervös unter dem klapprigen Tisch mit der in Holzoptik glänzenden Tischplatte.

Officer Williams beugt sich über ebendiesen Tisch. Er stützt die Ellenbogen auf und legt den Kopf schief. »Natürlich setze ich Sie unter Druck. Sie wohnen in der Wohnung neben jener, in der letzte Nacht ein Mann ermordet worden ist.« Der Officer wirft einen schnellen Blick auf seine Notizen. »Herald Boston, 45 Jahre, verheiratet, zwei Kinder, zusammenlebend.«

Ich erschaudere bei der Beschreibung. »Ich kenne meinen Nachbarn.«

»Gut.« Er schnauft leise. Sein Gesicht ist inzwischen viel zu nah an meinem, weshalb ich mich zurücklehne. »Aber jetzt suchen wir nicht nach ihrem Nachbarn. Wir sind auf der Suche nach dem Mörder.«

Dieser Wichser.

Mir wird erneut übel. Ich beiße mir auf die kalten Lippen, damit diese nicht sichtbar zittern. »Ich wüsste nicht, wie ich Ihnen dabei helfen könnte.«

Officer Williams seufzt leise mit einem bedauernden Unterton. Er sieht abwägend zu seiner Kollegin, deren Miene um einiges freundlicher und wohlwollender ist.

Sie ist mir allein deshalb sympathischer, wie sie sich freundlich und mit ihrem vollen Namen vorgestellt und mir nicht nur einen Titel und den Nachnamen um die Ohren geworfen hat. Sie schürzt die Lippen, doch ehe sie etwas sagen kann, beugt er sich erneut zu mir. »Vielleicht beginnen Sie noch mal von vorn.«

Jetzt bin ich es, die seufzt. »Wie oft noch? Meine Katze ...«

»Nein«, unterbricht er mich. Seine Stimme nimmt einen bedrohlichen Unterton an. »Beginnen wir dieses Mal doch gern an einem anderen Punkt. Ich würde vorschlagen, Sie beginnen bei den Rötungen an ihrem Hals.« Er deutet mit seinem dunkelblauen Stift auf mich und erzeugt ein beengtes Gefühl in meinem Hals.

Ich erstarre. Mechanisch greife ich an meine Kehle. Ein Funkeln in seinen Augen sagt mir, dass er nur auf diese

Bewegung gewartet hat. *Dabei habe ich extra meinen hochgeschlossenen Pullover angezogen, damit man die Spuren nicht sehen kann, die ich im Badezimmerspiegel entdeckt habe.* Meine Kehle schnürt sich zu, als würde ich erneut die Hand des fremden Mörders darum spüren. »Haben Sie noch weitere Fragen, Officer Williams, oder werden Sie sich lediglich in meine Privatangelegenheiten einmischen?«

Er bläht die Nasenflügel auf. Sein Mundwinkel zuckt verdächtig. »Wenn Ihre Privatangelegenheiten der Aufklärung meines Mordes dienen, werde ich sehr gern weiter darin bohren. Sie können sich sicher sein, dass ich alles, was Sie vor uns versuchen, zu verbergen, aufdecken werde.« Er verengt die Augen, sodass das Grün beinah verschwindet. Einige Sekunden ruht sein Blick starr auf mir, ohne dass er einmal blinzelt. »Gut«, fährt er nach dem Moment der Stille fort. »Schauen wir uns den Tathergang an.« Sein stechender Blick ruht unverändert auf mir. »Der Mörder ...« Er setzt zu einer kurzen Pause an, in der er betont langsam den Blick über meinen Körper fahren lässt. »Oder die Mörderin ist in die Wohnung eingedrungen und hat Ihren Nachbarn blutrünstig ermordet. Dafür wurde ein Messer verwendet. Kein übliches Küchenmesser. Die Einstichstellen deuten auf ein militärisches Messer hin, wie es in der Marine Einsatz findet. Wissen Sie, weshalb wir darauf schließen?« Er zögert nur einen winzigen Moment. »Das Gewebe wurde an den Wundrändern zerrissen, nicht zerschnitten. Das gezackte Ende der Klinge muss tief in den Körper gestoßen wurden sein. Durch die Gewebeschichten, das Muskelfleisch und die Sehnen hindurch. Es wurde mehrfach in seinen Körper gerammt, einzig zu dem Zweck, ihn leiden zu lassen. Es muss ewig gedauert haben, bis er gestorben ist. Übel anzusehen, hat bestimmt jede Menge Blut verloren, geschrien und …«

»Nein«, unterbreche ich ihn harsch. Die Bilder, die seine Worte in meinem Kopf erzeugen, schnüren mir die Kehle zu. Mir treten Tränen in die Augen, die ich harsch zur Seite wische. Mein Atem geht schwer, meine Schultern heben sich hektisch.

Officer Williams bleibt stumm. Seine Kollegin hat sich aufgerichtet und der freundliche Blick ist aus ihrem Gesicht verschwunden.

Ich räuspere mich mehrmals. In meinem Kopf rauscht es.

Ich war kurz davor, ihm zu widersprechen. Ihm zu erklären, dass es so nicht abgelaufen ist. Dabei weiß ich das nicht einmal. Ich war nicht dabei. Ich habe lediglich die Aussage des Mörders, der mich nur Sekunden später … Schwer schluckend unterbreche ich meine Gedanken, weil ich es nicht ertrage und drohe, jeden Moment zusammenzubrechen.

Ich muss mir etwas überlegen. Oder noch besser: ehrlich sein. Gestehen. Hoffen, dass ich dann nur in der Psychiatrie und nicht im Gefängnis lande.

Mir läuft es kalt den Rücken hinab.

Oder ich lüge.

Aber es muss eine verdammt gute Lüge sein. Eine, die selbst Officer *Ich bedränge dich, bis du nachgibst* glaubt.

»Darf ich ganz ehrlich sein?« Die Worte kommen völlig unüberlegt über meine Zunge.

»Natürlich.« Die verständnisvolle Stimme von Beamtin Berrow treibt mir erneut die Tränen in die Augen. Es wäre so leicht, mich in ihre Arme zu stürzen und ihr die Wahrheit anzuvertrauen.

»Ich bin völlig überfordert. Alles, was ich gesagt habe, stimmt, nur …« Meine Kehle wird eng. Ich greife an meinen Hals und versuche nach Luft zu ringen. Das ist nicht gespielt. Kein Stück.

Die Beamtin steht auf. Sie zittert leicht. Der Officer schnauft. Ich wende mich von ihm ab und sehe zu ihr, als sie zu mir kommt. Sie geht vor mir in die Hocke, ihre Augen sind geweitet und das freundlich, großmütterliche Lächeln hält sie nur gezwungen aufrecht. *Sie muss neu sein. Vielleicht hat sie Verständnis mit mir. Vielleicht … kann ich sie benutzen, um freizukommen?* Der Gedanke fühlt sich so falsch an.

Sie räuspert sich leise und ich verspüre den Drang, es ihr gleichzutun. »Es tut mir leid, dass Sie in dieser Situation sind.«

Ich nicke überfordert. »Mir auch.« Ihre warmen Worte lassen mich nach Luft schnappen.

»Officer …« Sie senkt die Stimme.

Mein Blick zuckt zu dem Mann. Er schüttelt den Kopf. »Beeinflussen Sie nicht die …«

»Nein«, unterbricht die Frau ihn überraschend stringent. »Nein. Diese junge Frau hat genug durchgemacht. Sie hatte eine schlimme Nacht, so wie es aussieht. Wir haben kein Recht …« Sie schüttelt ruckartig den Kopf.

Mein Herz geht auf. *Und wie schlimm meine Nacht war. Mist. Sie denkt vielleicht an häuslichen Missbrauch aufgrund der Würgemale an meinem Hals. Vielleicht glaubt sie sogar, ich hätte den Mörder getroffen oder meinen Nachbarn in Notwehr getötet, aber sie hat keine Ahnung.*

Die Wahrheit liegt mir auf der Zunge. »Meine Katze war nicht draußen.« Mir entweicht ein Schluchzen.

Die Beamtin greift nach meinen eiskalten Fingern und drückt diese bestärkend. Mein rasender Atem geht stoßweise. »Ich habe ... ein Geräusch gehört.« Meine Worte werden von meinem Wimmern untermalt.

»Und du hast nachgesehen.«

»Ja«, schluchze ich leise.

»Und hast ihn gesehen?«

Aufgelöst schüttle ich den Kopf. Dabei fange ich den dunklen Blick des Officers ein. Er hebt das Kinn leicht an und zieht die Augenbrauen zusammen. Sein Anblick reißt mich für einen Moment aus meiner panischen, überforderten Trance.

»Sch, ich höre dir zu, alles wird gut«, kommt es von der älteren Frau, die dicht neben mir kniet.

Mein Herz rast. »Wir geben ihr einen Moment.« Die dumpfe Stimme des Officers lässt meinen Herzschlag für einen Moment stoppen. Ich sehe erneut zu ihm. Er hat sich aufgerichtet und neben den Stuhl gestellt. Seine Finger trommeln auf die Tischoberfläche.

Für einen winzigen Augenblick denke ich nach. »Ich brauche keinen Moment.« Dann lasse ich los. Die Tränen schießen unkontrolliert aus mir hervor. Meine Schultern heben sich hektisch und meine Worte sind unzusammenhängend und stockend. »Ich habe etwas gehört. Ich wollte nachsehen und Amy ist nach draußen gelaufen.« Ich verschlucke mich an meinen eigenen Worten.

»Ich würde meiner Katze überall hin folgen«, kommt es dumpf von der Beamtin. Sie presst die Lippen aufeinander, als würde sie durch meine Worte an eine schmerzhafte Erinnerung zurückgebracht werden.

Kurz stolpert meine Erzählung. Ich hole tief Luft. In dem kurzen Moment der Stille spüre ich die Hände der Frau auf meinen kalten, eingefroren wirkenden Fingern. Ich höre überdeutlich das Klopfen des Polizisten auf dem Tisch, dass meinen Puls in die Höhe treibt. Dann endlich kann ich weitersprechen. »Ich hatte solche Angst. Mein ...« Ich atme tief ein. »Mein Ex ... er, also ... wir haben uns am Morgen zufällig in der Stadt getroffen und er hat mich ...« Meine Stimme bricht ab. Es gelingt mir nicht, die Worte zu äußern. Nicht, weil sie nicht wahr wären. *Er hat mich bedroht, gewürgt und war ... aufdringlich. Aber nicht an diesem Abend und auch nicht am Morgen.*

»Du armes Ding ...«

Ich versuche, ihre Worte auszublenden, und konzentriere mich ausschließlich auf das Trommeln der Finger des Polizisten. Das monotone Geräusch sorgt für eine erstaunliche Leere in meinem Kopf. »Ich dachte, er wäre es. Ich dachte, er würde mich ... holen.« Meine Worte brechen ab.

»Und dann sind Sie zu Ihrem Nachbar gegangen, um ihn um Hilfe zu bitten.« Ich spüre, dass mir die Beamtin einen Ausweg anbietet. Fuck, so gern würde ich ihn ergreifen.

Mein Herzschlag passt sich an das trommelnde Geräusch seiner Finger an.

Trotzdem schüttle ich automatisch den Kopf. »Ich bin zurück in meine Wohnung gegangen. Ich habe sie nicht mehr verlassen, aber ...«

»Aber?«, unterbricht mich der Officer. Ich erschaudere bei seiner Stimme.

»Aber ich habe etwas gehört. Einen ... Schrei.« Alles in mir sträubt sich dagegen, das zu sagen. Zu lügen. Polizisten in einem Verhör zu belügen. »Ich dachte, es wäre Einbildung. Ich dachte, dass all das ein schlimmer Traum war. Das kann doch nicht wirklich passieren, oder?« Aufgelöst sehe ich in die Augen der Beamtin. Sie sind zusammengekniffen und lediglich ein winziger Spalt ist geöffnet. Ihre Lippen sind ebenfalls zu einer schmalen Linie verzogen.

Mein Körper zittert noch immer, als ich das Police Department endlich verlassen darf. Die schwache Novembersonne scheint durch vereinzelte Wolken und treibt mir einen merkwürdigen Schauer über den Rücken.

Ich nicke der älteren Beamtin zu, die mich bis zum Ausgang begleitet hat. »Vielen Dank für alles.« Meine Kehle fühlt sich kratzig und trocken an. »Ich wüsste nicht, wie ich diese Tortur ohne Sie überstanden hätte.«

Sie lächelt verbissen. Schnell werfe ich einen Blick

über die Schulter. Ihr bösartiger Kollege ist zum Glück nicht zu sehen. Sie legt die Hand auf meinen Oberarm. Im ersten Moment spanne ich mich an, dann sehe ich zu ihr und beruhige mich sichtlich. »Wenn Sie irgendwelche Probleme haben oder reden wollen ...«

Ich greife dankbar nach ihrer Hand. »Dann melde ich mich.«

»Und auch bei jedem komischen Geräusch.«

»Vielleicht nicht bei jedem«, antworte ich nervös.

Ihr Blick wird streng. Sie sieht mich seufzend an. »Bei jedem. Lieber kommen wir einmal mehr, als dass ich das nächste Mal Ihre Leiche in einen Sack packen lasse.«

Ihre spielerischen Worte mit dem so verdammt ersten Thema drehen mir förmlich den Magen herum. Ich nicke matt und löse mich dann von ihr.

Auf dem Weg zu meinem Auto, das ich in der nächsten Seitenstraße geparkt habe, versuche ich mich zu beherrschen.

Nicht weinen. Nicht schreien. Nicht zusammenbrechen.

Weitergehen.

Mist ... Geh ... Weiter ...

KAPITEL 6

DER MÖRDER

Maddy … vermutlich wünschst du dir, unsere gemeinsame Zeit hätte anders geendet. Ich sehe es in deinem Blick. Aber keine Sorge, ich bin nicht verärgert. Für mich war es perfekt.

In dir zu kommen, zu spüren, wie du dich mir hingibst und mir allein die Kontrolle über deinen Körper und dein zerbrechliches Leben, das ich so leicht hätte beenden können, schenkst …

Ja, ich gebe zu, allein bei diesem Gedanken werde ich wieder hart.

Du hast dich perfekt angefühlt, dich perfekt bewegt, sogar jetzt spielst du perfekt die Rolle der überforderten, unschuldigen, leicht naiven Frau.

Nachdem ich in dir abgespritzt und meinen Samen in dir verteilt habe, habe ich auf dich herabgesehen. Du hast mir deinen Arsch entgegengestreckt, dein Körper hing schlaff auf dem viel zu niedrigen Tisch, als dass ich mich hätte endlos in dich rammen können. Ich habe in dieser

Nacht nicht nur einmal darüber nachgedacht, dich zu töten.

Du bist ein Risiko.

Aber ich habe dich als Mein gekennzeichnet. Wie könnte ich meinen Besitz einfach so neben meinem letzten Job liegen lassen?

Erst recht, nachdem ich in dir gekommen bin.

Man könnte glauben, dass das dumm war. Dass ich meine Spuren auf und in dir hinterlassen habe. Aber um ehrlich zu sein, habe ich weder darüber nachgedacht noch gezögert. Und auch jetzt kann ich es nicht bereuen. Deine Feuchte auf meinem Schwanz zu spüren, zu merken, wie sich jeder Muskel in deiner Pussy um mich zusammenzieht und tief in deinem Inneren zu kommen, ist ein völlig anderes Gefühl, als in ein Kondom zu spritzen.

Und obwohl es so viel leichter gewesen wäre, deine Leiche zu entsorgen, habe ich hinter uns beiden aufgeräumt, dich in deine Wohnung gebracht und alle Spuren beseitigt.

Mit Ausnahme derer, die du auf deinem Körper gefunden hast.

Sind sie nicht schön?

Erinnern sie dich an unsere gemeinsame Zeit? An die Lust, die du verspürt hast, als ich dich ausgefüllt habe?

Ich denke an sie zurück. Jedes Mal, wenn ich die Augen schließe, sehe ich deine hübsche, leicht gebräunte Haut vor mir. Ich habe dich genau angesehen, als ich dich umgezogen und in dein Bett gelegt habe. Sag mir, hast du meine Mühe, das Risiko, welches ich eingegangen bin, zu schätzen gewusst?

Ich hoffe es für dich und für mich … trotzdem wünsche ich mir das Gegenteil.

Dieses Mal habe ich dich belohnt. Es war unser erstes Aufeinandertreffen, da wollte ich einen guten Eindruck hinterlassen. Beim nächsten Mal … da würde ich dich gern für die Dinge bestrafen, die mir missfallen.

Beginnend mit dem Foto von diesem braunhaarigen Idioten in deinem Eingangsbereich. Ist er dein Bruder? Dein Freund? Mir egal. Ich habe es für dich entfernt.

Noch dazu habe ich mir die Mühe gemacht, ein paar Veränderungen in deiner Wohnung vorzunehmen. Ich bin gespannt, wann du sie finden wirst und wie sie dir gefallen.

Jetzt gibt es nur noch eine Frage: Wie wird es zwischen uns weitergehen?

Dir muss klar sein, dass ich dich nicht einfach so gehen lassen kann.

Wirst du dir eingestehen, dass du ab jetzt mir gehörst?

Oder wirst du dagegen ankämpfen und dabei deinen hübschen Kopf verlieren? – Und das meine ich nicht im übertragenen Sinne, mariposa.

Ich liebe die Ordnung und du bringst Chaos in mein System. Darum werde ich mich kümmern müssen, Maddison.

KAPITEL 7
DER COP

Ich trommle ungeduldig mit den Fingern auf meinen Schreibtisch. »Sie ist weg.« Jessica.

Gut. »Schade.«

Meine Kollegin schnauft und lehnt sich mit dem Hintern gegen die Tischplatte meines Schreibtisches. Dabei verschiebt sie einen Stapel Akten, was ich mit einem unzufriedenen Schnaufen quittiere.

»Wir hatten sie fast so weit.« Sie flucht anschließend leise und schlimmer als jeder meiner Kollegen. Ich presse die Lippen fest aufeinander und richte den Stapel akribisch an der Tischkante aus.

»Naives Ding. Sie sollte aufpassen, dass sie beim nächsten Mal nicht ebenfalls unter dem Messer landet.«

Ihr gefällt meine Aussage nicht. Sie legt den Kopf schräg und schürzt die Lippen. Dann lächelt sie überspitzt. »Officer Williams, der sich nicht an einem Fall festbeißt und die beste Zeugin einfach so gehen lässt?« Sie zieht die Augenbraue in die Höhe. Damit will sie mich herausfordern, mich anstacheln, mich ihr in den Weg zu stellen und mich zu behaupten.

Werde ich nicht.

Weil ich auf diese primitive Art von Provokation nicht reagiere. »Willst du die Kinder oder die Mutter?«, breche ich ihre Versuche, etwas aus mir hervorzukitzeln, ab.

Sie spielt mit ihren beige nachgezogenen Lippen. »Die Kinder.« Ihr Blick verdunkelt sich. »Die kann man so wundervoll manipulieren.« *Und brechen. Kinder glauben dir alles, wenn du sie nur nett anlächelst und ihnen einen Lolli versprichst. Du erschleichst dir ihr Vertrauen spielend leicht und dann kannst du absolut alles mit ihnen machen.* »Geh nicht zu weit.« Ich sehe sie mahnend an. »Wir dürfen sie nicht allein verhören.«

Jessica drückt sich von meiner Tischkante ab. Sie dreht sich herum und greift nach einem meiner ordentlich aufgereihten Kugelschreiber. Es juckt mich in den Fingern, ihn ihr aus der Hand zu nehmen. Mir gefällt es nicht, wenn andere Menschen mein Eigentum berühren. Er gehört mir, unterliegt meiner Ordnung, meinem System. *Er ist mein Besitz.* »Leg das weg«, weise ich sie an.

Ein bösartiges Funkeln leuchtet in ihren Augen auf. »Schnell reizbar heute, hm?«

»Nicht mehr als sonst.« *Aber ich mag es nicht, wenn jemand sich etwas nimmt, was mir gehört, sei es auch nur ein Stift. Sie beschmutzt ihn mit ihren Fingerabdrücken, hinterlässt ihre Identität darauf, sodass ich bei jeder Benutzung unfreiwillig an sie erinnert werde.* Sie lacht und wirft den Stift provokant auf meinen Tisch. Ich beobachte, wie er klappernd über die glatte Holzoberfläche rollt und in der Mitte liegen bleibt.

Dann endlich wendet sie sich ab. »Ich gehe die Kinder holen. Sie haben mit Sicherheit Angst, sind verstört und fühlen sich allein, nachdem man sie auch noch von der Mutter getrennt hat.«

Sie hat sie von der Mutter trennen lassen. Diese Worte sage ich nicht. Wir beide wissen es. Was nützt es mir, die Tatsachen erneut wiederzugeben? »Ich hole mir einen Kaffee und beginne.«

Mit einem letzten Nicken verabschiedet sie sich. Kaum dass sie durch die Tür zu meinem Büro gegangen ist, greife ich nach dem dunkelblauen Kugelschreiber mit der goldenen Klammer an der Seite. Ich beäuge ihn und die fettigen Abdrücke auf dem polierten Metall für einen Moment, dann werfe ich ihn in den Mülleimer, bevor ich mich erhebe.

Mein Blick führt aus dem Fenster meines Büros hinaus und auf die Seitenstraße neben dem Department.

Mit zusammengezogenen Augenbrauen trete ich an das Fenster und beobachte die kleine Rothaarige dabei, wie sie die Straße entlangläuft.

Mehrmals dreht sie sich hektisch um. Ihre Schritte sind unbeholfen und stolpernd, die Körperspannung und ihre Contenance unzureichend.

Dumpf schüttle ich den Kopf, während ich wie von selbst in Richtung des Hinterausgangs gehe.

Denkst du, ich habe die Lüge nicht in deinen Augen erkannt? Glaubst du nicht, dass ich genug Menschenkenntnis besitze, um zu merken, wenn man mich für dumm verkaufen will? Ich mache den Job bereits zu lang, um mich von jemandem, der derartig schlecht lügt, verarschen zu lassen.

Deine Menschenkenntnis hingegen sollte man dringend verbessern, Maddison Torres.

Du hast nicht einmal gemerkt, wie wir mit dir gespielt haben. Wie zwei Katzen mit einem Wollknäul haben wir dich hin und her geworfen. Dabei solltest du dich damit auskennen, so oft wie du von diesem Tier gesprochen hast.

Mehrmals habe ich dir eine Falle gestellt und du? Bist jedes einzelne Mal hineingetappt.

Du hast darauf angeschlagen, als ich die Würgemale erwähnt habe, obwohl ich lediglich eine leichte Rötung an deinem Halsansatz gesehen habe. Es war geraten. Ein Bluff und er hat funktioniert. Deine Reaktion bei meiner Beschreibung des Tatherganges hat mir den Rest verraten.

Du weißt es besser, oder nicht? Deshalb hast du mir widersprochen.

Wir haben dich immer mehr in die Enge getrieben, mit unseren Krallen über deine zarte Wollehaut gestrichen.

Und dann habe ich dich laufen lassen.

Sag mir, bist du dir darüber überhaupt im Klaren? Weißt du, was ich für dich getan habe? Du denkst, dass ich der böse Cop bin?

Ich nähere mich ihr mit schnellen Schritten.

Falsch.

Jessica sieht unschuldig aus, aber sie hat mehr Geständnisse eingetrieben als jeder andere von uns – was nicht nur an ihrem Alter liegt. Sie ist seit über zwanzig Jahren Polizistin. Du kannst nicht ernsthaft glauben, dass sie die ist, die sie dir verkaufen will. Sind deine Menschenkenntnisse wirklich so schlecht?

Fast habe ich Maddison eingeholt. Ich beschleunige meine Schritte und schließe auf.

Sie ist kein altes Hausmütterchen, das in den Vierzigern bei der Polizei angefangen hat. Sie hat den höchsten Dienstrang, auch wenn sie dir diesen verschweigt. Und im Gegensatz zu vielen anderen hat sie sich diesen durch harte Arbeit verdient.

Du hättest es sehen können, wenn du nur ein Stück aufmerksamer gewesen wärst. Der Respekt der Kollegen, die Art, wie sie sich bewegt und mit dir spricht. Alles an ihr ist aufgesetzt und eigens für dich inszeniert. Sie ist nicht zahm, nicht verständnisvoll. Sie ist ein Killer unter den Cops und fuck … sie hatte dich beinah so weit.

»Darf ich dann jetzt ganz ehrlich sein?« Ihre Worte schmecken falsch auf meiner Zunge.

Maddison Alison Torres, wie sie mit vollem Namen laut ihrer Polizeiakte heißt, dreht sich mit einem überraschten Laut zu mir herum. Der Schlüssel, den sie soeben ins Schloss stecken wollte, fällt zwischen ihr und dem Wagen auf die Straße.

Das klang interessant. Sag mir, hast du denselben Laut in der letzten Nacht von dir gegeben? Du scheinst nicht unbedingt hart im Nehmen zu sein. Ein kurzer Satz und du zitterst bereits am ganzen Körper. Wie hast du erst reagiert, als du über der Leiche standest? Und erspar uns an dieser Stelle doch gern das Leugnen oder deine Ausflüchte. Wir beide wissen, dass ich recht habe und du lügst.

»Officer Williams.« *Deine Stimme klingt so wunderbar angespannt. Es gefällt mir, wenn du in meiner Gegenwart unter Strom stehst. Dieses Gefühl solltest du dir besser gut in Erinnerung behalten, wenn du das nächste Mal mit meiner Kollegin sprichst. Bei ihr solltest du vorsichtig sein. Bei mir … nun, du kannst es versuchen, aber ich werde dich durschauen; das habe ich längst.*

Im Gegensatz zu meiner Kollegin bin ich ein Freund klarer Worte.

»Ich glaube kein einziges Wort von dieser Show, die Sie dort drin abgezogen haben. Wissen Sie auch, wieso?« Bei meiner Aussage öffnet sie schockiert den Mund. Ich reibe mit meinem Daumen über den leichten Bartansatz an meinem Kinn. »Sie sind nicht wie die anderen Frauen, die ich für gewöhnlich hier habe.«

Maddison stößt einen entrüsteten Laut aus. »Sie wollen mir sagen, dass Sie mich für etwas Besonderes halten? Danke, ich verzichte, wenn es dazu führt, dass wir einander nicht wiedersehen müssen.«

Spott. Das ist bedauerlich. Wir beide wissen, dass deine Worte unsinnig und nicht passend zu meiner Aussage sind, aber in Ordnung.

»Meine Aufgabe ist es, diesen Mord aufzuklären. Sie entsprechen nicht dem gewöhnlichen Profil einer unschuldigen Zeugin.«

»Und deshalb bin ich schuldig?«

Ganz sicher sogar. Die Frage ist nur, welcher Tat ich dich beschuldigen muss. Im Moment reizt du meine Nerven auf ein gefährliches Niveau, das könnte ungut für dich enden, Maddison. »Vielleicht.«

»Finden Sie es doch heraus.« Sie beißt sich mit einem provozierenden Lachen auf die Lippe.

So verlockend, Maddison. So verlockend.

»Gut.«

»Gut.«

»Morgen, 12 Uhr.«

»Sorry, bin verhindert«, erwidert sie zuckersüß.

»Womit? Sich neue Lügen einfallen zu lassen?« Ich presse die Zähne fest aufeinander. *Genauso stur, wie ich dich in Erinnerung hatte, Maddison.*

»Ja und wegen meiner Abneigung gegen Polizeistationen.«

Ihre vorlaute, unverschämte Antwort treibt meinen Puls in die Höhe. Sie sollte dankbar sein, doch stattdessen verspottet sie mich. Ich werfe einen schnellen Blick über die Schulter, packe sie am Oberarm und ziehe sie die wenigen Meter um die Hausecke, sodass das Police Department nicht mehr in unserem Blickfeld liegt. *Oder wir in deren.* Ihren schwachen Widerstand ignoriere ich vollständig.

»Sind Sie verrückt geworden?«

Noch nicht einmal ansatzweise. »Dein vorlautes Mundwerk wird dir nicht weiterhelfen, wenn du eine Vorladung von der Polizei bekommst.«

»Von Ihnen?«, erwidert sie schnippisch. Sie befreit ihren Arm aus meinem Griff. Ich atme tief ein und versuche, mich zu beherrschen, nicht ihre kleine Kehle zu packen und sie hart gegen die Fassade in ihrem Rücken zu pressen.

»Nein, ich meine, dass selbst jeder Anfänger dort drin

meilenweit riechen kann, dass du nicht die Wahrheit sagst. Also entweder überlegst du dir schnell eine bessere Lüge oder wirst dir schon bald eine Zelle mit Crack-Dealern, Mördern und Prostituierten teilen.«

»Sie wollen mir helfen? Das bezweifle ich stark. Wie finden Ihre Kollegen es, dass Sie mir hier auflauern und mich unter Druck setzen? Erneut.« Ihr Blick zuckt zwischen meinen Augen hin und her. Sie schluckt sichtlich und atmet schwer. Ihr Körper befindet sich nur wenige Zentimeter von meinen entfernt. Den Rücken hat sie gegen die Wand gepresst. Anstatt zurückzuweichen, trete ich noch einen kleinen Schritt näher, sodass mein Kinn beinah ihren Scheitel streift.

In meinem Kopf rauscht die Wut.

Ich habe dir geholfen, Maddison. Dabei hätte ich der letzte Nagel in deinem Sarg sein können. Du gefällst mir, faszinierst mich, aber das bedeutet noch lange nicht, dass ich mit mir spielen lasse. Und selbst wenn, dann nur nach meinen Regeln.

Sie starrt mich stumm abwartend an. Ihre Lippen sind leicht geöffnet und ihr sonnensprossenbesprenkeltes Gesicht abwartend angehoben. Obwohl ihre Worte etwas völlig anderes sagen, zeigt mir ihre Körpersprache, dass sie mir gegenüber keinerlei Abneigung verspürt.

Sag mir, bist du dir eigentlich darüber bewusst, dass du mir deinen Körper fordernd entgegenschiebst? Dass du den Rücken ins Hohlkreuz drückst und mir dadurch näherkommst? Oder gestehst du es dir nicht ein?

»Ich wiederhole meine Anweisung von vorhin ein allerletztes Mal: Sag mir die Wahrheit.«

Ich sehe das Funkeln in deinen Augen. Dir gefällt es, mir Kontra zu geben und mich zu provozieren. Für gewöhnlich springe ich nicht darauf an, aber bei dir mache ich eine Ausnahme.

Schließlich sind wir einander nicht das erste Mal vor deiner Haustür begegnet.

Soll ich deiner Erinnerung auf die Sprünge helfen? Deinen Verstand überzeugen, was dein Körper bereits weiß und uns beiden in aller Deutlichkeit zeigt?

Du ... das verändert alles.

KAPITEL 8
MADDY

Ich verspüre absolute Entrüstung. Dieser verdammte Officer, der mir bereits beim Verhör viel zu nahegekommen ist, hat mir aufgelauert. *Gibt es dagegen nicht Gesetze? Gesetze, die er einhalten und durchsetzen sollte? Gegen die er nicht einfach selbst verstoßen darf?*

Empört schnappe ich nach Luft und atme seine herbe Note ein, die mir so vertraut vorkommt. Seinen Körper, der sich so dicht vor meinem befindet, versuche ich, zu ignorieren. Die Berührungen seiner breiten, muskulösen Brust, sein Schenkel, den er zwischen meine geschoben hat und die Art, wie er den Kopf zu mir herabsenkt ... Ich erschaudere. Sie katapultieren mich sofort wieder in die vergangene Nacht und erzeugen ein mulmiges Gefühl in meinem Magen, begleitet von einem begierigen Ziehen, wenn ich an bestimmte Teile der letzten Nacht denke.

Wir sind in der Öffentlichkeit, nur wenige Meter von einer Polizeistation entfernt. Er hat so viel mehr zu verlieren als ich, wenn er nicht sofort weggeht. Das versuche ich, mir immer wieder in Erinnerung zu rufen. »Die Wahrheit? Die habe ich bereits gesagt. Drinnen im Verhörraum. Wo ich wie ein Verbrecher befragt wurde, obwohl ich nichts getan habe.« Mir schießt das Blut in die Wangen, weil ich mich daran erinnere, dass ich sehr wohl etwas getan habe. *Sehr viel.* Oder sehr wenig, je nachdem, wie man es sehen möchte. Ich bin nicht weggelaufen, habe nicht geschrien und nicht die Polizei gerufen. *Das habe ich jetzt davon.*

»Wenn du dieses Empfinden in Bezug auf deine Schuld hast, scheint etwas an der Sache dran zu sein.«

Ich schnaufe leise und stemme die Hände in die Seiten. Automatisch lehne ich mich zurück, um weder seinen Körper noch den Waffengurt an seiner Hüfte zu spüren. »Das hier gilt als Belästigung. Daran ändern auch deine Kalenderweisheiten nichts, auch wenn du mich versuchst zu überrumpeln.« Seit wann sind wir überhaupt so persönlich geworden? Nicht, dass ich bei einem normalen Mann etwas dagegen hätte. Bei jemandem, der mich nicht gerade verhört und mir eine Straftat unterstellen will.

»Du bist überrumpelt?«

»Ja! Das ...« Ich breche ab. Meinetwegen stimme ich allem zu, wenn er mich dann endlich in Ruhe lässt. Gut, nicht allem. Sonst könnte ich gleich den Mord gestehen. Bei diesem Gedanken wird mir schlecht und ich will ihn keine Sekunde zulassen. Nichts aus dieser Nacht, die ich nur allzu gern wieder vergessen möchte. Nur wieso habe ich dieses vertraute Gefühl bei dem Officer, bei dem ich mich ihm am liebsten offenbaren möchte? Und nicht nur das ... eine andere Stimme in meinem Kopf sagt mir, dass es so leicht wäre, mich von ihm von all diesen Problemen ablenken zu lassen.

»Gut. Ich sehe dich morgen in meinem Büro. Reicht dir dieses Zeitfenster, um in ganzen Sätzen zu kommunizieren und mir eine Antwort auf meine Frage zu geben? Dieses Mal eine ehrliche?«

Ich presse die Zähne fest aufeinander. *Was fällt diesen verdammten Typen überhaupt ein?* Vor Wut kochend, beuge ich mich nach vorn. Ich hebe das Kinn an und funkle ihn wütend an. »Wie wäre es mit diesem ganzen Satz: Ficken Sie sich, Officer Williams.« Meine Wangen erhitzen sich aufgrund meiner eigenen Worte. *Scheiße. Das hätte ich nicht sagen dürfen.*

Der Officer hebt seine Hand. Ich zucke zusammen. Entgegen meiner Erwartung schlägt er mich nicht. Er würgt mich nicht. Er tut mir keine Gewalt an. Und verdammt, es spricht Bände über mich, dass ich genau das erwartet habe. »Das war zwar eine Aussage, gilt zwar als Satz, beinhaltet aber nicht die Antwort auf meine zuletzt gestellte Frage.« Seine emotionslosen, kalten Worte lassen mich erschaudern. Noch ehe ich antworten kann, hebt er die Finger an meine Lippen und streicht mit den Fingerknöcheln darüber. »Bevor du dieses Mal antwortest, mich weiter mit deinen Lügen verwöhnst und dich immer tiefer in die Scheiße reitest, denk lieber gut darüber nach, was aus diesen hübschen Lippen dringt.«

»Das alles hier macht mich sprachlos!« Die Worte rutschen mir automatisch heraus. Ich bin durcheinander.

Der Wunsch, vor ihm davonzulaufen und mich gleichzeitig in seine Arme zu stürzen, nimmt überhand in mir.

»Ganz offensichtlich nicht.«

»Was soll das bedeuten?« Er verwirrt mich. Ich habe restlos den Faden verloren und keine Ahnung mehr, über was wir überhaupt gesprochen haben, geschweige denn, was er von mir möchte. Genauso wie in diesem Verhörraum. Er hat mich bedrängt ... und anschließend laufen gelassen oder fühlte es sich lediglich so an?

Officer Williams schüttelt abwägend den Kopf. Er reibt sich mit den Fingern über den Bartansatz und lacht schließlich, was mich völlig irritiert. Er tippt mir mit dem Zeigefinger bedächtig gegen die Unterlippe. Wie schon in der letzten Nacht bin ich unfähig, mich zu rühren. Ich stehe wie erstarrt da, sehe zu ihm auf und verliere mich beinah in seinen grünen Augen, die in meinem Verstand zu dunklen, sich zwischen den Schlitzen einer Stoffmaske befindenden, verschwimmen. »Das soll bedeuten, dass mir diese Lippen zwar offen gefallen, aber nicht unbedingt die Worte, die daraus hervorkommen.«

Ich schnaufe und knirsche mit den Zähnen. »Aha, also soll ich einfach so stumm dastehen, mit geöffnetem Mund und Sie anstarren?« Ich schiebe den Unterkiefer provozierend nach vorn.

»Brav nickend und mit meinem Schwanz dazwischen wäre mir zwar lieber, aber ...« Er tippt mir auffordernd mit dem Zeigefinger ans Kinn. Sofort drehe ich den Kopf bestimmt zur Seite, um mich seiner Berührung zu entziehen.

Dieser Typ ist unfassbar dreist! Und er ist Polizist? Er soll das Recht verteidigen, an das er sich selbst nicht hält?

»Das kann nicht Ihr Ernst sein? Das alles hier fällt deutlich unter sexuelle Belästigung!«, feuere ich ihm deshalb entgegen. Ich bin absolut dafür, dass jeder Mann und jede Frau ihre Sexualität frei ausleben darf und unter anderen Umständen wäre er einfach nur ein attraktiver Mann und ich eine Frau, die nicht abgeneigt ist. Aber in dieser Situation ... Ich atme scharf ein. Kann ein falsches Wort bedeuten, dass ich im Gefängnis lande.

Officer Williams beugt sich zu mir. Er stützt den Unterarm seitlich über meinem Kopf an der rauen Fassade in meinem Rücken ab. Panisch sehe ich nach oben. Sein Körper kesselt mich an der Wand ein und raubt mir beinah den Atem. Sein Schlagstock drückt sich unangenehm in meinen Bauch und sein Stiefel streift meinen Knöchel, als er sein Gewicht verlagert. »Fühlst du dich belästigt, Maddison?«

Nein. Doch, aber ich mag es ... irgendwie.

»Ich würde gern professionell bleiben«, rutscht es mir heraus.

»Du darfst sehr gern *Mister Williams* sagen, Maddison. Auch wenn mir ein *Ja, Sir* an den meisten Stellen genügen würde.«

Mir entweicht ein empörter Laut. Dieser Mann ist ein Polizist, ein rechtschaffener, gesetzestreuer, heißer ...

Ich spüre die Hitze in meinen Wangen. Verdammt, das *heiß* war an dieser Stelle fehlplatziert und nicht vorgesehen. Hier geht es nicht darum, dass ich einen Mann in einer Bar kennenlerne und mit ihm flirte. Er ist ein Cop!

»Das Sie sollte auch für Sie gelten, also für mich von Ihnen zu mir«, stottere ich. Er sollte seinen Job machen und diesen Mord aufklären. Allerdings würde das bedeuten, dass er von meiner Beteiligung daran oder meiner Nicht-Anteilnahme an der Aufklärung erfährt.

»Hast du den Faden verloren, Maddison?«

Das habe ich tatsächlich. Zittrig greife ich an meinen Hals, während mich die Erinnerungen der letzten Nacht fluten.

»Nein«, krächze ich leise. »Nur meinen Verstand.«

»Wieso sollst du den verloren haben?«

Weil ich mit einem Mörder geschlafen habe. Weil ich mit dem Polizisten, der in dessen Ermittlungen verwickelt ist, spreche, obwohl ich mich nicht mehr auf dessen Dienststelle befinde. Weil … Ich fluche innerlich. *Weil ich mich in den letzten Stunden offenbar in ein notgeiles Etwas verwandelt habe, das sich von einem Fremden schutzlos nehmen lässt, keinerlei Gewissen kennt und nun nichts anderes spüren kann, als diesem verfluchten, sehnsüchtigen Drang, den er in mir auslöst, nachzugeben. Und das Schlimmste: Nicht zwischen einem unschuldigen Flirt und einem Fick mit einem Mörder unterscheiden kann.*

Ich keuche, erschöpft von meinen eigenen Gedanken. »Weil ich noch immer mit Ihnen spreche.«

Gerade als sich alles noch einmal vor meinem inneren Auge abspielt, spüre ich Officer Williams' Körper an meinem. Eine sanfte Berührung an meinem Bauch lässt mich zurückschrecken. Ich stoße mit dem Hinterkopf gegen die Hauswand und stöhne schmerzhaft. Dann sehe ich an mir hinab. Der Schlagstock an seinem Waffengürtel streift erneut meinen Bauch. Mein Puls schießt in die Höhe. Mir fällt die Bewegung seines Armes, der sich neben mir an der Wand befindet, ins Auge. Dieser sinkt ein paar Zentimeter neben mir herab. Als ich den Kopf wieder zu ihm drehe, befindet sich sein Gesicht nur wenige Zentimeter von meinem entfernt.

»Sprechen darfst du sehr gern, immerhin habe ich dir deinen Mund heute noch nicht mit einem Handschuh gestopft, auch wenn das eine gute Lösung zu sein schien, dir vorlaute Worte zu verbieten.« Zum ersten Mal, seitdem ich diesen Mann heute Morgen gesehen habe, verziehen sich seine Lippen zu einem sanften Lächeln. Es ist lediglich leicht, nur der Hauch einer Bewegung. Dazu sein gesenkter Blick, sein Gesicht so dicht bei meinem, dass ich seinen Atem spüren kann.

Es versetzt mich augenblicklich zurück in die gestrige Nacht.

So.

Genau so habe ich mir das Lächeln des Maskierten vorgestellt.

Meine Kehle schnürt sich zu. »Was hast du gestern Abend gemacht?«, rutscht es mir unbeholfen heraus.

Officer Williams legt den Kopf schräg. Sein Lächeln wird noch eine Spur breiter und fuck … mein Herz stoppt. Er blinzelt langsam. Träge, dunkel, perfekt. Seine Ausstrahlung, wenn er lächelt, ist einfach perfekt. »Gestern Abend? Als du in deinem Bett lagst und den Geräuschen der Nachbarwohnung gelauscht hast?«

»Ja.« Meine Stimme klingt grauenhaft und schwach.

Der Officer seufzt. Er hebt seine Hand dicht vor mein

Gesicht und fährt mit dem Handrücken an meinem Wangenknochen herab. Ich starre ihn sprachlos an, unfähig, mich zu rühren. »Gilt damit deine Forderung nach *Professionalität* als aufgehoben? Oder möchtest du mich noch fragen, was ich am Wochenende vorhabe, und mich dann wieder *Officer Williams* nennen?«

Ich brauche einen Moment, um seine Worte zu begreifen. *Spielt das jetzt noch eine verdammte Rolle?* Mein Herz pumpt wie wild. Ich starre ihn an. Starre in seine hellgrünen, stechenden Augen, auf den leichten Bartansatz und die stoppeligen, an den Seiten kurzgeschorenen Haare, die nach oben hin länger werden. Mein Atem flattert. Seine Finger rutschen bis an meine Kehle herab und ruhen dort sanft.

Sein Blick wird fordernder.

Ich muss die Lippen fest aufeinanderpressen, um nicht unbedacht zu sprechen und ihm das um die Ohren zu werfen, was ich seit ein paar Minuten nicht mehr vergessen kann.

Diesen dummen, falschen, verlockenden, verbotenen Gedanken.

Ist er der maskierte Mörder?

Kommt daher dieses plötzliche Gefühl der Zuneigung? Diese irritierenden Gedanken, die ich nicht verstehe? War er es? Hat er mich bedroht? Mich berührt? Mich ... gefickt?

»Maddison?« Keuchend atme ich ein und blinzle mehrmals schnell. Sein Atem kitzelt auf meiner Haut. Mein Blick schießt fiebrig in der leeren Seitengasse umher. Mein Körper kribbelt nervös.

Es stimmt, oder? Deshalb bedrängt er mich. Deshalb

spricht er mit mir. Ich bin keine Fremde für ihn. Er kennt mich. Zumindest länger als Officer Williams, der Polizist. Er ... fuck.

Habe ich ihm meinen Körper hingegeben? Mich von ihm schneiden und nehmen lassen?

»Können wir dieses Gespräch bitte beenden?«, frage ich aus dem Gefühl völliger Überforderung heraus.

Sein Mundwinkel zuckt erneut. Er schiebt die Hand in meinen Nacken und jagt mir mit der Bewegung eine heftige Gänsehaut über den Körper. *Seine Hand. Seine Haut. Diese Berührungen. War er es?*

Ich vergleiche alles an ihm mit meiner Erinnerung. Die Größe, sein Geruch, seine Figur. Einfach alles.

Der Fremde war groß, trainiert und breit gebaut.

So wie der Officer.

Seine Züge waren weicher, aber es war kaum Licht in dem Zimmer, sein Gesicht von einer Maske bedeckt, meine Nerven überreizt und ich ... kaum zurechnungsfähig? *Oder erkläre ich mir damit nur diese Dummheit, die ich begangen habe?*

»Das können wir sehr gern, Maddison.« Seine Stimme wird tiefer und bekommt einen lustvollen Unterton. Ich spüre seine Worte dicht an meinem Ohr. Keuchend befeuchte ich meine Lippen, unfähig, den Blick von seinen grünen Augen abzuwenden. *Die des Fremden waren schwarz – oder war das lediglich Einbildung? Lag das nur an der Dunkelheit? Hat er vielleicht sogar Kontaktlinsen getragen?*

»Dann sag mir, möchtest du, anstatt dich weiter mit mir zu unterhalten, nicht lieber erneut vor mir auf die

Knie gehen? Schließlich habe ich zuletzt vor dir gekniet, Maddison.« Er reibt sanft mit dem Daumen über meinen Hals, auf dem ich die Spuren – *vielleicht seine* – noch immer überdeutlich spüren kann. »Keine Sorge, dafür wird keine Gewalt notwendig sein.«

Erneut. Keine Gewalt. Knie.

Fuck.

Er.

Er ist es.

Oder?

Er muss ...

Meine Gedanken überschlagen sich. Mein Kopf pulsiert heiß. Ich schlinge die Arme um meinen Körper, kratze mir nervös mit den Nägeln über die Oberarme.

Ich halte den Atem an. Starre zu ihm auf.

Kein Officer würde so mit mir sprechen – erst recht nicht, wenn er im Dienst ist und ich seine Zeugin bin.

Sein Blick wird fordernd. Die Augen verengt er leicht.

Dieser Ausdruck ... Seine gesamte Ausstrahlung.

Die Erinnerung an die letzte Nacht ...

Ich weiß, wie verdammt falsch es ist, dass es verboten, dumm und irrsinnig ist, aber in dem Moment bricht eine Welle der Erleichterung über mir zusammen.

Er ist es.

Er ist nicht aus meinem Leben verschwunden, hat mich nicht nach einer dummen, naiven Nacht abgehakt und auch nicht vor, mich zu töten. Zumindest nicht im Moment.

Ich sinke auf die Knie, ohne noch eine weitere Sekunde darüber nachzudenken.

Ich knie vor einem Mörder. *Erneut.* Ich knie vor einem Polizisten in aller Öffentlichkeit.

Jeden Moment könnte uns jemand erwischen und verdammt, das ist das Heißeste, was ich mir vorstellen könnte.

Die letzte Nacht ist unser gemeinsames Geheimnis, das uns aneinanderbindet, und vor ihm zu knien, fühlt sich an, als würde ein weiteres dazukommen. Noch mehr, das uns vereint.

Ich höre das metallische Rasseln, als er den Gürtel öffnet. Sobald er sich nach vorn beugt, spüre ich seinen Schlagstock an meiner Stirn. Überrascht sehe ich auf. Der Officer lächelt düster zu mir herab. Jetzt bin ich es, die vor ihm kniet, und jede Faser meines Körpers kann sich daran erinnern, wie er zwischen meinen Beinen verschwunden ist. Ich erinnere mich an seine Berührungen, wie er mich gefickt hat. Mit seinem Messer und anschließend mit seinem Schwanz.

Lust schießt durch meinen Körper.

Mein Blick zuckt hin und her. »Hast du Sorge, wir könnten erwischt werden?« Zeitgleich mit seinen Worten spüre ich seinen harten Schwanz an meiner Wange.

Keuchend beiße ich mir auf die Lippe. Ich hebe die Finger zittrig an seine Hüfte und dirigiere in ein paar Millimeter näher. »Und Sie, Officer Williams?« Mit meiner Zunge fahre ich über seine Spitze und lecke den ersten Tropfen seiner Lust ab.

Bevor ich ihn noch weiter reizen kann, krallt er die Hand fest in meine Haare. Ich wimmere überrascht, was er nutzt, um sich in meinen Rachen zu schieben. Er ist tief in mir, füllt meinen Mund aus, so wie noch am Abend zuvor meine Pussy. »Mir scheint, als war es eine gute Idee, diesen vorlauten Mund mit meinem Schwanz zu stopfen, Maddison. Mir gefällt es, wenn du endlich respektvoll mit mir sprichst.« Seine Stimme wird von einem animalischen Knurren begleitet.

Seufzend lasse ich zu, dass er sich aus mir zurückzieht und meinen Mund mit schnellen Stößen zu ficken beginnt.

Meine Gedanken driften immer wieder zu der letzten Nacht ab. Ich spüre seine Berührungen greifbar auf meiner Haut. Mein ganzer Körper steht unter Strom und meine Mitte pocht begierig in der engen Jeans, deren Naht sich gegen meine Pussy drückt.

Ich wollte ihn bereits in der vergangenen Nacht schmecken. Sein Versprechen, zu prüfen, wie gut er in meinen Mund und meinen Arsch passt, einlösen.

Mein Körper zieht sich begierig bei diesem Gedanken zusammen. Nur zu gern würde ich ihn fragen, ob er meinen Arsch als nächstes nehmen will.

Als er sich tiefer in meine Kehle schiebt, röchle ich leise. Ich kralle mich an seiner Hüfte fest und spüre bei mehreren seiner Stöße den Schlagstock an meiner Stirn. Es schmerzt nicht, dafür setzt mich jeder Stoß unter Strom und jede Berührung des Schlagstocks ruft mir in Erinnerung, wer er ist und wo wir uns befinden. Er nimmt meinen Mund nicht schonungslos und hart, dafür schiebt er sich jedes Mal bis zum Anschlag in meinen Rachen. Mir treten unfreiwillig Tränen in die Augen. »Wir müssen uns leider ein wenig beeilen, Maddison.« Seine

Stimme klingt schnaufend und außer Atem. Es verschafft mir ein Gefühl der Befriedigung zu spüren, wie er es genießt. Außerdem erinnern mich seine Worte an die der letzten Nacht. *Auch da hat er mich aufgefordert, mich zu beeilen ... und mich dann in aller Ruhe gefickt, bis ich bewusstlos geworden bin.*

Ich keuche erstickt. Dass ich dieses Mal diejenige bin, die die Macht über ihn hat, gefällt mir umso besser.

Deshalb hebe ich die Finger an seinen Schaft, reibe darüber und sauge umso begieriger an seiner Härte. »Fuck, Maddison.« Er stöhnt leise. Sein Griff in meinen Haaren wird fester. Feuchte Tränen laufen an meinen Wangen herab. Ich kralle mich mit einer Hand in seine Hose, versuche, den Schlagstock, der mir immer öfter gegen die Stirn schlägt, von meinem Kopf fernzuhalten, und nehme ihn bei jedem Stoß begierig in mir auf.

Als er laut stöhnt und sich tief in meinen Rachen rammt, halte ich den Atem an. Dann schmecke ich sein Sperma, das er in meinem Mund verteilt. Ich will mich zurückziehen und schlucken, doch er zerrt meinen Kopf in den Nacken und greift mit der anderen Hand nach meinem Kinn.

Wimmernd und überfordert sehe ich zu ihm auf.

Der Officer schüttelt langsam den Kopf. Sein Blick ist lustverhangen, seine Augen auf mich gesenkt. »Ich möchte, dass du dir meinen Geschmack gut einprägst, Maddison.« Sein Schwanz zuckt bei diesen Worten in meinem Mund. Seufzend fahre ich mit der Zunge darüber und verteile seine Lust in meiner Mundhöhle. »Machst du das für mich?«

Ich nicke stockend. Er lächelt. Scheiße ... Sein Lächeln schießt eine heftige Welle der Lust durch meinen Körper, sodass ich begierig die Beine zusammenpresse.

»Wenn ich mich aus dir zurückziehe, will ich, dass du meinen Samen noch für ein paar Momente in deinem Mund behältst. Ich möchte, dass du meine Lust schmeckst und erst schluckst, wenn ich es dir erlaube.«

Er sieht mich ein paar Sekunden abwartend an, als müsste er sich versichern, dass ich seine Worte verstanden habe. Erst nachdem ich erneut knapp genickt habe, zieht er seinen Schwanz langsam zwischen meinen Lippen zurück.

Keuchend atme ich ein. Ich wage es nicht zu schlucken, harre in seinem Griff aus und zerfließe förmlich unter seinem stechenden Blick. Er dirigiert meinen Kopf in den Nacken. Mein Speichel mischt sich mit seiner Lust, die jeden Funken meines Verstandes einnimmt. Sein Sperma fließt langsam in Richtung meines Rachens. Ich will instinktiv schlucken, doch er verstärkt den Griff um mein Kinn und schüttelt langsam den Kopf. »Nicht schlucken, Maddison. Lass es langsam deine Kehle hinablaufen und sag mir, dass dir das Gefühl nicht gefällt.«

Schwer atmend folge ich seinem Befehl. Ich kann nicht anders. Meinem Körper scheint es nicht möglich zu sein, sich dagegen zu verwehren.

Sein Sperma fließt in meiner Kehle hinab und schießt von dort aus Lust durch meinen ganzen Körper. Sein Geschmack hüllt alles ein. Immer wieder habe ich den Drang, zu schlucken, doch sein Blick sorgt dafür, dass ich diesem widerstehe und zulasse, dass sich seine Lust von selbst ihren Weg durch meinen Rachen bahnt.

»Gut gemacht, Maddison.« Ich kann nicht länger widerstehen und schlucke röchelnd. Seine Worte sorgen für eine weitere Welle der Lust in meinem Körper. *Gut. Gutes Mädchen*, das hat er in der letzten Nacht gesagt. Noch immer sehne ich mich so sehr nach seinem Lob. Hustend werfe ich den Kopf nach vorn und keuche schwer.

Der Officer zieht mich langsam auf die Beine. Ich schwanke. Meine Beine fühlen sich taub und erschöpft an. Erst dann löst er mit einem teuflischen Grinsen seine Hände von meinem Gesicht, packt seinen noch immer harten Schwanz weg und verschließt seine Hose.

»Samstag, 17 Uhr. Ich hole dich ab.«

Ich schüttle stumm den Kopf, bin überfordert und weiß nicht, was ich antworten soll. Der Nebel der Lust gemischt mit seinem Geschmack benebeln meine Sinne.

Ehe ich reagieren, etwas fragen oder gar meine Gedanken sortieren kann, schiebt er sein Bein zwischen meine. Seine Hand platziert er erneut in meinen Nacken. Ich schnappe nach Luft, als er den Griff verstärkt und mich ein paar Zentimeter näherzieht. »Was ist so schwer daran, mir zu gehorchen, Maddison?«

Ich öffne die Lippen, trotzdem kommt es mir vor, als bekäme ich nicht genug Sauerstoff. Meine Augen sind geweitet.

Er verengt den Griff um meinen Hals. Ich hebe überrascht das Kinn und sehe in seine stechenden Augen. Seine Kiefermuskulatur zuckt. Er schnauft leise, schiebt die Hand in meinen Haaransatz, zerrt meinen Kopf nach hinten und presst seine Lippen auf meine.

Der Kuss raubt mir den Atem. Er reißt mich aus der Realität und sorgt für ein heftiges Rauschen in meinem ganzen Körper.

Dominant und gleichzeitig kontrolliert schiebt er seine Zunge in meinen Mund, während er die Finger fester in meine Haare krallt. Mir entweicht ein leises Wimmern, vor Lust und Schmerz gemischt. Er saugt den Laut gierig auf und drängt seine Lippen auf meine als … *als würde ich nur ihm gehören.*

Der Officer löst sich langsam von mir. Noch immer seinen herben Geschmack auf den Lippen sehe ich zu ihm auf. »Samstag. Und dieses Mal dulde ich keinen Widerspruch, Maddison.«

KAPITEL 9
MADDY

Die letzten 47 Minuten waren die peinlichsten meines Lebens. Angefangen mit dem Anruf bei meiner Frauenärztin. *Entschuldigung, ich brauche bitte dringend einen Termin.*

Wieso? Wieso? Ja ... wieso brauchte ich dringend einen Termin? Weil ich mit einem Fremden geschlafen habe? Ungeschützt? Weil ich zugelassen habe, dass er in mir kommt – mehr oder weniger. Oder weil ich prüfen sollte, ob es Schäden in meinem Kopf verursacht hat, dass er mich im Anschluss bewusstlos gewürgt hat? Gut, dafür wäre vermutlich nicht meine mürrische Frauenärztin zuständig, weshalb ich den Punkt großzügig weggelassen habe – genauso, dass die Rechnung der Ärztin dafür sorgen wird, dass mein Möbel-Einkauf sehr weit unten auf die Prioritäten-Liste rutscht.

Trotzdem fühle ich mich wie frisch nach einem Tierarzt- oder Werkstatt-Termin. Hochgefahren, durchgecheckt und mit einer provisorischen Wurmkur versorgt.

Mir schießt das Blut in die Wangen und ich bin froh, endlich in meine Wohnung zurückzukehren. Amy habe ich, noch ehe ich der Polizei aufs Revier gefolgt bin, eingefangen und zurück nach drinnen verfrachtet. Sie begrüßt mich bereits an der Tür, indem sie sich um meine Beine schmiegt.

Seufzend streichle ich sie und schließe die Tür hinter mir.

»Das war unangenehm«, teile ich ihr seufzend mit.

Sie miaut bestätigend.

»Du hast keine Ahnung.« Stöhnend gehe ich in mein Wohnzimmer und verharre ein paar Momente ziellos in dem Zimmer. In meinem Kopf herrscht ein einziges Chaos. Ich weiß nicht, wohin mit mir oder was ich denken soll. Deshalb versuche ich, die letzte Nacht noch einmal aufzuarbeiten.

Ich habe einen Fehler gemacht, weil ich nach draußen gegangen bin. Im Ernst, das sollte man als junge, alleinlebende Frau nicht tun. Erst recht nicht im Dunkeln, wenn man ein Geräusch hört. *Am Ende schläft man noch mit einem Mörder.*

Mir jagt eine eisige Gänsehaut über den Rücken.

Ich habe Herolds Leiche gefunden – oder zumindest seinen sehr tot aussehenden Körper – und nicht versucht, ihm zu helfen oder immerhin die Polizei gerufen.

So weit kann ich mir die Sache noch erklären. Ich stand unter Schock, ganz einfach. *Und er ist ein Arsch, um den es mir nicht leidtut,* aber das ignorieren wir an dieser Stelle einfach.

Stöhnend setze ich mich auf mein Sofa, einfach nur,

um nicht weiter ziellos in der Wohnung zu stehen. Amy springt auf meinen Schoß und bettelt um meine Aufmerksamkeit.

Ich streichle sie tief in meinen Gedanken versunken.

Dieser Fremde hatte eine besondere Ausstrahlung, aber ist das ein Grund, sich von ihm schneiden und nehmen zu lassen?

Ein fetter Kloß bildet sich in meinem Hals.

Immer wieder drängen sich weiter Gedanken in meinen Kopf, die ich bisher versucht habe, zu verdrängen. Er hat mich gewürgt und ich ... habe das Bewusstsein verloren. Der Fremde ... *Officer Williams*, verbessere ich mich mit hitzigen Wangen, hat mich in meine Wohnung gebracht.

War es Zufall, dass er wusste, wo ich wohne? Dass er mich in mein Bett gebracht und umgezogen hat?

Oder hat er sich mittels der Polizeidatenbank über mich erkundigt?

Nervös beiße ich mir auf die Lippe.

Ich weiß, dass ich sauer sein sollte.

Er hat mich verletzt und Mist ... ich war ohnmächtig. Das sollte mir so viel mehr ausmachen und vor allem nicht dieses nervöse, begierige Ziehen in meinem Körper auslösen. *Was ist nur los mit mir?*

In dem Moment werde ich von dem Vibrieren in meiner Hosentasche abgelenkt. Erst schrecke ich zusammen, dann nehme ich das Handy heraus und starre auf das Display.

Stacy.

Auch wenn ich meine beste Freundin liebe, warte ich,

dass der Anruf beendet wird. In der Zwischenzeit spiele ich an meinen Nägeln und werde mit jedem Vibrieren nervöser. Ich runzle die Stirn, als mir der Dreck unter meinem Zeigefinger auffällt und puhle daran herum. Erst viel zu spät realisiere ich, was es ist.

Eingetrocknetes Blut.

Vor Schreck fällt mir das Handy aus der Hand. Ich fange es geradeso auf, während mein Herz gefühlt stehen bleibt.

»Endlich gehst du ran, Bitch.« Ich fluche leise, da ich den Anruf unabsichtlich entgegengenommen habe und Stacys Stimme höre.

Mein Kopf ist noch nicht in der Lage, eine Antwort zu formulieren. *Ich habe Blut unter den Nägeln. Das Blut einer Leiche, neben der ich stand und wegen der mich die Polizei verhört hat. Ironischerweise hat mich der Mann verhört, der in Wahrheit auf meinem Stuhl hätte sitzen sollen, der Mörder.*

Mir wird schlecht.

»Maddy?« Stacys fordernde Stimme dringt dumpf in mein Bewusstsein.

Ich räuspere mich leise. »Ja?« Ein Wimmern begleitet meine Antwort. *Verdammt, wie nah war ich davor gewesen, ins Gefängnis zu gehen? Was wäre, wenn die Polizistin das Blut gesehen hätte? Wenn ich ... Fingerabdrücke abgegeben hätte und das Blut im Abdruck gewesen wäre?* Keine Ahnung, ob das überhaupt funktioniert, aber in meiner Vorstellung ist dieser Gedanke sehr real. *Sie hätten mich verhaftet. Dieses Mal wirklich. Nicht nur ein in*

Anführungszeichen freundliches Gespräch mit diesen zwei Cops.

Ich atme gepresst aus. *Dieser Officer … der Maskierte, hätte er mir geholfen? Hätte er … ja, was? Die Polizistin ebenfalls abgestochen und wäre mit mir in den Sonnenuntergang geritten? Das ist naiv, dumm, grausam und schwachsinnig.*

Das erneute Vibrieren in meiner Hand reißt mich endgültig aus meinen Gedanken. Zittrig hebe ich es an, nehme den Anruf entgegen und würge meine Freundin sofort ab. »Tut mir leid, ich habe grad gar keine …« Ich stoppe mitten im Satz. *Nerven? Zeit?*

»Okay, Bitch. Schlecht gefickt oder was ist los?« Ihre genervten Worte versetzen mir einen Stich. Zum einen hasse ich es, wenn sie mich so nennt, zum anderen mag ich die Art, wie sie sich verändert hat, überhaupt nicht. So hätte sie noch vor wenigen Monaten nicht mit mir gesprochen. Was seitdem passiert ist? Sie hat ihren Job als Lehrerin hingeschmissen, um sich mehr um ihr Social Media kümmern zu können, hat einen neuen Freundeskreis und wir … haben uns irgendwie auseinandergelebt. *Und ich bin weggezogen,* erinnere ich mich dumpf. »Maddy, ich mach den Mist nicht zweimal nacheinander mit. Du gehst ran und antwortest nicht mehr und langsam fehlt mir die Geduld, zu betteln. Ich habe weiß Gott andere Dinge zu tun und wollte mir lediglich die Zeit für dich nehmen. Wenn du das nicht zu schätzen weißt, bitte. Seitdem du nach Houston gezogen bist, ist unsere Freundschaft sowieso …« Sie schnalzt mit der Zunge. Ihre Worte schmerzen und verursachen Übelkeit in meinem Magen.

»Nein, entschuldige«, antworte ich automatisch und beiße mir auf die Zunge. Ich würde ihr verdammt gern von meiner Nacht erzählen, aber mich schreckt ihre schroffe Art ab. Andererseits ist sie meine beste Freundin ...

War sie zumindest immer.

»Sorry ... meine Nacht war ein Albtraum«, setze ich an.

Sie lacht trocken. »Glaub mir, meine auch. Ich wollte meine nächsten Beiträge und Kooperationen vorplanen, aber die Plattform spinnt mal wieder total. Jetzt muss ich jeden Tag daran denken, alles manuell hochzuladen.« In ihren Worten höre ich förmlich, wie sie die Augen verdreht.

Ich lache nervös. »Das ist blöd. Aber was ich dir eigentlich erzählen wollte, war, dass etwas völlig Schräges passiert ist.«

»Uh.« Sie klingt interessiert, was mein Herz schneller schlagen lässt. »Spill the tea.« Ein Grinsen liegt in ihrer Stimme.

Stöhnend reibe ich mich über die Schläfe, bevor ich das Handy in die andere Hand nehme. »Also, ich war zu Hause und habe ein Geräusch gehört. Deshalb bin ich raus und Amy ist weggerannt.«

»Ich habe dir schon hundertmal gesagt, dass Tiere raus gehören. Erst letztens habe ich ein Reel gesehen, dass Katzen nicht allein und erst recht nicht allein in einer Wohnung leben sollten. Ich leite dir den Beitrag weiter.«

Ich übergehe ihren Einwurf. »Jedenfalls bin ich raus und rüber zu den Bostons.«

»Wer?«, hakt sie abwesend ein. Ich beiße mir auf die Lippe, weil ich das Gefühl habe, ihre Aufmerksamkeit zu verlieren. Dabei wollte ich ihr eigentlich nicht einmal von der Sache erzählen oder überhaupt ans Telefon gehen.

Stacy hat sich verändert, aber sie hat mir durch eine schlimme Zeit in meinem Leben geholfen, auch wenn sie sich dessen vermutlich nicht bewusst ist. Sie war für mich dieser eine Mensch, der mir das Leben gerettet hat, ohne es überhaupt zu wissen; einfach weil sie da war.

»Herold.«

»Ekel-Herold?«

Ich verdrehe schmunzelnd die Augen bei ihrer Frage. »Ja.« So hat sie ihn getauft, nachdem sie nach meinem Umzug bei mir geschlafen hat und in einem dünnen Seidennachthemd die gelieferten Brötchen reinholen wollte. Dabei ist sie auf meinen Nachbarn getroffen, der versucht hat, ihr an die Möpse zu gehen. Ja, sie war freizügig angezogen, aber das ist noch lange keine Einladung zum Grabschen. Erst recht wurde es ekelhaft, als wir ihn am Abend auf dem Weg zum Dinner erneut getroffen haben. Stacy wollte ihm die Meinung geigen, ich sie zurückhalten und er ... hat ihr gesagt, dass sie ihm ohne Makeup und mit diesem süßen Nachthemd viel besser gefallen hat, weil sie dadurch ... jünger wirkte.

Ich schüttle mich. Trotzdem zaubert mir die Erinnerung an die gemeinsame Zeit und der Sleepover mit ihr ein Lächeln auf die Lippen. Es hat sich so gut angefühlt, endlich aus Memphis wegzuziehen und damit auch meine Probleme in der alten Heimat zurücklassen zu können.

»Jedenfalls ...«

»Ekel? Klingt gar nicht hot.« Die plötzliche Stimme im Hintergrund des Telefonates lässt mich stocken.

»Ist er auch nicht. Nicht so wie diese zwei Typen, die wir letztens in der Bar kennengelernt haben.« Stacys Stimme ist nicht an mich gerichtet.

»Mit wem sprichst du?«, frage ich stockend und verunsichert.

»Abby.«

»Hey, Babe«, hakt diese ein.

»Abby? Welche Abby?« Ich kenne keine Abby, was aber nicht der Punkt ist. Wenn ich meine beste Freundin anrufe – oder sie mich – und ich ihr etwas Privates erzählen will, gehe ich davon aus, dass niemand mithört. Oder sie mich immerhin darüber informiert.

»Hm, du kennst sie von der Party vor ein paar Wochen bei Steve.«

»Steve?«, frage ich verständnislos.

»Maddy ...« Stacy stöhnt.

»Die kleine Schwarzhaarige?«, hakt Abby ein.

»Ne, das war Jess. Oh, Moment, da fällt mir ein, du warst gar nicht dabei, Maddy, da warst du schon weggezogen. Egal, spielt eigentlich keine Rolle. Du, wir sind schon am *Mi Pueblo*.«

»*Mi Pueblo*?«, unterbreche ich sie.

»Das Restaurant. Sau ... Maddy, was ist nur los mit dir? Egal, eigentlich wollte ich dich nur daran erinnern, dass wir übernächste Woche ins HTX gehen. 22 Uhr vor dem Club? Wir fliegen immerhin extra für dich nach Houston.« Ich stöhne ... Das hatte ich völlig vergessen. Stacy wollte mich dieses Wochenende besuchen ... nur hatte sie mir nicht gesagt, dass sie noch eine Freundin mitbringen würde – die offenbar unser Gespräch mithört.

»Können wir nicht etwas Ruhiges machen?« Ich atme scharf ein, als Amy unzufrieden nach mir krallt. Ich presse die Zähne fest aufeinander. Der Schmerz ihrer Krallen tut weit weniger weh als Stacys abweisende Haltung, ihre Ignoranz und der Umstand, dass ich beinah vor einer Fremden gestanden hätte, was in der letzten Nacht passiert ist …

»Autsch, klingt nach einer richtigen Partysau.« Abbys Stimme verstärkt das ungute Gefühl in meinem Magen lediglich.

»Früher war sie eine.«

»Und das ist wie lang her?«

Die spitze Unterhaltung zwischen den beiden lässt mich fassungslos dasitzen. Erst nach einem kurzen Wortwechsel, in dem ich starr das Handy in der Hand halte und kopfschüttelnd Amy anstarre, richtet Stacy ihre Worte wieder an mich. »22 Uhr, Maddy. Es wird immer schwerer, deine Freundin zu sein. Enttäusch mich nicht.« Mit diesen Worten legt sie auf.

Meine Hand sackt mit dem Handy umklammert in meinen Schoß. »Das kann doch alles nicht wahr sein.« Ich rolle mich zur Seite und drücke Amy an mein Gesicht. Sie entzieht sich meinem Griff und springt von dem Sofa.

In dem Moment brechen die Ereignisse der letzten Stunden über mir zusammen. Während ich ihr hinterhersehe, kreisen die Gedanken durch meinen Schädel. Ich rolle mich schluchzend auf dem dunkelgrauen Stoffsofa zusammen, greife nach der flauschigen Decke und ergebe mich meinem Elend und Selbstmitleid. Um vollends meinen Schmerz zu genießen, mache ich zusätzlich eine traurige Playlist an.

Zwei Stunden später klopft es an der Tür.

Ich liege noch immer in denselben Klamotten auf dem Sofa, habe vermutlich geschwollene Augen und gerötete Wangen. Vielleicht habe ich ein wenig dramatisch geheult und zu T.A.T.u. und Måneskin sehr schief gesungen.

Ich verspüre nicht das geringste Bedürfnis, aufzustehen. Nie wieder. Meinetwegen bleibe ich hier und verrecke auf dem Sofa. Dann hat Officer Williams den nächsten Toten und kennt immerhin direkt die Adresse.

Bei dem Gedanken an ihn schießt mir die Hitze in die Wangen. Automatisch springe ich auf und fahre mir mit dem Handrücken übers Gesicht.

Es ist äußerst unwahrscheinlich, dass er vor meiner Tür steht, oder?

Kribbelnde Nervosität schießt durch meinen Körper.

Es klopft erneut. *Und wieso?* Weil die verdammte Klingel bereits seit meinem Einzug vor ein paar Wochen defekt ist und der Vermieter sich nicht darum kümmert.

Ich laufe zügig durch meine Wohnung und trete einen Karton, den ich noch immer nicht ausgeräumt habe, zur Seite. »Moment!«, rufe ich aufgeregt und betrachte mich in einer der kleinen Spiegelfliesen, die ich an die Wand neben meiner Eingangstür geklebt habe.

Ich fluche leise.

Ich sehe übel aus.

So kann ich die Tür nicht aufmachen. Allerdings habe ich bereits geantwortet. Was, wenn er es ist? Wenn er … O Gott, allein diese wenigen Worte rauben mir den Atem und sorgen dafür, dass ich die Beine nervös zusammenpresse. Ich husche ins Badezimmer, greife nach meiner Bürste reiße sie förmlich durch meine Haare. Im Anschluss reibe ich mir über die Wangen, sodass mein Gesicht gerötet ist.

Sieht nicht unbedingt besser aus, dafür immerhin einheitlich rot.

Erneut fluche ich leise und eile zur Tür. Kurz davor stolpere ich über meine Katze, was mich dumpf zum Stöhnen bringt. Dann endlich reiße ich die Klinke hinab und das Türblatt auf.

Mein aufgeregter Gesichtsausdruck fällt sofort in sich zusammen, als mich gähnende Leere vor der Tür empfängt. Im Augenwinkel sehe ich eine Bewegung und schaffe es im letzten Moment, den Fuß in die Tür zu stellen, bevor Amy davonläuft. Dafür fällt mein Blick auf eine große Kiste, die vor meiner Tür steht.

Misstrauisch bücke ich mich und hebe die schwarze Box auf. Ich sehe mich suchend um, doch abgesehen von einem alten Chevrolet, der die Straße entlangrollt, kann ich niemanden sehen.

»Hm.« Ich tippe mit den Fingern auf den schwarzen Karton, der einen eleganten Eindruck macht. Schließlich entscheide ich mich, die Kiste mit in meine Wohnung zu nehmen.

Auf dem Sofa zögere ich einen Moment beim Auspacken.

Soll ich?

Was, wenn sich darin eine Bombe befindet?

Oder eine Leiche?

Oder zumindest ein Leichenteil?

Ich schnappe nach Luft. Wann sind solche Gedanken Teil meines Lebens geworden?

Stöhnend hebe ich den Deckel von der Box und starre an meiner Lippe nagend ins Innere. Das Erste, was mir ins Auge fällt, ist ein Briefumschlag. Ich muss mich dazu zwingen, ihn an mich zu nehmen und langsam zu öffnen. Am liebsten würde ich sofort schauen wollen, was sich unter dem schwarzen Papier befindet, oder den Umschlag immerhin ungeduldig aufreißen.

Allerdings wirkt das Papier besonders edel und irgendwie zweifle ich daran, dass das Paket für mich ist.

Wer sollte mir so etwas schicken?

Kribbelnde Unruhe schießt durch meinen Körper, als ich den Briefbogen auseinanderfalte. Mir fällt nur eine Person ein, von der diese Kiste sein könnte.

Dem maskierten Mörder, der alles andere als Abscheu in mir auslöst.

Endlich starre ich auf die geschwungenen Wörter, die auf den Bogen gedruckt wurden. Sie sind nicht handgeschrieben, trotzdem spüre ich ein lustvolles Ziehen bei dem Gedanken, dass er dieses Papier noch vor wenigen Minuten vielleicht selbst in den Fingern gehalten hat.

Ich erschaudere. Dann konzentriere ich mich endlich auf die Zeilen und überfliege sie zügig.

Hallo, mariposa,

ich hoffe, dass du eine angenehme Nacht und einen guten Morgen hattest!

Ob er beim Schreiben lächeln musste? Ich stelle es mir zumindest vor. Mir gefällt der Gedanke, dass dieses himmlische Grinsen auf seinem Gesicht lag, als er den Brief gefaltet und in den Umschlag gesteckt hat.

Ich für meinen Teil hatte ein paar durchaus angenehme Stunden. Endlich konnte ich dich auf Knien sehen, den Schwanz tief in deinem Rachen. Ich wusste, dass mir der Anblick gefallen würde. In der letzten Nacht war es bedauerlicherweise zu dunkel, als dass ich deine herrlich geröteten Wangen ausreichend sehen konnte. Auch der Anblick deines von meinen Schlägen geröteten Arsches, während ich in dir steckte, wurde mir verwehrt.

Überrascht sauge ich die Luft ein. Diese Worte ... sind so verdammt verboten und erzeugen ein himmlisches Gefühl in meinem Inneren.

Deine Lippen habe ich inzwischen betrachten können, was deinen Arsch angeht, den werde ich mir schon sehr bald näher ansehen, mariposa.

Sofort werde ich in die erregende Stimmung einige Stunden zuvor zurückversetzt, als er sich in meinen Rachen geschoben hat. Verdammt, ich habe es geliebt, ihn zu schmecken. Die Art, wie er mit mir gesprochen hat, seine Berührungen ... einfach alles. Er ist wie eine teuflische Droge, von der man einmal kostet und nie mehr genug haben kann. Und das Beste daran: Allein diese wenigen Worte entschädigen mich für die Stunden, in denen ich überfordert und aufgelöst war. Alles war zu viel. Ich wusste nicht weiter, war überrannt und unsicher, doch zu wissen, dass er Interesse an mir hegt – genug, um mir einen Brief zu schreiben – erleichtert mich in gewisser Weise.

Fuck ... ich kann mich allein bei diesem Gedanken kaum beherrschen, nicht erneut die Hände um deinen süßen Engelshals zu legen und zuzudrücken. Sag mir, hast du es genossen, dass ich dich bei deinem Höhepunkt in eine völlig neue Welt katapultiert habe? Die Bewusstlosigkeit ist verlockend und allein, dass du nur Stunden später so bereitwillig auf die Knie gesunken bist, zeigt mir, dass du bereit für mehr bist.

Während ich lese, halte ich die Luft an.

Wir sollten lediglich aufpassen, dass wir es nicht überreizen. Ich habe kein Problem damit, dass eine Frau stirbt, während ich sie ficke. Aber du … dich hätte ich gern noch ein Stück lebendig.

Mein Herz setzt aus. Er will mich am Leben erhalten. Dafür sollte ich nicht dankbar sein! Aber ich bin es. Nicht nur weil ich leben darf, sondern weil jedes seiner Worte ein Versprechen darauf ist, dass wir einander wiedersehen.

Zu deinem Glück hatte ich mich während unserer gemeinsamen Zeit sehr gut im Griff, auch wenn es mir dein begieriger Blick nicht leicht gemacht hat.

Aber ich entscheide, wann du stirbst, Liebes. Genauso steht es um unser Wiedersehen. Ich entscheide, du folgst. Finde dich damit ab oder lerne die Konsequenzen deiner Sturheit kennen. Ein zweites Mal lasse ich dich nicht so leicht davonkommen.

Mein Verstand ist leer gefegt. Ich kann kaum denken. Der Brief sackt in meiner Hand auf meinen Schoß. Mehrmals schlucke ich. Mein Puls trommelt unter meiner Haut. *Er will mich wiedersehen und er wird entscheiden, wann.*

Ähnlich dominant waren seine Worte in dieser Gasse.

Er will mich sehen und ich darf nicht widersprechen. Scheiße, ich denke auch keine Sekunde darüber nach! Nicht mehr. Im Gegenteil, eher kann ich es kaum erwarten, endlich wieder in seine grünen Augen zu sehen, vielleicht dieses Mal mit den Fingerspitzen über seine kurzen stoppeligen Haare zu fahren und mich gegen seinen muskulösen, trainierten Körper zu pressen.

Ein lustvolles Ziehen schießt durch meine Mitte. Ich räuspere mich mehrmals und lese dann endlich die letzten Zeilen.

Ich möchte dich gern im Auge behalten, bis ich dich das nächste Mal wiedersehe.

Ich freue mich auf das, was du mir von dir zeigen möchtest, mariposa.

KAPITEL 10
DER MÖRDER

Vermisst du etwas, Maddy? Zum Beispiel dein Höschen? Ich habe es mir als Andenken mitgenommen, ich hoffe, dass du nichts dagegen hast. Aber da ich für ausgleichende Gerechtigkeit bin, schenke ich dir dafür etwas von mir.

Um ehrlich zu sein, wollte ich mich eine Zeit lang von dir fernhalten, aber dich heute zu sehen, hat meine Vorsätze zunichtegemacht. Meine Selbstbeherrschung ist nicht unbedingt gut und du forderst sie nicht nur heraus, sondern reißt sie förmlich ein.

Aber nicht nur das …

Ich habe dir nicht gedroht, habe dich nicht erpresst, dir nicht wehgetan – zumindest nicht so, wie du es nicht gewollt hättest. Und trotzdem hast du mich im Department nicht verraten. Das schreit nach einer Belohnung, findest du nicht?

Keine Sorge, deine Bestrafung heben wir uns für später

auf, Liebes. Ich bin mir sicher, dass du mir schon sehr bald einen Grund dafür liefern wirst, dir meine andere Seite zu zeigen.

KAPITEL 11
MADDY

Stoßartig atme ich aus. Mein Kopf schwirrt, der Brief in meinen Händen zittert. Ich fahre mit dem Finger über die feste Kante des Papiers und versuche, meine Nervosität zu beruhigen. Zögernd lege ich den Brief zur Seite und nehme das Seidenpapier aus der Kiste. Es knistert leise zwischen meinen Fingern und kaum, dass ich es neben mich auf das Sofa lege, springt Amy darauf.

Ich ignoriere sie und konzentriere mich stattdessen auf den Inhalt vor mir. Mehrmals schlucke ich, während ich die runde Überwachungskamera, um die eine rote Schleife gewickelt wurde, aus dem Paket nehme.

Will er … mich beobachten?

Nein, er will, dass ich ihm erlaube, mich zu beobachten.

Mein Blick schießt fiebrig umher. Er war bereits in meiner Wohnung gewesen, als er mich ins Bett gebracht hat. Er hätte jede Gelegenheit gehabt, Kameras in meiner

Wohnung anzubringen. Im Bad, neben meinem Bett oder im Wohnzimmer.

Bei diesem Gedanken halte ich die Luft an.

Nicht, dass es außer meinem kleinen Zusammenbruch heute Morgen besonders viel für ihn zu sehen gegeben hätte ... Trotzdem treibt mir diese Überlegung Hitze durch den Körper.

Er könnte mich bei allem beobachten. Von einem unangenehmen Toilettenbesuch bis hin zu ... Ich stocke, als mein Blick auf die anderen Dinge in der Kiste fällt. Zögernd lege ich die Kamera zur Seite. Dabei rutscht ein kleiner Zettel herunter. Ich bücke mich danach.

Strom anstecken und jede deiner Bewegungen gehört mir, mariposa.

Ich atme gepresst aus. Verdammt, ist das heiß. Das sollte es nicht sein, aber dieser attraktive Mann will mich wiedersehen, Gott, er will mich offenbar rund um die Uhr sehen. Und er gibt mir die Kontrolle darüber, was ich bereit bin, ihm zu zeigen.

Den Zettel lege ich gemeinsam mit der Kamera zur Seite und nehme eine kleinere schwarze Schachtel aus der Kiste. Mit wild pochendem Herzen öffne ich diese und blicke auf schwarzen Stoff. Ich nehme diesen heraus und entfalte das schwarze Kleid.

Es wirkt elegant und der Stoff fühlt sich gut zwischen meinen Fingern an. Ich kann nicht widerstehen, das

Gesicht hineinzudrücken und daran zu riechen. Leider kann ich nicht die feinherbe Note des Officers riechen.

Bevor ich es zur Seite lege, überlege ich einen Moment.

Mein Blick zuckt zu der Kamera.

Okay, Officer Williams. Sie wollen mich beobachten und wissen, was ich bereit bin, Ihnen zu zeigen?

Ich atme tief ein. Dann nehme ich das kleine Gerät und raffe die übrigen Dinge und mein Handy in der Kiste zusammen. Ich trage alles ins Schlafzimmer.

Mein Blick führt zu dem Fenster, welches lediglich von dünnen Gardinen eingerahmt wird. Mein Herz schlägt wie wild. Ich bin aufgeheizt und angespannt. Abwägend nage ich an meiner Lippe. Dann stelle ich die Kamera auf meinen Nachttisch und stecke den Stecker in die Dose. Nach ein paar Sekunden beginnt eine rote Lampe mehrmals zu blinken und die Kamera bewegt sich.

Während ich darauf warte, dass irgendetwas anderes passiert, fahre ich mit den Fingern gedankenversunken über meinen Hals. Noch immer kann ich seine Berührung auf meiner Haut spüren. Wie fest er mich gepackt hat. So dominant, bestimmt und verdammt heiß. Dabei spiele ich mit dem Zeigefinger an dem kleinen Grind herum, der sich um die Einstichstelle des Messer zu bilden begonnen hat.

Seinetwegen bin ich ohnmächtig geworden, doch in jeder Sekunde, selbst jetzt, habe ich das Gefühl, er hatte alles im Griff und wusste ganz genau, wie weit er gehen kann.

Hoffentlich wird mich dieser naive Glaube nicht ins Grab bringen.

Ich stehe auf und gehe zu meinem Schminktisch, der vor meinem Bett an der Wand steht. Bevor ich mich in dem Spiegel ausgiebig betrachten kann, fällt mein Blick auf den kleinen Zettel, der vor dem Spiegel liegt.

Ich freue mich schon darauf, dich zu sehen.

Daneben liegt ein Puzzlestück, das ich zittrig an mich nehme und zwischen den Fingern drehe. Ich fahre über die rauen Kanten und die glatte Oberfläche, die zu einem Großteil schwarz ist. Lediglich am Rand sehe ich wenige, unzusammenhängende Buchstaben und Zahlen. Schnappend atme ich ein und reibe meine Beine ungeduldig aneinander. *Verdammt, ich freue mich auch schon drauf, ihn wiederzusehen.* Allerdings freue ich mich auch, wenn er mich sieht.

Aus der Überlegung heraus drehe ich mich zu der Kamera. Das Auge ist auf mich gerichtet, ein grünes Licht leuchtet an der Seite.

Ob er zusieht?

Ich spiele mit meiner Lippe und drücke den Rücken ein Stück gerader durch. Ich bin nervös und unruhig, weil ich nicht weiß, was ich tun soll.

Schließlich fällt mein Blick auf die Kiste, die ich auf mein Bett gelegt habe. Langsam gehe ich dorthin zurück und setze mich daneben. Bittersüßer Schmerz zuckt durch meinen Hintern. Das Kameraauge folgt meiner Bewegung.

Ob das von allein passiert? Orientiert sich die Kamera an meiner Bewegung oder steuert er sie?

Hitze schießt durch meinen Körper. Ich streiche die Ärmel meines langen Pullovers nach oben und greife zittrig nach dem Kleid. Dieses lege ich ausgebreitet neben mich.

Noch vor wenigen Minuten war mein Gedanke, dass ich es für ihn anziehe. Deshalb bin ich ins Schlafzimmer gegangen. Inzwischen traue ich mich nicht mehr. Was, wenn er zusieht? Was, wenn nicht? Was, wenn jemand die Videos sehen sollte? *Abgesehen von ihm.*

Wieder sehe ich zu dem Kleid.

Es ist ein hübsches, schwarzes Cocktailkleid. Der Stoff glitzert leicht. Für eine Party wäre es perfekt. Es hier und vor der Kamera anzuziehen, fühlt sich jedoch falsch an.

Ich könnte es im Wohnzimmer anziehen und mich dann angezogen vor ihm präsentieren.

Allerdings käme ich mir dabei ebenfalls komisch vor.

Noch dazu kann ich nicht ausschließen, dass der Officer bereits Kameras in meiner Wohnung aufgestellt hat.

Ich kratze ungeduldig mit meinen Nägeln über meine Unterarme. Dann greife ich erneut in die Kiste und ziehe eine zweite, kleinere Box heraus.

Mein Blick huscht zu der Kamera, die sich nur einige Zentimeter entfernt befindet. *Ob er mich überhaupt gut sehen kann? Oder ist der Winkel grauenhaft und er starrt lediglich auf meinen Bauch? Wenn er denn überhaupt zusieht.*

»Siehst du mich?« Die Worte sind mir herausgerutscht, ohne dass ich darüber nachgedacht habe. Vermutlich besitzt die Kamera nicht einmal ein Mikrofon und ich mache mich völlig lächerlich …

In dem Moment vibriert mein Handy, welches ich ebenfalls in die Kiste geworfen habe.

Ich nehme es heraus, entsperre das Display und atme scharf ein.

Ja.

Uff.

Die Nummer der SMS-Nachricht habe ich nicht eingespeichert. *Natürlich nicht. Ich bin dem Fremden in der letzten Nacht das erste Mal begegnet.* Sofort tippe ich eine Antwort.

Wie heißt du?

Diese Frage brennt mir bereits seit unserem ersten Aufeinandertreffen unter den Fingern. Ich will ihn selbst in meinen Gedanken nicht ständig als den Fremden, den Mörder oder den Officer bezeichnen.

Wir hatten eine Abmachung, Maddy. Ich gebe die Anweisungen, du befolgst sie.

Seine Nachricht lässt meine Schultern hinabsinken. Nicht einmal, weil er mir seinen Namen nicht verrät, damit habe ich gerechnet. Aber ich mochte es, dass er mich heute früh Maddison genannt hat. Auch wenn mir mein voller Name sonst nicht gefällt, klang er aus seinen Lippen so verdammt gut.

Mein Handy vibriert erneut.

Möchtest du mein Geschenk nicht weiter auspacken?

Seine Nachricht erinnert mich an das kleine Kästchen, das ich auf meinen Schoß gelegt habe. Ich nehme – wie schon zuvor bei dem Kleid – den Deckel ab und erstarre im nächsten Moment.

Darin befindet sich kein Kleid, auch keine Kamera. Ich sehe allgemein sehr wenig Stoff, dafür umso mehr Ketten.

Meine Kehle schnürt sich zu, als ich die Dessous herausnehme.

Der BH besitzt keine gepolsterten Körbchen, was ich perfekt finde. Ich hasse diese Stoffpolsterungen und habe inzwischen keinen einzigen BH mehr mit solchen.

Allerdings habe ich auch keinen wie diesen.

Der BH besteht nicht aus Stoff, sondern aus Leder. Mehrere Lederriemen führen davon nach oben und enden an einer Schlaufe, die ich um den Hals vermute. Ich spiele ein paar Sekunden mit den verschiedenen Bändern, die in mehreren Metallringen zusammenlaufen, und versuche, zuzuordnen, wohin welche Schnur führen soll.

Schließlich lege ich das Oberteil mit zittrigen Fingern und vor Hitze kochenden Wangen zur Seite. Mein Atem geht lediglich flach und gepresst. Meine Beine drücke ich fest zusammen und versuche, das Lustgefühl dazwischen zu ignorieren.

Dann greife ich nach dem Slip.

Ich wende ihn ein paarmal und sauge harsch die Luft ein, als mir ein merkwürdiges, schwarzes Ding auffällt, das sich meiner Meinung nach genau über meiner Pussy befinden würde.

»O Gott«, stöhne ich leise. Inzwischen ist das lustvolle Gefühl zwischen meinen Beinen beinah unaushaltbar angeschwollen.

Nur Sekunden später vibriert mein Handy.

Wenn ich dir das nächste Mal eine Nachricht zukommen lasse, vibriert nicht nur dein Telefon.

»Fuck ...« Ich stöhne erregt. *Ein Vibrationsslip?* Will dieser Typ mich umbringen? Und zwar nicht mit einem Messer, sondern scheinbar vor Lust windend, wenn ich dieses Ding trage ...

Ich schlucke mehrmals und versuche, den Widerstand in meiner Kehle zu verdrängen. »Du ...«, setze ich wenig erfolgreich an. »Du willst, dass ich das für dich trage?« Meine Stimme zittert bei jedem Wort. Ich kralle die Finger um mein Handy und warte ungeduldig auf seine Antwort. Als das Handy vibriert, schrecke ich zusammen und öffne sofort die Nachricht.

Ich möchte, dass du diese Dinge für mich tragen willst, mariposa.

Dieser verfluchte Mann mit seinem verfluchten Charm und diesem verfluchten Kosenamen, der mich schwach macht. Ich wimmere leise.

Sobald mein Handy erneut vibriert, zucke ich hektisch zusammen.

Aber nicht jetzt.

Nicht jetzt. Fuck. Aber ... Instinktiv will ich widersprechen, obwohl ich andererseits eigenartig erleichtert bin. Das wäre ... *zu früh?*

Ich habe mit diesem Mann geschlafen und ihm auf offener Straße einen geblasen, aber die Unterwäsche geht zu weit? Meine Prioritäten sind der Wahnsinn.

Dein anderes Geschenk hingegen ist für jetzt, wenn du möchtest.

Kaum, dass ich die Nachricht lese, rutscht mir der Karton aus den Fingern. Ich hebe ihn zittrig auf und lege ihn zügig zur Seite. Dann greife ich erneut in die große Kiste und ziehe eine letzte kleinere heraus.

Meine Nervosität ist schier greifbar. Mein ganzer Körper bebt und fühlt sich an, als würde er unter Strom stehen. Ich spüre meinen Puls im ganzen Körper rasen. Mein Kopf fühlt sich flauschig und leicht benommen vor

Unruhe an. Schließlich reiße ich den Deckel förmlich herab.

Die Schachtel fällt mir aus den Fingern und auf meinen Schoß.

Auch wenn ich mit allem gerechnet hätte ... aber nicht damit, dass ich eine kleine schwarze Schachtel öffne, darin ein schwarzes Samttuch finde, in dem ein Messer liegt.

Nervös hebe ich die Finger an meine Lippen und nage an dem Nagel, obwohl ich mir diese Angewohnheit abtrainieren wollte.

Ich starre benommen auf das Messer.

Als mein Handy erneut vibriert, entweicht mir ein kurzer Schrei. Meine Nerven sind völlig überreizt. Ich sehe auf die Nachricht.

> Schenke mir dein Blut und deine Lust, dann gebe ich dir die Befriedigung, nach der du dich sehnst.

Ein leises Fiepen setzt in meinen Ohren ein. Meine Kehle ist staubtrocken. Ich blinzle mehrmals gegen den verschwommenen Film vor meinem Sichtfeld und starre schwer atmend auf das Messer.

Es ist nicht *das* Messer.

Das Mordmesser.

Mir jagt es eiskalt den Rücken hinab.

Das hier ist kleiner, selbst mit Griff vielleicht 15 Zentimeter. Dieser ist schmuckvoll mit dunkelroten Steinen verziert und besitzt verschiedene Metallstränge, die sich um den schwarzen Griff schlängeln.

Mit einem Mal halte ich es zwischen den Fingern, ohne genau zu wissen, wann ich es angehoben habe.

Der Griff ist kühl, nicht so aufgeheizt wie der in der letzten Nacht.

Die Klinge glänzt im Licht der Sonnenstrahlen, die zu meinem Fenster hereinscheinen.

Er will, dass ich mich schneide.

Das ... kann ich nicht?

Nur wieso verspüre ich dann diesen heftigen Drang, genau das zu tun? Einfach nur, weil er es mir befohlen hat?

»Was stimmt eigentlich nicht mit mir?«, entweicht es mir leise.

Seine Antwort auf meine Frage erfolgt sofort.

Nichts, was wir nicht wieder
hinbekommen können.

Mir entweicht ein raues Lachen. Wenn ich mir bei einer Sache sicher bin, dann dass dieser Mann mich eher in die Sünde treibt, als dass er mich daraus befreit.

Ich atme tief ein und schließe für einen kurzen Moment die Augen. Jeder Schnitt, den er mir am Abend zuvor verpasst hat, wird mir in diesem Moment überdeutlich bewusst. Die zarte Linie, aufgerissene Haut an meiner Pofalte, der Schnitt über meiner Scham, wo er mir mein Höschen heruntergeschnitten hat, und der kleine Stich an meinem Hals.

Das Messer fühlt sich leicht und gleichzeitig schwer zwischen meinen Fingern an. Die Gedanken schießen nur so durch meinen Schädel.

Das ist krank. Falsch. Verboten. Schmerzhaft.

Ich sollte das hier nicht tun, es erst recht nicht tun wollen. Ich sollte mich nicht derartig nach ihm sehnen …

In Wahrheit weiß ich längst, dass all diese Dinge keine Rolle spielen.

Ich will ihn. Mist … ich will ihn so sehr. Und deshalb beschließe ich, mich der Lust und dem verlockenden Kitzeln der Gefahr hinzugeben.

Was soll schließlich schon schiefgehen? Abgesehen davon, dass er mich bewusstlos gewürgt und auf einem Polizeirevier verhört hat, lief die Sache doch recht … normal? Ich lache nervös.

Voll brennender Ungeduld hebe ich das Kinn und sehe zu der Kamera. Vor meinem inneren Auge verschwimmt die runde Linse und setzt sich zu dem Bild des Officers zusammen. Ich stelle mir vor, dass er mich beobachtet. Dass er in einem dunklen Zimmer mit einem Monitor sitzt, auf den er starrt. *Auf dem er mich ansieht.* Er trägt dunkle Kleidung, so wie in unserer Nacht. Sein Blick ist auf mich gesenkt und seine Lippen leicht geöffnet. In meinen Gedanken reibt er sich wieder mit den Fingern über den Bart, wendet sich allerdings keine Sekunde von mir ab.

Ich schlucke und atme keuchend ein.

»Was möchtest du, dass ich für dich mache?« War das meine eigene Stimme? Sie klang völlig anders. So … begierig. Oder fühlt sich das lediglich für mich so an?

Ich möchte, dass du deinem Job nachgehst. Dass du den Tag wie gewöhnlich versuchst, zu verbringen, auch wenn jeder deiner Gedanken in der Zeit nur mir gehört. Du isst, schreibst, sprichst mit Menschen und tust, als wäre alles normal, während alles, woran du denken kannst, ich bin. Geh aus, habe Spaß, spiel es zumindest vor und versuche, nicht den Verstand zu verlieren, während du auf mich wartest, Maddy.

»Was?« Ich fluche leise. »Scheiße, wieso das? Du sagtest, dass das Messer für jetzt ist.«

Du bist noch nicht so weit, deshalb habe ich es mir anders überlegt.

Stöhnend lasse ich mich nach hinten auf mein Bett fallen. Allein die Bewegung sorgt für ein weiteres Ziehen zwischen meinen Beinen. Ich reibe die Beine aneinander. »Du willst mich einfach so hängen lassen?«

Zuerst will ich mein Handy ignorieren, bin allerdings zu neugierig und greife danach.

Ich möchte, dass du lernst, meinen Befehlen zu folgen.

»Und wenn nicht?« Ich befeuchte meine Lippen und schiele zu der Kamera. Sie hat sich leicht mitgedreht. Ich kann schwierig einschätzen, was alles in seinem Blickfeld liegt.

Zögernd werfe ich das Messer zur Seite und lege

meine Hand dann auf meine Hüfte. Kreisend bewege ich meinen Daumen immer näher in Richtung meiner Pussy, die lustvoll pulsiert.

Ein paar Sekunden genieße ich meine eigenen Berührungen und warte darauf, dass er antwortet.

Schließlich sehe ich stirnrunzelnd auf mein Handy.

Ich habe keine neue Nachricht.

Der Empfang ist gut.

Ich blicke zu der Kamera. »Bist du noch da?«, frage ich verunsichert. Meine Bewegungen stoppen. Ich lecke über meine Lippen und richte mich auf. Dabei stoße ich leicht gegen den Karton und schiebe ihn zur Seite. »Willst du etwa nicht zusehen?«, frage ich provozierend.

Verdammt, ich will ihn so dringend, dass mir alles recht wäre. Sein Schwanz, seine Finger, Gott, meinetwegen auch meine eigenen ...

Er reagiert nicht.

Die Kamera bewegt sich nicht, mein Handy bleibt stumm.

Ich atme scharf ein und tippe mit den Fingern abwartend auf mein Handydisplay. Mir liegen ein paar Worte auf der Zunge, die ich ihm nur allzu gern sagen würde, nur ... innerlich fluche ich. So sehr ich es auch möchte, sie kommen mir nicht über die Lippen.

Schließlich habe ich eine andere Idee und öffne den unbekannten Kontakt. Sofort beginne ich, zu tippen.

Es ist schade, dass du dich so schnell zurückgezogen hast, aber ich kann es verstehen.

Meine Bewegungen stocken. Mir schießt die Hitze in die Wangen. Soll ich wirklich? Ich habe noch nie derartige Nachrichten an jemanden verschickt. Andererseits ist er nicht irgendjemand. Er ist kein Jugend-Crush und kein dahergelaufener Typ. Er ist mir unter die Haut gegangen und jetzt ... will ich ihm unter die Haut gehen und dieselben sehnsüchtigen Gefühle in ihm auslösen, wie er in mir. Schließlich lösche ich meine wenigen Worte und beginne von vorn.

> Du hast mich allein gelassen, was sehr bedauerlich ist. Denn jetzt muss ich mir vorstellen, wie es zwischen uns weitergegangen wäre.

> Darin würdest du auf deinem Stuhl sitzen und mich eingehend beobachten. Du hättest es dir nicht anders überlegt und würdest mir die Anweisung geben, das Messer in die Hand zu nehmen.

> Sag mir, welche Stelle würdest du dir aussuchen? Zuerst eine harmlose? Vielleicht ein kleiner Stich in den Finger, damit du den ersten Tropfen Blut hervorperlen sehen würdest? Der süße Schmerz würde mich jedes Mal, wenn ich mich selbst berühre, an dich erinnern. Oder eine prekäre Stelle? Eine, die ich dir zunächst offenbaren müsste?

> Würdest du mir zusehen, wie ich mich für dich ausziehe? Zuerst meine hochgeschlossene Kleidung, unter der ich deine Male verberge, und schließlich meine Unterwäsche, die deiner nicht gerecht wird.

Ich würde dir den Rücken zudrehen, sodass du meinen Arsch bewundern könntest. Hast du den Schnitt mit Absicht daran platziert, sodass ich bei jeder Bewegung daran erinnert werde?

Die Frage ist, ob du dich erinnerst, dass du mir versprochen hast, ihn dir genauer anzusehen? Zu prüfen, wie tief du dich in ihn schieben kannst?

Mir entweicht ein leises Stöhnen, während ich dir diese Nachricht schreibe. Die Naht meiner Jeans drückt beim Sitzen zwischen meinen Beinen auf einen Punkt, der sich nach dir verzehrt.

Aber in meiner Version hätte ich diese längst ausgezogen und nichts stünde meiner Berührung meiner Pussy im Weg … oder deiner Berührung, wenn du dich denn zu mir hereintrauen würdest …

Ohne nachzudenken, drücke ich auf *Senden*. Mein Blick zuckt zum Fenster, dann zurück zu der Kamera. Das Engegefühl in meiner Kehle nimmt zu, genauso die Lust zwischen meinen Beinen.

»Kein Interesse?« Ich atme tief ein. »Gut, dann werde ich mich wohl selbst um mich kümmern müssen.« Ich zucke mit den Schultern und warte noch einen Moment.

Nichts.

Schließlich erhebe ich mich, raffe die Kleidung zusammen und gehe ins Badezimmer. Meine Beine fühlen sich bei jedem einzelnen Schritt weich und buttrig an. Auf dem Wannenrand sinke ich schließlich nieder. Mein Blick zuckt durch das sehr übersichtliche Badezimmer.

Ich bin noch nicht lang in der Wohnung und wollte mir dringend einen Badschrank besorgen. Deshalb liegen meine Fertigmachutensilien aktuell ungeordnet auf der Waschmaschine.

Mit wenigen Bewegungen kontrolliere ich die Handtücher und meinen Kosmetikbeutel. Ich kann nichts entdecken, was ich als Kamera zuordnen kann.

Mit einem nervösen Grinsen spiele ich am Saum meines Pullovers. *Er will nicht zusehen? Gut.* Ich ziehe ihn aus und im Anschluss meine übrigen Klamotten. Diese werfe ich auf den Toilettendeckel. Ein leichter Schauer, der nichts mit der Temperatur zu tun hat, schießt über meinen Körper.

Er kann nicht zusehen, rede ich mir immer wieder ein.

Trotzdem huscht mein Blick mehrmals durch das Badezimmer.

Schwer seufzend schäle ich mich in die Dessous, die ich von ihm bekommen habe.

Ich habe Mühe, alle Riemen, Schnüre und Ketten an den richtigen Punkt zu bringen.

Nachdem ich schier endlos gekämpft habe, sehe ich an mir herab. Ich beiße mir auf die Lippe und steige kurz darauf auf den Rand der Badewanne, um mich in dem zu hoch hängenden Badspiegel zu betrachten.

»Holy …«, entweicht es mir. Ich sehe aus wie eine verfluchte Sexgöttin.

Scheiße … Ich will nicht eingebildet klingen, aber in dem Outfit würde ich mich selbst vernaschen. Mehrere Schnüre spannen sich um meinen Körper. Der Slip mit dem schwarzen Vibrator, der sich gegen meine feuchte

Pussy drängt, sorgt dafür, dass ich beinah auslaufe – wohlbemerkt, ohne dass er sich bewegt. Mehrere dünne Kettenglieder führen von dem Bauchgurt, an dessen Mitte ein Metallring ist, nach unten zu meinen Beinen. Ähnliche Ketten ziehen sich zwischen meinen Brüsten hinauf zu meinem Hals und hängen locker an einem Halsriemen, der meine gereizte Kehle umschließt und mich sofort an seine Berührungen erinnert. Langsam drehe ich mich und versuche nicht herunterzufallen. Meine Rückseite sieht beinahe noch eindrucksvoller aus. Auch über meinen Arsch spannen sich mehrere Ketten und Lederriemen, die meinen Po leicht in die Höhe drücken und schmerzhaft an dem Schnitt reiben.

Die Muskeln zwischen meinen Beinen ziehen sich zusammen und ich stöhne leise. Ich wiege meine Hüfte hin und her und wäre beinahe von der Wanne gefallen. Deshalb steige ich zittrig hinunter. Mit den Fingern fahre ich über das Leder des Slips.

Fuck ... wie sehr wünsche ich mir, ich hätte die Fernbedienung dazu. Bedauerlicherweise gab es diese zur Lieferung nicht dazu.

Ich trete nervös von einem Fuß auf den anderen und überlege, mir meinen Vibrator zu holen. Wenn der Officer nicht möchte ... Seufzend schiebe ich die Finger in den Slip und das Leder leicht nach unten, sodass ich meine Hand durch meine Feuchte führen kann. Ich reibe ein paarmal über meine Perle und schiebe dann zwei Finger in mein Inneres.

Wie er es wohl fände mir in diesem Moment zuzusehen?

Ich stöhne frustriert. Allein der Gedanke sorgt dafür, dass die Erregung in mir langsam erlischt. Er wäre nicht begeistert und wenn er es mir nicht erlaubt, macht es keinen Spaß. Alles in mir sträubt sich dagegen, seinen Befehl zu missachten.

Frustriert fahre ich mit den Fingern durch meine Haare.

In dem Moment klingelt mein Telefon. Mir entweicht ein überraschter Schrei, da ich nicht damit gerechnet habe. Hektisch greife ich danach und überfliege die kurze Nachricht mehrere Male.

Hatten wir nicht darüber gesprochen,
dass du meinen Befehlen folgen solltest?
Für dich ist es bedauerlich, dass du dich
mir widersetzt …

Sofort tippe ich eine Antwort.

Und für dich nicht?

Mein Herz schlägt ein paar Takte schneller, als ich auf *Senden* drücke. Dann warte ich ungeduldig. Nur Sekunden später klingelt das Handy erneut bei seiner eintreffenden Nachricht und wäre mir fast aus den Fingern geglitten.

Nein, Maddy. Zu deinem Unglück kann
ich es kaum erwarten, dich zu bestrafen.

»Verdammte Scheiße.«

Wie lang sind 12 Stunden?

12 Stunden sind 720 quälende Minuten, also 43200 verdammte Sekunden – und ich habe jede einzelne davon verflucht.

Aber das ist nicht der Punkt, denn es geht nicht um die reine Zahl. Das hier, dieser Tag, war eine einzige Folter.

Ich habe versucht, einen Artikel für die Zeitung, in der ich als Lektorin arbeite, Korrektur zu lesen. Sagen wir es so: Die Einweihung des neuen Gebäudeflügels der Highschool sollte lieber nicht von den Englischlehrern gelesen werden. Spätestens als ich mich dabei ertappt habe, wie ich den Namen vom Stadtrat Walker automatisch auf Williams geändert habe, habe ich die Datei kommentarlos geschlossen.

Habe ich damit meinen Job riskiert? So weit würde ich nicht gehen, möglich wäre es allerdings schon.

KAPITEL 12
DER MÖRDER

Sieh nur, wie bereitwillig du dich mir hingibst und mich um mehr anbettelst. Das ist ein guter erster Schritt, Maddy, denn es gefällt mir, wenn du mir deine Lust zeigst. Jetzt musst du lernen, dass diese Lust mir gehört und ich darüber entscheide, wann du ihr nachgeben darfst.

Und dieser Moment ist nicht jetzt.

Ja, mir würde es gefallen, wenn du dieses hübsche kleine Messer über deine Haut ziehst und die perlenden Tropfen deines Blutes aus dem Schnitt quillen. Mir würde es durchaus gefallen, auf meinem Bildschirm zu sehen, wie du dich selbst berührst und die Erregung kaum ertragen kannst. Aber noch viel lieber will ich dabei zusehen, wie du dich den ganzen Tag über quälst.

Sagt man nicht, Vorfreude wäre etwas Schönes?

Davon abgesehen habe ich dein Zögern bemerkt.

Du wirst dich meinetwegen zu nichts zwingen ... dafür bin ich schließlich verantwortlich.

Mit einem wissenden Lächeln löse ich das nächste Puzzlestück aus dem Gesamtbild und fahre sanft mit meinen behandschuhten Fingern darüber.

Sei schön brav, kleine mariposa, dann haben wir beide schneller das Vergnügen, als du dich selbst zum Kommen bringen kannst.

KAPITEL 13
DER COP

Es fällt mir nicht leicht, dich vorübergehend aus den Augen zu lassen. Zu meinem Bedauern muss ich arbeiten und kann dich nicht sofort wiedersehen.

»Mit den Kindern kommen wir nicht weiter, bei der Frau genauso wenig.« Jessicas Aussage überrascht mich nicht. Die Frau hat ihren Rausch ausgeschlafen, die Kinder haben lediglich ein Poltern und das Brüllen ihrer Mutter gehört, dass der Vater doch still zu sein hat. Klingt nach einer durchaus charmanten Familie.

»Haben wir schon eine Auswertung der Spurensicherung?« Ich sehe sie abwartend mit leicht verengten Augen an.

Tatsächlich ist es für mich sehr relevant, ob die Kollegen fündig geworden sind. Es würde bedeuten, dass ich schlechte Arbeit geleistet habe, was nicht hinnehmbar wäre.

»Gibt nicht viel.« Jessica wirkt unzufrieden, was mir ein Gefühl der Bestätigung entlockt. »Abgesehen von«, sie sieht mich vielsagend an, »dem Messer und der Notiz.« Dabei spielt sie mit ihrem Schlüsselbund, was mich zu einem unzufriedenen Stirnrunzeln veranlasst.

Kribbelnde Ungeduld schießt durch meinen Körper.

Es war nicht unbedingt schlau, diese Sachen zu hinterlassen. Aber genau das ist es doch, was diese Dinge so interessant gestaltet. Einen Mord zu begehen ist leicht. Damit zu leben, nichts für jedermann, aber eine Nachricht für die Polizei zu hinterlassen ... diesem Verhalten gebührt meiner Meinung nach Respekt. Aber vielleicht bin ich in dieser Hinsicht voreingenommen.

»Überheblicher Pisser ...« Jessica flucht leise. Ihre Lippe kräuselt sich frustriert. Ihre Schlüssel schlagen aneinander, als sie den Ring zwischen den Fingern dreht. »Ich hasse es, wenn sie das tun, weißt du?« Natürlich weiß ich das. »Er will uns unter die Nase reiben, dass er damit davonkommen wird.«

Ich greife nach dem Schlüssel. »Und ich hasse nervtötende Geräusche.«

Jessica lacht trocken. »Quetsch die Zeugin Torres aus und du hast mich schneller vom Hals, als sie sich die nächsten Ausreden einfallen lassen kann.«

»Ich werde sie ein wenig ... provozieren.« Ich lege den Kopf schief und halte ihr den Schlüssel entgegen. Sie beäugt ihn misstrauisch, als wäre er der Grund für ihre Probleme.

Schließlich knallt sie mir mit einem Schnaufen eine Kopie der Notiz, die wir gefunden haben, auf den Tisch. »Orientier dich doch gern hieran. Das ist eine Provokation. Und zwar eine, die ich nicht hinnehmen werde.«

Sie greift nach dem Schlüssel und lässt mich mit dem Zettel auf meinem Tisch zurück.

Ich lasse mich langsam auf meinen Schreibtischstuhl sinken und greife nach dem Ausdruck.

Bis zum nächsten Mord, meine Lieben.

Bei den Worten kann ich mein Lächeln kaum unterdrücken. Dass diese Notiz mit dem Mordmesser direkt neben der Leiche in die Wand gerammt wurde, ist ein überdeutlicher Stinkefinger in Richtung der Polizei.

Was bedeutet, dass meine Kollegen damit beschäftigt sind, einem Phantom hinterherzujagen, und ich mehr Zeit habe, mich dir zu widmen. Auch wenn ich zunächst einen anderen Mann vorschicken muss, Maddison.

Du erwartest meine Loyalität?
Fuck, nimm sie dir und zeig mir,
was ich dafür bekomme.

KAPITEL 14
MADDY

Hast du uns unabsichtlich die falsche Datei zu dem Ausbau der Schule zurückgesendet?

Mir schießt das Blut in die Wangen, als ich die Nachricht lese. Für einen kurzen Moment verschwinden sogar die quälenden Gedanken zu dem Officer, der sich seit zwei Tagen lediglich mit ein paar Briefen bei mir gemeldet, aber bedauerlicherweise nicht blicken lassen hat. Genau genommen befürchte ich, dass das Teil seiner Bestrafung ist; zumindest fühlt es sich so an. Ich beginne damit, meine Rechtfertigung zu tippen. *Ich war abgelenkt. Mein Nachbar wurde ermordet* … die weiteren Details hätte ich selbstverständlich weggelassen. Dann fällt mir allerdings etwas ein. Würde ein unschuldiger, sich nicht seiner Fehler bewusster Mensch nicht zuerst nachfragen, um was es überhaupt geht? Ich atme stockend aus und antworte dann meiner Chefin.

Für gewöhnlich schreibe ich immer »Maddy Final« hinter den Dokumenttitel. Hat irgendetwas nicht gestimmt?

Ich sauge an dem Strohhalm meines Pumpkin Spice Latte, auf den ich mich das ganze Jahr gefreut habe, und jetzt zur Herbstsaison unbedingt probieren musste.

Bedauerlicherweise schmeckt dieser Schluck fahl und trägt einen bitteren Beigeschmack, der nichts mit dem Getränk zu tun hat.

Nervös drehe ich mein Handy zwischen den Fingern und tippe immer wieder auf das Display, um meine neuen Nachrichten zu kontrollieren. Ob ich jetzt arbeitslos bin? *Mist* ... Ich hoffe es nicht. Mir gefällt mein Job. Ich liebe es, einem Text den letzten Schliff zu geben, und bin gern Teil des Teams. Auch jetzt noch, obwohl ich nicht mehr einmal die Woche ins Büro schneien kann, weil ich nach Houston gezogen bin. Vermutlich kann ich froh sein, dass meine Chefin überhaupt erlaubt hat, dass ich ausschließlich im Home-Office arbeiten darf. Noch dazu ist sie nett. Das sollte nichts Besonderes sein, ist es aber. Die meisten meiner Bekannten beschweren sich ununterbrochen über ihre Vorgesetzten und Emely, meine Chefin und die Redaktionsleitung, ist das komplette Gegenteil von dem, was ich oft zu hören bekomme. In dem Moment klingelt mein Telefon. Es rutscht mir aus den Fingern und ich greife im letzten Moment danach. Hektisch entsperre ich es und öffne ihre neue Nachricht.

Es gab ein paar kleinere Fehler im Text. Einer der Lehrer der Schule hat sich an uns gewandt.

Ich fluche leise und hebe schwer atmend den Kopf. Die Umgebung Houstons Innenstadt verschwimmt vor meinem Sichtfeld, weil ich mich auf nichts anderes konzentrieren kann als Emelys Worte. Unzählige Entschuldigungen gemischt mit ein paar Rechtfertigung schießen durch meinen Kopf. Ganz vorn dabei ist, dass ich auf keinen Fall hätte weiterarbeiten sollen, wenn ich so abgelenkt bin. Nur macht es die Sache auf keinen Fall besser.

Stöhnend klemme ich die Tüte mit meinen Einkäufen unter meinen Arm und den Latte gegen meine Brust. Dann habe ich die Hände frei, um ihr antworten zu können. Nicht dass das etwas verbessert hätte.

> Das tut mir unglaublich leid. Ich hoffe, dass es keine Probleme gegeben hat?

Sofort lösche ich den letzten Satz wieder. Natürlich gab es Probleme, aus diesem Grund hat sie mir erst geschrieben.

> Das tut mir unglaublich leid. Kann ich irgendetwas tun, um Schadensbegrenzung zu betreiben?

Stöhnend lösche ich die Nachricht erneut.

> Das tut mir unglaublich leid. Ich werde mir die Datei sofort noch einmal ansehen. Ich verspreche dir, dass das nicht erneut vorkommen wird.

Ungläubig sehe ich auf meine eigenen Worte. Sie kommen mir noch immer nicht gut genug vor.

Als Lektorin würde ich anmerken, dass der Autor die Nachricht besser noch mal überprüfen sollte.

Noch bevor ich auf absenden drücken kann, trifft mich eine Stimme dicht neben mir wie ein Schlag. »Alison?«

Mir rutscht der Latte aus den Fingern. Lediglich am Rande bekomme ich mit, wie er auf dem Boden aufschlägt. Ob die Flüssigkeit Flecken auf meiner Hose verursacht, interessiert mich in dem Moment nicht. Ich drehe mich in Zeitlupe herum. Mein Körper fühlt sich schwer und versteinert an. In meinem Inneren tobt ein Sturm. *Niemand nennt mich so. Niemand außer ihm.*

Mein Herz trommelt, mein Atem stockt, als ich den Mann hinter mir ansehe.

Eine Welle der Erleichterung bricht über mir zusammen, als ich in sein unbekanntes, sommersprossenbesprenkeltes, freundliches Gesicht und auf die schütteren blonden Haare blicke.

Meine angespannten Schultern sinken nach unten und ich ziehe die Luft geräuschvoll ein. Für einen winzigen Moment hatte ich befürchtet, dass mein Exfreund hinter mir stehen würde.

»Alison?«, fragte er erneut und versetzt mir damit einen kurzen Stich. Nur mein Ex, Ethan, hat mich immer bei meinem zweiten Namen genannt, weil er der Meinung gewesen ist, dass Maddy wie ein Kind klingt.

»Entschuldigung?«, bringe ich mit einem Krächzen hervor.

Der Fremde fährt sich nervös durch die roten Haare. Dann streckt er mir die Hand mit einem Brief darin entgegen. »Ein Typ hat mich gebeten, dir diesen Brief zu geben.« Er zuckt mit den Schultern, als wüsste er selbst nicht, was er noch dazu sagen sollte. Zittrig greife ich nach dem Umschlag. »Na dann«, verabschiedet er sich, bevor ich überhaupt realisiert habe, was passiert ist. Ich habe die Hand noch gehoben, spüre das raue Papier zwischen meinen Fingern und starre dem fremden Mann mittleren Alters hinterher. Als ich mich aus meiner Starre löse, ist er schon einige Meter entfernt. Hektisch sehe ich mich um. Mein Herz rast. Ich weiß nicht, was ich denken soll. *Ob der Brief von Officer Williams ist?* Bei Gott, ich bete dafür. Denn die einzig andere Alternative ist mein Exfreund. Und das allerletzte, was ich auf dieser Welt möchte, ist, dass er weiß, wo ich bin. Ich bin nicht ohne Grund mitten in der Nacht davongelaufen und habe alles hinter mir gelassen.

Viel zu spät fällt mir ein, dass ich den Fremden hätte fragen sollen, wer ihm den Brief gegeben hat. Ich hätte mir den Mann beschreiben lassen sollen. Oder fragen, wieso ausgerechnet er mir den Brief gegeben hat. Ob er angesprochen wurde? Ob die beiden sich kennen? Ich sehe dabei zu, wie er durch eine unscheinbare graue Tür in eines der Bürogebäude verschwindet. Für einen kurzen Moment kämpfe ich mit dem Drang, hinterherzulaufen. Allerdings traue ich mich nicht und rede mir ein, dass ich sowieso nicht durch die Tür kommen würde, ohne einen Schlüssel zu besitzen.

Es dauert noch ein paar Momente, bis ich mich wieder gefangen habe und mich endlich auf den Brief in meiner Hand konzentrieren kann. Mitten auf der Kapitol

Street und ohne auf meine Umgebung zu achten, öffne ich den Umschlag. Fahrig ziehe ich den Briefbogen heraus und schaue auf die gedruckten Zeilen.

Du solltest inzwischen verstanden haben, dass ich alles über dich herausfinde. Und dass ich sauer werde, wenn du etwas von mir versuchst, zu verheimlichen. Geschweige denn, wenn du dich versuchst, vor mir zu verbergen.

Darüber werden wir uns bei unserem Treffen am Wochenende unterhalten müssen, Maddison.

Mein Puls beschleunigt sich. Ethan war, gelinde gesagt, sehr dominant. Ich würde ihm den Brief durchaus zutrauen. Wäre da nicht das Versprechen, dass wir uns am Wochenende sehen. Kribbeln in Nervosität schießt durch meinen Magen. Ich werde den Officer am Wochenende wieder sehen. Zumindest wenn er es sich nicht anders überlegt.

Dieser Gedanke versetzt mir einen leichten Stich. Inzwischen ist es zwei Tage her, dass er mich heißgemacht und hingehalten hat. Und ich verfluche ihn noch immer in jeder Sekunde dafür. Ich weiß, dass wir uns erst seit ein paar Tagen kennen. Wobei das zu viel gesagt ist. Schließlich gab es nur zwei flüchtige Treffen zwischen uns. Trotzdem geistert er seitdem ununterbrochen durch meinen Verstand.

Ich werde aus meinen Gedanken gerissen, als mich eine junge Frau im Vorbeilaufen anstößt und sich flüchtig entschuldigt.

Meine Aufmerksamkeit kehrt zurück in die Gegenwart. Mit Herzrasen stopfe ich den Brief in den Beutel, den ich mir unter den Arm geklemmt habe. Erst als ich mich auf dem Weg zu meinem Auto machen möchte, fällt mein Blick auf meinen Kaffeebecher, der heruntergefallen ist. Stöhnend bücke ich mich danach und hebe ihn mit spitzen Fingern auf, um ihn in einem Papierkorb zu entsorgen. Wenn ich so darüber nachdenke, will ich nicht mehr wissen, was der fremde Mann über mich gedacht haben muss. Ich muss völlig verrückt auf ihn gewirkt haben, wie ich meinen Becher fallen gelassen und ihn sprachlos angesehen habe. Vermutlich hat er deshalb so schnell das Weite gesucht.

Voller Ungeduld kehre ich nur wenige Minuten später zurück in meine Wohnung. Die Antwort meiner Chefin habe ich weit in den Hintergrund meiner Prioritätenliste geschoben. Jetzt zählt etwas anderes für mich viel mehr.

Officer Williams.

Und das aus mehr als einem Grund.

Der erste ist offensichtlich. Ich will ihn. Ich brauche ihn. Ich fühle mich besser, wenn ich weiß, dass er da ist.

Der andere ist … komplexer.

> Das ist bereits das zweite Mal, dass du mich aufforderst, mich am Wochenende mit dir zu treffen.

Mein Herzschlag flattert, als ich die Nachricht absende. *Wie wird er reagieren? Wird er überhaupt antworten?*

Ich lasse die Tüte mit meinen Einkäufen neben der Eingangstür fallen, begrüße Amy lediglich knapp und gehe dann direkt in mein Schlafzimmer. Vor der Kamera angekommen halte ich inne. Ich wollte schnellstmöglich nach Hause, weil es sich nur hier richtig angefühlt hat, diese Nachricht abzusenden. Jetzt wo ich hier bin, wo ich getan habe, was ich mir vorgenommen habe, erdrückt mich meine eigene Ungeduld.

Ich starre auf die Kamera und versuche, nicht nervös an mir, meinem Outfit oder meinem Handy herumzunesteln. Stattdessen starre ich sie an. Die Kamera und damit hoffentlich auch ihn.

Irgendwann wird meine Nervosität zu groß. Die Gedanken, die wie wild durch meinen Kopf rauschen, sind kaum auszuhalten. Ich schlucke erstickt und befeuchte meine Lippen. »Wirst du mir antworten oder darauf warten, dass ich das Interesse verliere?«, provoziere ich ihn, ohne zu wissen, ob er zusieht oder ob das schlau ist, ihn zu reizen.

Vielleicht wird es Zeit, eine neue Dynamik in unsere Beziehung zu bringen, welcher Natur auch immer sie sein mag. Ich räuspere mich leise und recke das Kinn in die Höhe. »Das ist eine Frage, auf die ich keine Antwort nicht gelten lassen werde.« Meine Stimme klingt selbstbewusst, was mir ironischerweise noch mehr Stärke verleiht.

Es fühlt sich gut an, mich vor ihm zu behaupten, oder zumindest meiner Forderung Nachdruck zu verleihen.

In dem Moment, in dem mein Handy in meiner Hand vibriert, zucke ich leicht zusammen und verspanne mich.

Du solltest mir zunächst eine Frage stellen, bevor du eine Antwort forderst.

Ich atme gepresst aus und sehe zurück zu der Kamera. Es juckt mich in den Fingern, ihm zu antworten. Gleichzeitig sträubt sich alles in mir dagegen, diese Diskussion über ein Telefon zu führen. Gerade als ich ihn dazu auffordern will, mir erneut gegenüberzutreten, bleiben mir die Worte in der Kehle stecken.

So sehr ich es auch versuche, es gelingt mir nicht, meine Wünsche, geschweige denn meine Frage, laut zu formulieren.

Mit hitzigen Wangen starre ich zurück auf das Telefon und versuche, mir in Erinnerung zu rufen, dass ich vor Officer Williams keine Angst zu haben brauche.

Er ist nicht Ethan.

Er mag ein Mörder sein, ein Cop, Gott weiß, was noch alles. Aber bei ihm habe ich mich immer sicher gefühlt, so ironisch das auch klingt. Er hat mir wehgetan, mich zum Bluten gebracht, weil er mich geschnitten hat. Aber ich habe jeden einzelnen Moment davon genossen und weder hat er mich noch sich selbst zu etwas gezwungen.

Ich warte auf deine Frage, Maddy.

Seine plötzliche Nachricht lässt meinen Puls durch die Decke schießen.

Er wartet. Er ist bereit, mir zu antworten, weil ich es gern möchte. Eine hitzige Welle schießt durch meinen Körper.

Hast du mich heute beobachtet?

Meine Finger kribbeln vor Nervosität. Ich bin angespannt, während ich auf die Antwort warte.

Ich beobachte dich immer.

Und hast du mich bereits zum zweiten Mal gebeten, mich mit dir am Wochenende zu treffen?

Ich beiße auf meine Lippen. Mein Blick schießt zu der Kamera. Verdammt, wie gern würde ich mich in dem Moment in seine Arme kuscheln.

Ich bitte nicht, Maddy.

Und wieso benutzt du dafür einen anderen, anstatt direkt mit mir zu sprechen?

Ich benutze jeden, wenn es um dich geht. Erst recht, wenn dein Hintern in dieser herrlich engen Jeans steckt und jeder, der dich trifft, aufpassen muss, dass ich ihm für einen Blick nicht die Augen herausschneiden werde.

Seine Antwort lässt meine Beine weich werden. Zum einen ist sie dominant, gleichzeitig unfassbar süß ... auf eine schräge, vielleicht sogar illegale Art. Auf der anderen Seite werde ich von Erleichterung durchflutet. Das war keine klare Antwort, geschweige denn ein Geständnis, auf meine Frage. Andererseits bin ich mir sicher, dass der besitzergreifende Officer, der scheinbar ständig ein Auge auf mich hat, es nicht dulden würde, wenn jemand anderes mir Briefe schicken würde.

Die nächsten Worte tippen sich wie von selbst in mein Telefon. Nur flüchtig werfe ich bei jedem Satz einen Blick nach unten. Ansonsten versuche ich, die Kamera im Blick zu behalten.

Also möchtest du, dass ich mich gedulde? Dass ich ein braves Mädchen bin und darauf warte, dass du mir erneut Anweisungen gibst?

Ganz genau das möchte ich von dir.

Ich nage an meiner Lippe.

Vielleicht hast du dir zu viel Zeit gelassen.

Die Nervosität zieht mir den Magen zusammen. Vor meinem inneren Auge stelle ich mir vor, wie der Officer die Augenbraue fragend in die Höhe zieht und zu mir herabsieht. Auch wenn ich vor ihm stehen würde, würde er sich mit seiner Antwort Zeit lassen, da bin ich mir sicher. Er würde mich aus seinen zusammengezogenen, strahlend grünen Augen anstarren und die Zeit um mich herum zum Stillstand bringen.

Genauso wie auch jetzt die bloße Vorstellung von ihm dieses ungeduldige, begierige Ziehen in mir auslöst.

Ich teste dich, Maddy. Und im Moment bist du kurz davor, durchzufallen. Jedes Mal, wenn du mich aufforderst, dich zu treffen, wenn du meine Befehle missachtest und mich von dir aus kontaktierst, schiebt sich unser nächstes Treffen in die Zukunft.

Ich runzle die Stirn. Für einen Herzschlag bin ich versucht, ihm nachzugeben. Aus Gewohnheit heraus will ich mich unterordnen, um ihn nicht zu verärgern oder gar zu verlieren.

Allerdings hat mich genau dieses Verhalten zuletzt in die eine Beziehung gebracht, in der ich weder geschätzt noch respektiert wurde.

Deshalb mache ich das, was ich schon verdammt lang nicht mehr getan habe. Erst recht nicht in Bezug auf einen Mann. Ich folge meinem eigenen Willen.

Tja, und jetzt teste ich dich. Denn wenn dir nicht passt, wie ich bin, werde ich niemals die richtige Frau für dich sein. Im Bett … und außerhalb.

Mir rutscht das Herz in die Hose und kaum, dass ich den Senden-Button berührt habe, treibt es mir den Schweiß auf den Körper. Meine Finger sind kalt und zittrig. *Ich habe das Richtige getan.* Das sage ich mir immer wieder. Wenn ihn diese Nachricht abschreckt, dann ist er ein Mann mehr, von dem ich mich fernhalten sollte. Ich bin kein gehorsames Püppchen. Ich bin niemandes Marionette. Wenn er, oder ein anderer, das nicht sieht, kann er mir gestohlen bleiben.

Mist … kann das bitte auch jemand meinem wild schlagenden Herzen klarmachen? Mitsamt der Aussage, dass dieser Mann, der eigentlich noch ein Fremder für mich ist, nicht derartig viel Macht über meine Gedanken, meinen Körper oder mein ganzes Leben haben darf?

Mein Handy vibriert.

Ich halte es kaum aus. Ich will die Nachricht sofort lesen. Gleichzeitig herrscht der irrationale Drang in mir, das Handy wegzuwerfen und davonzulaufen. Was auch immer das bringen würde.

Ich atme stockend aus.

Dann überwinde ich mich und entsperre das Display.

Dreimal drücke ich neben die Messenger App, dann endlich öffne ich den Chat.

Ich freue mich darauf.

Mir entweicht ein spitzer Jubelruf, bis mir einfällt, dass er jede Bewegung und jedes Geräusch durch die Kamera beobachten kann. Meine Wangen erhitzen sich.

Mit einem fetten Kloß im Hals zucke ich gespielt lässig die Schultern, während das Adrenalin durch meinen Körper schießt. »Ja, okay«, sage ich bemüht trocken in Richtung der Kamera.

Sehr.

Die Nachricht entlockt mir beinah einen weiteren Ausruf der Begeisterung, den ich gerade so zurückhalten kann.

Scheiße, jemand soll die Hochzeitseinladungen schreiben – oder die Pressemeldung für meine Verhaftung. Ein Fick mit einem Mörder? Grenzwertig. Ein Blowjob für den Cop, der den Mord aufklären soll? Riskant. Ein Date mit dem Mann, der beide Personen in sich vereint ... *fuck*. Ich werde direkt in der Hölle landen. Und vorher im Knast.

Ich erschaudere und wie von selbst schiebt sich ein Lächeln auf meine Lippen, denn auf absurde Weise finde ich den Gedanken ganz wunderbar – zumindest den, der die Hölle betrifft.

Nachdenklich tippe ich mit meinem Handy gegen mein Kinn und starre die Kamera an. Mein Blick zuckt zu der schwarzen Uhr an der Wand, auf die ich kleine, roséfarbene Blumen gemalt habe. Es ist kurz vor vier.

Mein maskierter Officer sollte sich besser gut anziehen, was ich ihm in dem Moment auch mitteile.

Heute Abend werde ich dich nicht sehen, du mich dafür umso mehr. Um Mitternacht möchte ich dich vor meinem Fenster wissen. Du wirst mich beobachten und abwarten. Du näherst dich nicht. Fasst dich nicht an. Wirst dir nicht anderweitig Erleichterung suchen.

So gern ich auch wollte, doch heute Abend bin ich durch meine Arbeit verhindert, mariposa. Aber mein Freitag gehört ganz dir.

Ich seufze angespannt und von Nervosität durchströmt.

Freitag gibt es nur mich für dich, nur darfst du bedauerlicherweise auch mich nicht berühren.

Seine Antwort lässt nicht lange auf sich warten.

Für mich gibt es ab sofort immer nur dich.

Ich halte die Luft an. Meine Mundwinkel ziehen sich wie von selbst zu einem breiten Grinsen.

Und von dir erwarte ich eine ähnliche Loyalität.

Gut.

Wie wirst du wohl darauf reagieren, wenn du erfährst,
dass ich beabsichtige, dich zu teilen?

KAPITEL 15
DER MÖRDER

»Du wirkst angespannt, mein Freund.« Ein Lächeln umspielt meine Lippen. Ich liebe es, ihn zu provozieren.

»Dann solltest du mir besser aus dem Weg gehen, bevor sich diese Anspannung in deine Richtung entlädt.«

Genussvoll atme ich ein. Es kommt nicht oft vor, dass er sich von mir reizen lässt. Sehr bedauerlich, wenn mich jemand fragt.

Das Leben ist um einiges amüsanter, wenn man es in vollen Zügen genießt und sich nicht immer zurückhält. »Wie sieht diese Entladung denn aus?« Ich grinse aufreizend in seine Richtung. Mein Freund schlägt geräuschvoll auf den Tisch zwischen uns. »Das war schwach. Ein Kind würde den Tisch bei einem Wutanfall mehr zum Beben bringen.«

Er springt auf die Beine. Sein Stuhl fliegt krachend nach hinten. Dann hat er mich am Kragen meines Pullovers gepackt und auf die Beine gerissen. Entspannt sehe ich meinen Freund an. »Die letzten Tage scheinen dich aufgewühlt zu haben.«

Er presst die Zähne fest aufeinander. »Du bist vermutlich der einzige Mensch, den ich aufgrund dieser Worte nicht zusammenschlagen würde.«

»Ein guter Tag, um ich zu sein.« Seine Finger zucken an meinem Pullover. Vermutlich überlegt er, ob er mir nicht doch eine reinhauen soll. Verübeln kann ich es ihm nicht. Mich würde es tatsächlich interessieren, wie fest er zuschlagen würde. Mit voller Wucht? Würde er mir das Nasenbein brechen? Mehrmals die Faust in mein Gesicht krachen lassen?

In dem Moment gibt er mich frei und flucht leise, was bedeutet, dass ich es an diesem Tag nicht herausfinden werde.

»Sieh zu, dass du mir aus den Augen gehst.«

Ich schürze die Lippen. »Autsch, dabei verbringe ich so gern Zeit mit dir, Baby«, ziehe ich ihn auf. »Eigentlich wollte ich vorschlagen, dass du dir die Kleine ansiehst, auf die ich gestoßen bin. Ein süßes Ding. Stark, stolz, sie gefällt mir, weißt du? Aber bei deiner aktuellen Laune werde ich ihr wohl selbst einen Besuch abstatten.«

Er beißt die Zähne fest aufeinander und antwortet nicht.

Ob er dich genauso begehren wird wie ich?

Das werden wir schon bald herausfinden, mariposa.

Die Sache ist die ... ich habe dir versprochen, dass es für mich nur dich gibt. Zumindest so lang, wie du lebst. Wie lange dieser Zustand anhalten wird, werden wir erst noch sehen.

Aber ein völlig anderes Thema ist deine Loyalität. Sie gehört mir. Genauso wie du. Aber das bedeutet nicht, dass ich nicht bereit bin, dich zu teilen ... zu meinen Bedingungen.

Also triff, wen auch immer du willst. Flirte mit ihm, geh vor ihm auf die Knie. Was auch immer du möchtest. Nur solltest du damit rechnen, dass ich es dir nicht durchgehen lasse.

Jeder, der dich anrührt und dafür nicht mein Einverständnis hat, wird sterben. Blutig, grausam und qualvoll. Und ich werde es aus vollem Herzen genießen, Maddy.

Genieße deine Freiheit ruhig noch ein Stück. Ich lasse dich eine Zeit lang in dem Glauben, dass du keine Konsequenzen zu befürchten hast, und halte mich zurück. Das wird sich allerdings schon sehr bald ändern.

Für dich ... und für jeden, der dich anrührt.

Wie soll es mir gelingen, zum Alltag zurückzukehren, nachdem ich dich kennenlernen durfte und du mein Leben auf den Kopf gestellt hast?

KAPITEL 16

MADDY

Alltag. Was war das doch gleich?

Zwei Tage sind vergangen und ich kann an nichts anderes denken als den Officer. Die Polizei hat mich erneut verhört, doch natürlich war nicht er es, so sehr ich es mir auch gewünscht habe, ihn wiederzusehen. Gleichzeitig … mein Herz schlägt schneller. Gleichzeitig bin ich froh, dass ich ihn nicht gesehen habe. Vielleicht ist er auf einer Dienstreise? Oder auf geheimer Mission? Ich weiß genau genommen sehr wenig über seinen Job oder seine Zuständigkeiten. Aber zu einem gewissen Teil beruhigt es mich, dass er mich der Arbeit wegen und nicht aufgrund einer anderen Frau hingehalten hat. Andererseits muss ich zugeben, dass es mir guttut, einen Moment durchatmen zu können.

Schwer atmend greife ich nach den Puzzleteilen, die ich auf meinem Schminktisch wie Trophäen aufgereiht habe. Inzwischen sind es drei Stück.

Eines habe ich in meinem Flur mit einem Nagel in die

Wand gehauen gefunden. Dort, wo ich ein Bild von Ethan aufgehangen habe.

Ich erröte bei dem Gedanken und fahre mit dem Fingernagel über die Einstichstelle in dem Stück. Ich habe es nicht der alten Zeiten wegen aufgehangen, wobei, genau genommen doch. Es hing dort, um mich jeden einzelnen Tag daran zu erinnern, was geschehen ist.

Auf dem Foto waren Ethan und ich. Er hatte den Arm um mich gelegt und auf mich herabgelächelt. Ich sah perfekt geschminkt aus, trug ein hübsches Kleid und habe gelächelt.

Der Abend davor und danach waren zwei der schlimmsten meines Lebens.

Er hat mich mit seinem Gürtel verprügelt, weil ich nicht seinen Wünschen entsprochen habe. Deshalb trug ich ein Kleid, dessen Kragen hoch geschlossen war und dessen Saum bis zum Boden reichte. *Er hatte es mir geschenkt.* Und mich aufgefordert, meinen Körper zu *bedecken.* Als hätte er nicht die Schuld an meinen Spuren getragen. Mein Magen zieht sich zusammen und mir fällt das Puzzleteil aus den Fingern.

Der Officer hat das Bild mitgenommen und mir dafür einen weiteren Teil von ... Ich atme scharf ein und betrachte die Stücke, die sich noch nicht zusammensetzen lassen. *Ja, von was? Was hat er mir hier zukommen lassen?*

Ich habe eine grobe Vorstellung, in welche Richtung das Bild gehen wird. Eine Adresse. Oder Koordinaten. Zumindest erahne ich das anhand der wenigen Buchstaben, jeweils am Rand der Teile. Die Mitte des Puzzles fehlt. *Noch.*

Ich beiße mir auf die Lippe und nehme das dritte Stück, welches ich am Morgen, nach unseren letzten Nachrichten, vor zwei Tagen, auf meinem Fenstersims gefunden habe.

Allein die Vorstellung, dass er mich beobachtet haben muss und so nah war, lässt mich erschaudern. Schließlich schüttle ich den Kopf, stehe auf und versuche, mich erneut der Arbeit zu widmen.

Wann immer du rufst, werde ich da sein.
Und du hast keine Ahnung davon,
was das für dich bedeutet.

KAPITEL 17
DER MÖRDER

Ich sollte dich vergessen. Jemand wie du ist nicht gut für meinen Job oder mein Überleben.

Allein die letzten Tage haben mir dies umso deutlicher bewiesen.

Stöhnend fasse ich an meine Taille und zucke zusammen, als ich über die frische Stichwunde fahre. *Ich war unachtsam. Deinetwegen. Ich war unkontrolliert. Nur deinetwegen. Ich war abgelenkt, unvorbereitet und viel zu übereilig, um schnellstmöglich zu dir zurückzukommen. Sieh nur, was ich davon habe.*

Meine Lippe zuckt. Mein Herz bebt.

Es ist riskant, dass ich noch immer hier bin und mich so nah an dem Ort meines vorletzten Jobs aufhalte. Es sollte eine schnelle Nummer werden. Er hatte Schulden, ich habe sie beglichen.

Solche Aufgaben wie ihn übernehme ich am liebsten. Allein aus diesem Grund arbeite ich für Jace, obwohl sein Business das widerlichste von allen für mich darstellt.

Kinderpornografie.

Ich werde jeden einzelnen seiner Kunden finden und töten. Im Moment habe ich noch keinen Zugriff auf seine volle Liste, weshalb ich mich nur um die kümmern darf, die nicht zahlen. So wie er.

Mit einem angespannten Schnauben hebe ich den Kopf und schiebe mir die Kapuze tief ins Gesicht.

Aber ich kann es mir nicht erlauben, einen schlechten Job zu machen. Nächte wie die letzte entreißen mir mein Ziel immer mehr. Dann richte ich meine Aufmerksamkeit auf das große, mit einem schwarzen Holzrahmen eingefasste Fenster.

Besser gesagt auf das, was sich dahinter befindet.

Was soll ich tun, Maddy? Soll ich mich dir hingeben, auch wenn es mich weiter von dem entfernt, was meine Bestimmung ist? Oder soll ich zu dir hereinkommen und die Sache sofort zu Ende bringen?

Mein Puls schnellt bei diesem Gedanken in die Höhe. *Wieso fällt mir die Vorstellung davon, dich zu töten, so schwer?*

Ich fokussiere mich auf das Zimmer, welches hinter dem Fenster liegt. *Du hast dein Licht an und die Gardinen offengelassen. Wie unartig von dir.*

Als würde sie meine Anwesenheit spüren, bekomme ich in dem Moment eine Nachricht von ihr. Dieses Mal ist es keine SMS, die sie mir schickt. Ihr Blick huscht nervös zum Fenster, dann zu der Kamera, die sie brav neben sich auf den Nachttisch gestellt hat. »Du bist hier, oder?«

Ihre Worte lenken mich für eine köstliche Sekunde von

dem Wirrwarr in meinem Kopf ab. Von den plagenden Zweifeln, von den Überlegungen, wie es weitergehen soll.

Davon, dass ich eine Entscheidung treffen muss.

Ich senke den Blick. Wie gern würde ich ihr antworten. Direkt, inmitten ihres hübschen Gesichtes. So dass keine Zweifel daran bestehen, dass sie meine ganze Aufmerksamkeit einnimmt. Aber im Moment sind wir noch nicht so weit. Sie ist noch nicht bereit dafür, herauszufinden, wer ich wirklich bin; wer sich unter der Maske verbirgt.

Wann immer du rufst, werde ich da sein.

Das werde ich tatsächlich, Maddy. Zuerst dachte ich, dass du ein dummes Ding bist, dass seine Nase in fremde Angelegenheiten steckt. Doch binnen weniger Sekunden wusste ich, dass mehr hinter dir steckt. Ich wollte dich zu meinem perfekten Spielzeug erziehen, aber dann hatte ich andere Pläne mit dir. Mir hat es viel zu gut gefallen, als du versucht hast, dich gegen mich zu behaupten und mir deine Stärke gezeigt hast.

»Und wirst du hereinkommen?« Ihre Stimme zittert leicht. Das höre ich selbst durch die Kopfhörer, die mit meinem Handy und der Kamera neben ihr verbunden sind. »Oder wirst du dich an meine Anweisungen halten und zusehen?«

Wobei soll ich zusehen, Maddy?

Mein Puls beschleunigt sich. *Was hast du vor, kleine Maddy? Was geht durch deinen Kopf? Lenk mich ab, fessle mich, raub mir den Verstand. Tu etwas, dass das Chaos in meinem Verstand beendet, und sei es nur für eine kurze Sekunde.*

Sie räuspert sich leise. Ihr Blick kehrt zurück zum Fenster. Ihre Augen huschen von rechts nach links, als würde sie die Dunkelheit nach mir absuchen. »Ich dachte mir, wir könnten etwas Normales machen. Den Abend wie jeder beliebige Mensch ausklingen lassen.« Sie tastet neben sich und greift zittrig nach einem Buch. »Vielleicht ein wenig lesen.«

Ich schnaufe amüsiert.

Ein ganz normaler Abend? Nur du, dein Buch und dein Stalker vor dem Fenster, der dir dabei zusieht?

Sie befeuchtet ihre vollen Lippen und zuckt nichtssagend mit den Schultern. »Von einem Stalker weiß ich nichts. Ich bin eine normale Frau, die sich den Abend damit vertreibt, in einer anderen Welt zu versinken.«

Du bist alles, aber keine gewöhnliche Frau, Maddy. Und das ist sehr gut, so wie es ist.

Sie beißt sich in ihre Unterlippe. Ihr Mundwinkel zuckt nach oben. Dann legt sie das Handy zur Seite und nimmt stattdessen das Buch in die Hand. *Was hast du vor? Wirst du das unschuldige Ding spielen oder mich weiter provozieren? Nichts an dir ist gewöhnlich, genauso wenig dieser Abend. Aber gut, ich lasse mich darauf ein. Heute herrschen deine Regeln ... zumindest eine Zeit lang. Spiel ruhig mit mir. Am Ende der Nacht bin ich dran, die Würfel zu übernehmen und die Führung des Spiels an mich zu reißen.*

Und was wird meine Aufgabe an diesem Abend sein?

Ich sehe, wie ihr Blick zu dem Handy neben ihr zuckt. Sie sieht die Nachricht mit Sicherheit in der Vorschau, antwortet jedoch nicht. Lediglich ihre Wangen röten sich. *Sag mir, hast du den Plan nicht bis zum Ende durchdacht? Oder hast du noch etwas in der Hinterhand? Einen heimtückischen Plan, wie du mich weiter reizen wirst?* Stattdessen rafft sie die Bettdecke um ihren Körper zusammen und wackelt mitsamt der Decke und dem Buch in der Hand umständlich zum Fensterstock, öffnet es und zögert. Wäre ich in dem Moment bei ihr, würde ich ihr den Stoff vom Körper reißen und sie selbst dorthin tragen.

Sie klettert auf den Fenstersims und rutscht sich mitsamt des Deckenhaufens zurecht. Mehrmals zuckt ihr Blick nervös zum Fenster, bevor sie mit Lesen beginnt.

Laut.

Mir entweicht ein raues Lachen, als ihre zarte Stimme in den Hinterhof, in dem ich mich im Schatten verberge, getragen wird.

Sie zittert bei den ersten Worten. Das Buch bebt zwischen ihren Fingern. Mit dem Nagel spielt sie an einer Ecke des Buches herum. Doch mit jeder Zeile, die sie in die Nacht trägt, werden ihre Worte ruhiger und weniger angespannt.

»Welch hübsche kleine Behausung er sich gesucht hat.

Abgelegen, gut versteckt, aber zu seinem Bedauern überhaupt nicht bewacht. Fühlt er sich wirklich so sicher? Das ändern wir. Während ihr unterwegs seid, werden sich meine Männer in dem Haus ein wenig umsehen und dafür sorgen, dass ich im Anschluss umso mehr zu sehen bekomme. Bis dahin muss ich mich wohl mit dem Bild begnügen, das mir Gregor von dir zukommen lassen hat.« Bei der Textstelle, mit der sie beginnt, kann ich lediglich Schmunzeln. Ich ahne, in welche Richtung sich das Buch entwickelt. Zumindest gefällt mir der erste Eindruck ganz gut.

»Es ist bereits ein Stück her, dass ich deine Haut unter meinen Fingern gespürt habe. Ich bin ein geduldiger Mann, aber auch ich habe meine Grenzen. Nur zu gern würde ich dich erneut spüren. Deinen Körper, dein Fleisch unter mir. Wie gern würde ich dich berühren. Nicht nur dich. Deine unschuldige, zarte Seele. Sie ist nicht rein. Da gibt es nichts zu beflecken. Dafür aber eine Dunkelheit, die sich nach meiner verzehren wird.«

Seufzend lehne ich mich gegen einen Baum. Das leise Knarzen des Astwerkes lässt Maddy aufschrecken. Ihr Kopf schießt zu mir. Ihr Blick sucht das dunkle Geäst ab und bleibt schließlich an meinem Umriss hängen. Sie befeuchtet ihre Lippen und fährt sich nervös durch die kupferfarbigen Haare, die von der Lampe in ihrem Zimmer seitlich angestrahlt werden.

Ich atme tief ein. »Lies weiter, Maddy. Wir wollen schließlich herausfinden, ob er seiner Obsession nachgegeben hat und sie endlich wieder berühren konnte.« Ich schließe die Augen und verschränke die Arme vor der

Brust. Es dauert ein paar Momente, bis sie erneut mit Lesen beginnt und ihre Stimme eine herrliche Ruhe in meinem Verstand erzeugt.

Die letzten Tage haben mich belastet, Maddy. Auch wenn ich es mir nicht selbst eingestehen wollte. Du hast einiges umgeworfen und Chaos in meine Struktur gebracht. Normalerweise wäre ich längst weg und würde dem nächsten Auftrag nachgehen. Seit inzwischen vier Jahren mache ich nichts anderes. Keinen einzigen Tag habe ich innegehalten, sondern nur damit verbracht, diese Monster aus unserer Welt zu tilgen.

Seitdem ich herausgefunden habe, dass jemand die Bilder meiner kleinen Schwester …

Meine Gedanken brechen ab und reißen mich für einen kurzen Moment aus der angenehmen Trance, in die mich ihre Stimme versetzt hat.

Wenige Herzschläge lang hast du es tatsächlich geschafft, mich aus dem dunklen Loch, dem meine Gedanken gleichen, zu befreien. Doch nur wenige Sekunden der Unachtsamkeit haben genügt, damit mich meine Bestimmung erneut eingeholt hat.

Ich öffne blinzelnd die Augen und sehe dabei zu, wie Maddy mit einem scheuen Blick in meine Richtung umblättert.

»Nur wieso denke ich an dich?«

Diese Frage stelle ich mir ebenfalls. Wieso denke ich an dich? Wieso bin ich bei dir, wenn ich meine Aufgabe erfüllen sollte? Die kribbelnde Unruhe, die mir nur allzu bekannt ist, schießt zurück in meinen Körper.

Maddy liest weiter. Einige Minuten lang, in denen ich es schaffe, abzuschalten, und ihre Stimme zu genießen.

Meine Aufgabe verschwindet. Die Vergangenheit ebenfalls. Die Stichverletzung meines gescheiterten Auftrags ist längst vergessen.

Nichts spielt in der Zeit, die sich endlos und gleichzeitig viel zu kurz zwischen uns erstreckt, eine Rolle.

»Wieso stelle ich mir vor, wie du vor mir kniest und zu mir hinaufsiehst? Wie ich mich in deinen Mund schiebe? Wie ich dich an den Haaren auf meinen Schwanz presse? Wie du röchelst und würgst und ich mich nur umso tiefer in dich schiebe? Ich stöhne leise.« Ich blinzle und tauche aus der Trance meiner Stille auf. Mein Stöhnen untermalt Maddys Worte. Allein diese wenigen Sätze haben genügt, um meine Aufmerksamkeit für einen Moment auf ein anderes Thema zu lenken. Auf diese Vorstellungen, die sie mir in den Kopf setzt. *Ich mache es dir leicht, weil ich WILL dass du mich ablenkst.*

»Wie ich komme. In dir. Auf dir. Sodass dein ganzer Körper von mir befleckt ist?« Ich beiße die Zähne fest aufeinander und richte mich auf. Das Blut kocht in meinen Venen. Ich stehe unter Strom.

Du hast keine Ahnung, was du in mir auslöst.

Und ich ... habe es selbst nicht.

Du weckst meine Aufmerksamkeit, lässt mich innehalten und durchatmen, nur um meinen Puls im nächsten Moment auf völlig andere Art explodieren zu lassen. Das könnte eine gefährliche Mischung ergeben.

»Ich will sehen, wie deine Backen unter meiner Berührung erzittern. Wie sie sich röten.«

Ihre scheuen Worte werden von einem leisen Seufzen untermalt und reißen das letzte bisschen Zurückhaltung in mir ein. »Ist das eine Aufforderung?«, knurre ich gepresst und trete aus dem Astwerk heraus.

Maddy schluckt sichtlich schwer. Das Buch sinkt in ihren Händen auf ihren Schoß. »Das ... also ...«, stottert sie.

Ich trete bis dicht vor das Fenster, sodass mein Gesicht auf der Höhe ihres Bauchnabels, nur wenige Zentimeter von ihr entfernt ist. »Ja?«

Du hättest mich nicht provozieren sollen. Du hättest gehen können. Ich hätte das Interesse verloren ... irgendwann. Ich wäre weitergezogen, hätte meine Aufgabe erfüllt und dafür gesorgt, dass jedes dieser widerlichen Schweine dort draußen leidet.

Aber jetzt bin ich hier.

Und ich bin wütend.

Du wirst also verstehen, dass ich ... angespannt bin.

Schließlich bin ich inzwischen seit einigen Tagen hier, anstatt das zu tun, wofür ich eigentlich lebe. Ich habe mir zwei Tage wenige Stunden erlaubt, in denen ich gegangen bin, um das zu tun, was ich tun muss. Es war viel zu wenig und doch zu viel Zeit, in der ich von dir getrennt war; in der ich dich nicht beobachten konnte.

»Das war nur ein Text in einem Buch. Ich wollte lesen und du ... zuhören. Dort draußen.« Die letzte Aussage schiebt sie zügig hinterher und blickt auf meine behandschuhte Hand, die ich an den Fenstersims gelegt habe.

Ich lache dumpf und spüre meinen heißen Atem, der von meiner Maske aufgesogen wird. »Du lädst mich aus?«

Ihr Puls flattert unter ihrer zarten Haut. Sie rafft die Decke höher und krallt die Finger in den Stoff des hellroten Bezugs. »Bittest mich, draußen zu bleiben?« Ich lege die andere Hand an den Fenstersims und spanne meine Muskeln an. »Dafür ist es inzwischen zu spät, mariposa.«

Viel zu spät.

Du bist der Auslöser für mein Dilemma. Du sorgst für eine Ablenkung, die ich mir nicht erlauben kann. Du. Du allein, Maddy. Jetzt wirst du die Konsequenzen für meinen Zustand ertragen müssen.

Und dann ... dann werde ich dich testen.

Denn für mich gibt es ab sofort nur noch zwei Möglichkeiten, wie unsere gemeinsame Zeit enden kann.

Entweder beweist du dich und zeigst mir deine verbotene Seite, die meiner ebenbürtig ist. Dann mache ich dich vielleicht zu meiner Königin, platziere dich an meiner Seite und lege dir meine blutige Welt zu Füßen.

Aber für ein schwaches Ding, dass naiv mit dem Feuer spielt und hofft, sich nicht zu verbrennen, habe ich keine Verwendung.

Bist du schwach, Maddy?

Oder bist du mir gewachsen?

Auf jeder erdenklichen Ebene?

KAPITEL 18
MADDY

»Du hast den Teufel hereingebeten.« Der Maskierte drückt die Arme durch und stemmt sich auf den Fensterstock. Sein Gesicht schwebt für einen Moment dicht vor meinem. Langsam hebt er den Blick und sieht mir durch die Schlitze der Maske hindurch eindringlich in die Augen. »Dann solltest du besser bereit sein, durch die Hölle zu gehen.« Er dreht vage den Kopf und verengt die Augen. Die Maske zuckt um die Mundpartie herum. Mein Puls flattert. Ich höre das Rauschen meines Blutes in meinen Ohren. Mein Magen zieht sich zusammen. Er schwingt die Beine über den Fensterstock und hockt mit einem Mal über mir. Bevor ich reagieren kann, packt er meine Kehle. Mir gleitet das Buch mit einem Röcheln aus den Fingern. Ich kralle mich instinktiv in seine Arme und stoße einen erstickten Laut aus.

Er legt den Kopf schräg. Abwartend sieht er mich an.

Mein Körper kribbelt vor Anspannung, sein Griff schmerzt und meine Kehle fühlt sich staubtrocken an.

Schließlich schlucke ich, blinzle mehrmals und versuche, meine Nerven zu beruhigen und in mich zu hören.

Mit Ethan hat es sich immer falsch angefühlt. Jede Faser meines Körpers hat sich dagegen gewehrt, bei ihm zu sein. Und trotzdem habe ich mich dazu gezwungen.

Ich möchte auf keinen Fall denselben Fehler wiederholen ... nur ... »Und wenn ich mich in der Hölle wohlfühle?« Mein Atem stockt. Meine Stimmt klingt kratzig. *Ich vertraue ihm. Mit Leib und Seele. Als hätten wir einander gefunden, als hätte ich keine andere Wahl.*

Officer Williams flucht knurrend. Sein Ton ist dunkel und drängend. Dann packt er das Buch von meinem Schoß und schleudert es schnaufend in mein Zimmer.

Ich sehe nicht hin, als es polternd auf dem Boden aufschlägt, und auch spielt es in dem Moment keine Rolle, dass die Seiten mit Sicherheit geknickt werden. Statt darauf zu achten, richte ich mich langsam auf. Schwer atmend, seinen Griff noch immer an meiner Kehle, schlage ich die Decke zur Seite und höre, wie er die Luft scharf einsaugt. Mein Blick zuckt für einen kurzen Herzschlag an mir herab. Hin zu dem Bademantel, der sich inzwischen über meinen Dessous leicht auseinandergeschoben hat.

»Renn.« Ein dunkles Knurren, das meinen ganzen Körper durchströmt, folgt seiner Aufforderung. Seine Finger zucken an meinem Hals.

Ich lege die Hand daran und fahre über seine Knöchel. »Nein.«

Er schnauft hörbar und bringt sein Gesicht dicht vor meines. Ich starre direkt in seine dunklen Augen und frage mich, wieso er sich noch immer vor mir verbirgt. Wieso er die Maske und die Kontaktlinsen trägt und seine Stimme verstellt.

Vielleicht weil er mir nur so nahe sein kann ... Weil er es nur so zulassen kann. Als eine Art Selbstschutz ...

Meine Gedanken brechen ab, als er seinen Griff für wenige Herzschläge lockert und von dem Fensterstock in mein Zimmer springt. Er packt mich am Oberarm und zerrt mich mit sich. Mit einem spitzen Schrei kralle ich mich an ihm fest, um nicht auf den Boden aufzuschlagen. Es gelingt mir nicht.

Schmerz schießt durch meinen Körper. Mein Rücken trifft auf die Ecke vom Fensterstock, meine Beine schlagen auf dem Boden auf. Bevor ich mich sammeln kann, schiebt er die Hand in meine Haare und reißt mich an der Kehle und meinem Kopf nach oben. Der Schmerz schießt durch meinen Körper. Ich fluche, wimmere und spüre die ersten Tränen auf meinen Wangen. Er zerrt mein Gesicht bis dicht vor seines. Dicht vor die scheinbar undurchdringliche Maske, hinter der er sich verbirgt.

»Bist du noch immer nicht bereit, davonzulaufen, Maddison?« Ich erschaudere. Seine Finger bohren sich hart in mein Fleisch.

Das Atmen fällt mir schwer. Der Sauerstoff in meinem Kopf wird weniger und ein monotones Fiepen setzt in meinen Ohren ein.

Ich will den Kopf schütteln, doch es gelingt mir in

seinem Griff nicht. Trotzdem scheint er die Bewegung und die Intension dahinter wahrzunehmen.

Der Druck auf meine Kehle raubt mir fast die Sinne. Meine Wangen sind feucht, mein Bild verschwimmt immer wieder. »Das bin ich nicht.« Ich taste mit den Fingern nach seinem Gesicht. Fahre mit den Kuppen über den rauen Stoff der Maske. »Weil du bereits davonläufst.« *Vor was auch immer.* Ich spüre es in jedem Muskel, in jedem Moment, den wir miteinander teilen. Er läuft davon. Ich erkenne es, weil es mir schon oft genug so ging.

Sein Griff verstärkt sich. Ich keuche. »Und wenn es dich umbringt?«

»Auch dann nicht«, hauche ich leise.

Er zerrt die Hand schmerzhaft aus meinen Haaren und imitiert meine Berührung, indem er die behandschuhten Finger an meine Wange legt. »Wenn ich dich umbringe?« Sein Daumen zuckt an meinem Kehlkopf.

Ich schüttle starr den Kopf.

»Wenn ich dir deine hübsche Kehle zertrümmere?«

»Nein.« Meine Antwort gleicht einem Wimmern.

Langsam gleiten seine Finger über meine Brust. Er spielt träge, abwartend, an den Schnüren meiner Dessous und platziert seine Hand schließlich über meinem wild schlagenden Herzen. »Und wenn ich dir dein hübsches Herz breche?« Er beugt sich zu mir herunter. Die Maske über seiner Nase streift meine Stirn und lässt mich erschaudern. »Und das meine ich nicht im romantischen Sinne.«

Ich schlucke gegen den Widerstand seines Griffes und hebe das Kinn an. »Auch dann nicht«, stoße ich stockend, aber überzeugt aus.

»Wieso nicht?« Verzweiflung flackert in seinen Augen auf.

»Weil …« Ich brauche einen kurzen Moment, um meine Gedanken zu sortieren. Sie rauschen unaufhaltsam durch meinen Schädel und sind nur schwer zu fassen zu bekommen. »Weil ich glaube, etwas aus meiner Vergangenheit in dir wiederzuentdecken.« Mein Herzschlag rast. Schweiß bildet sich vor Nervosität in meinem Nacken. Meine Finger zucken an seiner Wange, doch ich nehme sie nicht hinab. »Damals hätte ich jemanden gebraucht, der an mich glaubt. Der mich so nimmt und akzeptiert, wie ich bin. Hier bin ich.« Ich schlucke verkrampft und schiebe meinen Körper näher an seinen. »Vielleicht werde ich dadurch nur der nächste leblose Körper in einem Leichensack …«

»Aber?«, knurrt er gepresst.

»Wer sagt, dass es ein Aber gibt?« Ich beiße mir auf meine raue Lippe und blinzle nervös.

Der Officer atmet ein paar Mal tief durch. Sein Blick verdunkelt sich. »Weil ich es nicht ertragen würde, dich in einem Leichensack zu sehen.«

Mein Mundwinkel zuckt. Mein Puls bebt. »Und genau aus diesem Grund vertraue ich dir.«

Er flucht. Seine Hand zuckt an meiner Kehle. Seine Finger an meiner Wange ballen sich zur Faust. Dann gibt er mich urplötzlich frei. Ich stolpere zurück und stütze mich Halt suchend an der Wand ab. Der Officer dreht sich weg, flucht in einer Sprache, die ich nicht verstehe. Er hat mir den Rücken zugekehrt. Steht in dem schmalen Gang zwischen meinem Bett und dem Fenster. Seine Schultern heben sich schnell, als wäre er außer Atem. Ich trete zittrig näher. Hebe meine Hand und lege die kalten Finger auf sein Schulterblatt.

Sofort erlischt jede Regung seines Körpers. »Verletze mich, benutz mich, teste mich. Nimm mich so, wie du es brauchst.«

Stockend dreht er sich um. Seine Bewegungen sind abgehakt und langsam. Sein Blick findet meinen und verkeilt sich darin. »Und dann?«

Ich atme durch meine leicht geöffneten Lippen aus. »Schauen wir, was von uns übrig geblieben ist.«

Er knurrt leise. Das Geräusch treibt mir einen Schauer über den Körper. Ich schlinge die Arme um meine Brust, als ich zitternd erbebe.

Der Officer schließt die kleine Lücke zwischen uns. Er hebt eine Hand an mein Kinn und dirigiert meinen Kopf mit dem Handrücken nach oben. »Und dabei bist du dir sicher?«

»Ja.« Kein Zögern. Das hier wird mein Entweder Oder. Entweder gebe ich mich ihm hin. Meinen Körper, meine Seele und mein Herz. Ich biete es ihm dar und warte darauf, dass er es zerschmettert. *Ich sterbe.*

Oder …

Mein Magen zieht sich bei dem Gedanken schmerzhaft zusammen.

Er legt die Hände an meine Kehle und drückt zu. Er raubt mir den Atem, buchstäblich.

Oder meine Seele hat ihr Gegenstück gefunden.

Dunkel, falsch, illegal, böse, verdammt ... aber das fehlende Puzzleteil, das mich vervollständigt.

Meine Realität kippt in ein schwarzes Nichts.

Hier geht es nicht mehr nur um meine Lust
und den Drang, dich zu ficken.
Darum ging es von Anfang an nicht,
fürchte ich.

KAPITEL 19
DER MÖRDER

Zum ersten Mal seit Monaten, seit Jahren, um genau zu sein, hat mein Verstand eine völlig andere Ebene erreicht. *Weil ich dem Drang in mir, dich zu besitzen, nachgegeben habe. Ich habe die Kontrolle abgegeben, Maddy, und sieh nur, wohin uns das geführt hat.*

Mein Blick schärft sich. Ich gleite durch den Schleier meiner Gedankenwelt zurück in die Gegenwart. Mit einem zufriedenen Lächeln betrachte ich sie. *Das Kunstwerk, welches sie darstellt.*

»Kennst du den Begriff Edge Play?« Maddy stöhnt leise. »Du hast mich aufgefordert, mir zu nehmen, was auch immer ich brauche. Das ist es, was ich will.«

Ich schnalze leise mit der Zunge, als sie in den Fesseln zum Leben erwacht und sich ihr Körper gegen die Seile, mit denen ich sie an einer Astgablung befestigt habe, zu wehren beginnt. Ihr Blick zuckt nervös umher. *Freu dich, dass ich dir nach deiner unfreiwilligen Auszeit, in der ich alles für uns vorbereitet habe, nicht dein Augenlicht geraubt habe – zumindest für den Moment.* »Wir sind gerade erst am Anfang, Maddy.« Ich trete mit einem Lächeln auf den Lippen näher an sie heran. *Deine Wohnung hat uns schlicht weg nicht die richtige Kulisse geboten.* »Besser du ziehst nicht schon jetzt mein Missfallen auf dich.« Mit verengten Augen lege ich den Kopf schräg. *Das dort drin ist deine Welt, in die ich durch ein Fenster hineinsehen durfte. Das hier ist meine. Der Garten hinter deinem Haus.*

Sie ist mit den Armen gestreckt über dem Kopf an einem Ast gefesselt. *Die Bäume, zwischen denen ich mich in den letzten Tagen dutzende Male verborgen habe. Genießt du es, dieses Mal den Anblick auf dein Fenster mit mir zu teilen?*

Ihr Gewicht hängt in den Seilen und nur ihre Zehenspitzen berühren die Grasspitzen. *Hauchzart. Sodass du glaubst, eine Chance zu haben. Aber die hast du nicht. Du hast dich mir angeboten. Jetzt bist du mein. Besser, du findest dich schnell damit ab.*

Mein Puls beschleunigt sich bei meinen Gedanken. *Ich will dir keine Wahl mehr lassen. Jetzt nicht mehr. Dafür ist es zu spät.* Trotzdem und obwohl sich jede Faser meines Körpers dagegen wehrt, trete ich näher. Ich hebe meine Hand an ihre Wange und streiche bis zu ihren vollen Lippen, gegen die ich leicht tippe. Einladend öffnet sie ihren Mund für mich. Ich schiebe meine Finger ein paar Zentimeter in ihre Mundhöhle und reibe mit dem Daumen über ihr Kinn. »Zieh ihn mir aus«, weise ich sie an.

Maddy zögert nur wenige Sekunden. Dann weiten sich ihre Augen, als sie versteht, was ich von ihr möchte. Sie gräbt die Zähne in den Stoff und zieht an meinem Handschuh. Finger für Finger enthüllt sie meine Haut unter dem Leder. Kaum, dass sie den letzten Finger daraus befreit hat, packe ich ihr Kinn und drücke ihren Kiefer dominant zusammen. »Dieselben Regeln, Maddy. Lass ihn fallen und ich werde aufhören. Sofort.« *Zumindest hoffe ich für dich, dass du es tun wirst. Und für uns beide, dass ich tatsächlich innehalten und mich von dir lösen werde.*

Maddy nickt. Sie schluckt mehrmals nacheinander und presst die Zähne brav in meinen Handschuh. Ich tätschle zufrieden ihre Wange. »Braves Mädchen.«

Ich hoffe, dass du die restliche Nacht über genauso brav sein wirst.

Langsam trete ich zurück und nehme mir einen Moment, sie zu bewundern. Die schwarzen Seile, die ich aus meinem Wagen geholt habe, umschlingen ihren Körper und sind kunstvoll an manchen Stellen verknotet. Ihre Beine werden von einer Spreizstange gestreckt. Zunächst wollte ich ihr die Dessous ausziehen und sie nackt und bereit vor mir aufhängen. Dann habe ich es mir anders überlegt.

Mit einem leisen, genussvollen Stöhnen betätige ich den Schalter für den Vibrator in ihrem Slip. Sofort zuckt sie zusammen. Ihre Beinmuskeln spannen sich an, doch aufgrund der Spreizstange kann sie diese nicht zusammenführen. »Du solltest dich freuen, Maddy. So leicht und angenehm wird es an diesem Abend nicht mehr für dich werden.«

Sie stöhnt. »Das ist grausam.«

Ich trete erneut näher und hebe meine Finger an ihre Wange. Nur wenige Millimeter davor halte ich inne. Sie streckt den Kopf und schmiegt ihre Wange an meine Haut.

»Grausam ist, dass ich deine hübschen Lippen nicht mit einem Schwanz gestopft habe.« *Meinem ... oder seinem. Keine Sorge, schon bald stelle ich ihn dir genauer vor.*

Du wirst ... hm, wie wirst du wohl reagieren, wenn ich dir offenbare, dass ich beabsichtige, dich nicht für mich allein zu beanspruchen?

»Warum tust du es nicht?«, nuschelt sie undeutlich mit dem Handschuh im Mund. Ihre Augenbraue zuckt verlockend in die Höhe und sie windet sich in den Seilen.

»Weil du dir meinen Schwanz noch nicht verdient hast, Maddy.« Mit den Fingern spiele ich an einem weichen, schwarzen Tuch, welches meinem Werk den letzten Schliff verleihen wird.

Während ich es ihr um die Augen binde, hebt sich ihre Brust hektisch. Aber sie widerspricht nicht erneut.

Gut ... schließlich gibt es auch so genug Dinge, für die ich dich bestrafen werde. Lassen wir die Liste lieber nicht länger werden.

Ein letztes Mal streiche ich über Maddys Wange. Sie zuckt überrascht, doch sofort biegt sie ihren Körper in meine Richtung. Tief einatmend ziehe ich mich zurück und ernte ein bedauerndes Wimmern von ihr.

»Du hast mir heute die kalte Schulter gezeigt.« Ich bücke mich und hebe zwei Eiswürfel, die sie dankbarerweise in ihrem Gefrierfach wie eigens für mich vorbereitet hatte, auf. Ich reibe mit den Fingern über die kalte Oberfläche und spüre ein sachtes Erschaudern, das nichts mit der Kälte zu tun hat. »Hast mich hier warten lassen, während du im Warmen saßt.« Ich seufze leise. *Das war nicht sehr nett von dir, Maddy. Wie hätte unser Abend wohl geendet, wenn ich nicht beschlossen hätte, mich dir zu nähern? Wärst du irgendwann zu mir gekommen? Oder hättest du versucht, mit mir zu spielen? Mich hinzuhalten? Kalt ... und abwartend.*

Ich nähere mich ihr. Ihr Kopf zuckt, als meine Schritte leise in dem Gras rascheln.

Jetzt wirst du warten müssen.

»Jetzt bist du hier.« Ich hebe einen Eiswürfel an die empfindliche Stelle unter ihrem Ohr und dicht an ihrem Kieferknochen. Dorthin, wo ihr Puls unter ihrer vor Nervosität geröteten Haut trommelt. »Dicht neben mir.« Ich hauche ihr die Worte ins Ohr und hoffe, dass sie meinen warmen Atem so dicht neben sich spürt.

Ihr Körper spannt sich an. Sie beißt den Kiefer merklich zusammen. »Wenn ich dich nur sehen könnte.« Ihre erstickten Worte entlocken mir ein dunkles Raunen. »Ich rate dir, ab diesem Moment besser still zu sein, mariposa.«

Das hier ist das erste Mal seit mehreren Jahren, in denen ich mich meiner Lust hingebe. Zum ersten Mal, seitdem ich erfahren habe, dass ein Mann, den ich als Freund einschätzte, Bilder meiner kleinen Schwester verkaufte.

Nie habe ich das hier zugelassen. Es gab immer nur den Job. Und auch jetzt ist er nicht vergessen. Es ist nur ein kurzer Moment. Etwas Besonderes zwischen uns. Etwas, das mir erlaubt, mich kurzzeitig fallen zu lassen und durchzuatmen. Denn auch wenn ich die Kontrolle übernehme, bist du es, die mir die Macht und die Kontrolle schenkt.

Ich blinzle. Warte ab. Doch sie bleibt still. »Gut«, lobe ich sie. »Trotzdem entschädigt mich das nicht dafür, wie kalt du vor wenigen Minuten dort drüben saßt.« Langsam führe ich den Eiswürfel an ihrem Körper herab. Ich bewege ihn durch das Tal ihrer Brüste hinunter zu ihrem hübschen Bauchnabel und ihrer Hüfte, die sie mir stumm flehend entgegenstreckt. Ich setze einen Schritt nach vorn und stoße dabei absichtlich gegen die Spreizstange. Maddy zuckt überrascht zusammen. »Siehst du das Bild vor deinen Augen? Den Anblick des Fensters, mit dir auf dem Sims? Auf der einen Seite rahmt dich das Licht deines Zimmers ein, auf der anderen Seite werden deine geröteten Wangen vom Mondlicht beschienen.

Ihr Körper erbebt. Sofort greife ich nach der Fernbedingung, die ich in meinen Hoody geschoben habe und stoppe den Vibrator. Ich seufze leise. »Nein, Maddy. Leider darf ich dir noch nicht erlauben, deiner Lust nachzugeben. Das hast du dir noch nicht verdient.« Sie flucht leise in das Leder des Handschuhs. Ihr Kopf sinkt ein paar Zentimeter nach vorn und ihre Lippen beben. *Welch hübsches Bild.*

»Du hast mir deine kalte Seite gezeigt.« Ich führe den Eiswürfel zwischen ihre gespreizten Beine und greife mit der anderen Hand nach meinem Messer, das in dem Gürtel an meiner Hose steckt. Ich ziehe es hervor und setze die Spitze oberhalb ihres Höschens an. Genau dort, wo der Grind unseres ersten Aufeinandertreffens beinahe verschwunden ist und nur noch wenige Stückchen Schorf zu sehen sind. »Und jetzt werde ich dir meine kalte Seite zeigen, mariposa.« Ich platziere wie auch schon in dieser Nacht die Spitze unter dem Leder und schiebe die Klinge mit leichtem Druck nach unten. Gerade so, dass ich es durchtrenne und ihre Haut leicht anritze.

Sie wimmert bei jedem Zentimeter, den ich in Zeitlupe zerschneide.

Das Leder klafft nach unten und offenbart mir den Blick auf ihre kleine Pussy, die meinen Schwanz zum Zucken bringt.

Mir läuft das kalte Wasser der Eiswürfel an meiner Hand herab, weshalb ich das Messer zurückstecke und meinen Blick auf die rote Linie, aus der der erste Bluttropfen quillt, lenke. Mit einem Eiswürfel fahre ich den Schnitt entlang. Maddy zittert.

Wie süß. Fühlt sich meine Kälte nicht angenehm für dich an?

Mit einem boshaften Grinsen platziere ich den zweiten Eiswürfel unmittelbar über ihrem Venushügel und reibe provozierend über ihre Haut. Sie windet sich. Ihr Körper bewegt sich in den Seilen. Sie wimmert. Aber weder lässt sie den Handschuh fallen, noch widerspricht sie mir erneut.

Genüsslich sehe ich dabei zu, wie das Eis langsam auf

ihrer erhitzten Haut schmilzt und ein zarter Fluss des kalten Wassers über ihre Perle und zu ihrer Pussy rollt.

Mir gefällt es, wie du dich windest, Maddy. Wehre dich ruhig ein Stück mehr. Tanze in den Seilen für mich und schenke mir den Anblick deiner Lust, während ich mit dir spiele.

Mit den Fingern streiche ich an den Innenseiten ihrer Schenkel hinauf. Eine zarte Gänsehaut folgt meiner Berührung und gibt mir damit genau das, was ich von ihr möchte.

»Mir gefällt es, deine Lust zu sehen.« Während das stetige Rinnsal des Eiswürfels über ihre Pussy perlt, schiebe ich meine Finger durch ihre Feuchte und teile ihre Scham. Ich gehe in die Knie. »Und mir gefällt es auch, deine Lust zu schmecken.« Ich nehme ihren verlockenden Duft wahr, als meine Zunge ihre Mitte berührt, die unter dem kühlen Wasser hitzig pocht. Nur eine Sekunde später ziehe ich mich zurück. »Ich genieße es, dich zu reizen und zu sehen, wie die Gier in deinen Augen flackert.«

Wieder halte ich inne. Ihr entweicht ein erstickter Laut, doch entgegen meiner Erwartungshaltung widerspricht sie mir nicht.

»Gut, Maddy. Ich sehe, dass du langsam lernst, meine Anweisungen umzusetzen.«

Mein Schwanz schwillt bei meinen Worten und der Erwartungshaltung dessen, was ich beabsichtige, mit ihr zu tun, weiter an. Er drückt sich schmerzhaft gegen meine Hose und erweckt das Bedürfnis in mir, ihn zu befreien.

Aber noch nicht jetzt, Maddy. Dafür musst du dich

zunächst noch ein Stück besser benehmen, damit ich uns beide belohnen kann.

Ich vergrabe mein Gesicht zwischen ihren Beinen, greife nach ihrer Hüfte und schließe die Finger um die Seile, die ihren Körper für mich zusammenschnüren. *Es gefällt mir, dich so hübsch verpackt und für mich aufgehangen vor mir zu wissen. Wie ein hübsches Geschenk. Von mir angerichtet, eigens für mich. Perfekt.*

Mit der Zunge reize ich sie mit zarten Berührungen, bis ihr Körper über mir erzittert. Sie bewegt ihre Hüfte begierig und steuert dem Höhepunkt entgegen. Ein hemmungsloses Stöhnen entrinnt ihren hübschen Lippen und zieht meine Eier begierig zusammen.

Kurz bevor ich spüre, dass der Orgasmus über ihr zusammenbricht, nehme ich meine Lippen von ihrer heiß pochenden Mitte. »Nur brave Mädchen bekommen einen Orgasmus. Böse Mädchen müssen warten.« Ich raune die Worte auf ihre Pussy und beobachte, wie sie unter meinem Atem zuckt. Sie stöhnt unzufrieden. *Wenn du bereits jetzt die Geduld verlierst, wird das eine lange, harte Nacht für dich werden, mariposa.*

Ich nehme die Hände von ihrer Hüfte, streiche mit den Eiswürfeln über ihren Arsch und führe die Finger nach vorn. Sie stöhnt. Ich höre etwas in Richtung *Nicht die Scheiße schon wieder* und muss schmunzeln. *Doch, mariposa. Genau diese Sache. Schließlich habe ich dir versprochen, dir meine kalte Seite zu zeigen.* Quälend langsam schiebe ich einen Eiswürfel, der inzwischen in meiner Hand zur Hälfte zusammengeschmolzen ist, zu ihrer Pussy. Ihre Oberschenkel beginnen, zu zittern, als ich ihn langsam zwischen ihre Schamlippen drücke.

»Du hast mir gesagt, dass du jede Seite von mir akzeptieren wirst. Akzeptierst du auch meine kalte Seite?« Ich hebe den Blick, noch immer in der Hocke und dicht vor ihrer Pussy. Den Eiswürfel drücke ich in ihre Pussy und lasse die Finger leicht kreisen.

Maddy stöhnt. Sie wirft den Kopf in den Nacken. »Ich«, sie holt hörbar Luft, »ich akzeptiere sie nicht. Ich liebe sie.« Mein Magen zieht sich freudig bei ihren Worten zusammen.

»Gut«, raune ich leise.

Das ist nicht gut, Maddy. Das ist perfekt. Scheinbar willst du mir mit jedem einzelnen Satz immer wieder beweisen, wieso es richtig war, einen Moment innezuhalten, um mich dir zu widmen. Je mehr ich von dir erfahre, je besser ich dich kennenlerne, umso mehr beeindruckst du mich.

Zur Belohnung lasse ich den Eiswürfel aus ihrer Mitte gleiten und gemeinsam mit dem anderen, den ich über ihren Po geführt habe, ins Gras fallen. Erneut schiebe ich meine kühlen Finger in ihren Eingang und reize sie mit meinen Fingern. Mehrmals spannt sie die Muskeln an. Sie reibt sich an meiner Hand, doch auch dieses Mal darf sie nicht den Höhepunkt erreichen.

Als sie einen flehenden Laut ausstößt, ziehe ich mich aus ihr zurück und richte mich auf. Ich lege die Hand an ihre Wange und verteile ihre Nässe in Form meines Anfangsbuchstabens auf ihrer Haut. *Es war ein spontaner*

Einfall, aber vielleicht sollten wir das schon bald mit deinem Blut und meiner Lust wiederholen, Maddy.

Sie hebt das Kinn an und beugt sich nach vorn. Der Handschuh zwischen ihren Lippen ist von ihrem Speichel benässt. Er stößt gegen mein Kinn und ich greife danach. Maddy schnauft. Sie beißt die Zähne fest aufeinander, was höchste Zufriedenheit in mir auslöst. »Das machst du gut, aber für einen Moment darfst du mir den Handschuh geben.« Ich ziehe erneut daran, doch sie gibt nicht nach. Sie lehnt sich nach vorn, bis ihre Nase meine durch die Maske streift und drückt den Handschuh gegen meine Lippen.

Mit einem rauen Lachen schiebe ich die Maske nach oben und schnappe danach. Sie gibt nach und ich schleudere den Handschuh mit den Zähnen zur Seite. Ich packe ihren Kopf, grabe die Finger in ihre Haare und küsse sie grob.

Ihr provozierendes Lachen, gepaart damit, dass sie sich zurückzieht, um mit ihren Lippen über meine zu streichen, gibt mir den Rest.

Ich verstärke meinen Griff in ihren Haaren, zerre ihren Kopf näher und presse meine Lippen bestimmt und grob auf ihre. Meine Zunge schiebe ich hart in ihren Mund und erforsche diesen. Mit der anderen Hand fasse ich an den Stoff, der ihre Augen bedeckt und zerre ihn nach oben.

Maddy blinzelt überrascht. Ihre Pupillen zucken suchend umher. »Für das hier muss ich dich ansehen«, raune ich an ihren Lippen und raube ihr einen weiteren

Kuss. Direkt im Anschluss ziehe ich den Stoff erneut bis über mein Kinn.

Ihr Blick verkeilt sich mit meinem. Ihre Augen sind geweitet und als ich mich ein paar Zentimeter zurückziehe, glänzen ihre Lippen feucht von unserem Kuss.

»Wofür?«

Ich schüttle langsam den Kopf und schnalze mit der Zunge. »Ich habe deinen Mund nicht freigegeben, damit du mir widersprechen kannst.«

»Das war kein Widerspruch«, provoziert sie mich so herrlich.

Abwägend sehe ich sie an. Ich lege den Kopf schräg und lasse eine Hand an ihre Kehle gleiten. Mit der anderen reibe ich auffordernd langsam über ihre Kopfhaut und ziehe feine Kreise in ihren Haaren.

»Du verwuschelst meine Haare«, beschwert sie sich und reckt sich mir keck entgegen.

Ich atme tief ein.

»Du hängst hier. Gefesselt, mir ausgeliefert. Du gehörst mir, bist mein Spielzeug. Dein Körper, dein Leben, alles unterliegt meiner Kontrolle. Und du denkst, dass es eine gute Entscheidung wäre, mich zu provozieren? Dich zu beschweren? Die kleinen Freiheiten, die ich deinen Augen und deinen vorlauten Lippen genehmigt habe, zu benutzen, um zu rebellieren? O mariposa. Das war eine schlechte Wahl.«

Das Lächeln verbleibt auf Maddys Lippen. Sie schürzt diese herausfordernd. »Dann solltest du wohl damit fortfahren, mich zu bestrafen, damit wir bald bei der Belohnung ankommen.«

Ich verstärke den Druck meiner Finger auf ihre Kehle und bringe meine Hüfte nah an ihre. Sie leckt sich über die Lippen und nimmt den Blick keine Sekunde von meinen Augen. »Maddy … an diesem Punkt würde ich dir nur zu gern meinen harten Schwanz zwischen die Beine drängen und dich bis zur Besinnungslosigkeit ficken. Aber du warst nicht brav.«

Sie verdreht die Augen und zieht eine Braue in die Höhe. »Und du wolltest von Anfang an nicht …« Ich grabe die Finger in ihr Fleisch. Ihre Worte stocken. Sie dreht den Kopf in meinem Griff, bevor sie gepresst weiterspricht. »Dass ich mich füge.«

»Damit könntest du recht haben.« Ich löse die Finger aus ihren Haaren und fasse an meine Hose. Mit wenigen Bewegungen öffne ich den Gürtel und befreie meinen Schwanz, der mir hart entgegenspringt. Ich schiebe die Spitze gegen ihre Pussy, die wohlwollend für mich ausläuft und mich mit ihrer Lust empfängt. Stöhnend pumpe ich über meinen Schaft. Ich schiebe meine Härte zwischen ihren Beinen entlang, ohne in sie einzudringen, und verstärke dabei sanft den Druck auf ihre Kehle. Seitlich drücke ich ihr die Blutzufuhr ab. Anstatt sich meinem Griff zu entreißen, bewegt sie ihre Hüfte kreisend auf meinem Schwanz.

Ich stöhne leise vor Erregung.

Mit dem Daumen reibe ich über ihr Kinn. Ich sehe ihr prüfend genau in die Augen, um zu beobachten, wie viel ihr Körper aushält. *Schließlich wollen wir nicht die Kontrolle verlieren und dich unabsichtlich erwürgen, mariposa.*

Ich umfasse meinen Schaft und dringe ein paar Zentimeter in sie ein. Das Gefühl, endlich wieder von ihrer feuchten Pussy umschlossen zu werden, katapultiert meinen Verstand in eine völlig neue Ebene.

Ich hatte keine Ahnung, wie dringend ich dich erneut in Besitz nehmen musste, mariposa. Das nächste Mal dürfen wir nicht so lang warten.

Ich spiele mit ihr. Reize sie, dringe tiefer in sie ein und ziehe mich wieder zurück, während jeder Stoß und jedes wunderschöne Geräusch aus ihrer Kehle meine Lust anschürt.

»Du hast mir meinen Atem geraubt. Immer dann, wenn du mich provozierst, wenn du mich reizt und schaust, wie weit du gehen kannst. In jeder Nacht, in der ich dich beobachtet habe, hast du mir deinen Arsch entgegengestreckt ...« Ihre Lider flattern. Ich dränge meinen Schwanz in sie und ficke sie mit langsamen, tiefen Stößen. »Es ist nur fair, wenn auch ich dir den Atem raube.« Sie reißt die Augen weit auf. Ihr Mund öffnet sich himmlisch einladend und wie für meinen Schwanz bestimmt. Mein Schwanz zuckt bedauernd, als ich mich kurz aus ihr zurückziehe, und ich stoße mich sofort wieder bis zum Anschlag in sie hinein.

Du bist viel zu zart gebaut, um meine Größe voll aufnehmen zu können. Sag mir, wann wollen wir uns deinen Arsch ansehen, mariposa. Mir war, als hätte ich ein Versprechen, mir diesen zu nehmen, noch nicht eingelöst.

Sie fiebert dem Höhepunkt entgegen. Einladend kreist sie ihre Hüfte, obwohl ihr Bewusstsein beinahe verschwimmen muss. Immer wieder lockere ich den

Druck um ihre Kehle, ficke sie und ziehe mich zurück, sobald ich merke, dass sie kurz davor steht, über die Klippe zu springen.

Auch ich stehe kurz davor, meinen Samen tief in ihr zu verteilen.

Wieder schiebe ich die Hüfte zurück. Ihre Lippen zittern. Ihr Körper hängt schlaff in den Seilen, ihr Kopf wird von meiner Hand gestützt. Ich gebe ihre Kehle frei, als sich ihre Lider langsam schließen. Sie saugt scharf die Luft ein. Ihr entrinnt ein leises Flehen. »Wolltest du mich um etwas bitten, mariposa? Möglicherweise darum, aufzuhören?«

Sie atmet pfeifend mehrmals ein, dann nimmt sie den Kopf zurück. Maddy blinzelt hektisch und schluckt schwer. Ein Zucken geht durch ihren Arm. Vermutlich der Impuls, ihre Kehle zu befühlen. Schließlich sieht sie mir direkt in die Augen. Sie schnauft leise. »Ich wollte dich darum bitten, mich endlich richtig zu nehmen.«

Ich knurre leise.

Du wirfst mir vor, dass ich mich noch immer zurückhalte?

Du liegst richtig.

Aber ich bin nicht sicher, ob dein Körper, deine Seele und deine Pussy es ertragen, wenn ich dich so nehme, wie ich es brauche.

Wenn du meine Hölle bist,
dann will ich gern für dich brennen.

KAPITEL 20
MADDY

Ich befinde mich nicht mehr in meinem Hintergarten. Ich bin an einem anderen Ort. Gefangen zwischen himmlischer Lust und höllischem Schmerz.

Er braucht das hier.

Und ich auch.

Ich will meiner Lust nachgeben können. Ich will mich von ihm nehmen und bestrafen lassen, ohne das Gefühl zu haben, er würde mich brechen.

»Maddy?« Ich strecke meine Fußspitzen aus und streife die Spitzen des Rasens.

Meine Arme sind über meinem Kopf zusammengebunden und ich habe längst das Gefühl, dass sämtliches Blut aus ihnen herabgeflossen ist.

»Maddy?« Er flucht leise. Seine dunkle, verhangene Stimme lässt mich den Kopf in die Höhe reißen. Er packt mein Gesicht und reibt mit den Daumen über die Wangen. Mein Herz flattert, als ich die Sorge in seinem

Blick sehe. »Das hier ist zu viel für dich«, stellt er verbissen fest.

»Ist es nicht«, widerspreche ich ihm. »Aber wenn du heute noch meinen restlichen Körper in Besitz nehmen möchtest, solltest du dich beeilen.«

Sein Mundwinkel zuckt in die Höhe. Erleichterung flackert in seinen Augen auf. *Und genau deshalb ist es nicht zu viel. Weil er mir mit jeder Sekunde beweist, dass ich wertvoll für ihn bin und nichts, was er lediglich zu seinem Vergnügen benutzt.*

»So ungeduldig?«

»Auch. Aber meine Finger sind taub und schmerzen.«

Er lacht rau. »O Maddy ... dein vorlauter Mund wird dich irgendwann deinen hübschen Kopf kosten.«

Ich lecke mir über die Lippen und blinzle erschöpft. Mein Körper sehnt sich so dringend nach dem Orgasmus, den er mir immer wieder verwehrt hat. Er sehnt sich auch nach Schlaf und Ruhe, aber wie könnte ich auch nur eine Sekunde daran denken, wenn er noch immer vor mir steht? Mit dieser Maske, die mich in den Wahnsinn treibt, diesen himmlisch dunklen Augen, in denen ich mich verliere ... und seinem Schwanz, der hart in meine Richtung deutet, als wüsste wenigstens er, wohin er gehört.

Der Officer sieht mich eindringlich an. Sein Blick wandert über jeden Zentimeter meiner Haut. Prüfend nimmt er mein Gesicht in Augenschein, meinen Körper, die Seile, mit denen er mich festgebunden hat. Ich drehe die Handgelenke leicht, um den Druck von einer Stelle zu nehmen. Sofort schießt sein Blick nach oben. Er verharrt mehrere Sekunden dort. Die plötzliche Stille und seine

Regungslosigkeit treiben mich schier in den Wahnsinn. Ich möchte ihn erneut berühren und wenn es nur ist, weil er mich würgt oder mich boshaft mit einem Eiswürfel quält.

Meine Mitte zieht sich bei diesem Gedanken begierig zusammen. Es war scheißkalt und unangenehm. Zumindest im ersten Moment. Irgendwann ... habe ich die Kälte gebraucht, um die Hitze in meinem Inneren abzukühlen.

Der Officer kommt erneut in Bewegung. Er zieht einen kleinen Gegenstand aus der Tasche seines schwarzen Kapuzenpullovers und dreht ihn zwischen den Fingern.

Mit einem Mal flackert eine Flamme daraus auf. Er hebt das Kinn an und sieht mich an. In seinen dunklen Pupillen spiegelt sich die Flamme wider. Er bringt sein Gesicht dicht vor meines. Ich zucke zurück, die Flamme zwischen unseren Körpern wissend. Er packt mein Kinn und umschließt mein Gesicht mit seinen Fingern. »Ich habe dir versprochen, dass du durch die Hölle gehen wirst. Aber was wäre die Hölle ohne ein wenig Feuer?« Sein Blick verdunkelt sich. Mein Körper zittert. Mir wird heiß und kalt zugleich.

Ich vertraue ihm.

Mist ... wieso vertraue ich ihm?

Dieser Mann hat mich angebunden, mir Schmerzen bereitet ... aber diese flauschig weiche Stimme in meinem Kopf sagt mir, dass mir trotzdem nichts passieren wird.

»Ich bin bereit, zu brennen, wenn du mit mir in die Flammen gehst.« Waren das meine eigenen Worte?

Der Officer flucht leise. »Augen zu«, knurrt er und ich

folge seinem Befehl sofort. Die Flamme erlischt klickend. Er gräbt die Finger fester in mein Kinn und zerrt meinen Kopf nach vorn. Sein Mund trifft hart auf meinen. Er küsst mich grob und ohne jede Zurückhaltung. Mein Körper biegt sich ihm wie von selbst entgegen. Ich zerfließe in seinem Griff, gewähre seiner Zunge Einlass und erschaudere, als mich seine Härte streift. »Ich brenne bereits, mariposa«, raunt er dicht an meinen Lippen, hebt das Feuerzeug, dessen Flamme erloschen ist, vor mein Gesicht und entzündet es. Nur geradeso widerstehe ich dem Drang, die Augen zu öffnen.

Ich lecke mir über die Lippen und seufze, weil ich seine noch immer darauf schmecken kann. Seine Hand rutscht in meinen Nacken. Er umfasst meine Haare und zieht sie über meine Schultern nach hinten. »Bist du bereit, mit dem Feuer zu spielen?«

Mir entweicht ein Lachen. »Ich habe eine Leiche gefunden, mit dem Mörder geschlafen, begehre den Cop, der für die Ermittlungen zuständig ist, habe herausgefunden, dass beide ein und dieselbe Person sind, wurde von ihnen – ihm – gestalkt und …«

Ich spüre seinen Blick auf mir, während ich nach Worten ringe. »Und?«

»Und ich würde es mir keine Sekunde anders wünschen.«

»Öffne die Augen.« Flatternd schlage ich die Lider auf. Mein Herz zieht sich schmerzhaft zusammen, als ich sehe, dass er die Maske wieder vollständig über sein Gesicht gezogen hat, doch sein harter Ausdruck bekommt Risse und dieses verlockende Lächeln, welches sich in meinen Verstand eingebrannt hat, zuckt unter der Maske an seinem Gesicht.

»Keine einzelne?«

»Mhm …« Ich beuge mich nach vorn und berühre seine Lippen über der Maske hauchzart mit meinen. Mein Körper gerät leicht in Schwingung, als ich den wenigen Halt unter meinen Fußspitzen verliere und nur noch an meinen Handgelenken hänge. Der Officer packt meine Hüfte und stabilisiert mich dicht vor sich. Meine Pussy pocht vor Lust und ein berauschendes Gefühl rauscht durch meinen Körper. »Vielleicht in denen, in den du nackt vor mir stehst, dich aber noch nicht in mir befindest.«

Mit einem dumpfen Lachen greift er nach dem Tuch, dass er an meine Stirn geschoben hat und zieht es langsam über meine Augen nach unten. Ich blinzle aufgeregt gegen den feinen Stoff an. Brennende Ungeduld schießt durch meinen Körper.

»Du solltest dich besser nicht bewegen, mariposa.« Seine Stimme dicht an meinem Ohr lässt mich zusammenzucken. »Scheint, als müssten wir das noch üben.« Ich stöhne leise. Er ist ein Foltermeister; mein persönlicher, um genau zu sein. Er weiß, wie er mich reizen kann, wie er mich provoziert und meine Lust bis an den Höhepunkt treibt, nur um mich dann erneut warten zu lassen.

»Ich werde dir nicht wehtun. Nicht mehr, als du aushalten würdest.«

Sofort will ich nicken, besinne mich dann aber eines Besseren.

»Gut«, lobt er mich leise.

Mit einem Mal spüre ich die Hitze der Flamme an meinem Kieferknochen. Ich beiße die Zähne fest aufeinander und schaffe es geradeso, mich nicht zu rühren. Das wäre dumm. Ich würde erneut den Halt verlieren, den ich mir mühsam mit meinen Zehen erkämpft habe.

»Sehr gut, Maddy.« Seine andere Hand reibt über meinen Nacken und gleitet an meine Kehle. »Jetzt werde ich mich bewegen und ein Stück näherkommen.«

Mir stockt der Atem, als ich herausfinde, was er mit *näher* meinte. Seine Schwanzspitze streift meinen unteren Bauch. Die Hand nimmt er von meiner Kehle. Ich kann nur ahnen, dass er sich selbst umfasst. Dann schiebt er sich langsam bis an meinen Eingang. »Was hältst du von einem Deal?«

»Hm?« Meine Antwort klingt mehr nach einem Stöhnen als alles andere. Ich will, dass er sich endlich erneut in mir versenkt, und jede Sekunde des Wartens treibt mich in den Wahnsinn.

»Wenn du brav bist, belohne ich dich mit einem weiteren Zentimeter. Klingt das nicht fair?«

Mir gehen dutzende Antworten durch den Kopf. Alle gehen in Richtung von *Fair wäre es, wenn du endlich aufhörst, mit mir zu spielen, und mich dafür nimmst.* Ich schlucke jede einzelne davon herunter und erinnere mich daran, dass ich mich ihm angeboten habe. *Dass ich ihm vertraue.*

»Ich bin brav«, sage ich schließlich und spüre seinen Atem auf meiner Wange.

»Gut.«

Mir liegt eine spöttische Antwort auf der Zunge.

Schließlich hat er mir nicht erst einmal gesagt, dass er mich nicht nur belohnen, sondern auch bestrafen möchte. Allerdings weiß ich nicht, wie lange ich das hier noch aushalte. Lust, Schmerz und Erschöpfung beherrschen meinen Körper.

Ich spüre die Flamme an meinem Kinn. Er bewegt sie quälend langsam über meine Haut. Immer dann, wenn es heiß wird, wenn ich die Zähne fest aufeinanderbeiße und ich mich wegdrehen würde, zieht er sich zurück, um sich eine neue Stelle zu suchen.

Jedes Mal, wenn er fortfährt, schiebt er sich ein kleines, qualvolles Stück tiefer in meine Pussy und entlockt mir ein leises Stöhnen.

Die Begierde nimmt zu. Ich habe längst die Augen geschlossen. Meine Lippen sind geweitet, als er sich erneut tiefer in mich schiebt. Ich schlucke schwer, als er viel zu schnell innehält und mich noch immer nicht ausreichend auszufüllen scheint.

»Ich mag das Gefühl, wie sich deine Pussy gierig um mich zusammenzieht.« Seine Worte erzeugen eine Gänsehaut auf meinem Körper. Meine Beine zittern und ich spüre, wie die Lust sich zwischen meinen Beinen sammelt.

Der Officer hebt eine Hand an meine Brust und schiebt die Finger unter den Lederstoff meines BHs. Ich seufze begierig und versuche, stillzuhalten, als er meinen Nippel zwischen den Fingern rollt. Sein Schwanz dringt tiefer in mich ein und reizt mich bis an den Höhepunkt. Krampfhaft halte ich meinen Körper ruhig, um nicht von der Flamme verbrannt zu werden und in der stillen, durchaus naiven Hoffnung, ich könnte endlich kommen, wenn ich es mir nicht anmerken lasse. Im nächsten Moment sauge ich scharf die Luft ein, weil ich die Flamme an meinem Nippel spüre.

Zuerst ist es nur eine leichte Wärme, die stetig zunimmt. Er zieht das Feuerzeug immer wieder zurück und setzt die Tortur aus Hitze und seinem Schwanz, der mich langsam penetriert, fort.

Ich hänge schwach in den Seilen, die inzwischen schmerzhaft an meinen Handgelenken und meinem restlichen Körper einschneiden. Meine Mitte pulsiert hitzig. Es fühlt sich an, als würde ich jeden Moment kommen; als wäre es ein endloser, boshafter Vor-Orgasmus, der mich gleichzeitig quält und mir Erleichterung verspricht. Meine Beine zittern. Ich fühle mich wie im Delirium. Mein ganzer Verstand wird von Lust eingenommen. *Ich kann nicht mehr. Wie lang wird er mich noch foltern? Wie lang, verdammt noch mal, bis ich in tausend Teile lustvoll zerbreche?*

Lediglich am Rande meiner Realität bekomme ich mit, wie der Officer von mir ablässt. Das leise Klicken des Feuerzeuges lässt mich sanft wimmern.

Er zieht sich zu meinem Bedauern aus mir zurück. Es fühlt sich an, als würde meine Pussy seinen Schwanz nicht hergeben wollen und eine unangenehme Leere zurückbleiben.

»Du warst sehr brav, Maddy.« Seine wohlwollenden, sanften Worte entschädigen mich binnen eines Herzschlags für das Warten, den Schmerz und jedes bisschen Leid, das er mir zugefügt und entlockt hat.

Ich spüre seine Hand an meiner Wange. Seufzend beuge ich ihm den Kopf entgegen. Er reibt ein paar Mal über meine Haut und legt den Arm dann um meine Taille.

Er beugt sich nach vorn. Mit einem Mal geht ein heftiger Ruck durch meinen Körper und ich sacke zu Boden.

Er hat die Seile über meinen Handgelenken gekappt und hätte er mich nicht aufgefangen, wäre ich auf dem Boden aufgeschlagen. Ohne jeden Widerstand, denn jeder Drang in mir, zu kämpfen, ist endgültig erloschen.

Nach einem kurzen Schreck werde ich erneut weich in seinen Armen. Meine Hände sind noch immer zusammengebunden. Er greift danach und schlingt sie um seinen Hals. Meine Pussy pocht lustvoll, genauso mein ganzer Körper.

Ich drifte für ein paar kurze Momente, in denen ich mich an seinen Körper kuschle, ab.

Alles um mich herum verschwimmt in einem Nebel der Erschöpfung. Ich spüre sanfte Bewegungen, aber das Wichtigste ist er. Seinen Körper an meinem zu spüren, gibt mir einen Halt und Anker, wie ich nicht gedacht hätte, es jemals brauchen zu können.

Für einen kurzen Moment werde ich zurück in meine Vergangenheit verschlagen. In die Zeiten, als mich Ethan misshandelt und geschlagen hat.

Auch der Officer hat mir wehgetan ... aber nie *so*. Bei ihm fühle ich mich gut und geborgen.

Mein Körper kippt. Ich kralle mich an seinem Rücken fest und reiße überrascht die Augen auf. Er seufzt leise.

»Sh.« Mein Blick zuckt umher. Wir befinden uns in meinem Schlafzimmer und er legt mich auf mein Bett. Die Leselampe leuchtet noch immer dämmrig bei meinem geöffneten Fenster.

Ich erschaudere, als ich mir der Kälte bewusstwerde. Als er sich von mir lösen will, versteife ich mich. »Geh nicht.«

»Ich gehe nicht. Aber ich gönne dir etwas Ruhe.«

Ich schnaufe leise und rapple mich stöhnend auf. Ich nehme meine Arme von seinen Schultern und reibe die tauben Finger vor meinem Körper. »Wage es nicht, mir etwas von Ruhe zu erzählen.«

Er lacht rau. Sein Mundwinkel zuckt.

»Wieso lachst du?«, frage ich dumpf.

»Weil ich sehr stolz auf dich bin.«

Seine Worte explodieren in einer heißen Welle in mir. Es sind nur Worte. Nur ein Satz ... aber sie lösen so vieles in mir aus.

Er beugt sich zu mir herunter, umfasst mein Gesicht mit den Händen und drückt mir einen langen Kuss auf die Stirn. Einen weiteren jeweils auf meine Wangenknochen, auf meine Nase und mein Kinn. Er fährt fort, bis ich mich irgendwann lachend zur Seite drehe.

Ein freudiger Funken flackert in seinen Augen auf. »Leg dich hin, Maddy.«

Ich seufze leise. »Bist du noch nicht fertig, mich zu bestrafen?«

Langsam schüttelt er den Kopf. Seine Lippen schweben über meinen. Die Maske streift meine Haut.

»Ich will dich nicht bestrafen. Ich beabsichtige, dich für dein Vertrauen zu belohnen.«

Ich sacke stöhnend auf das Bett zurück. Mein Atem stockt und mein Puls schnellt in die Höhe. Sofort ist er über mir. Seine Finger finden meine und verkeilen sich mit ihnen. Er sieht mich lange prüfend an, dann nimmt er das Messer von seinem Gürtel, zieht es aus der Hülle und legt es an meine Handgelenke.

Ich beiße mir auf die Lippen. Ungeduld brennt in meinen Venen. Entgegen meiner Erwartung schneidet er mich nicht. Dafür durchtrennt er mit mehreren Schnitten die Seile, sodass meine tauben, kalten Arme befreit werden.

Keuchend sauge ich die Luft ein, als ich das erste Mal wieder Blut in meinen Fingerspitzen fühlen kann. Ein Kribbeln schießt durch meine Arme, als die Zirkulation wieder ungehindert fließen kann. Ich drehe die Finger. Er greift danach und reibt mit seinen über jeden einzelnen davon. Er massiert meine Fingerkuppen, meine Hand und den Arm bis hoch zu meinen Schultern. Dabei zieht er die Seile, die meinen Körper einrahmen, nach und nach zur Seite.

Als er sich dabei nach vorn lehnt, zuckt mein Blick an ihm herab. Zu meinem Bedauern hat er seinen Schwanz weggepackt, doch ich sehe die Beule unter der schwarzen Hose überdeutlich. Auffordernd beginne ich, meine Hüfte unter ihm zu reiben.

Der Officer verpasst mir einen kurzen Schlag auf den seitlichen Poansatz, der mich aufjammern lässt. »Du wolltest dich benehmen.«

»Du wolltest mich belohnen«, halte ich dagegen.

Seine Bewegungen stoppen. Er hält das Seil, welches er von meinen Schultern genommen hat, in den Händen und sieht mich eindringlich an. »Aber du machst es mir nicht unbedingt leicht.«

Ich zucke nichtssagend mit den Schultern und summe lediglich ein leises »Mhm« als Antwort.

Inzwischen sind mir alle spöttischen Reaktionen abhandengekommen. Keine einzige ist in meinem Kopf zurückgeblieben. Da ist nur Erschöpfung, Lust und Schmerz.

»Vor ein paar Tagen habe ich mir deine Pussy genommen.« Der Officer reibt weiter über meine Haut und befreit meinen Körper mehr und mehr aus den Seilen. Seine Berührungen gepaart mit dem Blut, das durch mich strömt, berauschen mich. »Aber ich habe dir mehr versprochen, mariposa.« Fuck ... ich liebe diesen Kosenamen. Einfach alles. Jedes Wort, welches er mir schenkt.

Er dreht mich sanft auf den Bauch, zieht das Seil von meinen Beinen und führt es dabei aufreizend über meine vor Lust pochende Pussy.

Ich winde mich unter ihm. Er setzt sich auf meine Oberschenkel und unterbindet meine Bewegungen. »Ich habe dir versprochen, dass wir uns schon bald ansehen, ob dein hübscher kleiner Arsch mehr Platz für meinen Schwanz bietet.«

Ich antworte mit einem leisen Wimmern. Seine Worte lassen mich erzittern.

Er scheint es zu spüren und reibt sanft über meinen

Po. »Welch hübscher Arsch, mariposa. Es ist eine Schande, dass er so lange auf mich warten musste.«

Ich schnaube amüsiert.

Seine Finger verschwinden von meinem Körper. Dann kehren sie zurück. »Aber zuerst möchte ich sehen, wie dein Blut meine Klinge benetzt.«

»Und ich dachte, dass wir damit beginnen, mich zu belohnen, statt mich zu bestrafen.« Mir jagt ein Schauer über den Rücken. Ich spanne meine Muskeln an und warte darauf, dass er sich erneut rührt.

»Betrachte es als meine Belohnung, mariposa.« Seine Stimme ist ein sanftes Schnurren.

Nur Sekunden später spüre ich die kühle Spitze seines Messers an meinem Nacken. Er streicht meine Haare zur Seite und führt die Klinge zart an meiner Wirbelsäule herab. »Du machst das sehr gut, Maddy.«

Seine Worte erzeugen ein himmlisches Ziehen zwischen meinen Beinen. Als hätte er es geahnt, schiebt er seine Finger an meinen Oberschenkeln herab und drückt diese bestimmt auseinander. »Sag mir, bist du schon wieder feucht für mich?« Die Spitze des Messers wandert an meinen Rippenbogen. Er verstärkt den Druck und ich spüre ein schmerzhaftes Stechen. Seine andere Hand bewegt er zärtlich über meine Pussy. »Oder bist du noch immer feucht?«

Ich schnaufe und atme scharf in das Kissen ein und aus. Die Finger kralle ich in die Bettdecke unter mir und bewege sie, weil das Kribbeln noch immer nicht aus ihnen verschwunden ist. Er platziert den nächsten Schnitt tiefer und unmittelbar über dem Ansatz meines Pos. »Du hast vergessen, mir zu antworten, mariposa.« Er bohrt die Spitze in einen schmerzhaften Punkt, der mich aufschreien lässt. Im nächsten Moment spüre ich seinen Finger an demselben Punkt, wie er sanfte Kreise zieht.

Stöhnend vergrabe ich mein Gesicht tiefer in dem Kissen. »Noch immer«, gebe ich schließlich gepresst hervor.

Der Officer schiebt seine Finger in meine Pussy und bewegt sich langsam. »Siehst du, wie gut es funktioniert, wenn du brav bist?« Ich unterdrücke ein Stöhnen, genauso den Kommentar, dass ich ihn irgendwann ähnlich lang leiden lassen werde. Dafür werde ich mir alle Blogs durchlesen und jede Foltermethode perfektionieren, um ihn möglichst scharfzumachen und dann sehr langsam sehr qualvoll hinzuhalten.

Seine Finger ziehen sich aus meinem Inneren zurück und gleiten höher. Ich beiße mir auf die Lippe, als er meinen Hintern umkreist. Die Klinge ist verschwunden, was mir einen Schauer über den Rücken jagt. Nicht zu wissen, wann er sie das nächste Mal über meine Haut führen wird, macht mich verrückt.

Er drückt den Daumen in meine Pofalte und verteilt meine Nässe auf meinem verbotenen Eingang. Kurz entzieht er sich mir. Dann spüre ich seine Härte zwischen meinen Beinen. Er greift nach meiner Hüfte, zieht mich leicht in seine Richtung, während ich mich unter ihm winde. Er dringt in meine Pussy ein. Quälend langsam und nicht ansatzweiße tief genug, bevor er sich wieder zurückzieht. Sofort sacke ich in mich zusammen und stöhne frustriert in das Kissen. Der Officer lacht rau.

Dann drückt sich sein Schwanz gegen meinen Hintern. »Wie fühlt es sich an, zu wissen, dass ich kurz davor stehe, in deinen Arsch einzudringen?«

In meinen Ohren rauscht es. Das Warten und der Schmerz sind mit einem Mal vergessen. Mein Verstand driftet in einen angenehmen, berauschten Zustand ab.

»Gut«, seufze ich.

»Gut?« Er zieht sich zu meinem Bedauern zurück. »Gut ist mir zu wenig, Maddy.«

Ich verfluche ihn in sämtlichen mir bekannten Sprachen und Begriffen. »Ich mag es. Ich mag ...« Ich beiße mir auf die Lippe und habe das Gefühl, dass auch diese Worte nicht ausreichen.

»Sprich weiter«, fordert er mich ruhig auf. Dabei lehnt er sich nach vorn, sein Gewicht verlagert sich und er reibt mit seinen Fingern über meinen Rücken.

»Mir gefällt das Gefühl, wenn du in mir bist. Es fühlt sich verboten an, wenn du mich nimmst, aber ... das macht es umso besser.« Wie von selbst erscheint ein Lächeln auf meinen Lippen. Ich ringe nach Worten, doch mir will es nicht gelingen, meine wirren Gedanken auszusprechen und ihm das zu sagen, was ich empfinde.

Noch nie habe ich mich so gefühlt wie mit ihm. Er sorgt für eine Leichtigkeit und Gleichzeitig für Schwere, indem er mir einen Halt gibt. Er ist wie ein verloren gegangenes Teil, von dem ich bisher nicht einmal wusste, dass ich es vermisse und es jetzt, selbst nach der kurzen, gemeinsamen Zeit, kaum noch wegdenken kann. Er schiebt die Hand an meine Kehle und umfasst diese sanft. Sein Schwanz drängt sich hart gegen meinen Hintern.

Millimeter für Millimeter schiebt er sich in meinen Arsch. Ich verspanne mich, bereite mich auf den nur allzu bekannten Schmerz vor, den ich dutzende Male mit Ethan ertragen habe.

Seine Bewegung stoppt. »Entspann dich.« Seine Finger kreisen über meine Kehle. Die andere schiebt er unter meinen Körper und dringt in meine Pussy ein. »Hast du Schmerzen?« Ich seufze, als seine fordernden Fingerschläge Lust durch mich schicken und ich merke, wie ich mich sichtlich entspanne. Er beugt sich über mich. »Sprich mit mir.«

Ich wimmere leise und beiße mir auf die Lippe. Das letzte Mal ist ein ganzes Stück her und sein Schwanz nicht unbedingt klein. Aber es brennt nicht. Der Dehnungsschmerz ist in Ordnung und wandelt sich mit jedem Millimeter und mit jeder Bewegung mehr in Lust um.

Er stoppt und dreht meinen Kopf zur Seite. »Maddy?«, fordert er.

»Es ist gut.«

Mit einem dumpfen Knurren schiebt er sich tiefer in mich und beginnt mich mit langsamen Stößen zu ficken. Ich werde weich in seinem Griff und dränge ihm nach ein paar Bewegungen meinen Hintern entgegen. Seine Finger zucken an meiner Kehle. »Ich wusste, dass mir dein Arsch gefallen würde, mariposa.« Seine Worte streifen den Rand meines Ohrs. Das Ziehen des Schmerzes lässt nach. Der brennende Schnitt an meinem Rücken verschwimmt in köstliche Lust.

Stöhnend bewege ich meine Hüfte. Seine Hand kreist

über meine Perle und reizt mich. Wieder stößt er sich tief in meinen Arsch, verharrt einen kurzen Moment und beugt sich über mich. »Und er bietet mir weit mehr Platz als deine Pussy oder dein Rachen.«

Es ist perfekt. Er ist perfekt. Jeder Moment.

Seine Stöße werden schneller. Er gräbt die Finger in die empfindliche Haut an meinem Hals. Mit der anderen reizt er meine Perle. Ich merke, wie sich der Orgasmus in mir aufbaut. Mein Körper spannt sich an.

Mit einem Mal lehnt er sich zurück. Ich wimmere. »Nein, bitte nicht schon wieder«, flehe ich leise. *Ich kann es nicht noch einmal ertragen, von ihm angeheizt und doch nicht zum Kommen gebracht zu werden.*

Er lacht, nimmt die Hand von meiner Kehle. »Keine Sorge, Maddy, dieses Mal darfst du kommen.«

Fast hätte ich vor Erleichterung geweint. Jede Faser meines Körpers schreit danach, endlich Erlösung zu finden. »Nicht bewegen, Maddy.«

Seine Stöße werden langsamer. Plötzlich spüre ich die kühle Klinge seitlich an meiner Kehle. Mein Puls schießt in die Höhe. Mein Körper erschaudert. Ich erstarre. Dann drückt er die scharfe Kante leicht in meine Haut. Ich fluche bei dem Schmerz. Sein Schwanz zuckt in meinem Hintern und heizt mich erneut an. Ich spüre, wie das Blut an meinem Hals hinabläuft und halte die Luft an. Der Officer wirft das Messer neben mich. Seine Finger liegen auf meiner Kehle. Er fährt über den Schnitt. Sendet Schmerz und Begierde durch mich hindurch.

Seine Stöße werden schneller. Er rammt sich in mich. Führt seine Finger an meinen Rücken und reibt darüber.

»Jetzt habe ich dir meine Initialen mit Blut und deiner Lust auf den Körper gemalt.« Seine Stimme ist lustverhangen und knurrend. Er fickt meinen Arsch, reibt über meine Perle, treibt mich immer mehr in Richtung meines Höhepunktes.

Das Gefühl, dass er mich mit seinen Buchstaben gezeichnet hat, raubt mir den Verstand. Der Orgasmus baut sich in mir auf und rast auf mich zu. Mein Herzschlag beschleunigt sich. Mein Körper versteift sich. Ich fürchte, er würde sich erneut zurückziehen, ihn mir erneut vorenthalten. Doch mit harten Stößen nimmt er mich weiter, bis meine Lust über mir zusammenbricht und ich keuchend in die Matratze sacke. Ich komme so heftig wie noch nie in meinem Leben. Der Orgasmus strahlt von meinem Arsch, von meiner Pussy, von wo auch immer, bis in den letzten Winkel meines Körpers aus. Der Officer zuckt in meinem Arsch. Ich spüre, wie er kommt und seinen Samen in mir verteilt und mich in eine andere Welt katapultiert.

KAPITEL 21
DER MÖRDER

Knurrend lege ich den Kopf in den Nacken. Ihr Körper zuckt und sackt zusammen. Ihr Stöhnen gleicht einem göttlichen Feuerwerk in meinen Ohren. Mein Schwanz zuckt ein letztes Mal in ihrem Arsch, während meine Initialen rötlich auf ihrem Rücken glänzen.

So wunderbar verdorben und ich liebe es, zu sehen, dass du keinen Funken deiner Dunkelheit vor mir verbirgst.

Ich lege die Finger auf den frischen Schnitt, von dem aus eine dünne, dunkelrote Linie in Richtung ihrer Titten führt. *Welch hübsche Einladung, mich als nächstes dazwischen zu vergraben, findest du nicht?*

Sie wimmert leise. Vor Lust, Schmerz, Erschöpfung, vermutlich alles zusammen. *Das Geräusch ist perfekt.*

Ihr Arsch zuckt ein letztes Mal gierig, presst jeden Tropfen aus mir heraus, bis auch ich auf ihr zusammensacke. Aus meiner Tasche ziehe ich ein weiteres Puzzleteil und lege es neben uns auf das Kissen. *Betrachte es als einen weiteren Teil meiner Seele, den ich dir offenbare und erlaube, kennenzulernen. Ein weiteres Stück, dessen du dich würdig erwiesen hast.*

Zufrieden hülle ich sie mit meinem Körper ein. Ich umschließe sie mit meinen Armen und bette sie unter mir.

Du hast recht mit dem, was du mir gesagt hast. Entweder brennen wir zusammen oder wir zerfallen zu Asche. Unsere Schicksale sind ab jetzt miteinander verbunden, Maddy. Nur gehört zu diesem Uns noch eine weitere Person, von der du noch nicht einmal ahnst, was es mit ihm auf sich hat.

Deshalb ruh dich gut aus, kleine Maddy. Das hier war noch nicht einmal die Vorhölle meiner Seele.

Kapitel 22

Der Cop

»Unser gemeinsames Essen neigt sich dem Ende zu.« Ich sehe Maddison in die Augen, die ihr fast zufallen. Als hätte ich sie mit meiner Aussage zu etwas aufgefordert, reißt sie die Lider weit auseinander.

»Das muss nicht bedeuten, dass unser Abend damit endet.« Sie leckt sich über die Lippen. Ihr Blick ist von Erschöpfung geprägt. Immerhin hat sie gut gegessen ... was beides kein Wunder ist, wenn man sich die letzte Nacht ansieht.

Du musstest einiges durchmachen, Maddison. Es tut mir leid, dass ich der Auslöser dafür gewesen bin.

»Doch«, entscheide ich und beuge mich über den Tisch zu ihr. Sie verschränkt ihre Finger mit meinen. Kurz zögere ich, dann stehe ich kurz entschlossen auf und setze mich neben sie auf die Bank.

Sie sieht überrascht zu mir auf. »Aaron?« Ich schmunzle. *Vielleicht hätte ich dir meinen Namen bereits eher nennen sollen. Es gefällt mir, wie er aus deinen Lippen klingt.*

»Ich möchte gern Zeit mit dir verbringen, Maddison.« Ich betrachte sie von der Seite, lege den Arm um ihre Schultern und dirigiere sie sanft an meine Brust. Im ersten Moment sträubt sie sich, doch dann seufzt sie leise und gibt mir nach. »Ich möchte dich sehen.« Meine Augen gleiten über ihr müdes Gesicht und das hübsche Kleid, welches sie für mich angezogen hat.

Das Kleid. Es steht dir, Maddison. Ich danke dir, dass du es für mich trägst und dafür, dass du dir die Mühe gemacht hast, mich nach dieser Nacht zu treffen.

»Aber im Moment möchte ich dich nach Hause bringen und sehen, wie du tief und erholsam schläfst.«

Ein leichter Gänsehautfilm zieht sich über ihre nackten Oberarme, über die ich automatisch sanft reibe. Maddison seufzt leise. »Wirst du bei mir bleiben?«

Stöhnend greife ich an meinen Bart und reibe darüber. »Für eine Weile. Aber wenn du tief schläfst, werde ich gehen müssen.«

Sie stößt einen unzufriedenen Laut aus, kuschelt sich dennoch an meinen Körper. »Wo bleibt dann für mich die Motivation, einzuschlafen?«

Ich beuge mich zu ihr herunter, sodass meine Lippen den äußeren Rand ihrer Ohrmuschel streifen. Ich hauche ihr einen zarten Kuss darauf. »Weil ich dich darum bitte.«

Ihr leises Seufzen ist wie Musik in meinen Ohren. »Du befiehlst es nicht?«

»Nein. Ich möchte, dass du meinen Wünschen freiwillig entsprichst und mir vertraust, dass ich lediglich beste Absichten für dich hege.« *Denn genau das habe ich, meine Kleine. In den letzten Tagen hat sich die Dynamik zwischen uns verändert, ohne dass du es möglicherweise bewusst wahrgenommen hast. Also ja, ich möchte beinahe nichts lieber, als dich nach Hause zu schaffen und die ganze Nacht durch die Wohnung zu vögeln.*

Allerdings ist da dieses beinahe.

Denn noch mehr möchte ich, dass du dich ausruhst.

Und wenn du jetzt dem Irrglauben verfallen bist, ich würde dich schonen oder zu einem Softie mutieren, solltest du dich besser gut vorbereiten. Wenn ich der Meinung bin, dass du dir eine Pause genehmigen solltest, solltest du meinen Wünschen entsprechen; sie können sich positiv auf deine Überlebenschancen auswirken.

Fünf Wörter und so viel Bedeutung dahinter.

KAPITEL 23
MADDY

Mit wenigen Fingerbewegungen scrolle ich durch den Chat mit Stacy. Ich bin unruhig und angespannt, der Make-up-Pinsel klemmt zwischen dem Handy und meiner Hand und ein leichter Puderfilm rieselt auf das Display.

Mir fällt auf, dass ich die Stirn runzle und die Augenbrauen fest zusammengezogen habe, doch so sehr ich es auch versuche, mein Gesicht will sich nicht entspannen. Schwer atmend überfliege ich die letzten Teile unserer Unterhaltung. Ich war kurz davor, unser Treffen zu verschieben. Alles geht drunter und drüber ...

Stöhnend sehe ich zu dem Fernseher in der Ecke, in dem in diesem Moment die Nachrichten beginnen. »Ein Mann mittleren Alters wurde vor zwei Wochen tot in seiner ...« Ich drehe dem Moderator den Saft ab, konzentriere mich erneut auf den Chat und tippe auf das Bild, das mir Stacy vor wenigen Stunden geschickt hat. Wir strahlen beide übers ganze Gesicht, haben die Nasen krausgezogen, den Kopf in den Nacken gelegt und uns Erdbeeren auf die Nasenspitzen gesetzt.

Die reine Vorstellung mag schräg klingen, aber es war ein lustiger Tag, an dem wir uns keine Gedanken über jemand anderen als uns gemacht haben. Wir haben einfach gelebt.

Darunter stehen nur fünf Worte.

Ich freue mich auf dich.

Seufzend sperre ich das Display. Ich freue mich über ihre Nachricht und in gewisser Weise auch über das Treffen, trotzdem bleibt ein mulmiges Gefühl in meiner Magengegend zurück.

In den letzten Tagen habe ich immer wieder Briefe von Aaron erhalten. Ich erschaudere. Es bedeutet mir viel, endlich seinen Namen zu kennen. Verlegen beiße ich mir auf die Lippe und starre auf die Puzzleteile, die vor mir liegen.

Inzwischen kann ich mir ein Wort zusammenreimen.

Houston.

Super ... Immerhin weiß ich, dass mich die Teile nicht nach Mexiko in einen unheimlichen Hinterhof führen werden.

Ich befeuchte meine Lippen. Unser Treffen am letzten Wochenende war etwas Besonderes für mich. Es war so banal, lediglich ein schlichtes Essen in einem Restaurant. Aber gerade deshalb hat es mir mehr bedeutet. Zum einen war es unser erstes Treffen ohne sexuellen Kontakt. Bei diesem Gedanken erröte ich. Zum anderen fand es in der Öffentlichkeit statt und nicht in meinem

Zimmer … oder der Wohnung meiner Nachbarn … oder auf dem Polizeirevier.

Ich schlucke und konzentriere mich auf die Briefe, in denen er mir jeden Tag etwas mehr von sich anvertraut. *Als würde er mir Stück für Stück mehr geben, bis ich alles zu einem großen Gesamtbild zusammensetzen kann.* Ich greife automatisch nach einem der fein säuberlich gefalteten Briefe und lese ihn mir erneut durch.

Ich hatte ihn zu einem Spiel aufgefordert.

Ich gebe ihm etwas von mir und er mir dasselbe von sich.

Von mir erhielt er meine lustigste Kindheitserinnerung. Ein Abschiedsmoment mit meinem damals besten Freund, bevor ich mit meiner Mutter weggezogen bin.

Von ihm erhielt ich das:

Einmal im Ferienlager … kannst du dir vorstellen, wie diese Geschichte endet, Maddy?

Auch jetzt noch muss ich schmunzeln. *Kann ich nicht, aber ich bin neugierig.* Das habe ich damals geantwortet, bevor ich weitergelesen habe.

Keine Sorge, du erfährst in diesen Brief nicht, wie ich meine süße Unschuld unfreiwillig als Achtjähriger an einen Stock verloren habe, als ich beim Klettern abgerutscht bin. Oh … irgendwie schon.

Aber du hast mir von deinem besten

Freund erzählt, lass mich dir von meinem erzählen.

Wir haben uns kennengelernt, als ich ungefähr 12 Jahre alt war. Ich war der Neue (und hatte die Sache mit dem Stock noch nicht ganz überwunden.) Ich bin auf die Toilette gelaufen und habe mich versteckt, weil ich nicht wusste, wie ich auf die anderen Jungs reagieren soll. Er kam hinterher und hat eiskalt entschieden: Wir sind ab sofort Freunde.

Ich habe ihn gefragt, wieso.

Und er meinte, dass wir jetzt beide zusammen in der Mädchentoilette feststecken und das wieso noch in aller Ruhe herausfinden können.

Soll ich dir das Bild unserer sehr kräftig gebauten Englischlehrerin in einer ruhigen Minute, die dank uns nicht so ruhig war, ersparen oder im Detail beschreiben?

Gut, überspringen wir den Teil und enden lieber damit, wie wir aus dem Fenster geklettert sind. Nur ein Tipp: Wenn dein frisch gewonnener Freund vorspringt, hinfällt und noch 25 Jahre später eine fette Narbe davongetragen hat, solltest du nicht hinterherspringen.

Willst du raten, was ich getan habe?

»Du bist gesprungen.« Das waren meine Worte, als ich den Brief vor ein paar Tagen bekommen habe, und sie sind es jetzt. Genauso ist das stille Lächeln auf meine Lippen zurückgekehrt.

Mit einem Seufzen lege ich den Brief zurück zu den anderen, die mir mehr über ihn, seine verborgenen Sehnsüchte und seine Gedanken offenbaren. Manche sind keusch, manche unterhaltsam, manche verdorben. Aber ich liebe jede einzelnen von ihnen und allein der Gedanke zaubert mir ein breites Lächeln auf die Lippen.

Schließlich konzentriere ich mich auf mein Make-up, um rechtzeitig fertig zu werden.

Fröstelnd reibe ich über meine Oberarme. Abwartend wippe ich mit dem Fuß und sehe mich suchend nach meiner Freundin um. Während ich allein, etwas abseits vor dem Club stehe, fühlt sich die Handtasche, die über meine Schulter hängt, bleischwer an. Mir schießt die Hitze in die Wangen, als ich darüber nachdenke, was sich in deren Innerem befindet. Ein weiterer Brief, den ich beim Einparken unter meinem Scheibenwischer gefunden habe. Gott ... wenn ich nur daran denke, dass ich ihn während der Fahrt hätte verlieren können ...

Ich atme keuchend ein und schwöre mir, ab sofort vor jeder Fahrt mein Auto zu kontrollieren.

Noch habe ich den Brief nicht gelesen.

Was sich darin wohl verbirgt? Ein weiteres Puzzleteil? Noch zwei Stücke fehlen, um die Mitte zu füllen und mir endlich die Informationen zu geben, nach denen ich mich sehne. Wohin mich das Bild wohl führen wird?

Zu ihm.

Zumindest hoffe ich das.

Aber gut, ein anderes Thema, denn stattdessen habe ich mich dafür entschieden, mit Stacy in den Club zu gehen – oder offensichtlich: Vor dem Club auf Stacy zu warten, die leider keine Uhr zu besitzen scheint.

18 Minuten Verspätung ist absolut außerhalb der Toleranz.

»Hey, Babe.« Stacy kommt gemütlich angeschlendert, als würde ich nicht schon eine Ewigkeit auf sie warten. Sie umarmt mich kurz und drückt mir einen Kuss auf die Wange. An dieser Stelle spare ich mir den Kommentar dazu, dass sie mich nicht so nennen soll. Immerhin ist es besser als *Bitch*.

»Wo warst du so lange?«, fahre ich sie stattdessen an.

»So lange? Ich bin ein paar Minuten zu spät. Die Frage ist eher, seit wann du pünktlich bist.«

Seitdem ich brennend jede einzelne Sekunde spüre, die quälend langsam vergeht. Jede Sekunde, in der ich mich quäle, den Brief in meiner Tasche nicht doch hier und jetzt, mitten vor dem Club, zu öffnen. »Ich finde nicht, dass Pünktlichkeit etwas Schlechtes ist, für das ich mich rechtfertigen muss.«

Stacy verdreht die Augen und lehnt sich ein Stück zurück. Dadurch fällt mein Blick auf die junge Frau mit den schwarzen, geflochtenen Haaren, die ein paar Schritte hinter ihr steht und ihr Handy in dem Moment wegpackt. Als sie meinen Blick auffängt, winkt sie mir mit den Fingern lässig zu.

»Sagtest du nicht, dass der Abend lustig wird? Lässig, entspannt und ohne Drama?« So wie die Schwarzhaarige, ich vermute, Abby, spricht, würde ich darauf tippen, dass sie am meisten Drama verursachen wird.

»Abby hat recht, Maddy. Entspann dich und freu dich, dass wir dich mitgenommen haben.« *Natürlich hat Abby recht*, denke ich verbissen. Was für ein Schwachsinn. Die Frage ist, warum ich überhaupt hier bin. Ich dachte, dass Stacy nach Houston kommt, um mich zu besuchen. Inzwischen ist sie seit zwei Tagen in der Stadt und ich habe sie nicht einmal zu Gesicht bekommen. Und jetzt treffen wir uns gemeinsam mit *Abby*, um wegzugehen? Das fühlt sich beschissen an.

»Lasst uns reingehen.« Stacy hakt sich bei Abby unter und die beiden laufen in Richtung des Clubs. Kurz vor dem unscheinbaren Eingang dreht sich Stacy noch einmal zu mir um. Sie sieht mich auffordernd an. »Komm endlich. Ich mach meine Verspätung an der Bar wieder gut, alles klar?« Sie zwinkert mir zu. Trotz ihrer persönlichen Worte komme ich mir vor wie bestellt und nicht abgeholt. Es fühlt sich eigenartig an, den beiden hinterherzulaufen.

»Wie bitte?« Ganze 22 Minuten hat es gedauert, in denen der Frieden angehalten hat. Wir sitzen inzwischen auf den bequemen Sesseln im Inneren des Clubs, rund um eine kleine Tanzfläche, an der sich eine Frau an einer Stange räkelt. Die flackernden lila Lichter werden von den sechseckigen Deckenspiegeln, die über uns hängen, zurückgeworfen. Aber es ist nicht das Leuchten, was mich für einen kurzen Moment in einen tranceähnlichen Zustand versetzt.

»War doch nur eine Frage.« Abby klingt genervt. Ihr Ton gibt mir das Gefühl, dass ich etwas falsch gemacht habe, für das ich mich entschuldigen sollte. In dem Moment kommt eine knapp bekleidete Kellnerin und bietet uns etwas zu trinken an. Ich lehne mit einem Kopfschütteln ab und ignoriere ihre Anwesenheit vollkommen. »Was hast du gesagt?«, wiederhole ich stockend und in Richtung Stacy.

»Ich habe nur gesagt, dass wir Ethan vor ein paar Wochen getroffen haben.«

»Und ich habe nur gesagt, dass er heiß ist, und gefragt, ob er single ist«, setzt Abby sofort nach.

Stacys Blick zuckt zu mir. Sie beißt sich auf die Lippen und für einen kurzen Moment habe ich das Gefühl, still mit ihr zu kommunizieren. Damals habe ich ihr längst nicht alles erzählt, was er mir angetan hat, doch ich bin mir sicher, dass sie sich viel mehr zusammenreimen kann, als mir lieb ist. »Ich habe gesagt, dass ich es nicht weiß«, sagt sie schließlich und zuckt vage mit den Schultern. Mein Magen zieht sich vor Übelkeit zusammen. Am liebsten würde ich das Thema augenblicklich abbrechen … Ich mag Abby nicht. Allein die wenigen Minuten haben für diese Einschätzung genügt. Aber das bedeutet nicht, dass ich sie blindlings in ihr Unglück rennen lassen kann.

»Ethan? So wie mein Ex Ethan?«, frage ich zittrig und versuche, auf Nummer sicher zu gehen. Ethan, wie mein Ex, der mich mehrfach bedrängt und geschlagen hat? Der mich dazu gezwungen hat, ihm sexuell gefällig zu werden, und mich so lang unter Druck gesetzt hat, bis ich nachgegeben habe? Ich …

Mein Puls schießt in die Höhe. Ich schlucke und fasse automatisch an meine Kehle. Meine Finger treffen auf den Grind, der sich über dem Schnitt von Aaron gebildet hat. Ironischerweise gibt mir das Gefühl unter meinen Fingerkuppen eine neue Stärke.

Ich atme tief ein und versuche mich zu beruhigen. Vielleicht meint sie sogar jemand anderes.

»Ja.«

Ja? Ich bin fassungslos.

»Also?«, hakt Abby nach.

Langsam wende ich den Kopf zu ihr. Pinke Lichter tanzen auf ihrem Gesicht. Sie zieht eine Augenbraue abwartend in die Höhe. Ich schlucke schwer. »Er sieht gut aus, das stimmt. Trotzdem kann ich dir nur absolut von ihm abraten.« Ich will noch mehr dazu sagen, doch es gelingt mir nicht. Die Worte wollen meinen Mund nicht verlassen. Stacys Hand legt sich auf meine und streicht beruhigend darüber. »Der Typ ist tabu, Liebes«, fügt sie an Abby gewandt hinzu.

Diese verdreht lediglich die Augen. »Abserviert zu

werden ist immer scheiße. Das ist inzwischen schon eine ganze Weile her, oder nicht?«

»Nein«, antworte ich dumpf. Es sind gerade einmal fünf Monate, fünf Monate! Das ist keine Weile.

»Na ja, wie auch immer, vielleicht sieht man sich ja ein anderes Mal und dann liegen die Dinge anders.« Abbys ausweichende Antwort bereitet mir Übelkeit. Nicht, weil ich ein Problem damit habe, dass sie etwas mit meinem Ex anfängt. Aber mir geht es auch um sie. Ich will auf keinen Fall, dass sie dasselbe durchmachen muss wie ich damals.

Vor allem wenn man bedenkt, wie lang es gedauert hat, bis ich von ihm losgekommen bin. Sowohl körperlich, was meinen Auszug angeht, den ich mitten in der Nacht durchgezogen habe, als er zur Schicht war, als auch emotional. Wobei dieser Teil wesentlich früher begonnen hat. Ungefähr, als er mich das erste Mal krankenhausreif geprügelt hat. Es hat ewig gedauert, von ihm wegzukommen. Von seiner Aggressivität und von seiner beeinflussbaren Art. Wochenlang habe ich mir Vorwürfe gemacht, dass ich das Problem bin und seine Liebe nur nicht zulassen konnte. *So wie er es mir immer eingeredet hat.* Erst nach einer ganzen Weile des Abstandes und nach ungefähr zehn Trennungen, die ich niemals endgültig durchgezogen habe, habe ich verstanden, dass das, was zwischen uns war, nicht gut oder richtig war.

Dass Abby jetzt mit ihm anfängt, beziehungsweise überhaupt seinen Namen erwähnt, reißt alte Wunden in mir auf, von denen ich gedacht hätte, dass sie längst verschlossen gewesen wären. Ich weiß nicht, was ich sagen oder wie ich reagieren soll. Das Thema ist mir in dem Moment einfach zu viel, weshalb ich mich stockend erhebe. »Ich gehe noch mal kurz eine kleine Runde.«

Stacy greift bestimmt nach meiner Hand. »Warte. Bleib.«

Ich sehe sie flehend an. Der Druck baut sich in mir auf und drängt an die Oberfläche. Mir ist alles zu viel. Ich will weglaufen oder zumindest einen Moment lang durchatmen. Ich muss raus. »Nur einen Moment.«

»Nur wenn du in der Nähe bleibst«, erwidert sie eindringlich.

Ich nicke knapp und mache mich von ihr los. Es berührt mich im Inneren, dass sie sich um mich sorgt, und für einen kurzen Moment gibt es nur uns beide; fast so wie früher.

»Bringst du uns neue Cocktails? Leider haben wir die Kellnerin ein wenig vergrault«, sagt Abby, bevor ich mich abwenden kann. Ich nehme ihre Aufforderung kommentarlos zur Kenntnis.

Es dauert ein paar Momente, bis ich mich sammle. In der Zeit laufe ich wie in einer Trance über den glatten, schwarzen Clubboden und an dem Tanzpodest vorbei. Beinah stoße ich mit einer Kellnerin zusammen, die mir mit einer knappen Entschuldigung ausweicht. Ich reagiere viel zu spät und sehe ihr hinterher. Ein paar Momente stehe ich völlig überfordert und ziellos auf der Tanzfläche. Ich weiß nicht, wohin mit mir. Ich weiß nicht, was ich denken oder fühlen soll. Würde Abby etwas mit meinem Ex anfangen? Noch vor wenigen Monaten hätte ich die Hand dafür ins Feuer gelegt, dass zumindest Stacy das zu verhindern wüsste. Ich habe das Gefühl, inzwischen würde ich mich verbrennen.

»Hey …« Als jemand die Hand auf meinen Oberarm legt, schrecke ich zusammen. Ich drehe mich überrascht um und sehe einen Typen mit schmierigem Grinsen. »Wollen wir uns einen ruhigen Ort suchen?« Ich ziehe die Augenbrauen zusammen und blicke an dem Typen herab. Seine Haare sind verstrubbelt. Er trägt ein schlichtes Shirt und eine enge Skinny Jeans. Keine Ahnung, wie alt er ist, schätze ihn nicht älter als 20. Wobei sich mir die Frage stellt, wie er es in diesem Alter in einen Club und zur Bar geschafft hat.

»Sorry, aber was zur Hölle willst du eigentlich von mir? Ich bin mindestens fünf Jahre älter als du?« Und ich kann mir nicht vorstellen, dass ich in irgendeiner Weise den Eindruck vermittelt habe, angesprochen werden zu wollen.

»Dachte, du siehst ein wenig verzweifelt aus und da wäre ich bereit, dir Abhilfe zu verschaffen.« Er lallt und allein diese Einsicht lässt mich die Augen verdrehen. Ich hasse es, wenn jemand trinkt und es nicht unter Kontrolle hat – oder er würde mich auch nüchtern ansprechen – wer weiß.

Mit einem angewiderten Blick wende ich mich kommentarlos ab und gehe stattdessen zu der goldenen beleuchteten Treppe am Ende des Clubbereichs.

Auf der Empore suche ich mir eine ruhige Ecke zwischen zwei Säulen und stütze für ein paar Momente den Kopf auf die Hände.

Wie soll ich mit dieser Situation nur umgehen?

Ich spüre eine Berührung an meiner Hüfte und will mich überrascht umdrehen. In Gedanken bin ich noch immer bei Ethan, Stacy und meiner verdammten Vergangenheit. Gleichzeitig schießen meine Gedanken zu dem Typen vor der Treppe.

Ich will ihm bereits eine ordentliche Abfuhr erteilen, bis ich mit einem Mal eine Hand in meinem Nacken spüre.

»Nicht umdrehen.« Die Stimme lässt mich erschaudern. Und jagt mir eine heiße Welle durch den Körper.

»Wieso?«, frage ich wie erstarrt und wage es nicht, mich zu rühren.

»Weil ich dann gehen werde.« Mein Herz stolpert bei seinen Worten. Ich kralle meine Finger fester um die Brüstung, über die ich nach unten schaue. Der Clubbereich, die Tänzerinnen, alles unter mir verschwimmt vor meinen Augen. Ich konzentriere mich nur auf die Stimme, auf die Wärme, die ich meine, an meinem Rücken zu spüren.

Ich atme tief ein, um seinen angenehmen, so vertrauten Geruch wahrzunehmen.

Den des maskierten Mörders. Ich lächle schwach. Ich könnte seine zwei Seiten blind unterscheiden. Die Stimmlage, der Geruch, selbst die Art, wie er mit mir spricht. Alles unterscheidet sich. Und inzwischen akzeptiere und liebe ich es, dass er mir beides zeigt.

Den akkuraten Cop und den maskierten Mörder.

Viel zu spät erinnere ich mich daran, dass ich etwas sagen sollte. Ich räuspere mich leise. »Weshalb sollte das kein Grund sein, mich erst recht umzudrehen?« Meine Kehle schnürt sich bei den Worten zu.

Ist er mir gefolgt? Hatte er mich beobachtet?

Heiße Nervosität kribbelt bei dieser Überlegung durch meinen Körper. Er ist mit Sicherheit nicht durch Zufall hier.

Plötzlich spüre ich eine Bewegung an meinem Hinterkopf. Dann seinen heißen Atem an meinem Ohr. Er streicht meine Haare zur Seite, sodass ich seinen Atem noch deutlicher spüren kann. Ich will mich zu ihm umdrehen, doch er verstärkt den Griff in meinem Nacken und hält meinen Kopf gerade nach vorn. »Weil du dann nicht erfahren wirst, was ich mit dir anstellen möchte und was für ein Chaos ich in deinem kleinen süßen Kopf verursachen will.«

»Und genau solche Dinge sollten noch mehr dazu führen, dass ich lieber weglaufe, als deinen Befehl zu folgen.« Die Worte schmecken falsch auf meinen Lippen. Ich wollte ihn provozieren, doch inzwischen kommt mir das, was ich gesagt habe, falsch vor.

Ich spüre sein Lachen in jeden Zentimeter auf meiner Haut, schließe die Augen und stelle es mir vor.

»Ich möchte, dass du dich draußen mit mir triffst. Ich werde in zehn Minuten vor der Tür auf dich warten.« Mein Puls schnellt in die Höhe. Ich spüre, dass er sich zurückziehen will, und greife nach seiner Hand. Weiterhin starre ich nach vorn, denn auch wenn ich mich ihm widersetze, wage ich es nicht, den Befehl, mich nicht umzudrehen, zu missachten. Ich möchte nicht, dass er geht. »Du darfst mich gern auf ein weiteres Date bitten, so wie du es getan hast. Auch wenn das wohl eher keine Bitte gewesen ist.« Mein Atem geht stoßweise. Trotzdem möchte ich mich nicht von ihm rumschubsen oder mir etwas befehlen lassen. Gut, manchmal schon. Aber eben nicht immer.

»Ein Date ist nicht unbedingt mein Ding.« Ich meine, ein Schmunzeln in seinen Worten zu hören.

»Und mein Ding ist es für gewöhnlich nicht, mich mit einem Fremden vor einem Club zu treffen. Du könntest ...« Die nächsten Worte bleiben mir im Hals stecken. *Ein Mörder sein.* Das weiß ich bereits. Und trotzdem bin ich hier, schreie nicht und renne nicht weg. *Schon wieder nicht.*

»Ja, mariposa? Was könnte ich?«

Ich atme gepresst und versuche, mich zu konzentrieren. Zittrig befeuchte ich meine Lippen und versuche, an dem Geländer Halt zu finden.

»Mir wehtun.« Ich beiße mir auf die Zunge. Inzwischen gefällt es mir, mit ihm zu spielen. Ihn hinzuhalten, mich ihm entgegenzustellen und nicht sofort nachzugeben. *Dazu hat er mich schließlich in einem seiner letzten Briefe aufgefordert.*

Mit einem Mal spüre ich einen spitzen Gegenstand an meiner Taille. Sofort verspanne ich mich. Automatisch will ich mich herumdrehen. Aaron schnalzt leise mit der Zunge. »Das habe ich doch bereits.«

Ich schlucke. Das hat er. Er hat mich verletzt, mich geschnitten und zum Bluten gebracht, nur sehnt sich jeder Funken meines Körpers danach, dass er es erneut tut. Und genau aus dem Grund kann ich nicht einfach

Ja sagen. Dafür liebe ich es viel zu sehr, mich vor ihm zu behaupten. *Weil ich mit jedem Mal, wenn ich es tue, meine alte Stärke zurückgewinne, die mir vor einigen Jahren entrissen wurde.*

»Und trotzdem bist du hier, Maddy. Sag mir, was bringt deinen Puls derart zum Beben? Was ist es, dass deinen süßen Kopf zum Rauschen bringt? Was, das dafür sorgt, dass du all deine Bedenken fallen lässt und dich mir hingibst?«

Ich seufze leise, als er die Spitze durch den Stoff meines Kleides bohrt und diese in meine Haut sticht. Sekundenlang presse ich die Zähne fest aufeinander und atme durch leicht geöffnete Lippen zischend ein und aus. »Ich füge dir Schmerzen zu und trotzdem sehnst du dich danach, oder nicht?«

»Ja«, raune ich leise. Ich versuche krampfhaft, meinen neutralen Gesichtsausdruck beizubehalten, auch wenn es einem Teil meines Verstandes längst gleichgültig ist, ob uns jemand beobachtet und sieht, wie ich immer mehr die Kontrolle verliere.

»Und wieso?« Seine Stimme nimmt einen belehrenden Ton an, der so verdammt heiß klingt. Er tritt näher, sodass ich seinen Körper dicht an meinem spüre. Jeden Zentimeter, den er an mich drückt, nehme ich bewusst wahr. Von seiner muskulösen Brust an meinem oberen Rücken, über die Schnalle seines Gürtels, die an meiner Wirbelsäule kratzt, bis zu seinem Bein, welches er von hinten zwischen meine gedrängt hat.

»Ich warte auf deine Antwort, Maddy.« Seine Stimme kitzelt an meinem Ohr. Seine Hand in meinem Nacken zuckt angespannt und der Druck des Messers an meiner Hüfte verstärkt sich.

Ich wimmere leise. »Weil ich es will.«

Plötzlich verstärkt er den Druck um meinen Hals und umfasst diesen von hinten mit seiner großen Hand. »Natürlich willst du das.« Seine Stimme ist sanft, ein so großer Kontrast zu seiner Berührung. »Aber das ist nicht der eigentliche Grund, Maddy. Es gibt zwei andere, die um einiges wichtiger sind. Möchtest du, dass ich sie dir verrate?« Seine Lippen berühren beim Sprechen den Rand meines Ohres. Keuchend nicke ich. Dazu halte ich den Atem an und versuche, mir ihren Anblick vorzustellen. »Weil du weißt, dass du mir vertrauen kannst.«

Eine unterschwellige Frage schwingt in seinen Worten mit. Nicht, als würde er daran zweifeln, eher, als wolle er meine Bestätigung. Diese gebe ich ihm nur allzu gern, indem ich meine Hüfte nach hinten und gegen seinen Körper dränge. Ich spüre seine Erregung an meinem Körper und beginne, meinen Körper sanft zu bewegen. »Und der zweite Grund?«, frage ich atemlos.

»Weil du weißt, dass ich dich belohnen werde, wenn du brav bist.«

Ich schließe für einen Moment flatternd die Lider. Mein Puls stolpert und mein Körper erbebt unter seinen Worten.

Die Spitze des Messers zieht sich von meiner Hüfte zurück. Ich seufze vor Erleichterung, als die Anspannung und der Schmerz verschwinden, gleichzeitig aber auch vor Bedauern, dass er den Kontakt abbricht. Es dauert nicht lange, bis ich seine zweite Hand erneut spüre. Sie bewegt sie langsam an meiner Hüfte hinab und verharrt am Saum meines Kleides.

»Hast du dich selbst berührt, Maddy?«

Ich zögere eine Sekunde mit meiner Antwort und denke nach. Nicht in den letzten Tagen. »Nein«, sage ich schließlich.

»Das hat mir ein wenig zu lang gedauert. Was verschweigst du mir?«

Fuck. Ist dieser Typ ein Lügendetektor? »Ich habe das Kleid anprobiert, das du mir geschickt hast.«

»Nur das Kleid?«, hakt er nach.

Seine Worte verschwinden schnell im Hintergrund meines Bewusstseins, als er die Finger unter mein Kleid schiebt und ich den Griff des Messers überdeutlich auf meiner nackten Haut spüre. Ich genieße seine Berührungen, die er langsam über meinen Oberschenkel hinauf zu meinem Po wandern lässt.

»Maddy?« Seine Bewegungen stoppen.

Ich stöhne bedauernd. »Hm?«

»Hast du nur das Kleid anprobiert?«

»Nein.« Wieso muss er es mir so schwer machen? Wieso packt er mich nicht, beugt mich über das Geländer und schiebt sich in mich? Scheiß auf die Menschen, scheiß auf ein Hausverbot oder die Polizei. Er ist die Polizei! Ich will, dass er mir hilft, meine Gedanken abzuschalten, so wie er es vor ein paar Minuten getan hat. Alles verschwindet. Ethan, Stacy, selbst diese arrogante, selbstgefällige Abby.

Ich stehe kurz davor, ihm ebendiese Worte entgegenzuschleudern und will mich erneut umdrehen.

Aaron packt mein Genick so fest, dass es wehtut. »Du hattest mir doch versprochen, ein braves Mädchen zu sein, oder nicht?« Wimmernd versuche ich, zu nicken. Er scheint die Bewegung zu spüren, trotz seines festen Griffes. »Also, Maddy. Antwortest du jetzt auf meine Frage?«

Ich atme scharf ein, als ich die Klinge an der Innenseite meiner Schenkel, nur wenige Zentimeter vor meiner Mitte, spüre. »Nein.«

»Nein, was?«, hakt er nach. In dem Moment spüre ich den beißenden Schmerz des Messers an meinen Schenkeln. Meine Beine beginnen, zu zittern. Ich schlucke mehrmals. »Nein, ich habe nicht nur das Kleid anprobiert.«

Sofort verschwindet der Druck und hinterlässt ein süßes, brennendes Gefühl des Schnittes auf meiner Haut. Seine Finger in meinem Nacken beginnen, sich kreisend zu bewegen. Ich halte die Luft an, als er mit der anderen an die Stelle fasst, an der der Schnitt höllisch brennt. »Und dann hast du was getan?« Ich keuche, als er über den Schnitt reibt und seine Finger dann zurückzieht. Der Schmerz schwillt an und klingt dann langsam ab. Ich weiß, was ich tun muss, damit er zufrieden ist. *Antworten. Ehrlich. Ansonsten wird er mich bestrafen.*

Eine heiße Welle kribbelt bei diesem Gedanken durch meinen Körper. Verdammt, inzwischen weiß ich, dass ich selbst seine Bestrafungen liebe. Weil er mir auch dabei immer ein gutes Gefühl gibt.

»Ich habe mich angesehen. Ich habe mir vorgestellt, dass nicht nur ich mich sehen würde.«

»Wer dann?«

Als ich nicht sofort antworte, stoppen seine kreisenden, wohlwollenden Bewegungen in meinem Nacken. Ich presse meine Beine begierig zusammen. »Du. Ich habe mir vorgestellt, du würdest mich sehen, Aaron.« Ich halte die Luft an. Noch immer ist es so neu für mich, ihn bei seinem Namen zu nennen.

Er beugt sich nach vorn. »Bleib doch gern bei Sir«, zieht er mich spaßhaft auf. Ich stöhne, bevor er erneut nachhakt. »Wie hat es sich für dich angefühlt, dir meinen Blick vorzustellen?«

Wieso ist er so verdammt geduldig? »Das muss ich nicht, immerhin durfte ich dir diese Sachen bereits vorführen, auch wenn du sie zerschnitten hast.«

Er verpasst mir einen leichten Klaps auf den Hintern, der mich nach Luft schnappen lässt. »Aber noch nicht, als du es anprobiert hast. Also? Wie hat es sich angefühlt, dir meinen Blick vorzustellen? Was hast du empfunden, als du dich selbst betrachtet und dir meine Berührungen vorgestellt hast?«

Wieso hat er so viele Fragen? Wieso löst jede einzelne davon dieses boshafte, berauschende, begierige Ziehen in mir aus? Leise fluche ich. »Gut. Allein der Gedanke hat mich erregt.« Ich will noch so viel mehr sagen und doch kommen die Worte nicht über meine Lippen. Ich will mit ihm spielen, ihn anmachen und genauso scharf machen wie er mich. Aber es geht nicht. *Wieso kann ich es nicht einfach sagen? Ich habe mir vorgestellt, dass du mich beobachtest. Dass dir gefällt, was du siehst. Ich wollte auf dich zugehen, mich vor dir räkeln und dir meinen Körper zeigen. Ich wollte merken, wie sehr du mich begehrst, während allein dein Blick mich in den Wahnsinn getrieben hätte.*

»Und dann, mariposa?« Bei dem Spitznamen seufze ich erneut. Wie kann ein Wort dieses Kribbeln in mir auslösen, das sonst selbst mein Vibrator nicht hinbekommt?

»Dann habe ich …« Ich breche ab. *Mir vorgestellt, meine Finger wären deine? Ich habe an die Nacht gedacht, an dich. Daran, dass das das Heißeste war, was mir je passiert ist.* »Ich habe mich selbst berührt«, bringe ich schließlich gepresst hervor.

Schockartig halte ich den Atem an. Ich spüre das kühle Metall seines Messers unmittelbar zwischen meinen Beinen. Meine Pussy zieht sich begierig zusammen, während mir eine heiße Welle der Angst über den Rücken läuft. Ich habe nicht einmal bemerkt, dass er die Hand wieder zwischen meine Beine geschoben hat und jetzt raubt mir der Druck der flachen Seite den Atem.

»Und dann?« Seine Stimme klingt emotionslos. Ich kann nicht einschätzen, wie er reagieren wird, und trotzdem gelingt es mir nicht, zu lügen. *Nicht bei ihm.*

Ich sträube mich leicht. Mehrmals verspüre ich den Drang mich in seinem Griff zu winden, doch das Metall, welches sich langsam aufwärmt, erinnert mich daran, dass ich mich besser nicht rühren sollte. »Ich wollte es.« Meine Lippen beben. Dann bricht alles aus mir hervor, was mein Hirn vor ihm verschließen wollte. »Ich wollte es so dringend. Ich wollte kommen, wenn nicht durch deine Hand, dann durch meine, durch meinen Vibrator, durch meine Haarbürste, vollkommen egal. In dem Moment brauchte ich es so dringend, dass das Verlangen mich komplett übermannt hat.« Ich schlucke schwer und beiße auf meine zitternden Lippen. »Aber ich konnte nicht.« Gepresst atme ich aus. »Ich konnte nicht, solange du es mir nicht erlaubt hast. Keine Sekunde konnte ich mich berühren, ich konnte keine Lust empfinden, es nicht genießen, wenn ich nicht weiß, dass du zufrieden mit mir bist.«

Ich atme keuchend und blinzle mehrmals schnell. Zum ersten Mal seit mehreren Minuten richte ich meinen Blick auf das, was sich unter mir befindet. Die feiernden Menschen, die tanzenden Frauen, sogar Stacy, die mit einem Typen flirtet. All das verschwimmt im Hintergrund, als er sich nach vorn beugt und sein Gesicht dicht neben meines bringt. »Das hast du gut gemacht, Maddy.«

Ich wimmere. Meine Mitte zieht sich unter dem Druck des Messers zusammen und noch immer wage ich es nicht, mich zu bewegen.

»Und ich würde dich sehr gern dafür belohnen, dass du so brav warst.«

Mein Sichtfeld verschwimmt in eine lustvolle Trance. Seine Stimme katapultiert mich an einen Ort der absoluten Zufriedenheit.

»Sag mir, Maddy, fürchtest du dich vor mir?« Er zieht sich ein Stück zurück. Ich warte angespannt. Auf einen Schnitt, einen Schlag, fuck, einfach alles. Mein ganzer Körper brennt vor Anspannung, ich presse meine Beine erregt zusammen und genieße das Stechen des frischen Schnittes.

»Nein«, antworte ich rau. Ich spüre eine zarte Berührung an meinem Genick, die wie ein Stromschlag durch meinen Körper schießt. »Hast du keine Angst, dass ich dir deinen hübschen Hals umdrehen könnte?«

»Nein.«

Sekunden später spüre ich seine Finger an meiner Kehle und schlucke nervös.

»Und auch nicht davor, dass ich dir den Hals aufschneiden würde?« Wieder spüre ich ihn so nah hinter meinem Körper, dass ich mich sofort nach hinten lehne. »Dass du am Ende des Abends genauso da liegst wie er? Dass dein Blut den Boden befleckt und an meiner Klinge glänzt?«

»Ich mag die Vorstellung, wie mein Blut deine Klinge benetzt. Das haben wir doch bereits herausgefunden.« Ich fühle mich so klar wie schon lange nicht mehr.

»Hast du keine Angst davor, dass ich dich erneut würgen könnte? Dass ich dieses Mal nicht aufhöre, sobald du in einem himmlischen Zustand der Bewusstlosigkeit abdriftest, sondern weitermache, bis dein Atem für immer erlischt?«

Ich muss matt lächeln. »Vielleicht gehe ich davon aus, dass ich dir dein Messer längst entwendet hätte, um es dir in die Seite zu rammen. Dass ich mein Bein längst hochgerissen und zwischen deine gezogen hätte. Dorthin, wo es besonders wehtut. Vielleicht weiß ich, dass ich dir mit meinen Nägeln längst die Augen ausgekratzt hätte oder es dir mindestens schwer gemacht hätte, mich einfach so zu überfallen.« Ich atme zittrig ein und spüre seine Präsenz mit jeder Faser meines Körpers, auch wenn er mich nicht einmal berührt. »Vielleicht weiß ich aber auch ganz genau, dass du mir niemals schaden würdest.«

Mein Magen zieht sich bei meiner eigenen Aussage schmerzhaft zusammen. Vielleicht ist etwas dran, an dieser ganzen Astrologie-, Seelen- oder Sternzeichen-Sache, an das ich nie geglaubt habe. Vielleicht ziehen wir einander an, weil wir füreinander bestimmt sind.

Ich warte.

Sekundenlang. Minutenlang.

Nichts geschieht. Dann drehe ich mich harsch herum.

Er ist weg.

Mein Herz stoppt für einen Moment. Die Anspannung in meinem Körper fällt in sich zusammen.

Ich fluche frustriert.

Er ist weg, verdammt.

Einzig ein weiteres Puzzleteil finde ich mit der Spitze des Messers in die Wand gerammt. Mein Atem setzt aus, als ich danach greife. Die Spitze wurde nur wenige Millimeter in die Fugen des Mauerwerkes gedrängt. Es fällt mir förmlich entgegen und ich muss Acht geben, mich nicht zu schneiden.

Berauscht vor Adrenalin und Lust huschen meine Blicke über die Zahlen und Buchstaben auf dem Stück. Sie offenbaren mir nicht genug, doch ich bin sicher, dass sie es werden, sobald ich sie zusammengesetzt habe.

KAPITEL 24
DER MÖRDER

Du bist so verdammt naiv, Maddy. Ich könnte dich jederzeit töten. Könnte dir einfach so das Genick brechen oder meinem Messer mehr als ein paar Tropfen deines Blutes geben. Lässt du dich von jedem Fremden einfach so berühren? Nein, das tust du nicht. Ich habe mich über dich erkundigt. Du lässt niemanden an dich ran. Du triffst dich mit niemandem mehr. Du weichst den Menschen aus, wenn sie dich anmachen oder kennenlernen wollen. Aber bei uns ist es etwas anderes, oder nicht?

Hängst du denn überhaupt nicht an deinem Leben, wenn du bei mir bist? Vielleicht schon. Vielleicht denkst du, dass ich ganz genau weiß, was ich da mache. Vielleicht spürst du dieselbe Verbundenheit zu mir, die ich auch zu dir spüre. Etwas, das über eine gemeinsame Erfahrung, gemeinsame Zeit oder gemeinsame Vergangenheit hinausgeht.

Allerdings bedeutet es nicht, dass du vor mir sicher bist.

Beim Teufel, vermutlich bedeutet es genau das Gegenteil.

Du solltest dich gut vor mir in Acht nehmen, Maddy. Sehr gut. Ich habe einmal dein Blut gekostet und ich werde dich nicht wieder gehen lassen.

Aber hierbei geht es nicht nur um deinen Körper, den ich nur allzu gern genüsslich und in aller Ruhe in Besitz nehmen möchte. Mir geht es um dein Leben. Ich möchte wissen, wer du bist, was dich bewegt und was deine Probleme sind. Ich möchte alles wissen, was in deinem süßen Verstand vor sich geht. Verrätst du es mir? Oder soll ich es selbst herausfinden.

Ich seufze leise und lehne den Kopf gegen die kühle Wand des Clubs. Mein Körper wird halb von einer der Säulen verborgen. Dutzende Leute befinden sich zwischen uns und trotzdem liegen meine Augen nur auf ihr.

Dieses Kleid treibt mich beinah in den Wahnsinn. Es ist knapp, sexy und steht ihr verdammt gut. *Aber es ist nicht das, was ich für dich vorgesehen habe. Sag mir, wieso hast du nicht einfach getan, was ich dir gesagt habe? Vielleicht hätte ich mich klar ausdrücken sollen. Aber das ist nicht der Punkt. Hierbei geht es um deine Erziehung und auch wenn es mir noch nie so schwergefallen ist, jemanden in die richtige Bahn zu lenken, merke ich, dass du eine ganz besondere Herausforderung für mich sein wirst.*

Sie wirft einen schnellen Blick über die Schulter. Ihre Wangen sind gerötet. Sie stolpert die Treppe herunter.

Mein Körper zuckt. Beinah wäre ich in ihre Richtung gegangen, um ihr Halt zu bieten. Aber zum einen benötigt sie diesen nicht und zum anderen wäre es falsch gewesen. Ich musste mich zurückziehen, damit ich nicht hier über sie herfalle. Nicht nur aufgrund der Menschen. Die könnten mir nicht egaler sein. Sie muss sich gedulden, bis ich ihr erlaube, sich mir das nächste Mal zu nähern.

Maddy lächelt keusch, als wüsste sie, dass ich sie beobachten würde. Ihre Augen sind weit aufgerissen. Diese verdammten Rehaugen, die mir das Gefühl geben, bis tief in ihre Seele blicken zu können. Wie ein bösartiger Parasit hat sie sich längst in meinem Verstand festgesetzt, sodass ich sie nicht mehr daraus hervor bekomme.

Sieh nur, wie abhängig ich von dir in wenigen Sekunden geworden bin. Was glaubst du, was du mit mir anstellst, wenn wir einander erst richtig kennenlernen?

Mein Blick gleitet über ihren hübschen Hintern, den sie ausladend schwingt, während sie durch den Club geht. Der rechte Träger ihres dunkelroten Kleides ist nach unten gerutscht und schenkt mir einen Blick auf ihre hübsche Schulter. Ich lächle, als mein Blick auf ihren geschminkten Hals und die dicke, glitzernde Kette darum fällt. Es ist eine Schande, dass sie mir den Anblick meiner Male verwehrt. Jeder hier sollte sehen, dass sie mir gehört und dass ich meine Spuren auf ihrem Körper hinterlassen habe.

Sie schwingt den Kopf leicht zur Seite, sodass ihre großen dunkelroten Locken auffordernd wippen.

Verdammt, ich habe es geliebt, meine Hand darin zu

versenken und deinen Kopf so zu dirigieren, wie ich es wollte.

Jeder hier sieht sie an. Nicht nur, weil sie wunderschön ist und einen hübschen Körper besitzt. Es ist ihre Ausstrahlung, dieses Verbotene und gleichzeitig Scheue. Dieser unschuldige Blick mit diesem verdorbenen Funkeln darin.

Am liebsten würde ich jedem Einzelnen die Kehle durchschneiden, der dich auch nur eine Sekunde ansieht. Ich möchte ihnen die Augäpfel herausschneiden und sie ihnen zum Frühstück verfüttern. Sie haben es nicht verdient, dich auch nur einen Moment ansehen zu dürfen.

Wenn es einer von ihnen wagt, dich anzurühren, wird er es bereuen.

Wir reden hier nicht von dieser Art von Reue, die du verspüren wirst, wenn du meine Befehle nicht befolgst. Sondern von der Art, die denjenigen den Kopf kosten wird.

Maddy geht zurück zum Tisch ihrer Freundinnen. Ich beuge mich ein Stück aufmerksam nach vorn, um sie genauer sehen zu können. Sie setzt sich nicht hin. Sie wirkt in Rage und missachtet den Typen, der neben ihrer Freundin steht und sich ihr unangenehm nähert. Sofort balle ich die Finger zur Faust.

Was willst du tun, Maddy? Sag mir, wie wirst du dich aus der Situation befreien, in die du meinetwegen gekommen bist. Denn auch wenn es dir nicht gefällt ... ich habe ihn zu dir geführt.

Er berührt dich an der Hüfte. Jedem anderen würde ich jetzt die Hand abtrennen. Niemand rührt dich an, wenn ich es nicht erlaube.

Mir war die Verknüpfung unserer Bekanntschaften nicht bewusst ... Jetzt, da ich es weiß, gelangen wir an den Punkt, den ich dir bereits versprochen habe.

Kämpfe.

Oder stirb.

Ich fürchte die Vergangenheit nicht mehr.
Dafür das, was mich erwarten wird.

KAPITEL 25

MADDY

2 JAHRE ZUVOR

»Alison ...« Ich presse die Zähne fest aufeinander. Ethan ist der Einzige, der mich bei meinem Zweitnamen nennt, weil er der Meinung ist, Maddy würde zu sehr nach einem Kind klingen.

Im Moment fühle ich mich auch wie eins.

»Du weißt, dass dir dieser Umgang nicht guttut.« Er verengt die Augen. Sein Blick wird mahnend.

»Steven ist mein Arbeitskollege. Ich habe keine Wahl als ...«

»Dann solltest du dich besser auf die Arbeit konzentrieren und es nicht darauf anlegen, von deinem Kollegen flachgelegt zu werden.«

Mir liegt bereits ein Widerspruch auf der Zunge, doch sein fordernder Blick ermahnt mich, besser still zu sein. Ethan schließt die Schlafzimmertür unserer gemeinsamen

Wohnung hinter uns. Mein Magen zieht sich schmerzhaft zusammen, als er langsam nähertritt und die Knöpfe seines Hemdes nacheinander öffnet. Dabei sieht er mich unentwegt an. »Sag mir, wie hast du ihm schöne Augen gemacht?«

Mein Körper bebt vor Verzweiflung. »Ich muss bis Montag einen Artikel für ihn korrigieren, mehr ist da nicht.«

»Und wieso solltest ausgerechnet du diesen Artikel lesen?« Er knöpft die Ärmel auf und schiebt diese nach oben. Sein nackter Oberkörper blitzt unter der geöffneten Knopfleiste hervor.

»Weil ich die Lektorin der Redaktion bin? Ich lese jeden Artikel!«

Ethan neigt den Kopf zur Seite. Sein Kiefer zuckt bedrohlich. »In diesem Ton solltest du nicht mit mir sprechen, Alison.«

»Er ist nur ein Kollege.« In meinem Kopf rauschen die Gedanken und ich versuche, ihn zu beruhigen. Er darf nicht ...

»Ein Kollege, der dich ansieht, als wärst du ein Stück Fleisch? Der seine Finger nicht bei sich behalten kann und deine Nähe sucht?« Sein Ton ist bedrohlich. Er kommt bei jeder Frage ein Stück näher zu mir. Ich weiche instinktiv zurück und stoße mit den Beinen gegen das niedrige Bett. Sein Ausdruck verhärtet sich. »Und trotzdem nimmst du vor mir Reißaus und nicht vor ihm. Dabei bin ich dein Freund. Du solltest mir vertrauen.«

Tränen der Verzweiflung schießen mir in die Augen. Er öffnet seinen Gürtel und zieht ihn langsam aus den

Schlaufen. »Vertraust du mir? Oder hintergehst du mich und vögelst deinen Kollegen wie eine billige Hure?«

Mein Körper zieht sich schmerzhaft zusammen. Meine Haut steht in Flammen bei der Erinnerung daran, als er das letzte Mal verärgert war. Ich verspanne mich, als er dicht vor mich tritt. »Hast du dich von ihm berühren lassen?«

Ich schüttle sofort den Kopf.

Im nächsten Moment trifft mich das Leder seines Gürtels an meiner Hüfte. Ich fluche vor Schmerz, weiche zurück und stolpere auf das Bett.

Ethan ist sofort über mir. »Ich habe gesehen, wie seine dreckigen Finger deine berührt haben. Ich habe gesehen, wie du ihn wie eine dreckige kleine Hure angehimmelt hast. Oder möchtest du sagen, dass ich ein Lügner bin? Dass ich mir all das nur eingebildet habe?«

»Er hat mir die Hand gegeben!« Nur eine Sekunde später spüre ich den breiten Riemen auf meinem Oberschenkel. Ich schreie vor Schmerz auf und halte die Hände schützend vor mich. »Er hat mich zur Begrüßung umarmt! Mehr nicht.«

Ich ziehe die Beine an und krieche zurück. Darin spüre ich weiterhin das dumpfe Pochen des Schmerzes.

Meine Hände zittern, als er sich vor mich auf das Bett kniet und den Gürtel zwischen seinen Fingern straffzieht.

»Und sind das keine Berührungen?

Mein Herzschlag stolpert. »Schon, aber keine sexuellen.«

Ethan runzelt die Stirn. »Also hast du mich nicht belogen, sondern nur eine Ausrede gesucht?«

»Das ist absurd!«

Ich stocke.

Das hätte ich nicht sagen dürfen.

»Du findest mich absurd? Was noch? Was hast du noch über mich zu sagen?« Er kommt auf den Knien dicht vor mich und zerrt die Bettdecke, die zwischen uns zusammengeknüllt liegt, zur Seite.

»Nichts.«

»Nichts? Gut.« Er streicht ein paar Mal über den Gürtel. »Wenn du mir nichts mehr zu sagen hast, habe ich es vielleicht verdient. Vielleicht bin ich ein schlechter Freund.«

Ich schüttle instinktiv den Kopf. »Du bist mein erster Freund. Meine erste große Liebe. Verdammt, du ... bist manchmal impulsiv, aber ich liebe dich doch. Nur wieso muss es so verdammt wehtun? Wieso musst du mir wehtun?« Die Tränen brechen aus mir hervor.

Ethan hebt die Hand an meine Wange und streichelt sanft darüber. Mein Puls schnellt in die Höhe. Automatisch kuschle ich mich an ihn. Dann holt er aus und schlägt mit der flachen Hand heftig gegen meine Wange. Mein Kopf wird zur Seite geworfen. Ich schnappe nach Luft. Tränen laufen mir über die Wangen. Noch ehe ich mich sammeln kann, greift Ethan in meine Haare und zerrt meinen Kopf dicht vor sein Gesicht. »Du weißt tief in dir drin, dass du es nicht anders verdient hast. Wenn du gut genug gewesen wärst, dann hätte dein Vater dich nicht verlassen.« Er schnalzt leise mit der Zunge und reißt die alten Wunden in meinem Inneren wieder auf. »Und dann hätte ich die Frau bekommen, die ich verdiene.« Ich höre das Klappern der Gürtelschnalle in seiner anderen Hand. Inzwischen kann ich das Schluchzen nicht mehr zurückhalten. Schmerzhaft keuchend schnappe ich nach Luft und lasse den Laut meiner Verzweiflung ungefiltert heraus.

»Du weißt, dass das hier das Einzige ist, was du verdienst, oder?«

Ich schließe keuchend die Augen und bereite mich auf seinen nächsten Ausbruch, auf seine nächste Bestrafung vor.

Nur Sekunden später spüre ich das raue Leder auf meinem Poansatz.

Ich wimmere und versuche, den Schmerz wegzuatmen. Ihn nicht zuzulassen und mich nicht darauf zu konzentrieren.

»Ich möchte es hören, Alison.«

Ich weiß genau, was er will. Trotzdem widerstrebt es mir, ihm genau diese Worte zu sagen. »Ich verdiene deinen Zorn.« Mein Magen zieht sich zusammen. Die Worte schmecken wie bitteres Erbrochenes auf meiner Zunge.

Er zerrt meinen Kopf nach unten, sodass ich vornüber auf die Matratze falle. »Und was noch?«

»Ich mache, was du sagst«, keuche ich und reiße die Augen auf. Er drückt mein Gesicht in die Matratze zwischen seinen Beinen. Als er mich ein paar Zentimeter nach oben zerrt, spüre ich die Beule in seiner Hose dicht vor meinem Gesicht.

»Und was noch?«

Mich schüttelt es vor Ekel.

Ich sollte ihm endlich sagen, dass mir das hier zu viel ist. Das ist kein Rape Play. Das ist kein Spiel. Ich habe kein

Vergnügen daran. Es ist bloße Demütigung, Rache und ein Ausnutzen seiner Stärke.

Aber ich kann nicht.

Weil er recht hat.

Wenn er es nicht ist, wird mich niemand lieben.

Ich brauche ihn.

»Ich will tun, was du sagst«, würge ich deshalb hervor und spüre das bittere, wehmütige Gefühl in meinem Inneren.

»Genauso gehört es sich. Du darfst froh sein, dass ich dir eine weitere Chance gebe.«

Bei seinen Worten wird mir schlecht. Er reißt damit mein Herz heraus und zertritt es in Einzelteile.

»Das bin ich.«

»Bist du das?« Sein Griff lässt nach. Der kurze Ansturm seiner Emotionen ist vorüber. Ich entspanne mich langsam, schmecke die salzigen Tränen zwischen meinen Lippen und lasse es zu, dass er mich zu sich in die Höhe zieht.

»Ja«, hauche ich leise. Unsicher, ob er ein weiteres Mal aufbrausend wird oder sich endgültig beruhigt. Ethan lächelt. Für heute scheint er zufrieden mit mir. Ich habe Glück, dass ich so glimpflich davongekommen bin.

»Du weißt, dass ich manchmal etwas eifersüchtig bin, wenn dich jemand anrührt. Du hast keinen Vater mehr, der auf dich aufpasst, aber dafür bin ich ja da.«

Der Schmerz in meinem Inneren schwillt an. Ich nicke stoisch und wische die Tränen mit dem Handrücken von meinem Gesicht.

»Leg dich hin und lass es mich dir zeigen.«

Mein Körper zieht sich zusammen. Ich blinzle mehrmals und versuche, seine Worte von mir wegzudrängen. Ich versuche, diese herrliche Leere in meinem Kopf zuzulassen, die dafür sorgt, dass ich nicht mehr ich bin. Ich bin nicht da, sehe lediglich zu, wie eine Puppe, die nichts fühlt oder denkt. Stockend lege ich mich zurück und drehe mich auf den Bauch. Ethan ist Sekunden später über mir. Er entledigt sich seiner Hose und schiebt meinen Rock nach oben und das Höschen zur Seite.

Leer. Stumpf. Kalt.

Ich bin nicht ich.

Das hier bin nicht ich.

Das rede ich mir immer wieder ein, während er schonungslos in mich eindringt und mich so benutzt, wie er es braucht.

Er nimmt mich auf die einzige Art, die ich zulassen kann. Ohne Emotionen, das Gesicht in die weiche Decke gepresst, sodass er meine stummen Tränen nicht sehen kann. Ich lasse zu, dass er meinen Körper nimmt, weil ich ihn brauche und er mich.

GEGENWART

Mir ist übel.

Ich sehe Ethan direkt ins Gesicht und versuche, nicht zu schwanken. Die Erinnerungen an unsere Beziehung übermannen mich und vermischen sich unweigerlich mit dem, was ich in den letzten Stunden erlebt habe.

Aber das ist etwas anderes, erinnere ich mich selbst. Aaron und Ethan haben nichts gemeinsam.

Mein Magen zieht sich zusammen.

Oder ist es dasselbe Spiel? Falle ich erneut auf einen gewalttätigen Mann rein? Oder habe ich recht, dass der Officer mir immer die freie Wahl lässt? Dass er mich nicht bestraft, sondern befreit?

»Alison ...«

Ich sehe harsch auf. »Maddy«, verbessere ich Ethan automatisch. »Ich heiße Maddy. Nenn mich so oder lass es bleiben, mit mir zu sprechen.«

Er legt den Kopf schräg, so wie er es schon dutzende Male getan hat, kurz bevor er wütend geworden ist. »Natürlich, *Maddy.*« Ein Funkeln tritt in seine Augen.

»Abby, Maddy, Stacy«, hakt Abby ein und deutet augenverdrehend auf uns. »Tanzfläche. Damit hätten wir alle wichtigen Personen vorgestellt.« Sie wirkt gereizt, aber damit kann ich mich in dem Moment nicht befassen.

Ethan sieht mich für ein paar weitere Sekunden an, in denen ich mich förmlich unter seinem Blick winde. Er tritt einen Schritt näher und legt den Arm um meine Hüfte. Ich versteife mich. Dann spüre ich seinen Atem auf meiner Wange. »Haben wir alle wichtigen Personen vorgestellt, *Maddy*?« Er betont meinen Namen besonders. Ich atme tief ein. Für einen winzigen Moment hoffe ich darauf, dass Aaron noch da ist. Ich stelle mir vor, dass er uns beobachtet und zu uns kommt. Er würde ihn packen, herumschleudern und ihm ein Messer in die Kehle rammen.

Mein Körper versteift sich. *Das Messer, das ich in meine Tasche gesteckt habe?* Ich stocke in meinen Gedanken.

In dem Moment wird mir etwas bewusst. *Ich brauche ihn nicht als meinen Retter.*

Allein die Vorstellung, er könnte mich beobachten, genügt mir, dass ich mich aus Ethans Griff befreie und dem verlockenden Gefühl der Vergangenheit nicht nachgebe. *Es wäre so leicht, wieder in alte Muster zu verfallen.* Das wäre es tatsächlich. Aber es wäre umso schwerer, daraus wieder entkommen zu können.

»Maddy?« Er sieht mich fragend an. Seine Augen sind verengt, seine Lippen zu einer schmalen Linie zusammengepresst.

»Ich hege kein Interesse an Körperkontakt zu dir«, bringe ich stockend hervor. »Oder irgendwelchen Kontakt«, füge ich schließlich hinzu.

Ethan beugt sich zu mir. Seine Hand schnellt an seinen Gürtel. Mein Rücken beginnt, nervös zu kribbeln, und mein Körper versteift sich. Die andere legt er an meinen Oberarm. »Vielleicht sollten wir uns darüber in Ruhe unterhalten? Auch wenn ich bereits wusste, dass du hier sein wirst, überrascht es mich, dass du so dumm warst, herzukommen. Das ist kein Ort für dich, *Maddy*.«

Meine Zunge fühlt sich staubtrocken an und klebt an meinem Gaumen. Ich atme keuchend und versuche, mich daran zu erinnern, dass Ethan nicht gut für mich ist. Es wäre leicht, zuzustimmen, allein um meine Ruhe zu haben, aber nur weil es leicht wäre, muss es nicht richtig sein. »Nein, das möchte ich nicht.«

Ich ziehe meinen Arm zurück. Ethan gibt nicht nach. Er packt schmerzhaft zu und drückt meine Haut zusammen. Ich beiße die Zähne fest aufeinander und versuche, an das bestärkende Gefühl zu denken, welches mir der Officer gegeben hat.

»Lass mich los. Sofort«, knurre ich leise.

Ethan sieht mich lange an. Irgendwann schiebt sich Stacy dicht an seine Seite. »Ethan, mach kein Drama. Sag, hängst du immer noch an Maddy, obwohl unser süßes Mäuschen kein Interesse hat?« Ihre Worte sorgen für ein Lodern in meinem Inneren. Sie sind gleichzeitig biestig und wohlwollend. Sie erinnern mich für einen Bruchteil an meine alte Freundin. Die, die mich jederzeit verteidigt hätte.

Ethan dreht sich langsam zu ihr um. »Wir werden sehen.« Mit diesen Worten gibt er mich frei. Abby hakt sich bei Ethan unter. »Komm, du bist meinetwegen hier, oder nicht? Wir sollten tanzen und die Vergangenheit hinter uns lassen.«

Ihre Worte machen mich sprachlos. Ich stolpere ein paar Schritte zur Seite. *Hat sie Ethan eingeladen? Nach Houston? Zu mir? Wusste er, dass ich hier sein würde?* Stacy sagt etwas, doch ich blende ihre Stimme aus.

In dem Moment will ich einfach nur weg.

Ich taumle aus dem Club nach draußen. Alles um mich herum nehme ich nur verschwommen wahr. Deshalb kann ich nicht sagen, ob mich jemand aufhält, jemand versucht, mich anzusprechen, oder ich nicht mindestens dreimal stolpere.

Ethan zu sehen, ihm wieder in die dunkelblauen Augen mit den braunen Sprenkeln zu starren, die ich am Anfang so an ihm mochte, und jede schlimme Erinnerung darin gespiegelt erneut vor mir zu sehen, wirbelt etwas in mir auf.

Wie in einer Trance stoße ich die Tür des Clubs auf und ziehe geräuschvoll die Luft ein. Mein Atem geht stockend. Ich fasse an meine eigene Kehle, versuche, den Sauerstoff in mich aufzusaugen, und habe das Gefühl, nicht genug bekommen zu können. Mein Sichtfeld verschwimmt und immer wieder tauchen die Erinnerungen der Vergangenheit vor meinen Augen auf.

Ethan packt mich an den Haaren. Er reißt sie mir büschelweise aus, als er mich auf den Boden vor mein Bett schleudert. Nur Sekunden später ist er über mir, hat den Gürtel bereits wieder in der Hand. »Du weißt, dass ich das hier tun muss, oder?«

Ein heftiger Ruck geht durch meinen Körper. Ich bin gestolpert und in eine Gruppe von Menschen hineingelaufen. Wimmernd stütze ich mich an einer jungen Frau ab und versuche, nicht zu fallen. Sie entreißt mir ihren Arm, weshalb ich zur Seite strauchle.

»Gott, die ist ja völlig betrunken.«

Ich wünschte, ich wäre es.

Damals war ich verdammt oft betrunken.

»Alison, was ist nur los mit dir? Du verlierst völlig die Fassung. Es gehört sich für eine junge Frau nicht, sich

derartig gehen zu lassen.« Ich sehe in Ethans Augen, die vor meinen verschwimmen. Der dumpfe Nebel, den der Alkohol in meinem Kopf erzeugt, hüllt den Schmerz in eine sanfte Wolke und treibt mich an einen glücklichen Ort.

»Vielleicht kann ich helfen.«

Ethan. Das ist Ethans Stimme, oder ist das lediglich eine Einbildung?

Ich blinzle harsch und stoße den Körper vor mir zur Seite. Er packt mich fest und zieht mich an seine Seite. »Nicht doch, *Maddy.*« Ich hasse es, wie er meinen Namen betont. Als würde er mir damit einen Gefallen tun, mich so zu nennen.

Dabei ist es schlimm genug, ihm nach dem, was passiert ist, wieder ansehen zu müssen. »Verschwinde«, spucke ich ihm entgegen.

Er lacht lediglich und schiebt meinen Körper über den Parkplatz hinweg. Schweiß tritt auf meinen Rücken. Ethan kann nicht wirklich hier sein. Nicht mit mir allein. Nicht, nachdem er mich beinahe umgebracht hat.

Die Panik lähmt mich.

»Du warst unartig, Alison.«

»Ich war nicht unartig. Ich habe lediglich versucht, dir zu entkommen!« Diese Worte spucke ich ihm entgegen. Mein Körper zittert und mir läuft es kalt den Rücken hinab.

»Das hättest du nicht sagen sollen. Du wirst für immer an meiner Seite sein, versprochen.«

Die Erinnerung, in der er mich beinahe totgeprügelt und misshandelt hat, dreht mir den Magen um. Ich stoppe, während er versucht, mich hinter sich her zu schleifen, und beuge mich vornüber. Lediglich der Geschmack von bitterer Galle steigt mir im Rachen auf.

»Du solltest dich benehmen. Die Leute beobachten uns bereits. Besser, ich bringe dich an einen Ort, wo wir über deine Disziplin sprechen können.« Ich spüre etwas an meiner Hüfte. Sehe panisch zur Seite und auf die Waffe, die er in den Fingern hält. Mir ist eiskalt und speiübel. Meine Hände zittern unkontrolliert. Ich werde erneut zurück in die Vergangenheit geworfen.

»Wo bin ich?«

»Im Krankenhaus.«

Mein Körper brennt vor Schmerz. Es gelingt mir kaum, die verklebten Augen, die heftig brennen und zugeschwollen sind, zu öffnen. »Sie hatten Glück, dass Ihr Freund Sie gefunden hat, nachdem Sie überfallen wurden. Sie wären beinahe gestorben.«

Ein monotones Pfeifen setzt in meinen Ohren ein. Es verschlingt ihre Worte und alles um mich herum.

Zurück bleibt lediglich ein Gedanke.

Ich will nicht sterben.

Auf gar keinen Fall will ich sterben.

»Ich will nicht sterben«, krächze ich leise und wiederhole damit meine Vergangenheit.

»Das wirst du nicht, wenn du meinen Worten folgst.«

Ich erstarre. Er wird mir erneut wehtun. Mich verletzen, einsperren und Gott weiß was antun. Eines ist mir klar: Wenn ich Ethan folge, dann werde ich erneut in einen Kreislauf gerissen, aus dem es kein zweites Mal ein Entkommen geben wird.

Er wird mich verschlingen.

Keuchend lasse ich mich fallen. Jeder Muskel in meinen Beinen gibt nach und ich sacke wie eine Puppe zusammen. Am Boden krümme ich mich, würge und spucke auf den Boden, weil ich weiß, wie widerwärtig er es findet, wenn ich mich übergebe.

Und ich hoffe, dass es mir das Leben retten wird.

KAPITEL 26

DER COP

Sag mir, erinnerst du dich überhaupt an unser erstes Treffen? Nicht vor einigen Tagen. Ich spreche von dem vor einigen Jahren. Ich habe schon damals etwas Besonderes in dir gesehen. Ich habe dir Zeit gegeben. Wir beide haben unser Leben gelebt. Wenn es kein Schicksal gibt, dann sag mir, wieso wir auf diese Weise erneut zusammengeführt wurden? Wie sonst willst du es bezeichnen, dass mein bester Freund auf dich aufmerksam geworden ist?

Dass er bei dir war ... dir ein Messer an die Kehle gehalten und dich neben einer Leiche gefickt hat?

Wie, Maddy?

Oder glaubst du noch immer, ich wäre er?

Mit einem Schmunzeln schließe ich die Tür. Plötzlich stocke ich und starre auf mein Telefon. *Ein Facebook-Anruf?*

Was soll das bedeuten?

Ich atme tief ein, schließe die Tür meines Wagens und

lege meine Dienstjacke auf den Beifahrersitz. Dann nehme ich den Anruf von Maddison entgegen. »Noch immer nicht genug von mir?« Ein Lächeln liegt auf meinen Lippen. *Dabei sollte sich mein Freund an diesem Abend um dich kümmern.*

Ich finde es interessant, dass sie mein Facebook-Profil gefunden hat. *Ob der Anruf Absicht oder ein Versehen war? Wollte sie sich lediglich mein Profilbild ansehen und ist auf den falschen Knopf gekommen? Dumm, wenn man beim Stalken erwischt wird, kleine Maddison. Vielleicht sollte ich dir dabei Nachhilfe geben.*

»Du tust mir weh, Ethan Sanchez!« Der flehende Ton in ihrer Stimme macht mich sofort aufmerksam. Das hier ist kein nächtlicher Sex-Call und auch kein unabsichtlicher Anruf.

»Ich werde dir noch viel mehr wehtun, Maddison Alison Torres, wenn du nicht in mein Auto steigst und deinen Mund hältst.«

»Das hier ist ein Club! Scheiße, wir sind ...«

Ihr dumpfer, erstickter Schrei treibt meinen Puls in die Höhe. *Komm schon, Maddison. Du machst das gut. Gib mir etwas, mit dem ich arbeiten kann.* Schlagartig versuche ich, mir ihre Akte vor meinem inneren Auge aufzurufen. Dutzende Krankenhausaufenthalte, ein Überfall mit unbekanntem Täter ... und sie sprach von einem gewalttätigen Exfreund.

Zeitgleich tippe ich eine Nachricht.

Wo bist du?

Ich zögere keine weitere Sekunde, als ihr Röcheln stockend durch mein Auto hallt, und öffne die Tür. Im Laufschritt renne ich zurück zum Police Department und reiße die Tür auf.

Schwer atmend und mit blanker Panik im Körper stelle ich den Anruf auf stumm und gehe auf direktem Weg zu meiner Kollegin. »Ein Anruf von Maddison Torres. Sie befindet sich mutmaßlich vor einem Club und ihr Exfreund Ethan Sanchez übt Gewalt über sie aus.«

»Und deine Nummer hat sie woher?«

Mein Kiefer zuckt. »Facebook«, knurre ich leise. *Spielt es in dem Moment eine Rolle? Jeder, der dich anrührt, stirbt. Und was die Nummer angeht ... selbst wenn ich sie dir in die Haut geritzt hätte, geht es jetzt darum, dein Leben zu retten und dafür zu sorgen, dass dieser Bastard, der es gewagt hat, dich anzufassen, stirbt.*

Meine Gedanken stocken, als ich einen dumpfen Schlag höre. »Ich wusste, dass ich dich lediglich etwas härter anpacken muss, bevor du mir gehorchst. Mach dir keine Sorgen um die anderen Menschen. Ich werde mich ab jetzt um dich kümmern.«

Mir läuft es kalt den Nacken herab. »Können wir herausfinden, wo sie ist?« *Sag mir, dass das nicht deine schuld ist, mein Freund! Bei Gott ... ich bete für deine Seele, wenn du sie ihm ausgeliefert hast.*

Jessica sieht mich mit hochgezogener Augenbraue an. »Nicht einfach so und das weißt du genauso gut wie ich.«

Ich tippe nervös auf mein Handy und aktualisiere die Benachrichtigungen. *Er* hat nicht geantwortet. Fuck. Ich verfasse eine weitere Nachricht.

Weißt du, wo sie ist?

»Komm schon, Maddison. Gib mir etwas, mit dem ich arbeiten kann.« Während ich das Telefon flehend betrachte, schießen die Gedanken durch meinen Schädel. Ich greife danach, scrolle durch Facebook und betrachte ihr Profil eingehend. *Es ist beinahe leer.*

Wieder wechsle ich in die Nachrichten.

Antworte.

»Du Monster!« Ihre plötzliche Stimme versetzt mir einen heftigen Stich. *Kämpfe, Maddison. Kämpf um dein Leben, dann werde ich dafür sorgen, dass seins endet …*

»Nicht doch, Liebes. Ich habe dich so hübsch verpackt. Du möchtest mich doch nicht wütend erleben, oder?«

Sag mir, dass du sie im Auge hast. Dass du die Situation im Griff hast!

Ich lösche die Worte meiner letzten Nachricht wieder und atme scharf ein. *Es hat Jahre gedauert, bis sich unsere Wege erneut gekreuzt haben, Maddison. Ein weiteres Mal lasse ich dich nicht gehen. Weder in eine andere Stadt noch zu einem anderen Mann und schon gar nicht ins Reich der Toten; nicht, solange ich entscheide, dass du lebst.*

Schwer atmend sehe ich auf das Handy. Ein paar alte

Fotos von Freundinnen, ein Bild ihrer Katze. Ihr Profilbild ist alt. Bestimmt fünf Jahre.

Wieder aktualisiere ich die Benachrichtigungen. Nichts.

Antworte mir, verdammt! Eine Nachricht. Ein Daumen nach oben. Am liebsten ein Standort; ihr Standort. Gib mir irgendwas, das mich beruhigt und mit dem ich arbeiten kann. Sag mir, dass du die Sache im Griff hast und dieser Bastard unser Mädchen nicht entführen, anketten und misshandeln wird.

»Ich setze die Streife darauf an und kontrolliere ihren Exfreund.«

»Schau dir die Krankenhausakten an«, knurre ich als Antwort auf die Aussage meiner Kollegin.

Krankenhausakten sind die Vorstufe zu Pathologieberichten. Ich habe schon dutzende Geschichten wie deine gesehen. Die Frau wird misshandelt, aber schafft es doch nicht, zu entkommen.

Aber du bist davongelaufen und diese Stärke imponiert mir, Maddison.

Jetzt scheint dich deine Vergangenheit einzuholen, aber dieses Mal bin ich nicht nur ein stiller Beobachter. Dieses Mal schicke ich die Informationen des Mannes nicht an meinen Freund, damit er dafür sorgt, dass er niemanden je wieder verletzen wird. Wenn ich ihn finde … Ich sauge scharf die Luft ein.

»Warum? Weil du mich wieder wegschaffen willst? Wohin? In unsere alte Wohnung in Charlotte? Das wäre etwas zu weit, oder nicht?« *Gut, Maddison. Entlocke ihm etwas, das mir weiterhilft. Etwas, das ich benutzen kann, um dich zu finden.*

»Das wäre es.« Ich verabscheue seine gierige Stimme.

»Wohin dann?«, hakt sie nach.

»Lass dich überraschen.«

Ich fluche leise.

Ich habe sie mir angesehen, Maddison. Deine Akten. Jeden einzelnen Bericht. Weil ich, seitdem ich deinen Namen das erste Mal gehört habe, nicht von dir ablassen konnte.

»Und wenn ich das nicht möchte?«

Wie benommen wische ich durch die Fotos, schaue auf die Verlinkungen der wenigen Bilder und durch die Profile ihrer Freundinnen.

Eines ist gelöscht.

Ein zweites seit Jahren inaktiv.

Erst bei der dritten stoße ich auf aktuelle Bilder.

Stacy Lopez.

Dumpfe Geräusche, ein schmerzverzerrter Schrei.

Ich versuche, beides auszublenden, mich auf das Profil zu konzentrieren und etwas Sinnvolles zu finden. Tausende Follower, dutzende Bilder von Reisen und Beautyprodukten. Ich will bereits weiterscrollen und gehe in dem Büro auf und ab, als mir auffällt, dass sie aktive Storys online hat.

Mein Herz setzt aus, als ich diese antippe und der Bildschirm für einen Moment lädt.

»Wenn ich nicht weiter in Richtung *Victoria* fahren und darauf warten will, dass wir Gott weiß wo ankommen?«

Ich springe sofort auf die Beine.

»Vielleicht will ich nirgendwo ankommen. Vielleicht ist der Weg das Ziel?«

Jessica kommt mir an der Tür entgegengelaufen. »Rodrigo hat eine Meldung vom Club HTX. Eine Frau wurde scheinbar bewusstlos in ein Auto gezerrt.« Noch ehe sie etwas sagen kann, stürme ich an ihr vorbei. Im Augenwinkel bekomme ich mit, wie sie mir hinterherläuft.

Die Menschen sind feige. Je mehr zusehen, umso mehr sehen weg. Jeder Einzelne hätte dich retten können. Jeder vor diesem verfickten Club.

Scheint, als müsste ich diese Aufgabe persönlich übernehmen.

Ich höre einen dumpfen Schlag, halte mich nicht damit auf, den Dienstwagen aus der Garage zu holen und sprinte zu meinem Auto. Mein Kiefer knirscht, so fest beiße ich die Zähne aufeinander.

Ich habe dir immer vertraut, mein Freund. Bei jeder einzelnen Entscheidung. Zwing mich nicht dazu, mich gegen dich zu wenden. Das hier ist eine Grenze. Wenn sie deinetwegen stirbt … dann wirst du dich nach dem Tod sehnen.

Kaum dass ich den Zündschlüssel umdrehe, rutscht Jessica neben mir auf den Sitz. »Nimm die Achte. Wenn sie nach Victoria wollen, schneiden wir ihnen den Weg ab.«

»Dafür gibt es keine Garantie.« Ich zögere eine Sekunde. Jessica spricht inzwischen mit unseren Kollegen und bellt Anweisungen.

»Was wollen wir in der Jefferson Street? Das ist mitten in der …« Ihre Worte werden erstickt. Ich trete das Gaspedal durch und reiße das Lenkrad an der nächsten Kreuzung stark herum.

»Polk Street? Das klingt nicht einmal nach einem richtigen Straßennamen.«

Maddisons holprige Worte am anderen Ende der Leitung jagen mir das Adrenalin durch die Adern.

Gut so. Du machst das großartig. Wenn wir einander wiedersehen, werde ich dich für deinen Mut und deine Intelligenz belohnen.

Gleichzeitig lösen sie Sorge in mir aus. Mit jeder Frage provoziert sie ihren widerlichen Exfreund mehr. Ich spüre es allein an seinem dumpfen Lachen, noch ehe er spricht. »Du verspottest mich. Das ist in Ordnung. Sobald wir angekommen sind, werde ich dir beibringen, wie du dich mir gegenüber verhalten solltest.«

Seine harschen Worte mit dem knurrenden Unterton lassen die Wut in meinem Verstand explodieren. Ich trete das Gaspedal umso bestimmter durch und spüre mit jedem Meter, wie eine weitere Sicherung in meinem Kopf durchbrennt.

Ich atme schnappend ein. Der Mann am Telefon flucht leise. »Miststück.« *Gutes Mädchen.* Ich höre ein Bremsgeräusch am Ende der Leitung und ignoriere das Hupen der mir entgegenkommenden Autos. Mein Atem stockt, als ich höre, wie der Wagen am Ende der Leitung stoppt. Maddison schreit. Das Geräusch geht mir durch Mark und Bein. »Wieso schleifst du mich auf ein …«

Ihre Worte werden von einem Klatschen und

Wimmern unterbrochen. Eine Tür wird geöffnet. »Du weißt, dass du besser den Mund zu halten hast, wenn ich sauer auf dich bin, Baby.«

Mir dreht sich der Magen um, während Jessica mir knappe Anweisungen gibt, wo ich langfahren muss. *Ich werde nicht zulassen, dass dieser Mann dich anrührt. Er wird dich nicht bekommen. Keine weitere Stunde deiner Zeit, keinen Millimeter deiner Haut, keines deiner Worte ... Nichts. Ich werde über Leichen gehen, um dafür zu sorgen, dass dieser Bastard leiden wird.* »Industriegebäude Ecke St. Joseph ...« Maddisons Stimme ist leise und von Tränen und Schluchzen untermalt.

Jessica weist mich weiter durch die Stadt, die mir mit einem Mal viel zu groß erscheint.

Eine Tür wird geöffnet. Maddison wimmert. Sie fleht und flucht. Dann schreit sie erneut. Dieses Mal erstickt. Ich höre mehrere Geräusche, die ich nicht zuordnen kann. »Oh, Maddison Alison Torres. Das war ein schlimmer Fehler.« Seine Stimme ist mit einem Mal unfassbar nah. Jedes Geräusch im Hintergrund ist verschwunden. Ein dunkles Lachen, das mir die Gänsehaut auf den Rücken treibt und dann ... plötzliche Ruhe.

Der Anruf ist beendet und ich stehe kurz davor, meine Faust in das Display meines Wagens krachen zu lassen.

»Gleich da. Acht Minuten.« Jessica.

Mein Kopf zuckt zu ihr. Ich sehe sie für wenige Herzschläge ausdruckslos an. Am liebsten würde ich sie packen, aus dem Auto zerren und mit dem Gesicht die vollen acht Minuten über den Asphalt schleifen lassen. Vielleicht versteht sie dann, wie lang acht Minuten sind.

Ihre Augenbraue zuckt in die Höhe und lässt den Rest meiner Kontrolle zerschellen. Ich nehme keine Rücksicht auf andere Autos, auf Fußgänger oder die Worte, die sie an die Kollegen durchgibt.

Ich will dein Blut sehen, Ethan Sanchez, und ich will es jetzt.

KAPITEL 27
MADDY

Mein Körper wird von absoluter Panik erschüttert. Schmerz schießt durch meinen Schädel. Stöhnend greife ich an meine Stirn. Die letzten Sekunden sind verschwommen.

Ethan wollte mich aus dem Wagen ziehen und jetzt steht er über mir. Ich liege am Boden. Er hält mein Handy, das ich in meinem Ausschnitt verborgen hatte, in den Fingern und mein Verstand setzt die Bruchstücke zusammen.

Schluchzend krieche ich zurück. Er beugt sich herunter, greift in meine Haare und zerrt mich schonungslos hinter sich her. Ich versuche, mich zu wehren, doch ich kann nichts tun, als ihm hinterher zu stolpern. Ich schreie. Ich brülle meinen Schmerz heraus, noch ehe er mich in die Industriehalle schleifen kann.

Ethan scheint es nicht zu stören. Er lässt sich davon nicht aufhalten. Genauso wenig von meinem Versuch, nach ihm zu schlagen. In der Wellblechtür packt er meinen Arm, zerrt mich herum und schleudert mich zu Boden.

Ich stöhne vor Schmerz und sehe für einen Moment Sterne. Ehe ich mich versehe, hält er mit einem Mal eine Waffe in der Hand. Er schüttelt langsam den Kopf und schürzt die Lippen. »Ich bin unsicher, Baby. Kann ich dich noch retten? Oder sollte ich dich erlösen?«

Seine Worte drehen mir den Magen herum. Meine Lippen beben. Mein ganzer Körper erschaudert. Ich beiße die Zähne fest aufeinander, während mein Verstand mich in jede schlimme Nacht, in jede Konfrontation dieser Art mit ihm zurückschleudert.

Ich spüre erneut den Schmerz. Er mischt sich mit dem, den er mir heute zugefügt hat. Es versetzt mich zurück in die Zeiten, in denen er mich mit bedrohlicher Stimme gewarnt hat, ihn nicht erneut zu verärgern.

Ethan beugt sich zu mir herunter, den Lauf der Waffe in mein Gesicht gerichtet. *Ich werde nicht sterben und ich werde nicht erneut ihm gehören,* versuche ich, mir einzureden und mir selbst Stärke zuzusprechen. *Koste es, was es wolle. Ich werde nicht zulassen, dass er mich bricht.*

»Wir sollten unsere gemeinsame Zeit nutzen, Baby. Ich bin mir sicher, dass wir schon bald unterbrochen werden.« Er nimmt mein Handy hervor. »Von O. W. Möchtest du mir nicht mehr von ihm erzählen?« Meine Kehle schnürt sich zu. »Gut.« Allein sein Lächeln drängt bittere Magensäure in meiner Kehle herauf. »Dann werde ich dir von ihm erzählen. Denn weißt du, was lustig ist?«

Er geht vor mir in die Knie und streicht mit dem Lauf der Waffe über meine Wange. Keuchend wende ich den Kopf ab. Er packt mein Kinn, gräbt die Finger schmerzhaft in meine Haut und dreht mein Gesicht in seine Richtung. »Ich kenne ihn.«

Du strahlst wie ein helles Licht. Das Problem dabei ist nur, dass du damit umso tiefere Schatten erzeugst.

KAPITEL 28
DER COP

Ich rase auf das Industriegelände und öffne die Tür, noch ehe der Wagen zum Stillstand gekommen ist. »Rechts!«, brülle ich Jessica zu. Sie folgt meinem Befehl sofort und ohne Zögern.

Wir kreisen das Schwein ein und dann hole ich mir mein Mädchen.

Bei dem Schuss, der wenige Minuten später durch das vermoderte, alte Gebäude hallt, versteift sich mein ganzer Körper. Ich habe mich ihnen genähert und war nur wenige Meter entfernt, sie berühren zu können.

Ein schmerzverzogenes Stöhnen lähmt meinen Körper. Ich stehe hinter einer in die Jahre gekommenen Betonsäule, die die wenigen intakten Teile des Daches aufrecht hält. Für einen kurzen Moment schließe ich die Augen und versuche, mich zu beherrschen, nicht unkontrolliert zu reagieren und jeden dort hinten niederzuschießen.

Wenn er dich verletzt hat, dann wird er nicht einfach sterben. Ich will, dass er für jeden Schmerz, den er dir zugefügt hat, leidet. Ich werde ihm jeden Finger einzeln abtrennen, mit dem er dich berührt hat. Für jeden Blick schneide ich seine Augäpfel in Stücke. Für jedes Wort reiße ich ihm die Zunge heraus und bei Gott ... sollte er es gewagt haben, seinen widerwärtigen Schwanz in dich zu stoßen ... dann hoffe ich, dass er bereit für die Hölle ist.

»War das alles? Oder kommt dein Freund auch zum Spielen?«

Ich empfinde diesem Mann gegenüber nichts als Abscheu und Verachtung. Kontrolliert lade ich meine Waffe durch, dann trete ich hinter der Säule hervor. Binnen weniger Sekunden fasse ich die Situation ins Auge. Maddison kniet am Boden. Ihre Wange ist gerötet, die Kehle ebenfalls. Blut läuft von ihrer Stirn über das Gesicht herab. Ihre Lider flattern, die Lippen sind flehend geöffnet. Das dunkelrote Kleid hängt zerstört herab. Die Spaghettiträger wurden durchgeschnitten und ihr BH neben sie geworfen. Auf Maddisons Brüsten sehe ich rötliche Abdrücke, die das Blut in meinen Venen zum Kochen bringen.

Ich habe es mir anders überlegt, Maddison. Nicht ich werde ihn zur Rechenschaft ziehen. Du selbst wirst es tun. Dabei werde ich dir nur allzu gern behilflich sein.

»Ist er dein neuer Stecher? Hast du mich so einfach ersetzt?« Mein Blick zuckt zu ihm. Er deutet mit einem Zeigefinger mahnend auf mich. Sein Körper befindet sich dicht hinter ihrem. Er hockt da und hält ihr die Waffe an die Schläfe. Er schnalzt mehrmals leise mit der Zunge.

»Gut.« Ein boshaftes Grinsen erscheint auf seinen Lippen. Er leckt über seinen Mundwinkel und sieht mich aus verengten Augen an. »Wieso gönnen wir ihm nicht die Freude, zuzusehen? Ihm das zu zeigen, was niemals ihm gehört, sondern immer nur mir?« Maddisons Kopf schießt nach hinten. Ich harre still aus. Warte darauf, dass er mir eine Chance bietet, ihm Blei in den Schädel zu jagen. »Du bist mein Besitz.«

Das bist du nicht. Du gehörst nur dir, Maddison. Aber ich würde es lieben, wenn du mir deine Seele schenkst. Nicht weil ich sie mir nehme, sondern weil du sie mir anvertraust.

Seine Worte provozieren mich. Alles in mir sträubt sich dagegen und will ihm widersprechen, doch ich bleibe stumm. Beobachte ihn wie ein Raubtier und warte lediglich auf den richtigen Moment. Nur für einen Sekundenbruchteil zuckt mein Blick zu Jessica, die einige Meter entfernt am Boden liegt.

Sie rührt sich nicht und eine kleine Blutlache sammelt sich um ihren Körper herum. *Oh ... auch dafür werden wir ihn büßen lassen.*

»Hast du meinen Besitz gefickt?« Meine Augen kehren zu dem Wichser zurück. Sein Mundwinkel zuckt. Er wendet seinen Kopf Maddison zu, ohne mich aus den Augen zu lassen. »Wie unhöflich, dass er uns nicht antwortet, oder?« Sie öffnet die Lippen. Er legt seine widerwärtigen Finger darauf. »Nicht doch. Es kommt selten etwas Gutes dabei heraus, wenn eine Frau den Mund öffnet.«

Ich atme tief aus. Die Waffe in meinen Fingern zuckt.

»Außer … Das bringt mich auf eine Idee.« Er schürzt die Lippen. Seine Augen finden meine. Er verengt die Lider und lächelt bösartig. »Öffne deine Lippen für mich, Baby.«

Maddison keucht. Mein Finger zuckt zum Abzug.

Er schiebt die Hand in ihre Haare und krallt die Finger hinein. Sie schreit vor Schmerz, als er ihren Kopf herumreißt. »Entschuldige, wir arbeiten noch an der Erziehung«, fügt er in meine Richtung hinzu. Dann packt er ihr Kinn und schiebt den Lauf der Waffe hinein. »So …« Seine Stimme nimmt einen dunklen Ton an. Gebückt erhebt er sich langsam und ich muss dabei zusehen, wie er seine Hose öffnet. *Komm schon, Maddison, gib mir eine Chance, die nicht damit endet, dass er dir das Hirn wegbläst.*

Sein Scheißschwanz springt hart heraus und er reibt über den Schaft. Maddison dreht den Kopf leicht. Ihr Blick weicht meinem aus. Der Schmerz in ihren Augen quält mich, doch ich bin zur Regungslosigkeit verdammt. Mein Verstand schaltet sich aus, als ich dabei zusehe, wie er seine Spitze langsam an ihre Lippen führt. »Denk an das, was wir bereits geübt haben, Maddison. Schön brav sein …« Mit diesen Worten nimmt er die Waffe zurück an ihre Schläfe und schiebt sich in ihren Mund. »Vielleicht ritze ich dir dann als Belohnung meinen Anfangsbuchstaben in die Haut, damit du niemals vergisst, wem du gehörst.«

Mir dreht sich der Magen um. Ich kann die Bilder nicht zulassen. Mein Blick ist fest auf sie gerichtet.

Ich beobachte jede Regung. Jedes Zucken ihrer Muskeln.

Sie beißt zu, ich drücke ab und sein Schrei gleicht einer herrlichen Symphonie in meinem Kopf.

Belohnung oder Bestrafung?
Wofür entscheide ich mich?
Und was wirst du dir verdienen?

KAPITEL 29

DER MÖRDER

O Maddy ... wir haben uns in eine ungünstige Situation gebracht. Ich fürchte, dass ich dafür die Konsequenzen tragen muss. Vielleicht hätte ich nicht eigenmächtig über dein Leben entscheiden dürfen ... Die Sache ist nur die: Ich meine, was ich sage. Er ist mein bester Freund, du jedoch gehörst mir. Und so gern ich auch mit ihm teile, das ändert nichts an dem, was ich will. Was das genau ist, wirst du schon sehr bald erfahren.

Dass du Aaron anrufst, habe ich nicht erwartet. Fast bin ich etwas beleidigt, dass du nicht meine Nummer gewählt hast. Für dich war es die schlauere Wahl.

Er ist der Prinz, der in einem Polizeiauto angerast kommt und jeden töten wird, der es wagt, dich anzurühren. Wären die Umstände andere, er ein anderer, würde es mir genauso gehen.

Bist du bereit, herauszufinden, was hinter all dem steckt? Ich drehe das letzte Puzzleteil, auf dem sich ein Großteil der Adresse, zu der ich ihr befehlen werde, zu kommen, befindet. *Hast du es dir verdient oder nicht? Ich bin unsicher, Maddy …*

Verdienst du eine Belohnung?

Oder wird es eine Bestrafung werden?

Wie enden wir beide? Vor allem jetzt, nachdem sich noch weitere Spieler an unseren Tisch begeben haben und ihre gierigen Finger nach den Einzelteilen ausstrecken.

KAPITEL 30
MADDY

»Du solltest dich ausruhen. Trotzdem wirst du morgen eine Aussage abgeben müssen.« Seine Worte brechen mein Herz ein weiteres Mal an diesem Abend.

Ich beiße mir auf die Zunge und bin kurz davor, zuzustimmen. *Dann geh. Lass mich allein.* So sehr ich ihn von mir weisen will, einfach nur, damit er es nicht tun kann, gelingt es mir nicht. »Kannst du bleiben?« Tief einatmend sehe ich zu ihm auf. Mein Mundwinkel zuckt nervös.

»Wenn ich bleibe, überschreite ich eine weitere Grenze.« Aarons Gesicht ist ausdruckslos. Seine Augen sind verengt und die Stirn ist leicht gerunzelt. *Officer Aaron Williams.* Seine Funktion sollte ich mir vielleicht öfter in Erinnerung rufen. Schließlich ist es kein Wunder, dass er nicht bei mir bleiben will; oder kann.

Mir entweicht ein knappes Lachen. »Nach allem, was bereits zwischen uns passiert ist, ist die Grenze, meine

Wohnung zu betreten, die größte?« Ich hole tief Luft. »Weder will ich noch werde ich betteln, Officer Williams. Ich würde mich freuen, wenn du bleibst, ansonsten ...« *Geh halt?* Ich weiß nicht, wie ich den Satz zu Ende führen soll. Jeder Gedanke in meinem Kopf klingt falsch, bockig und ... *unpassend.*

Noch ehe ich den Satz zum Abschluss bringen kann, tritt Aaron nach vorn und über die Schwelle meiner Wohnungstür. Er greift nach meinem Kinn und zieht meinen Kopf nach vorn. Seine Finger graben sich in meine Haut, ich schnappe nach Luft, dann kollidiert sein Mund mit meinem.

Ich bin völlig überrumpelt, kann nicht klar denken, als sich seine Lippen fest auf meine drücken und sein Atem sich mit meinem mischt.

Mein Mund ist leicht geöffnet, schockiert starre ich ihn mit geweiteten Augen an. Ohne Zögern schiebt er eine Hand in meine Haare und zieht mich mit festem Griff an seine Brust. Seine Zunge schiebt sich zwischen meine Lippen und lässt mich erschaudern.

Stöhnend erwache ich aus meiner Starre und erwidere den harten Kuss. Er drängt mich mit seinem Körper ins Innere meiner Wohnung. Ich stolpere rückwärts, schrecke bei dem Geräusch der zuschlagenden Tür zusammen.

Aaron lässt nicht locker. Er löst den Kontakt nicht. Stattdessen rutscht seine Hand von meinem Kinn an meine Kehle. Ich schlucke automatisch und muss an seinen Griff in unserer ersten Nacht denken. Daran, wie er mich gepackt und auf den Tisch gedrückt hat.

Der Gedanke, gemischt mit seinem fordernden Kuss entlockt mir ein weiteres Seufzen.

»Du hast recht«, knurrt er an meinen Lippen.

»Oft, aber womit genau?« In meinem Kopf dreht sich alles. Mein Schädel pocht an der Stelle, wo Ethan mich geschlagen hat. Meine Handgelenke schmerzen von den Fesseln, doch ich fühle mich in dem Moment so lebendig wie schon lange nicht mehr.

»Damit, dass wir eine Grenze überschritten haben.« Seine Lippen streichen sanft über meine.

Mein Herz pumpt wie wild. »Wie viele Grenzen gibt es denn noch, die wir einreißen können?« Meine Hände zittern nervös, als ich sie an seinen Rücken hebe und mit den Fingerspitzen über seinen muskulösen Körper streiche. Ein paarmal fahre ich damit über den Rand seiner Polizei-Weste.

Er lacht rau und dicht vor meinen Lippen. Ich möchte den Abstand am liebsten sofort wieder überbrücken, als mich seine Worte innehalten lassen. »Grenzen scheinen für uns beide nicht zu existieren.« Seine Worte ziehen meinen Magen nervös zusammen. »Aber hier geht es nicht um das, was ich möchte, sondern das, was du brauchst. Und du brauchst Ruhe.«

Seine sanfte, wohlwollende Stimme ist Balsam für meine Wunden. Die, die in mir verborgen sind und kein Arzt der Welt, dafür seine Stimme, heilen kann.

»Ich brauche dich. Und ich brauche es, dass du mich nicht wie ein Opfer behandelst.«

Die letzten Stunden waren verdammt beschissen. Ethan ... ich will nicht einmal an ihn denken. Aber das unfreiwillige Treffen mit meinem Ex hat mir ein paar Dinge bewusst gemacht. Zum einen ist Aaron nicht Ethan. Nie. Er mag dominant sein, aber es gibt sehr große Unterschiede zwischen einem dominanten und einem gewalttätigen Mann. Es hat mir umso deutlicher klargemacht, was ich will und wie weit ich schon gekommen bin. Und verdammt … ich will nicht länger darauf warten, es mir zu nehmen.

»Du bist kein Opfer«, stellt er fest.

»Nein.« Ich schlucke. »Dann behandle mich auch nicht wie eins.« Ich stoße mit meiner Nase sanft auffordernd gegen sein Kinn, sodass er den Kopf wieder zu mir herunterbeugt. Meine Hände führe ich an meinen Körper und zu dem seitlichen Reißverschluss meines Kleides. Langsam trete ich einen Schritt zurück. »Sie existieren. Wir sind nur sehr gut darin, sie zu überspringen.« Schwer atmend beiße ich auf meine Lippe und sehe auffordernd zu ihm hoch. Dann öffne ich meinen Reißverschluss Millimeter für Millimeter. Ich schiebe die Finger unter meine Träger und führe sie zur Seite. Kurz bevor ich sie loslasse, halte ich inne. »Wie wäre es mit einer weiteren Grenze, Officer Williams?«

»Die da wäre?« Er tritt näher und überbrückt damit den Raum zwischen uns. Erneut greift er nach meinem Kinn und hebt es leicht an. Ich spiele mit den dürftig zusammengebundenen Trägern, knote sie auf und lasse sie langsam nach unten rutschen.

»Wie wäre es mit einem letzten Puzzlestück, um dein Gesamtbild zu vervollständigen, Aaron?« Ich lächle zart.

Er senkt seine Lippen auf meine. Dieses Mal ist der Kuss sanft und vorsichtig. Lediglich eine vorsichtige Berührung, die einen Stromstoß durch meinen Körper sendet. »Mir gefällt es, meinen Namen auf deinen Lippen zu spüren. Aber für mich wäre es auch in Ordnung, wenn du bei Officer bleibst. Alternativ wäre ich auch mit *Sir* oder in besonderen Fällen mit *Ja, Sir* einverstanden.«

Ich seufze und rolle mit den Augen. Als ich den Kopf wegdrehen möchte, packt er mein Kinn dominant und hält mein Gesicht starr in seinem Griff. Sein Blick verdunkelt sich. »Das wäre ein Moment für ein *Ja, Sir* gewesen, Maddison.«

Sein Mund presst sich erneut auf meinen. Er saugt den Laut meiner Lust und Erregung auf und entzündet einen Sturm in meinem Inneren.

Plötzlich hebt er mich hoch. Das Kleid rutscht bis an meinen Bauch herunter. Ich schlinge wie von selbst die Beine um seine Hüfte und drücke meinen lediglich von einem Spitzen-BH bedeckten Oberkörper fest an seinen. Die zerschnittenen Träger spüre ich zwischen unseren Körpern hängen. An meinem Becken spüre ich seinen Waffengürtel, was mich erschaudern lässt. Kurz löst sich unser Kuss. »Was …« Er unterbricht meine Frage, indem er seine Lippen erneut auf meine drückt. Aaron trägt mich durch die Wohnung.

Mein Herzschlag stolpert, meine Mitte zieht sich begierig zusammen.

Nach Luft schnappend löse ich mich ein weiteres Mal von ihm. »Rechte Tür«, stoße ich völlig überflüssig hervor.

Ich erinnere mich bei meiner Aussage daran, dass er bereits in meiner Wohnung gewesen ist. Allein der Gedanke daran vervielfacht meine Lust.

»Seit wann gibst du mir Anweisungen, Maddison?«

Ich seufze und ringe nach Atem. Er gräbt seine Finger fest in meinen Arsch und drückt meine Pussy gegen seinen Bauch.

»Seitdem du damit aufgehört hast, mir welche zu erteilen.« Provozierend sehe ich ihn an. Er stoppt in seiner Bewegung.

»Gut.«

Plötzlich setzt er mich ab.

Überrascht sehe ich ihn an, runzle die Stirn und öffne fragend die Lippen.

»Nicht doch, Maddison. Du hast mich aufgefordert, mir die Kontrolle zurückzuholen, und ich gedenke, nichts anderes zu tun.« Ein teuflisches Grinsen erscheint auf seinen Lippen.

»Wenn du nur endlich damit anfangen würdest«, reize ich ihn weiter.

Officer Aaron Williams sieht mich ein paar Sekunden abwägend an. Sein eindringlicher Blick ist brennend und erreicht jeden Millimeter meines Körpers. Er legt die Hand an meine Wange und schiebt die andere wie selbstverständlich unter mein Kleid. »Ich kann sehr dominant sein, Maddison.«

»Ich hoffe darauf.«

Seine Finger streichen über meinen von meiner Nässe durchtränkten Tanga. »Aber ich werde niemals etwas tun, was du nicht möchtest.« Mein Puls schießt in die Höhe.

Seine Worte rauben mir den Atem. Mehrmals muss ich schlucken, weil diese lächerlich unbedeutende Aussage für mich so eine große Wichtigkeit hat.

»Wenn ich dich berühre, dann möchte ich, dass du es genießt.« Er schiebt den Spitzenstoff zur Seite und streicht mit seinen Fingern über meine vor Lust pochende Pussy. Meine Wangen glühen heiß. Ich kralle die Nägel in die Handinnenflächen. »Und wenn du das nicht tust, dann erwarte ich, dass du mich darüber informierst.« Seine rauen Worte lassen mich erschaudern. »Hast du das verstanden?« Meine Beine zittern. Ich nicke knapp. Er schiebt seine Finger ein paar Zentimeter in mich hinein und entlockt mir ein Stöhnen. »Gut.«

Keuchend atme ich aus, als er die Finger zurückzieht. »Dein Fall hat dafür gesorgt, dass meine Kollegen heute Abend Überstunden machen werden.« Sein Ton ist belehrend und dominant. »Und auch meine Schicht geht noch ein paar Stunden, in denen ich die Streife übernommen habe. Wir sind unterbesetzt, was nicht verbessert wurde, als dein Exfreund meine Kollegin verletzt hat.«

Jedes Wort ist ein Stich in meinem Inneren. Ich greife automatisch nach dem Stoff meines Kleides und ziehe es notdürftig vor mir hoch. »Und das bedeutet, dass du zurück an die Arbeit musst?«

»Ganz genau.« Der Officer greift nach meinem Gesicht und reibt mit dem Daumen über meinen Kieferknochen. »Und deshalb werde ich jetzt nach draußen gehen und mich in den Streifenwagen setzen. Ich muss für meine Kollegen ansprechbar sein.«

Ich schlucke und nicke dumpf. Das ekelhafte Gefühl

der Leere in mir kehrt zurück. Ein kalter, unangenehmer Schauer läuft mir über den Körper. Er drückt mein Kinn leicht in die Höhe. Lediglich widerwillig folge ich der Bewegung und blinzle nervös, als sein stechender Blick meine Augen trifft. »Und du wirst dein Kleid wieder anziehen, deine Haare in Ordnung bringen und dann nach draußen kommen, um mir Gesellschaft zu leisten. Im Wagen stehe ich dauerhaft in Verbindung mit meinen Kollegen, weshalb sie jeden Ton hören, den du von dir gibst.« Er packt mein Kinn. Ich schnappe nach Luft und werde von ihm nach vorn gezogen. »Deshalb solltest du besser sehr leise sein, hast du das verstanden?«

Ich nicke stoisch in seinem Griff. Die Lust schießt zurück durch meinen Körper, meine Kehle schnürt sich vor Anspannung zu.

»Gut«, wiederholt er leise. Ich will mich zur Seite drehen, doch er gibt mich nicht sofort frei. Stattdessen liegt sein Blick weiterhin auf mir. »Und wenn du dein Kleid in Ordnung bringst, lass deinen Slip gern im Haus. Den benötigen wir nicht.«

Ich seufze leise.

Er gibt mich frei, geht zurück zur Tür und öffnet diese. Bevor er geht, schenkt er mir einen letzten, fordernden Blick. »Bereit für eine weitere Grenze, Maddison?«

Ich nicke sofort. *Kein Zögern.*

Er lächelt. Dann schließt er die Tür hinter sich. Kaum dass diese zu ist, geben meine Knie nach und ich sacke zu Boden. »Fuck«, fluche ich leise. Alles ging so schnell.

Erst das Treffen im Club, dann Ethan, dieser Wichser, und dann das hier. Es ist sehr viel mit einem Mal, alles steigt mir zu Kopf und übermannt mich. Aber trotzdem bereue ich nichts davon. Es hat mich an den Punkt gebracht, an dem ich jetzt bin.

Mit zittrigen Fingern reibe ich über mein Handy und das gesprungene Display. Es funktioniert noch, aber es war schon einmal in einem besseren Zustand gewesen. Ich entsperre es und sehe sofort die Facebookseite von Aaron. *Wer nennt sich bitte O. W.?* Ich schüttle den Kopf und spüre, wie mir das Blut in die Wangen schießt. Zuerst wollte ich ihn online nicht suchen. Allerdings ... ich stand vor dem Club, habe auf Stacy gewartet, mir war langweilig ... da ist es quasi von selbst passiert. *Zu meinem Glück.* So konnte ich ihn mit einem Tippen anrufen.

Ich bin froh, dass er hier ist. Mir gefällt es, wie ich mich bei ihm fühle, und so dumm es auch klingen mag, doch gerade nachdem ich Ethan höchst unfreiwillig wiedergesehen habe, ist der Kontrast zwischen den beiden Männern umso größer.

Aaron ist dominant, dunkel und vermutlich ab und an ein Arsch. Aber er ist nicht Ethan.

Ein zufriedenes Rauschen erfüllt meinen Körper und sorgt dafür, dass ich mich aufrapple. Zittrig zerre ich mein Kleid an den richtigen Platz und stolpere ins Badezimmer. Dort finde ich das Chaos vor, das ich beim Fertigmachen zurückgelassen habe.

Mein Puls schießt in die Höhe.

Er hat gesagt, dass ich mein Kleid richten und ohne

Slip zu ihm ins Auto steigen soll und ja, ich finde es verdammt heiß, wenn er mir Anweisungen gibt. Das heißt allerdings noch lange nicht, dass ich diese auch befolgen muss.

Mit einem teuflischen Grinsen schiebe ich mein Kleid erneut nach unten und steige aus dem Stoff.

KAPITEL 31
DER COP

Einmal. Das hatte ich mir geschworen.

Ein einziges Mal wollte ich dem Drang, sie zu besitzen, nachgeben. Nur ein Mal.

Daraus wurde verdammt schnell ein zweites.

Schwer atmend trommle ich mit den Fingern auf meinem Lenkrad. Kaum dass ich sehe, dass sich ihre Wohnungstür öffnet, melde ich mich zur Pause ab.

Du kommst mit kleinen Schritten auf meinen Wagen zugelaufen. Immer wieder siehst du dich nervös um. Hast du Angst vor deinem Exfreund? Der befindet sich in sicherer Verwahrung. Oder fürchtest du dich, dass jemand sehen könnte, wie du auf den Rücksitz eines Polizeiwagens verschwindest und ich dir nach hinten folge? Keine Sorge, sie werden es sehen. Irgendjemand starrt immer, selbst wenn es dunkel und die Gegend abgeschieden ist.

»Ist dir kalt?« Mein Kiefer zuckt. Ihre Augen weiten sich. Sie lächelt verführerisch und legt einen Finger auf die Lippen.

Schnaufend schließe ich die Tür hinter mir und packe sofort ihr Kinn. Maddison stößt ein leises Röcheln aus. »Wenn ich dir eine Frage stelle, beantwortest du sie.« Sofort gebe ich sie frei. *Ich muss mich beherrschen. Du forderst jeden Funken meiner Selbstkontrolle heraus und verwandelst ihn in einen lodernden Brand. Allein deine himmlischen, vorlauten Lippen, die sich so gut um meinen Schwanz angefühlt haben, haben dafür gesorgt, dass ich jegliche Vorsicht fallen gelassen habe.*

»Mir ist nicht kalt«, antwortet sie zögernd. »Aber ich dachte, ich soll still sein?« Auffordernd sieht sie mich an.

Ja, es wäre tatsächlich besser, wenn du still wärst. Nicht nur, falls einer der Kollegen sich über Funk meldet. Auch weil jedes deiner Worte mich dazu treibt, dich für diese verbotenen Lippen bestrafen zu wollen.

»Wieso trägst du dann einen Mantel, Maddison?«

Mein Puls beschleunigt sich. Sie spielt mit ihrer Lippe zwischen den Zähnen und lenkt den Blick an sich herab. »Finde es doch heraus.«

Ich halte den Atem an.

Ich habe dich ausgesucht, lange bevor du wusstest, dass ich hier bin; bis du dich an mich erinnern könntest. Ich habe gegen deine Tür geklopft und dich zu mir herüber gewunken – und das meine ich nicht nur im tatsächlichen Sinne.

Aber du bist meiner Aufforderung gefolgt, Maddison. Du hast zugestimmt, hast mich herausgefordert und diesen Funken Interesse, den ich für dich hatte, entzündet.

Was ab jetzt geschieht, ist deine schuld.

Kapitel 32
Maddy

Ein paar Augenblicke zögere ich. Sie fühlen sich endlos lang an, obwohl nur wenige Sekunden vergangen sein können.

Dann rutsche ich auf dem Rücksitz des Polizeiwagens auf die Knie. Ich muss den Kopf leicht nach vorn beugen, um nicht gegen die Decke zu stoßen. Mit zittrigen Fingern öffne ich den ersten Knopf meines hochgeschlossenen Mantels. Aarons Blick ruht ununterbrochen auf meinen Augen. Nicht einmal, während ich die acht Knöpfe öffne, sieht er an mir herab. Erst als ich fertig bin und der Mantel geöffnet an meinem Körper hängt, räuspere ich mich. »Wirst du mir behilflich sein?«

Er atmet sichtbar mit leicht geöffneten Lippen tief ein. Dann gleitet sein Blick über meinen Körper. Ein lustvolles Knurren entrinnt seiner Kehle. Ich will ihn erneut provozieren, da packt er meinen Hals und mit der anderen Hand meine Haare. Sein Gesicht bringt er dicht an mein Ohr und streift mit seinen Lippen meine Haut.

»Du wirst dich auf den Rücken legen und den Mund halten, verstanden?« Er verstärkt den Druck um meine Kehle. Ich schnappe nach Luft und wimmere leise. »Sobald ich nur einmal dieses süße Wimmern höre, ein Seufzen, ein Stöhnen, wirst du gehen.«

Ich presse die Lippen fest aufeinander. Am liebsten würde ich ihm vorwerfen, dass er mich nicht noch einmal unbefriedigt zurücklassen kann. Nicht, nachdem er mich mit seinen Geschenken in Versuchung geführt und mich dann doch nicht erlöst hat. Und nicht, nachdem er mich im Club und in meinem Haus angemacht hat.

Aber ich bleibe stumm, was er mit einem sanften Nicken zur Kenntnis nimmt.

»Zieh das aus«, raunt er leise. Ohne dass er seinen Griff lockert, folge ich der Anweisung. Bei jeder Bewegung meines Körpers bin ich mir der Dessous bewusst. Gott ... es hat ewig gedauert, die Schnüre an die richtige Stelle zu bringen, aber allein der Blick, wie er mich ansieht, entschädigt mich für jede einzelne Sekunde. Gut, es sind nicht seine. Bedauerlicherweise hat er die Unterhose zerstört. Aber ich habe in den letzten Tagen für ausreichenden Ersatz gesorgt, indem ich ein himmlisches, weißes Set bestellt habe.

Ich will den Mantel in den Fußraum des Autos legen, doch er streckt fordernd die Hand aus und löst sie damit aus meinen Haaren. Zögernd gebe ich ihm diesen.

Aaron zieht den Gürtel, der um die Taille gebunden wird, aus den Schlaufen. Ich öffne die Lippen. Er stoppt in seiner Bewegung. Ich schlucke meine Bemerkung dazu, ob er kein eigenes Spielzeug hat, herunter und beiße die Zähne fest aufeinander, um keinen Ton von mir zu geben.

Mit einem Lächeln faltet er den Stoffgürtel zusammen. Er reibt auffordernd mit dem Daumen über mein Kinn. »Mund auf.« Ich unterdrücke das Wimmern und öffne meine Lippen für ihn. Er schiebt mir den Stoff mit einem wissenden Gesichtsausdruck zwischen die Zähne und löst damit ein feuriges Déjà-vu in mir aus.

»Ich gebe dir einen kleinen Bonus und unterstütze dich dabei, den Mund zu halten.«

Bei seinen Worten schießt ein lustvolles Ziehen durch meinen Körper.

Aaron drückt mich an den Schultern nach hinten. Er rutscht selbst zurück, sodass ich mich mit dem Rücken auf das Polster legen kann und nimmt sich ein paar Augenblicke, um mich zu betrachten.

Entgegen meiner eigenen Erwartung ist mir sein Blick nicht unangenehm. Die Erinnerungen an Ethan sind da. Sie sind in jedem Funken meines Körpers präsent, auch wenn ich die Schmerzen, die er mir bereitet hat, versuche zu ignorieren. Aber in gewisser Form sind es gute Schmerzen, weil Aaron jeden Funken davon erlischt und in etwas Positives umwandelt. Ich schäme mich nicht in der knappen, spicy Unterwäsche. Im Gegenteil. Ich fühle mich heiß, verboten und sexy.

Langsam nimmt er sein Funkgerät heraus. Ich beobachte die Bewegung und spüre die plötzlich ernste Stimmung. »Dieser Knopf ist zum Sprechen.« Er deutet an den linken Rand. »Du wirst ihn gedrückt halten, bis ich dir etwas anderes befehle, in Ordnung?«

Ich nicke stumm. Zittrig nehme ich das Gerät entgegen. Ich zögere einen kurzen Moment, halte die Luft an und drücke den Knopf.

»Officer Williams.« Er sieht mich bei seinen Worten fordernd an und greift nach meinen Beinen. »Ich bin aus der Pause zurück.«

Meine Finger beben. Ich will bereits wieder loslassen und die Hand sinken lassen, doch er schüttelt mahnend den Kopf. Schwer atmend schließe ich die Augen. »Alles klar, Aaron. Hast du dir wenigstens gleich etwas zu Essen geholt oder nur eine geraucht?«

Ich presse meine Zähne fest aufeinander. *Aaron.* In Gedanken wiederhole ich seinen Namen. Es gefällt mir, diesen von seinem Kollegen zu hören; diese Unterhaltung mitzuverfolgen.

Plötzlich spüre ich Aarons Lippen an meinem Oberschenkel. Ich zucke überrascht zusammen und reiße die Augen auf. Er ist nach hinten gerutscht, sein Kopf schwebt nur wenige Zentimeter über meiner Pussy und mit einem dunklen Blick sieht er warnend zu mir auf. »Ja, habe ich.«

»Gut, wird eine lange Nacht.« Die männliche Stimme am anderen Ende des Funks klingt genervt und bedauerlicherweise so, als wäre er in Plauderstimmung.

Aaron streicht mit seinen Lippen über den dünnen Stoff des spitzenbesetzten, weißen Tangas, der entgegen seinem Geschenk keinen integrierten Vibrator besitzt.

Mir schießt die Hitze in die Wangen.

Er schiebt den Stoff zur Seite, dann spüre ich seinen Atem auf meiner heißen Mitte.

»Ich komm im Moment nicht los, bis Derek nicht zurück ist. Komm, vertreib mir die Zeit und erzähl mir, was du dir geholt hast.«

Ich verfluche den anderen Polizisten. Ihm sollte man einen Gürtel in den Mund stopfen.

Aaron fährt mit seiner Zunge in aller Ruhe über meine Perle und bringt mich damit auf völlig andere Gedanken. Die Zähne fest aufeinandergepresst lege ich den Kopf in den Nacken und lasse ihn nach hinten gegen die Autotür sacken.

»Sicher, dass das eine gute Idee ist?« Aarons Frage erreicht mich lediglich dumpf. Er schiebt seine Finger quälend langsam in mich hinein. Nur Sekunden später spüre ich seine Zunge erneut an meiner geschwollenen Klit.

»Meine Frau hat mich auf Diät gesetzt.«

»Eben.« Aaron leckt erneut über meine Mitte und wechselt sich zwischen den Bewegungen seiner Finger und den fordernden Zungenschlägen ab.

»Komm, dann gönn mir wenigstens etwas imaginären Zucker.«

Aaron zieht seine Finger zurück und saugt plötzlich an meiner Perle. Ich bäume mich unter ihm auf, presse meine Schenkel vor Lust zusammen und beiße so fest auf den Gürtel, dass meine Kiefermuskulatur binnen weniger Sekunden schmerzt.

Er treibt mich mit saugenden Bewegungen kurz vor den Höhepunkt, um sich dann zurückzuziehen.

Ich fluche innerlich und schicke ihm einen unzufriedenen Blick. »Gut.« Aaron grinst. »Ich habe mir etwas

Süßes geholt. Stell dir einen kleinen Cupcake vor. Hübsch dekoriert und himmlisch anzusehen.«

Ein Stöhnen des Kollegen am anderen Ende überdeckt mein eigenes. Aaron schiebt seine Finger zurück in meine Pussy und krümmt sie leicht.

Das ist ... fuck. Das ist der Wahnsinn. Und allein, dass sein Kollege am Funkgerät ist, versetzt mir eine zusätzliche Welle der Lust.

Aaron bewegt sich schneller. Meine Pussy zieht sich vor Lust zusammen, doch kurz bevor ich den Höhepunkt erreiche, zieht er sich zurück. »Das Topping sah gut aus und hat auch verdammt gut geschmeckt.«

»Du bist ein Sadist«, brummt der andere.

»Und du ein Masochist, du wolltest es hören.« Aaron bewegt seine Finger zart über meine Pussy, ohne erneut in mich einzudringen. Ich spanne meine Muskeln an und dränge ihm meine Hüfte entgegen. Mit einem Lächeln lehnt er sich gebückt zurück. »Aber jetzt muss ich mir noch den Boden ansehen. Schließlich kann ich nicht nur das hübsche Äußere bewerten.«

Die Antwort des anderen geht völlig in meinem Verstand unter, als Aaron seine Finger tiefer zwischen meine Beine gleiten lässt. Er beugt sich über mich, greift nach meiner Kehle und drückt die Haut leicht zusammen. Seine andere bringt er an meinen Po und drückt auffordernd gegen meinen Eingang. Er formt etwas mit den Lippen. Vielleicht, dass ich mich entspannen soll. Vielleicht auch, dass ich still bleiben soll. Keine Ahnung, ich mache alles davon. Ich lasse los, zerfließe in seinem Griff und genieße den Druck seines Fingers, der langsam in mich eindringt.

Es fühlt sich so verdorben und heiß an, dass ich alles andere um mich herum ausblende und mich lediglich auf die Lust konzentriere, die er mir schenkt.

Millimeter für Millimeter schiebt er sich langsam in mich. Ich schließe automatisch die Augen und genieße das Gefühl der Dehnung.

Seine Finger zucken an meiner Kehle. Er sagt etwas, doch es ist mir gleichgültig. Immer tiefer dringt er in meinen Arsch ein, bis er sich langsam in mir bewegt. Ein Schauer jagt mir an der Wirbelsäule herab und breitet sich in meinem ganzen Körper aus.

Aaron gräbt seine Finger fest in meine gereizte Kehle. Ich öffne lustvoll die Lippen, als er die anderen Finger in mir kreisen lässt. Ich kralle die Finger um das Funkgerät, beiße fest in den Gürtel und dränge mich ihm entgegen.

Nur wenige Sekunden trennen mich erneut von einem Orgasmus. Meine Muskeln ziehen sich zusammen, meine Beine zittern, ich halte den Atem an. Kurz bevor ich endlich kommen kann, zieht er sich ein weiteres Mal zurück.

Ich fluche innerlich. In meinen Gedanken schleudere ich ihm sämtliche Schimpfworte, die ich kenne, entgegen. Er greift nach meinen Fingern. Sein Blick ist eindringlich und intensiv. Zögernd gebe ich das Funkgerät frei. Er nimmt es und drückt den Knopf erneut. »Sorry, Derek. Ich werde mir jetzt den letzten Bissen gönnen und dann aufs Department kommen und dich ablösen.«

»Beeil dich.«

»Ich denke eher nicht.« Bei diesen Worten sieht er mir tief in die Augen und legt das Funkgerät langsam neben uns in den Fußraum des Autos.

Ich spucke den Gürtel neben mich. »Dafür wäre ich auch, Aaron.«

Er schüttelt langsam den Kopf. »Wolltest du nicht still bleiben?«

»Wolltest du mich nicht endlich nehmen und die Spielchen sein lassen?«

Aarons Lippen schweben dicht über meinen. »Nicht im Entferntesten.«

Ich öffne den Mund. Er schüttelt warnend den Kopf. »Du hast an diesem Abend bereits einmal meinen Anweisungen widersprochen. Lassen wir es besser nicht auf ein zweites Mal ankommen.«

Stöhnend lege ich den Kopf in den Nacken. Mir schießen Tränen der Verzweiflung in die Augen. *Fuck … ich heule, weil er mich nicht kommen lässt. Wie traurig ist das?*

Anstatt mich endlich weiter zu berühren, sich in mich zu schieben und dafür zu sorgen, dass die lodernde Anspannung in mir abklingt, greift er unter meinen Oberkörper und zieht mich hoch. »Ich möchte nur dein Bestes, Maddison.«

Ich schnaufe leise, als sich meine Pussy begierig zusammenzieht. »Wie wäre es mit meinem besten Orgasmus?«

Er lacht leise, reicht mir die Hand und wartet darauf, dass ich sie ergreife. Kurz zögere ich. Dann lege ich meine hitzigen Finger in seine große Hand und lass mich von ihm an seine Brust ziehen. Sein Waffengürtel sticht mir in die Hüfte. Die Decke des Autos stört, genauso der restliche Platzmangel. Aber das spielt in dem Moment, in dem ich gegen seinen Körper sinke, keine Rolle mehr. »Ich will immer dein Bestes, aber du wirst lernen müssen, meinen Befehlen zu folgen. Das ist die einzige Art, wie das zwischen uns funktionieren kann, Maddison.«

Das zwischen uns.

Fuck.

Allein diese Worte bescheren mir beinahe den Orgasmus, den er mir vorenthalten wollte.

Ich bemerke deinen Gehorsam und werde dich schon bald dafür belohnen; dann, wenn du dich uns bewiesen hast, Maddison.

KAPITEL 33

DER COP

Maddison … was richtest du nur an?

Alles mit dir endet in einem einzigen Chaos. Dabei sollte ich alles in der Hand haben. Du entreißt mir die Kontrolle mit jeder Sekunde, die ich mit dir verbringe.

Was wird erst passieren, wenn du realisierst, wer ich wirklich bin? Wie wir einander kennengelernt haben … Nicht durch diesen … Fall.

Deinen unschuldigen Körper in meinen Händen zu halten, lässt meinen Schwanz hart werden. Wie gern würde ich mich in dich rammen, bis du nicht mehr aufrecht stehen kannst.

Aber du hast in dieser Nacht sehr viel durchgemacht. Wer wäre ich, wenn ich dich einfach so nehmen würde? Du würdest mit Sicherheit sagen, dass es in Ordnung wäre. Dabei bin ich mir nicht so sicher. Warten wir ein paar Stunden darauf, dass die Ereignisse über dir zusammenbrechen und du dich von dem Schock erholst. Dann können wir gern erneut darüber sprechen, wie tief ich mich in deinem Arsch versenke.

Und wenn du es als unfair empfindest, dass ich dich nicht kommen ließ, solltest du bedenken, was ich wohl sonst aufgrund deines Ungehorsams getan hätte. Deine tropfende Pussy wäre dein kleinstes Problem, meine Liebe.

»Ich brauche dich.« Maddison sieht mit scheuem Blick zu mir auf. Beruhigend reibe ich über ihre nackten Arme und ziehe sie fest gegen meine Brust.

»Nein.«

Sie schnappt nach Luft. »Sag jetzt nicht, dass ich nicht brav genug war …« Ihre Stimmlage ist im unzufriedenen Bereich. Sie war nicht brav genug, dass ich sie ficke, aber vor allem will ich sie nicht brechen.

»Hatte ich nicht vor.« Ich bringe meine Lippen dicht neben sie und streife ihre Ohrmuschel. »Du brauchst nur dich.«

Meine Worte jagen mehrere Schauer über ihren Körper. Sie presst sich umso fester an mich, was ich mit höchster Zufriedenheit feststellen darf.

Kennst du das Spiel Guter Cop, Böser Cop?

So etwas ähnliches muss ich jetzt tun, Maddison.

Für dich bin ich der gute Cop. Für diese Frau, die ich hier in meinen Armen halte, bin ich es gern. Aber ich habe noch eine weitere Seite in mir. Eine, die im Schatten liegt.

Bist du bereit, sie kennenzulernen?

KAPITEL 34
DER MÖRDER

Der gute Teil in meiner Seele würde dich schonen. Dieser Teil würde dir nach drinnen folgen, deinen Kopf sanft in seine Hände nehmen und dich küssen, bis du alles um dich herum vergisst.

Das Problem ist nur, dass ein anderer Teil in mir so viel stärker ist.

Ich würde mich gern noch länger zurückhalten, weil ich keinen Schritt weitergehen will. Nicht, wenn ich dich dadurch zerbreche.

Aber vielleicht bist du stärker, als selbst ich erwartet habe.

Meine Gedanken werden rasend schnell. Ich wollte warten, bis sie nach drinnen gegangen ist, und sichergehen, dass es ihr gut geht. Inzwischen habe ich einen anderen Plan.

Der wird dir möglicherweise nicht gefallen, mariposa.

Mir dafür umso besser.

Bist du bereit, mich wirklich kennenzulernen?

Du wirst dich noch ein paar Stunden gedulden müssen; wir alle, um genau zu sein. Es gibt noch ein paar Dinge, die ich vorbereiten muss.

Bevor ich mich dem widme, was ich zu tun habe, steige ich aus dem Wagen und gehe zu dem mehrstöckigen, gelb gestrichenen Haus. Ich laufe ohne Zögern zu der Hinterseite und zu dem Fenster, hinter dem das Licht in dem Moment eingeschaltet wird. Vorsichtig nähere ich mich, wohl darauf bedacht, nicht in ihr Blickfeld zu treten.

Maddy geht zu ihrem Bett und setzt sich auf die Matratze. Kurz lässt sie sich nach hinten fallen und legt die Arme über ihrem Gesicht ab. *Ich kann mir gut vorstellen, wie du in dem Moment so verlockend stöhnst.*

Ich trete zügig zum Fenster und platziere einen kleinen Umschlag auf dem Rahmen. Dann trete ich zurück und schicke eine kurze Nachricht.

Sieh zum Fenster.

Maddy zuckt, vermutlich weil ihr Handy klingelt. Sie rappelt sich auf und greift danach. Sofort schießt ihr Blick nach draußen. Ich spüre, wie ihre Augen sich durch die Dunkelheit tasten und nach mir suchen.

Erst nach einigen Sekunden fällt ihr der Umschlag auf.

Sie steht auf, kommt zum Fenster und öffnet es.

Ich verschwinde beinahe vollständig in dem Gebüsch, welches sich ein paar Meter entfernt befindet.

Zu meiner Überraschung nimmt sie den Umschlag

nicht einfach an sich. Sie steigt auf den Fenstersims und setzt sich in das geöffnete Fenster. »Soll ich ihn lesen?«

Ihre Stimme klingt rau und zart. Die Unsicherheit darin lässt den Wunsch in mir aufkeimen, zu ihr hinüberzugehen.

Sie seufzt. »Das werte ich mal als ein Ja.« Noch ein paar Mal zögert sie, bevor sie den Umschlag öffnet und die Notiz herausnimmt. Im selben Moment nehme ich mein Handy und schicke ihr eine Nachricht.

Lies es mir vor.

Sie stockt, dann lacht sie knapp. »Wieso der Brief, wenn du mir auch Nachrichten schicken kannst?«

Ich antworte mit einer weiteren SMS.

Nachrichten sind nur Texte.

Ein Informationsaustausch.

Meine Briefe sind eine Botschaft, mariposa.

Maddy beißt sich auf die Lippe und schüttelt den Kopf. »Gut, dann lesen wir uns deine Botschaft mal durch.« Sie atmet gepresst aus. »Seitdem ich dich ausgerechnet mit dem Cop in dieser alles anderen als heiligen Seitengasse gesehen habe, kann ich an nichts anderes denken, als daran, meinen Schwanz ebenfalls endlich zwischen deine rosigen Lippen zu schieben.«

Ihre Stimme zittert bei jedem Wort mehr. Sie hebt den Kopf. Ihr Blick ist schockiert und suchend. Sie ringt nach Atem, greift an ihre Kehle und legt die zittrigen

Finger an ihre Haut. Mehrmals schüttelt sie den Kopf. Ihre herrlichen Wangen röten sich. Ich lächle und treffe kurzentschlossen eine Entscheidung.

Sag mir nicht, dass dich diese Offenbarung schockt, Maddy. Wir sind einander ähnlich. Wir tauschen uns gut aus. Aber es ist nicht möglich, dass du noch immer nicht hinter unsere Masken geblickt hast.

Langsam trete ich aus den Büschen und gehe auf sie zu.

Ihre Augen finden mich sofort.

Sie zuckt zusammen, doch sie rührt sich nicht. Sitzt dort in dem Mantel, unter dem sie ihren sündigen Körper verbirgt.

Einen knappen Meter von dem Fenster entfernt halte ich inne. Mein Atem schlägt gegen meine Skimaske, die Finger habe ich in den Taschen meiner schwarzen Lederjacke versenkt. »Lies weiter.«

Bei meiner rauen Stimme schreckt sie erneut zusammen. Ihre Finger krallen sich in das Papier, sodass es leicht raschelt. »O mariposa ...« Ein leises Wimmern begleitet ihre Worte. »Diesen unschuldigen Blick kannst du dir für den Moment aufheben, in dem ich deinen Mund in Besitz nehme und dir und mir zeige, wie dunkel deine Seele in Wahrheit ist. Vielleicht denkst du, dass ich sie beflecke, aber das ist eine Lüge. Deine Dunkelheit passt perfekt zu meiner, sonst wärst du weggelaufen, noch ehe wir einander näher kennenlernen konnten.« Maddys Stimme bricht. Sie schlägt sich die Finger vor die Lippen und starrt auf die Zeilen.

»Das war aber noch nicht alles, oder?«

»Nein.« Sie zittert. »Jetzt ist es zu spät, um wegzulaufen.«

Der Brief rutscht ihr aus den Händen und segelt langsam zu Boden. Sie starrt hinterher, bevor sie schreckartig den Kopf hebt und zu mir herabsieht. Ihre Augen zucken hin und her. Sie tasten sich über meinen Körper, über mein bedecktes Gesicht und den Hintergarten. *Weckt er in dir auch die Erinnerungen an unsere gemeinsame Nacht? Setzt du die Puzzlestücke langsam zusammen? Ahnst du bereits, wer von uns welchen Teil darin spielt? Manche Briefe waren meine. Manche seine. Wer ist wer und für wen wirst du dich entscheiden?*

»Fürchtest du dich?« Ich trete noch einen Schritt näher. Inzwischen könnte ich sie berühren, wenn ich nur die Hand ausstrecken würde.

»Ja.« Sie schnappt leise nach Luft.

»Aber fürchtest du dich auch vor mir, Maddy?«

Schwer atmend schlingt sie die Arme um ihre Beine und rollt sich förmlich im Sitzen zusammen. »Nein«, raunt sie so leise, dass ich das Wort von ihren Lippen ablesen muss.

Ich nehme meine Hand aus der Tasche und strecke sie ihr entgegen. Maddy starrt mich an. Ich warte, bis sie sich schließlich zu mir dreht. »Und wenn ich nicht weglaufen möchte? Wenn ich das nie vorhatte?«

Ein berauschendes Gefühl schießt durch meinen Körper. »Das hier ist eine letzte Grenze.« *Es ist ein wenig unfair, dass ich die Worte meines Freundes benutze, eure Metaphern, aber wer sagt, dass ich fair spiele? Die Kamera in deiner Wohnung überträgt wundervoll deine Stimme.*

Wieso sollte ich sie nicht nutzen? Ich bewege meine Hand auffordernd zwischen uns. Bei meinen Worten kann ich das verstohlene Grinsen nicht unterdrücken.

»Übertritt sie und es gibt kein Zurück.« *Entschuldige, mein Freund, dass ich deine Worte benutze. Sie haben in dem Moment so hervorragend zu mir gepasst.*

Maddy rappelt sich auf. Sie kniet sich auf den Fenstersims und streckt den Arm aus. Ihre zarten Finger schweben dicht über meinen. Ich warte, rühre mich nicht. »Ich hatte doch von Anfang an keine andere Wahl, oder nicht?«

Der Moment, in dem ihre Haut meine berührt, ist elektrisierend. Wie ein Stromschlag jagt die Berührung durch meinen Körper und bringt meinen Puls zum Beben.

Das hatten wir alle nicht, mariposa.

Wir sehen uns schon bald auf der Schattenseite.

KAPITEL 35
MADDY

»Was für ein absurder Tag …«

»Eher ein absurder Monat, wenn man bedenkt, was Ihrem Nachbarn geschehen ist.«

Ich zucke bei der plötzlichen Stimme zusammen. Sobald ich die ältere, kleine, unbekannte Polizistin sehe, atme ich schwer durch.

»Ja, das auch«, sage ich viel zu spät.

»Sie müssen völlig erschöpft sein.« Ich wittere eine Falle. »Wie gut, dass Officer Williams sich um Sie gekümmert hat.« Und schon schnappt sie zu. Zumindest versucht sie es.

Ich überlege, ihre Aussage abzustreiten. Allein der Name bereitet mir Bauchschmerzen. Allerdings befürchte ich, es damit lediglich schlimmer zu machen, weshalb ich den Mund halte und lediglich bemüht freundlich lächle.

Sie tritt einen Schritt auf mich zu. Mein Blick huscht Hilfe suchend zur Tür. Nur wenige Meter trennen mich von der Ausgangstür. Aber ich kann wohl kaum davonlaufen ... oder? »Er ist ein guter Mann. Ich kann verstehen, dass Sie einander nähergekommen sind.« Sie zwinkert verlockend. Es würde mir so leichtfallen, in dem Moment alles mit ihr zu teilen, was mich beschäftigt. Sie erinnert mich mit ihrer Art an die Beamtin, die mich am ersten Tag verhört und seitdem nicht lockergelassen hat. Ob sie ihrer Kollegin die Worte in den Mund gelegt hat, nachdem sie meinetwegen verletzt wurde. Mein Magen zieht sich zusammen. »Ich hoffe, dass Sie sich von der Nacht erholen konnten?«, bohrt sie weiter und kommt noch einen Schritt auf mich zu.

Mein Herz schlägt schneller. Ich schlucke schwer. »Ich hoffe, dass wir einander nie wiedersehen müssen.« Ich presse die Zähne bei meinen Worten zusammen. »Im beruflichen Sinne natürlich.«

Ich warte ihre Antwort nicht ab, sondern drehe mich herum und eile aus dem Polizeigebäude. Es hat genügt, zum fünften Mal innerhalb eines Monats auf die Wache gerufen zu werden. Bei Gott ... meine Aussage stimmt. Wenn ich jemals einen Schritt wieder in dieses Gebäude setzen muss, ist es noch zu früh.

Erst als ich in meinem Auto sitze, wage ich es, einen Moment innezuhalten. Mein Puls vibriert unter meiner

Haut, mein Atem geht rasselnd und schnell. Mir ist übel und in meinem Kopf türmen sich die Gedanken.

Ich starte den Wagen und greife zum Lenkrad.

Ich kann mich nicht rühren. Nicht einmal auf *Drive* schalten und ausparken. Stattdessen sitze ich wie eingefroren da. Die letzte Nacht passiert wie von selbst erneut vor meinem inneren Auge.

Ganz besonders zwei Momente.

Der, in dem ich zu Aaron in das Auto gestiegen bin. Zu dem Mann, dem ich bereits in der Nacht, noch über der Leiche meines Nachbarn, verfallen bin. Den ich immer mehr kennenlerne und zu dem ich eine eigenartige Anziehung verspüre, seitdem er mich stalkt.

Und der Moment, in dem ich meinen Stalker erneut getroffen habe. *Der Moment, in dem er von Officer Williams in der dritten Person gesprochen hat.*

Mein Herz scheint zu stoppen. Ich fluche und schlage frustriert auf das Lenkrad, das nichts für meine missliche Lage kann.

Ist es möglich, dass Officer Aaron Williams verrückt ist?

Besitzt er eine gespaltene Persönlichkeit? Eine Identitätskrise? Stimmungsschwankungen?

Fuck ... wieso fällt es mir leichter, zu glauben, dass der Mörder meines Nachbarn der Officer ist, der in dem Fall ermittelt?

Krampfhaft versuche ich, mich an den Augenblick zu erinnern, in dem ich mir sicher war, dass es sich um eine Person handelt – und noch wichtiger – wieso ich darauf kam.

Mir fällt nichts ein.

Mein Verstand ist leer.

Mir gelingt es nicht, logisch nachzudenken oder irgendetwas ... sinnvoll zu betrachten. Was mir seit inzwischen knapp 14 Stunden so geht und der Grund dafür ist, dass ich bei meiner heutigen Aussage keinen einzigen Ton herausbekommen habe.

Ob es leichter gewesen wäre, wenn Aaron heute die Schicht gehabt hätte? Keine Ahnung. Vielleicht hat man ihn bewusst nicht meine Vernehmung durchführen lassen.

Ich erschaudere bei dem Wort *Vernehmung*.

Ich atme gepresst aus, ohne zu wissen, wie lang ich die Luft angehalten habe. »Fuck«, wimmere ich. Wieder schlage ich auf das Lenkrad. Dieses Mal mehrmals, bis mein gereiztes Handgelenk schmerzt.

»Ich habe mit einem Mörder geschlafen.« Dumpf schüttle ich den Kopf. »Ich habe mit einem Mörder geschlafen.« Dieses Mal betone ich jedes einzelne Wort. Mit ihm und nur Stunden später habe ich einem Officer auf öffentlicher Straße einen Blowjob gegeben. Ich habe mich von ihm stalken lassen – oder einem Fremden. Ich habe mich von ihm aufhängen und schneiden lassen. Ich bin zu ihm ins Polizeiauto gestiegen ...

»Was stimmt eigentlich nicht mit ...«

Das letzte Wort geht in meinem spitzen Schrei unter, als es gegen die Fensterscheibe meines Wagens pocht. Hektisch sehe ich zur Seite und starre in das verkniffene Gesicht von Aaron.

»Fuck«, rutscht es mir heraus.

Wie in Zeitlupe sehe ich, wie er nach dem Griff greift

und daran zieht. Die Zentralverrieglung rettet mir den Arsch.

Mein Herz setzt aus. Ich kann nicht mehr nachdenken. Panisch lege ich den Ganghebel um und parke mit quietschenden Reifen aus. Mein Kopf befindet sich im Autopiloten. Ich bekomme kaum etwas um mich herum mit.

Aaron, der im Rückspiegel immer kleiner wird und erbost aussieht? Autos, die vorbeiziehen? Ein dumpfes Krachen?

Habe ich soeben Fahrerflucht begangen?

Möglich.

Aber in dem Moment ist es mir vollkommen gleichgültig.

Ich kann mich nicht darauf konzentrieren, wenn alles, was mich beschäftigt, diese zwei Männer sind, die mein Leben binnen weniger Stunden auf den Kopf gestellt haben.

Wenn es denn zwei sind.

Erst das wiederholte Klingeln meines Telefons reißt mich aus meiner Schockstarre. Ich habe inzwischen in der Straße vor meiner Wohnung geparkt und bei Gott ... ich habe nicht die leiseste Ahnung, wie ich hierhergekommen bin. Vielleicht habe ich ein Reh angefahren? Ein Straßenschild gerammt? Eine Omi vom Rollstuhl geschubst?

Ich fluche leise. *Hoffentlich nicht.*

Stöhnend raufe ich mir die Haare. Mein Körper zittert. Ich steige aus und gehe unbeholfen zu meiner Wohnung. Im Augenwinkel meine ich, ein Auto zu sehen, und renne panisch hinein. *War das ein Streifenwagen? Aaron?*

Ich schlage die Tür hektisch hinter mir zu.

Welcher Polizist würde sich von einer Zeugin einen blasen lassen? Auf der Straße?

Wer, wenn er nicht der Mörder eben besagter Zeugin ist – nicht ihr Mörder – aber der Mörder des Falls, für den eben benannte Zeugin aussagen sollte ...

Mein Kopf dröhnt schmerzhaft. Ich sacke an der Tür auf den Boden und beginne unkontrolliert, zu schluchzen.

Ich will nach meinem Handy tasten, als mir auffällt, dass es nicht da ist und ich es vermutlich im Auto vergessen habe.

»Scheiße«, wimmere ich und schlage die Hände vor mein Gesicht. Ich habe einen dummen, verdammt dummen, Fehler begangen. Zwei. Gut drei, wenn man den Club mitzählt. Vier mit Ethan – wobei ich für diesen Fall nichts konnte. Zumindest nicht für das, was in der vergangenen Nacht passiert ist.

Aaron um Hilfe zu rufen, war kein Fehler.

Dafür, dass ich in seinen Wagen eingestiegen bin. *Fünf. Fünf Fehler und ich bin an diesem Punkt gelandet.*

Der Kuss davor nicht, den könnte ich mir selbst noch als einen Unfall verkaufen. Manchmal stolpert man eben und landet ... auf den Lippen eines heißen Officers.

Das Gespräch mit dem Maskierten vor meinem

Fenster war … *kein Fehler. Immerhin ist nichts passiert.* Aber es hätte ein weiterer Fehler werden können, weil ich erneut, trotz dessen, dass ich es besser hätte wissen sollen, so leichtsinnig war.

Ich atme zittrig aus und schlinge die Arme um meine Beine.

Mein ganzer Körper tut weh. Meine Handgelenke sind rau und schmerzen stark. Zwischen meinen Lippen schmecke ich noch immer das Blut, als ich Ethan gebissen habe. Das und Aarons Lippen.

Und die des Maskierten?

»Bullshit.« Wir haben uns nicht geküsst.

Außerdem *ist* der Maskierte Aaron.

Er muss es sein.

Fuck.

Was würde es für mich bedeuten, wenn es nicht so ist?

Dass ich eine Schlampe bin?

Ich erschaudere.

Das bin ich.

Ich bin eine Schlampe und habe mich gleich zwei Männern an den Hals geworfen. *Was habe ich mir nur dabei gedacht?*

Der Maskierte hat recht.

Ethan hat recht.

Übelkeit breitet sich in mir aus.

Ich bin an allem schuld, was ab jetzt passiert.

Schwer atmend rapple ich mich auf und stolpere in mein Schlafzimmer. Ich will an diesem Tag einfach nur im Bett liegen und mich meinem Elend ergeben.

Und trotzdem war ich wieder auf dem Polizeirevier.

Ich zittere und öffne die Tür. *Als wäre das meine eigene Entscheidung gewesen.* Ich wurde vorgeladen. *Schon wieder …*

Meine Gedanken dazu, dass ich erneut verhört wurde und versucht habe, Aaron, so gut es geht, zu meiden, verstummen, als ich sehe, was sich auf meinem Bett befindet.

Ich breche auf dem Boden zusammen und schlage hart mit meinen Knien auf den Fliesen auf. Mir dreht sich der Magen herum. Ungläubig betrachte ich den Strauß Blumen, der in einer schwarzen Box auf meinem Bett auf mich wartet.

Schwarzes Papier umhüllt die weißen Rosen.

Dunkelrote Flecken bedecken die Blütenblätter. Ich schmecke den metallischen Geruch nach Blut auf meiner Zunge.

Mir dreht sich der Magen um, als ich das *Accessoire* betrachte, das die Rosen schmückt. Ein blutiges Messer steckt mittig in dem Strauß und versetzt mich schlagartig in die vergangenen Nächte zurück. Die, in der ich eine Zeugin war – eine, die weggesehen hat. Und in die, in der ich ein Opfer war.

Mein Körper ist kalt, meine Gliedmaßen taub. Ich robbe langsam näher und nehme die Karte heraus.

Dabei weiß ich längst, von wem die Rosen sind.

Sie sind von ihm.

Meinem Mörder. Dem Maskierten. Dem Fremden, der vor meinem Fenster lauert.

Wie von selbst schießt mein Blick zu ebendiesem. Es ist verschlossen. Die Gardinen zugezogen. So wie ich es an diesem Tag verlassen habe, als ich erneut zu der Polizei musste.

Ich erschaudere. Der Briefumschlag rutscht mir aus den Fingern und landet zwischen meinen Beinen und dem Bett, vor dem ich knie. Mehrmals muss ich mit mir ringen, bevor ich ihn an mich nehmen kann.

Mit zittrigen Fingern falte ich ihn auseinander. In meinem Kopf herrscht ein einziges, leeres Nichts. Meine Augen verharren noch immer auf dem unbeschriebenen Papier, während das Puzzleteil herausgefallen und vor mir am Boden liegen geblieben ist.

Ich bin zwanzig Minuten zu früh an der Adresse, die ich aufgrund der Puzzleteile zusammengesetzt habe. Das Einzige, was ich hören kann, ist seine Warnung.

Alles, was ab jetzt passiert, ist meine schuld.

Oder ist es überhaupt eine Drohung?

Ich erschaudere und blicke erneut auf die Uhr. Noch immer 19 Minuten. Dabei ist meine seit neuestem entdeckte Überpünktlichkeit mein geringes Problem. Vielmehr sollte ich mich fragen, wieso ich hier bin.

Wieso bin ich der mysteriösen Nachricht eines Mannes gefolgt, der ganz offensichtlich bei mir eingebrochen sein muss, um ebendiese Nachricht zu hinterlassen?

Noch dazu, wenn dieser Mann ein Mörder ist. Und das ist nicht nur eine Behauptung, schließlich bin ich dabei gewesen. Aber wenn an diesem Punkt noch nicht alle meine Alarmglocken schrillen sollten, dann spätestens, wenn ich mitten in der Nacht vor einem verlassenen Industriegebäude am Rande der Stadt stehe. Fuck ... Das klingt wie der Beginn eines Horrorfilms und ich kann nur hoffen, dass ich die Hauptfigur bin. Dann habe ich zumindest eine stabile 50:50-Chance, dass ich dieses Szenario überhaupt überlebe.

KAPITEL 36
DER MÖRDER

Meine Autotür wird aufgerissen, sobald ich die Zündung ausgeschaltet habe. Ich werde am Kragen und am Arm gepackt und nach draußen geschleudert. Mein Körper kracht auf den staubigen Asphalt. Dann ist er über mir und rammt mir seine Faust in den Magen. Stöhnend krümme ich mich zusammen. »Was«, brüllt er mir entgegen. *Vielleicht erwartet er einen Dank dafür, dass er mein hübsches Gesicht nicht zerstört hat, bevor du es das erste Mal ohne Maske sehen durftest?*

Aaron reißt mich in die Höhe. Er schnauft aufgrund meines Gewichtes, vielleicht auch vor Zorn. »Was zur Hölle hast du dir dabei gedacht?« Sein Speichel trifft meine Wange. Ich verziehe das Gesicht und warte einen Moment ab. Bevor ich etwas erwidern kann, soll er sich zunächst beruhigen.

Leider sorgt die Zeit offenbar für das Gegenteil. Er brüllt, schleudert mich erneut zur Seite, ist wieder über mir und packt meine Kehle. »Gib mir einen verdammten Grund, nicht zuzudrücken.«

Ich starre ihm in die Augen und hebe das Kinn leicht an. »Du hast sie schon ausgesucht, lange bevor ich ihn getötet habe.«

»Das ist keine Scheißantwort auf meine Frage!«, schreit er zurück. Seine Finger zucken an meiner Kehle. Er muss sich offensichtlich beherrschen, mir nicht den Kehlkopf oder zumindest die Nase zu zertrümmern. Er drückt sein Knie herab. Presst es schmerzhaft in meinen Bauch. Dorthin, wo der Schlag den noch längst nicht verheilten Schnitt erneut schmerzhaft auflodern lassen hat. »Ich frage ein letztes Mal, dann wird es keine Rolle mehr spielen, wie lang wir einander kennen oder wie sehr ich dich mag. Was hast du getan?« Seine Stimme ist ein leises Knurren. Ich atme tief ein.

Soll ich es ihm verraten, Maddy? Soll ich ihm den Teil des Geschehens offenbaren, den wir vor ihm verborgen haben? Den ich vor ihm verheimlicht habe?

Eigentlich wollte ich noch warten. Darauf, dass du einen letzten Blick hinter meine Maske geworfen hast. Sowohl im übertragenen als auch im wörtlichen Sinne. Nur fürchte ich, dass ich diesen Moment nicht mehr erleben werde, wenn ich ihm keine Rechenschaft leiste.

»Wieso?« hake ich nach. Meine Lippe pocht schmerzhaft von seinem Schlag. Ich drücke einen Eisbeutel dagegen, den er mir gnädigerweise besorgt hat. »Wieso hast du sie ausgesucht?«

Aarons Augen zucken zusammen. *Wir müssen noch ein Stück lang vorsichtig sein, Maddy, und dürfen ihn nicht erneut reizen. Mein Gesicht würde gern auf weitere Bekanntschaft mit seiner Faust verzichten. Aber gut, immerhin wissen wir inzwischen, wie fest er zuschlägt.*

Fest.

Aber nicht so stark, dass er mir die Zähne ausschlägt. Er zielt gern auf den Oberkörper oder den Hals und setzt nur einen leichten letzten Hieb in das Gesicht – nur falls du dir diese Frage gestellt hast. Nicht, dass ich annehme, dass du jemals an diesen Punkt bei ihm gelangen wirst.

»Weil ich wusste, dass sie uns gefallen würde. Uns. Zusammen. Als Team. Nicht als Feinde.« *Ach, komm ... am liebsten würde ich ihm sagen, dass er sich beruhigen soll. Aber genau diese Aussage hat mir den letzten Hieb eingebracht, weshalb ich lieber still bin.*

Ich reibe mit den Fingern über meine Schläfen und starre in seine hellgrünen Augen. Er fährt sich mit den Fingern prüfend über den Waffengürtel, der seine Uniform einrahmt. Ein nüchterner Ausdruck liegt auf seinem Gesicht. Die Lippen hat er aufeinandergepresst und die Stirn leicht gerunzelt.

Ich wusste es. Von Anfang an wusste ich, dass unsere Begegnung kein Zufall gewesen ist. Er hat dich für mich ausgesucht. Dich zu meinem, zu unserem persönlichen

Spielzeug auserkoren. Da darf er sich nicht wundern, dass ich mitgespielt habe, oder nicht?

»Und nun?« Ich werde ungeduldig, als ich auf seine Antwort warte. Kribbelnd schießt das Adrenalin durch meinen Körper und berauscht mich. »Was machen wir mit ihr?«, setze ich nach, als er nicht antwortet. »Wirst du dich meinem Plan anschließen?« *Mich stört es, ihm die Kontrolle über dich zu überlassen. Ich sollte mich zurückhalten, ihm zumindest zu gleichen Teilen das Recht einräumen, über dein Leben zu entschieden. Aber mein Plan war so gut … so kurz davor, in Erfüllung zu gehen. Es erzürnt mich, dass nur Minuten zuvor alles auf der Kippe steht.*

»Was auch immer wir wollen.« Sein Mundwinkel zuckt. Seufzend sehe ich zur Seite und lasse den Blick schweifen.

»Das bedeutet, dass sie uns gehört.«

»Natürlich tut sie das.«

Du gehörst uns. Nicht nur mir. Nicht nur ihm und schon gar nicht einem Fremden. Das bedeutet, dass du meiner Gnade unterliegst. Dass ich mit dir spielen kann, dich benutzen und behandeln kann, wie auch immer mir beliebt.

Ich, gemeinsam mit meinem ältesten Freund.

Du hast ihn schon kennengelernt, mariposa.

Officer Aaron Williams.

Wir … Leise seufze ich. *Ich schätze, auch ich muss mich erst an dieses Wir gewöhnen.*

»Und wird sie das auch nach dem heutigen Abend?« Ich drehe mich zurück zu ihm. Meine Augen verengen sich leicht, als ich daran denke, was uns bevorsteht. *Was ich für dich geplant habe, mariposa.*

»Wir werden sehen.«

»Hm.« Ich seufze unzufrieden. *Aaron ist nicht der impulsive Part in diesem Spiel. Ich bin es. Aber jetzt ist es an ihm, dein Schicksal zu wählen. Das muss ich ihm nach dem, was ich getan habe, einräumen.*

»Fühlt sich beschissen an, im Dunkeln gelassen zu werden, oder?« Aaron hebt eine Augenbraue an.

Ich rolle mit den Augen. *So nachtragend ist er für gewöhnlich nicht. Aber gut, er ist mein ältester Freund. Deshalb verzeihe ich ihm.* »Geht«, antworte ich deshalb kurz angebunden.

Sein Blick wird fragend. Vermutlich, weil er mit einer anderen Reaktion gerechnet hat.

»Du warst ein Arsch und dafür hättest du es verdient, dass ich dir die hässliche Nase breche.«

»Willst du dir einen unfairen Vorteil bei der kleinen mariposa verschaffen? Sie wird auch dann vor mir auf die Knie sinken, wenn ich Blut in der Fresse kleben habe.«

»Bring mich nicht auf Ideen«, knurrt er leise.

Vermutlich wird mein eigenmächtiges Vorgehen noch Konsequenzen haben, aber was solls. Am Ende werdet ihr beide begreifen, dass es besser so ist.

»Ich habe dir etwas mitgebracht«, sagt er schließlich. »Auch wenn du es nicht verdient hast, Geschenke von mir zu empfangen.«

Ich verdrehe die Augen. »Dafür präsentiere ich sie dir auf einem Silbertablett und schenke dir den ersten Moment mit ihr, wenn wir dann quitt sind.«

Aaron schnauft frustriert. »Einen Scheiß sind wir. Also besser du erinnerst mich nicht immer wieder daran, wieso ich dich zu Brei schlagen will.« Aaron wartet meine Antwort nicht ab, nickt seitlich zu seinem Wagen und geht langsam auf den Kofferraum zu. Er betätigt den Öffner auf seinem Schlüssel und ich sehe, wie die Klappe aufspringt.

Mein Puls schnellt in die Höhe. Ich gehe ihm nach. Mein Herz rast, meine Atmung geht stockend. Ich halte die Luft an, als ich sehe, was sich darin befindet. Ein boshaftes Lächeln zeichnet sich auf meinen Lippen ab.

O mariposa. Du hast keine Ahnung, in welch missliche Lage du dich selbst gebracht hast. Diese Nacht wird kein gutes Ende für dich nach sich ziehen. Es ist beinahe bedauerlich, aber diesen Test kannst du nicht gewinnen.

Jetzt bist du hier.

Bei uns.

Man kann dir die Schuld ansehen, mariposa.

Inzwischen musst du erkannt haben, wer – oder besser was – sich unter der Maske verbirgt.

Du hast dich von mir ficken lassen, nachdem du mein letztes Opfer gesehen hast. Es sollte dich nicht überraschen, mein wahres Ich zu sehen. Schließlich war dir von Anfang an bewusst, dass ich ein Mörder bin. Jetzt gibt es nur noch eine Frage, die sich uns stellt.

Töten wir dich oder warte ich darauf, dass dein Herz vor Schreck versagt?

KAPITEL 37
MADDY

»Du wirkst überrascht.« Mein Puls flattert, meine Lunge schmerzt bei jedem Atemzug. Mir ist übel und alles dreht sich vor meinen Augen. Ich stolpere ein paar Schritte nach vorn und versuche, einen Halt zu finden. Nur ist da nichts. Nichts, was mich aufrecht hält.

Er kommt auf mich zu. Ungehindert, harsch und dominant.

Mein Kopf setzt aus. Eine Welle der Panik schießt durch meinen Körper. Jeder Schritt, jedes Geräusch von ihm hallt in meinem Kopf wider.

Ich drehe mich um und laufe los.

Mein Atem geht bereits nach wenigen Sekunden pfeifend. Ich haste aus der Lagerhalle, die ich vorsichtig betreten habe, und in Richtung meines Wagens. Benommen drücke ich bereits im Rennen auf den Knopf, um ihn aufzusperren.

Die Lichter blinken mehrmals aufgeregt.

Ich stolpere so schnell vorwärts, wie meine wackeligen Beine es zulassen, greife nach dem Griff.

Ich höre seine donnernden Schritte hinter mir.

Sein Lachen.

Dann spüre ich seinen Atem in meinem Nacken.

»Du läufst noch immer zu langsam, Maddy.«

Noch ehe ich in der Lage bin, zu reagieren, greift er in meine Haare und zerrt meinen Kopf zur Seite.

Mir entkommt ein panischer Schrei. Ich beiße die Zähne fest aufeinander und versuche, die Tränen zurückzudrängen.

»Hast du mit jemand anderem gerechnet?« Er legt den Kopf schräg, leckt sich über den Mundwinkel und bringt sein Gesicht dicht an meines. Ich höre, wie er geräuschvoll einatmet. Alles in mir sträubt sich dagegen, von ihm angerührt zu werden.

Von Ethan.

Ich sträube mich gegen seinen Griff. Er verzieht die Lippen unzufrieden und reißt mich grob zur Seite. Ich verliere das Gleichgewicht und lande hart auf dem Asphalt. Meine Hand knickt um, als ich versuche, mich abzufangen. Schmerz explodiert darin, genauso in meiner Schulter, als ich damit auf den Boden treffe. Fluchend drehe ich mich zur Seite. Steine kratzen über meinen Rücken.

Ich krieche auf dem Po, halb liegend, nach hinten und stoße mit dem Kopf gegen meinen Autoreifen. Er tritt zwischen meine Beine und beugt sich zu mir herab. Sein Knie drückt er schmerzhaft auf meinen Oberschenkel. Sein Gesicht schwebt dicht vor meinem.

Er leckt sich über den Mundwinkel. »Gute Frauen laufen nicht weg, Maddy.« Ich verabscheue alles an ihm. Die Nähe, seinen Atem, der meine Wange trifft, wie er meinen Namen sagt. Einfach alles.

»Und gute Männer verletzen keine Frauen.« Meine Stimme zittert bei jedem einzelnen Wort. Ich spucke sie ihm entgegen, während der Schmerz in meinem Schädel dröhnt. Meine Zunge klebt an meinem Gaumen, mein Herz schlägt wie wild. Ich kralle die Finger in den staubigen Asphalt und versuche, mich daran festzuklammern.

Ethan beugt sich noch ein paar Millimeter näher. Ich drehe den Kopf angewidert zur Seite, weil ich es nicht ertragen kann, ihm so nah zu sein. Er packt mein Kinn und zerrt mein Gesicht wieder zu ihm. »Ich bin kein guter Mann.« Sein Lächeln lässt mir das Blut in den Adern gefrieren. »Und zum Glück bist du kein gutes Mädchen, denn das bedeutet, dass wir beide ganz hervorragend zusammenpassen.«

Ich schüttle flehend den Kopf und verstehe noch immer nicht, wie all das hier passieren konnte. Ein Schluchzen entrinnt meiner Kehle. »Wieso bist du hier? Wieso ... diese Nachricht? Wie bist du ... aus dem Gefängnis gekommen?«

Mein Hals schnürt sich zu. In meinem Kopf beantworten sich die Fragen wie von selbst.

Ist er der maskierte Mörder?

Habe ich mich von ihm neben der Leiche nehmen lassen? Ich schluchze lautstark.

»Ich werde immer bei dir sein.« Er seufzt leise. Sein mir vertrauter Geruch schlägt mir entgegen. Ich sträube mich dagegen, denn allein dieser wirbelt die Emotionen und Erinnerungen in mir auf. »Auch wenn du mich verlässt, werde ich dich immer wieder finden, Maddy. Schon seit Wochen beobachte ich dich.« Tränen der Verzweiflung treten mir in die Augen. Ich schüttle panisch den Kopf und versuche, einen Ausweg zu finden.

Aber es gibt keinen. Hinter mir ist mein Auto ... *mein Auto.* Mein Atem stockt. Wenn ich es nur in meinen Wagen schaffen würde.

Mein Blick zuckt zur Seite.

Sofort krallt er die Finger in mein Kinn und zerrt meinen Kopf zu ihm. »Nicht doch, Baby.« Der Kosename löst eine weitere Flut der Erinnerungen aus. Daran, wie er mich geschlagen und erniedrigt hat. Wie er mich packte, ins Kissen presste und seinen Gürtel immer wieder auf meinen Körper klatschen ließ. *Ganz ruhig, Baby.*

Mir dreht sich der Magen um.

»Wieso?« Flehend sehe ich zu ihm auf. »Wieso das alles?« *Ich verstehe gar nichts mehr. Er kann nicht der maskierte Mörder sein. Niemals. Ich hätte ihn erkannt! Aber* ... nichts ergibt mehr einen Sinn.

»Weil wir beide zusammengehören.« Sein Lächeln bereitet mir Todesangst. Er ist mir viel zu nah. Sein Griff schmerzt. Ethan drückt mich zur Seite und presst seine Lippen auf meine. Ich sträube mich unter dem harten Kuss, trete mit meinem freien Bein nach ihm und kralle meine Nägel in jedes bisschen Fleisch, das ich von ihm zu fassen bekomme.

Seine Zunge stößt er grob in meinen Mund.

Ich beiße zu.

Schlage meine Zähne so fest es geht in seine Zunge. Fluchend zieht er sich zurück und lässt mein Gesicht los. Seine Hand trifft meine Wange und schleudert meinen Kopf zur Seite. Ich schreie überrascht vor Schmerz und versuche, zur Seite zu kriechen. Weit komme ich nicht, da er sein Knie weiterhin grausam, schonungslos auf meinen Oberschenkel presst. »Zusammen?« Ich beiße mir schnaufend auf die Zunge, auf der ich den metallischen Geschmack von Blut spüre. Es wäre dumm, ihn zusätzlich zu provozieren. Aber es geht nicht anders.

Nicht mehr. Sei er, wer auch immer er sein will. Ich habe in den letzten Monaten meine Stärke zurückgewonnen und die werde ich mir von niemandem nehmen lassen – mit oder ohne Maske.

Ethans Augen zucken verärgert zusammen. Lange sieht er mich an. »Das hättest du nicht tun sollen.« Er bringt sein Gesicht erneut nur wenige Millimeter vor meins, sodass ich seinen Atem spüre. Ich verziehe das Gesicht, doch dieses Mal wende ich mich nicht ab.

»Willst du mir wirklich widersprechen, Baby?« Er schüttelt langsam den Kopf und leckt sich über den Mundwinkel. Dieser zuckt amüsiert.

Er greift nach meinen Haaren, zerrt meinen Kopf zur Seite und legt die andere Hand an meine Kehle. Für mehrere Sekunden sieht er mir abwartend in die Augen. »Du hast eine Menge Fehler begangen. Dein erster war es, mich zu verlassen.« Wut kocht in meinen Adern. Ich habe Schmerzen, fühle mich verraten und allein. Er drückt meine Kehle schmerzhaft zusammen. Kranke Besessenheit funkelt in seinen Augen. Ja, ich habe viele

Fehler begangen, aber ihn zu verlassen war keiner. Meine Nasenflügel blähen sich auf. Das war die beste Entscheidung meines Lebens. Ich bleibe stumm.

Er sieht mich weiter an. »Aber ich bin bereit, dir zu verzeihen und mir ein Leben mit dir aufzubauen, so wie wir es einander versprochen haben.« Meine Atmung wird flach. Sein Griff um meine Kehle raubt mir den Sauerstoff. Sein Knie bohrt sich schmerzhaft in mein Bein. Ich taste mit den Händen stützend nach hinten.

»Wäre das nicht schön? Wenn wir endlich wieder beieinander sind?«

»Nein.« Ich kann nicht länger still bleiben.

Ethan zieht eine Augenbraue in die Höhe. »Ich glaube, das war nicht die Antwort, die du mir geben wolltest.«

Mein Körper zittert. Eine kalte Welle jagt mir über die Haut. »Doch. Denn wenn ich eines auf gar keinen Fall will, dann auch nur eine Sekunde mit dir zu verbringen«, spucke ich ihm entgegen.

Seine Finger krallen sich umso fester in meine Haut. »Du bist verwirrt und weißt nicht, wovon du sprichst. Aber keine Sorge, ich werde dir die Chance geben, deine Worte wiedergutzumachen.« Er seufzt leise, als wäre ich ein dummes Kind, das unartig war. »Auf den Knien bist du beinahe. Vielleicht sollte ich dir meinen Schwanz endlich wieder in den Rachen schieben, bis deine Lippen geschwollen und wund sind. Vielleicht kommen dann weit weniger unartige Worte dazwischen heraus. Aber dieses Mal solltest du vorsichtig sein, Maddison. Sonst wirst du es bitter bereuen.«

Übelkeit steigt in mir auf. Ich rümpfe die Nase. »Bevor ich dich noch einmal an meinen Körper lasse, beiß ich dir deinen Schwanz lieber vollständig ab.«

Er schlägt erneut zu.

Ein monotones Fiepen setzt in meinen Ohren ein. Ich spüre seine Hand auf meine Wange und meine Lippe auftreffen. Reflexartig presse ich die Augen fest zusammen und spüre im nächsten Moment das Blut, welches sich in meinem Mund sammelt. Tränen laufen an meinen Wangen hinab.

Ich reiße die Hände schützend nach oben. Mein Körper brennt. Ich schreie, fluche und kämpfe. Irgendwann zieht sich Ethan zurück. Er seufzt, gibt mich endlich frei und erhebt sich. Belehrend sieht er auf mich herab. »Das ist deine letzte Chance. Entweder entscheidest du dich für ein Leben an meiner Seite oder für ein Grab unter der Erde.« Ich habe keine Ahnung, wie Aaron in diese Gleichung passt. Und auch wenn ich mich in ihm getäuscht habe, waren die letzten Monate nicht umsonst. Weder die Zeit, bevor ich diese dumme Entscheidung traf, mit dem Mörder meines Nachbarn zu schlafen, noch danach. Ich atme tief ein. Mein Herzschlag flattert.

Langsam rapple ich mich auf. Mein Bein schmerzt, mein Handgelenk brennt und meine Kehle fühlt sich noch immer zugeschnürt an. Vorsichtig taste ich mit meiner Zunge an meine aufgeplatzte Lippe. Ich schlucke mehrmals gegen das Gefühl bitterer Galle an und versuche, seinen ekelhaften Geschmack auf meiner Zunge zu verdrängen. Zittrig baue ich mich vor ihm auf und sehe ihm direkt ins Gesicht.

Sein Mundwinkel zuckt. Mit einem Mal passiert so vieles gleichzeitig. Er zückt ein Messer, reißt es zur Seite und rammt mir das stumpfe Ende des Griffes in die Kniekehle. Mit einer Hand an meiner Kehle drückt er mich erneut auf die Knie. »Dort unten hast du mir besser gefallen, meine Süße.«

Ich würge und versuche, den Schmerz zu verdrängen. Dabei atme ich rasselnd und stütze mich Halt suchend an seinem Oberschenkel ab. »Nicht perfekt, aber eine gute Richtung.«

Ethan greift an seinen Gürtel. Mit der anderen Hand reißt er mein Kinn nach oben, sodass ich ihn ansehen muss.

Erneut schießt ein heftiger Stich durch meinen Körper, als er seine Finger fest in meine Haut krallt. »Letzte Chance. Verdirb sie und das wird dein Ende sein.«

Ich starre zu ihm auf. Im Augenwinkel bekomme ich mit, wie er den Gürtel öffnet und aus den Schlaufen zieht. Mit einer Hand legt er ihn mir um die Kehle.

Ich lasse es geschehen. Lasse zu, dass er die Schlaufe eng um meinen Hals legt und durch die Schnalle nach vorn zusammenzurrt. »Keine Widerworte?« Er schmunzelt. »Gut. Dann beginnen wir doch direkt bei der Wiedergutmachung.« Ethan öffnet seine Hose. Mir wird übel und schwindelig. Er zieht seinen harten Schwanz hervor. Ein freudiges Lächeln erscheint auf meinen Lippen, als ich die rötlichen Abdrücke meiner Zähne daran sehe. »Wie wäre es zum Start unserer zweiten Chance damit, dass du mir meinen Schwanz lutschst?

Wenn deine Lippen geschwollen und rot sind, unterhalten wir uns gern über den nächsten Schritt.«

Er zerrt an dem Gürtel und reißt mich nach vorn. Seine Spitze streift meine Wange, weil ich den Kopf zur Seite drehe. Angewidert versuche ich, das feuchte Gefühl daran zu verdrängen.

Er raubt mir den Sauerstoff. Ich krächze leise. Meinen Blick wende ich nicht von seinem Gesicht ab. »Das hier wird das Ende sein.« Ich halte den Atem an. Meine Lippen zittern. Er zerrt den Gürtel enger. »Und zwar deins. Und wenn ich gemeinsam mit dir in der Hölle verrotten soll, dann habe ich immerhin die Unendlichkeit, um mich an dir zu rächen.« Meine letzten Worte werden von dem Gürtel abgeschnürt. Ich atme ein letztes Mal tief ein, sehe in sein spöttisches Gesicht und erkenne, dass er mich nicht ernst nimmt.

Das wird er noch.

Schwer atmend taste ich nach dem kleinen Messer in meiner Jackentasche, zerre es heraus und stoße es ohne weiteres Zögern mit voller Wucht in sein Fleisch. Ich traue mich nicht, aufzusehen, halte mich nicht damit auf, etwas zu erklären oder zu fragen. Ich springe auf die Beine, zerre den Gürtel aus seiner Hand.

Nur am Rande nehme ich seinen Schrei und die Verwünschungen wahr, die er mir hinterherschickt. »Das wirst du bereuen!«

Ich renne.

Laufe davon.

Dieses Mal bin ich nicht zu langsam.

Dieses Mal bin ich nicht zu schwach.

Ich stoppe abrupt und sehe mich schwer keuchend um.

Das Messer ruht in meiner Hand. Klebriges, warmes Blut benässt meine Hand. Ich starre Ethan an, der einige Meter entfernt vornüber gebeugt dasteht. Seine Hand ruht auf dem Dach meines Wagens, sein Kopf ist in meine Richtung gedreht. Sein Blick ist wutentbrannt. Mein Blick zuckt herab. Während ich das Blut, welches an seinem Bein herabläuft, ansehe, pumpt mein Herz wie wild.

Langsam gehe ich auf ihn zu.

Er flucht.

Knirscht mit den Zähnen.

Ich höre das so bekannte Geräusch in meinen Ohren, obwohl ich noch mehrere Meter entfernt bin.

»Bereust du, was du getan hast?« Er kocht. Spuckt zornig neben sich.

Mein Herzschlag rast. Schweiß bildet sich auf meinem Körper.

»Ja.« Mein Verstand setzt aus.

»Dann solltest du dich besser bemühen, es wiedergutzumachen.« Er funkelt mich an. Flucht schmerzhaft. Phantomschmerz schießt durch meinen eigenen Oberschenkel, als ich die Wunde betrachte.

Dann sehe ich zurück in seine verengten, dunkelblauen Augen. »Ich bereue es«, raune ich leise und balle die Finger um den Griff des Messers herum zur Faust. »Ich bereue es, nicht noch einmal zugestochen zu haben. Ich bereue es, dass ich dir nicht schon längst deinen mickrigen Schwanz abgeschnitten habe, bevor du mich das erste Mal anrühren konntest.« Mein Körper zittert. Ich schlucke gegen den Widerstand in meiner Kehle. »Ich bereue es, jemals auch nur eine Sekunde mit dir verbracht zu haben. Und ich bereue es, dass ich dich nicht schon längst getötet habe.« Meine Stimme wird leiser. Das Rauschen in meinen Ohren überdeckt seine Antwort. Ich klammere mich förmlich an den Griff des Messers. »Aber das können wir nachholen, oder nicht?«

Ich halte den Atem an und kann kaum glauben, was ich gesagt habe – was ich nicht nur gesagt, sondern auch so gemeint habe.

Vielleicht habe ich inzwischen verstanden, wie man jemanden tötet. Mit einer Menge Hass ...

Deine Entwicklung mitverfolgen zu dürfen,
bedeutet mir mehr als bloße Versprechen, Maddison.

KAPITEL 38
DER COP

»Das war noch etwas zahm aber daran arbeiten wir noch.«

Mit höchster Zufriedenheit stelle ich fest, wie ein Schauer über Maddisons Körper jagt. Sie erstarrt in der Bewegung, nur wenige Meter von ihm entfernt.

Ich trete aus dem Schatten des Gebäudes, von dem aus ich sie beobachtet habe. Zügig gehe ich auf sie zu. Noch ehe ich sie erreicht habe, dreht sie sich harsch zu mir um. Das süße Messer hat sie angehoben. Ihre Hand zittert und ihre Augen zucken zwischen mir, dem Blut auf der Klinge und ihm hin und her.

Ich schenke ihr einen knappen Blick, gehe an ihr vorbei und packe ihn. Er windet sich in meinem Griff, doch ich fixiere ihn so, dass er sich nicht wehren kann.

Schließlich möchte ich dir eine kleine Show bieten, Maddison. So wie du es für mich getan hast – auch wenn du dir dessen nicht bewusst gewesen bist – was es um ehrlich zu sein umso genussvoller für mich gestaltet hat.

»Du hättest ihn töten können, mit diesem süßen kleinen Messer in deiner Hand.« Mein Blick ruht auf ihr. Er sträubt sich und flucht. *Er hat nicht damit gerechnet, dass der Abend so für ihn laufen würde. Sag mir, was hast du erwartet?*

»Du hast mich beobachtet«, stellt sie völlig überflüssig fest.

Ich reiße seinen Kopf nach unten. »Scheiße, was soll das? Bist du verrückt geworden? Wir hatten einen Deal!« Ich lächle matt und konzentriere mich auf Maddison. »Hast du etwas anderes erwartet, als dass ich dich im Auge behalten werde?«

Ihre wundervollen Lippen, die ich noch immer auf meinem Schwanz spüren kann, zucken bedächtig. »Nein«, haucht sie leise. Die Hand mit dem Messer sackt merklich herab.

Ich trete einen Schritt auf sie zu und zerre ihn mit mir. »Hast du gehofft, dass ich da wäre? Dass ich dich beobachte? Vielleicht sogar einschreite und dich erneut rette?« Abwartend verenge ich meinen Blick und sehe sie genau an. Ihre Pupillen huschen aufgeschreckt hin und her. Langsam kommt sie näher, als würde sie von mir angezogen werden und wäre sich darüber nicht einmal bewusst.

»Ich habe es eine Zeit lang gehofft.« Sie schluckt.

»Natürlich hast du das. Deshalb hast du gezögert, dich fallen gelassen und abgewartet. Aber ich suche kein Opfer. Ich suche keine Jungfrau in Nöten. Ja, mir gefällt es, dir einen Halt zu geben. Ich mag es, dass ich dich retten kann und du in meiner Gegenwart auch mal ein Mädchen sein kannst, eine Frau, die nicht immer stark sein muss.« Bei meinen Worten schießt ihr die Röte in die Wangen. *Weil du weißt, dass ich recht habe. Dir gefällt es, schwach sein zu können und einen Halt zu haben, an dem du dich anlehnen kannst.* »Aber das hier hättest du zu Ende bringen sollen.«

»Ihn töten?«, keucht sie viel zu spät und nicht halb so entrüstet wie sie sein sollte.

»Ja«, sage ich schlicht. Meine Augen ruhen auf ihr. Er will sich wehren, wimmert jedoch lediglich vor Schmerz.

Ihr Blick zuckt zu ihm. *Wie gern wüsste ich, was in dem Moment in deinem Kopf vor sich geht. Siehst du es vor dir? Wie du ihn tötest? Was soll es sein? Ein Schnitt über seine Kehle, so wie in dieser Nacht? Ein Genickbruch? Nicht unbedingt leicht, dennoch machbar, selbst für jemanden, der so ungeübt ist wie du.*

»Komm her«, befehle ich leise.

Sie gehorcht sofort.

Gut, Maddison. Das ist gut. Es ist ein großer Schritt für uns und wenn ich ehrlich bin, muss ich zugeben, dass ich ihn nicht für möglich gehalten habe. Nach dem, was mein Freund dir angetan hat, dachte ich nicht, dass du den Abend überlebst. Ich dachte, dass du zusammenbrichst.

Dicht vor mir bleibt sie stehen. Der Gürtel hängt noch immer um ihre Kehle, was mir durchaus gefällt. Ich greife danach und dirigiere sie sanft zu mir.

»Wäre es falsch, zu töten?« Ich sehe sie fragend an. Sie hat die Hände an den Gürtel gelegt, doch weder wehrt sie sich, noch entreißt sie sich meinem Griff. Stattdessen zucken ihre Pupillen immer wieder zu ihm.

Ich habe ihn herumgedreht, seine Hände auf dem Rücken fixiert und presse ihn gegen das Auto. Seine Hose hängt ihm um die Knöchel, sein nackter Arsch streckt sich in meine Richtung und etwas südlicher läuft das Blut an seinen haarigen Beinen herab. »Wäre es das? Nach dem, was er dir angetan hat? Nach seiner Brutalität, von der wir heute nicht einmal einen Bruchteil gesehen haben? Nach dem, was er dir noch antun wollte? Der Schmach, die du jahrelang erdulden musstest?« Ich schürze die Lippen. »Wenn dem so ist, wieso schlägt dann dein Puls so schnell, Maddison?« Ich sehe zurück zu ihr. Ihre Hand zuckt zu ihrem Hals und verrät sie.

»Vor Angst«, würgt sie schließlich hervor.

»Das ist keine Angst.« *Wir beide wissen es besser, Maddison.*

»Was hättest du getan?« Ihre keusche Frage entlockt mir ein raues Lachen. Der Mann in meinem Griff sackt merklich zusammen, als er versucht sein Gewicht zu verlagern. Schwierig, wenn ein Bein verletzt ist, darauf steht es sich sehr schlecht. »Wenn du das Messer in der Hand gehalten hättest? Was hättest du getan?«, hakt sie nach.

Ich zögere einen kurzen Moment. Dann gebe ich ihn frei, Maddisons hübsche neue Leine ebenfalls. Sofort darauf lege ich meine Hände an seine Kehle und drücke die Blutzufuhr zu seinem Kopf ab. Es dauert einige Sekunden, bis er in meinem Griff schlapp wird und ich ihn zu Boden sacken lasse.

Als ich mich zu Maddison drehe, sind ihre Augen weit aufgerissen. Ich trete dicht vor sie. Meine Lippen streifen ihre Schläfe. Ich lächle matt und greife nach dem Messer in ihrer Hand. Mühelos entwende ich es aus ihrem Griff, nur um es dann an ihre Kehle zu führen.

Ich kann nicht klar denken.
Du raubst mir den Atem und den Verstand.

KAPITEL 39
MADDY

Mein Atem stoppt, als ich die Klinge an meinem Hals spüre. Ich sehe hektisch zwischen Aaron und Ethan hin und her und verstehe die Welt nicht mehr.

Stecken die beiden unter einer Decke? Kennen sie sich? Haben sie mir ... haben sie vor, mir etwas anzutun? Gemeinsam? Aber wieso sprach Ethan von einem Deal? Wieso hat Aaron ihn ausgeschaltet? Wieso das alles?

Aaron verstärkt den Druck. Die Klinge drückt sich in meine Haut. Ich warte auf den Schmerz. Ich rechne damit, dass er mir das Messer jeden Moment in die Haut rammt. Dass er mich so tötet, wie ... einer von ihnen meinen Nachbarn getötet hat.

Heiße Tränen quillen aus meinen Augen und rinnen an meinen Wangen hinab. Mein Puls rast, ich bin nervös und ungeduldig. Und trotzdem ist da dieser Funken Ruhe, den er ausstrahlt. »Wenn ich das Messer in der Hand gehalten hätte, hätte ich nicht gezögert. Ich hätte es ihm in seine Kehle gerammt, damit kein verlogener Laut mehr hervorkommen kann.« Seine Lippen reiben sanft über meine Stirn. »Eigens dafür habe ich ihn aus dem Gewahrsam geholt.« Mein Puls beruhigt sich mit jedem seiner Worte mehr, so widersprüchlich das auch ist. Ich schrecke zusammen, als ich seine Hand an meiner Hüfte spüre.

»Und was ist, wenn ich ihn nicht töten kann?« Ich schlucke.

»Dann werde ich es für dich tun.« Mein Atem stoppt. Seine Worte klingen so sanft und berauschend, dass ich sofort zustimmen will, ohne auch nur eine Sekunde über deren Bedeutung nachzudenken.

»Wieso wirst du ihn töten?« Ich klinge heiser. Mein Puls flattert.

Er legt die Hände an meine Kehle. Den Griff des Messers spüre ich kurz an meiner Haut. Langsam zieht er den Gürtel auseinander. Er löst ihn von meiner Kehle und wirft ihn zur Seite. Dann fahren seine Finger über den Saum meines Pullovers. Überrascht sehe ich an mir hinab. Er verändert leicht die Position des Messers, sodass ich keuche.

»Weil du mir gehörst, Maddison. Und niemand vergreift sich an meinem Eigentum.« Aaron schiebt seine Finger in den Bund meiner Hose und entlockt mir ein Seufzen. Mir liegt ein *Ja* auf der Zunge, obwohl ich weiß, dass ich diesem Fremden, brutalen Mann, der gerade eben meinen Ex bewusstlos gewürgt hat, nicht zustimmen sollte. Schon gar nicht sollte ich ihm sagen, dass ich ihm gehöre.

Ich erschaudere. Schwer atmend hebe ich das Kinn. »Und was bedeutet das für uns?«

Sein Mundwinkel zuckt. Er nimmt das Messer herab. Das Blut rauscht in meinem Kopf, sodass mir schwindlig wird. Ich halte die Luft an und warte darauf, dass er antwortet.

Aaron zieht seine Hand aus meiner Jeans, packt mit einem Mal meine Kehle und drängt mich zurück. Ich stolpere über etwas am Boden und stelle mit Schrecken fest, dass es Ethans Arm ist. Im nächsten Moment presst Aaron meinen Rücken hart gegen die Seite meines Autos. Sein Waffengürtel drückt sich in meinen Bauch und das Bein schiebt er zwischen meine.

»Das bedeutet ...« Er beugt sich zu mir nach vorn. Für einen Herzschlag herrscht die erschreckende Stille der Nacht zwischen uns. Mein Herz schlägt so laut, das ich fürchte, er könnte es hören. Dann verstärkt sich sein Griff um meine Kehle und seine Lippen kollidieren mit meinen.

Kurz rasen die Gedanken durch meinen Schädel. Ich versuche, seinen Kuss mit Ethans zu vergleichen und mich auf die Unterschiede zu konzentrieren, von denen ich nicht glauben konnte, sie nicht gespürt zu haben.

In der Sekunde, in der er seine Zunge ohne Zögern dominant zwischen meine Lippen drängt, erlischt jeder Gedanke in meinem Kopf. Ein berauschender Schlag schießt durch meinen Körper und ich kann nicht anders, als die Anspannung fallen zu lassen.

Seufzend schlinge ich die Arme um seinen Nacken und kralle mich an ihn, während ich mein Auto in meinem Rücken spüre. Aaron schiebt eine Hand an meinen Hinterkopf. Die andere verharrt an meiner Kehle, während er mich fordernd küsst. Er gräbt seine Finger bestimmt in meine Haare und zieht meinen Kopf in seine Richtung.

»Das bedeutet, dass sollte es jemand wagen, dich gegen meinen Willen zu berühren, er sterben wird«, knurrt er an meinen Lippen. Noch ehe ich die Chance habe, zu antworten, küsst er mich erneut. Sein Griff um meine Haare und meine Kehle verstärkt sich. Keuchend hebe ich das Kinn, aber nicht, um mich ihm zu entziehen. »Solltest du die Dummheit begehen, einem anderen Mann deinen Körper oder dein Herz zu schenken, reiße ich es dir eigenständig aus der Brust.«

Meine Antwort ist ein leises Wimmern. Ich presse die Beine fest zusammen. Das hier, seine Worte, einfach alles entschädigen mich augenblicklich für alles.

Aarons Lider zucken. »Hast du ein Problem damit?« Dieses Mal schüttle ich stumm den Kopf. Er betrachtet mich ein paar Sekunden zufrieden. Schließlich gibt er meine Haare frei.

Ich beiße mir auf die Lippe, sehe zu ihm auf.

Ich kann nicht denken.

Mein Körper steht in Flammen. Mein Verstand ist längst weg, weit fort, an einem anderen Ort. Hier gibt es nur ihn und mich.

Deshalb strecke ich mich auf die Zehenspitzen und dränge mich ihm mit hitzigen Wangen erneut entgegen. Seine Lippen kollidieren förmlich mit meinen. Ich stöhne an seinem Mund und genieße jede Sekunde, in der wir einander küssen.

Kribbelnde Aufregung schießt durch mich hindurch, als ich seine Hand erneut am Bund meiner Hose spüre. »Eigentlich wollte ich noch ein wenig damit warten, aber du machst es mir nicht unbedingt leicht, Maddison.« Seine dicht an meinem Mund geknurrten Worte jagen mir einen Schauer über den Rücken.

»Geduld wird überbewertet.«

Er lacht rau. »Dann werden wir uns beeilen müssen. Wir haben heute noch etwas vor, Maddison.«

Ich nicke keuchend und spüre, wie er meine Hose öffnet. Aaron sieht mich wachsam an. Seine hellgrünen Augen ruhen auf mir und durchdringen meinen Körper. Ich drücke mich ihm entgegen, sehe fordernd zu ihm auf. Schmunzelnd schüttelt er den Kopf.

Plötzlich stoppen seine Bewegungen. Ich blinzle überrascht und dränge meine Hüfte gegen seine Hand. Er schiebt die Finger mittig zwischen meine Beine, verharrt dort jedoch. »Ich hätte allerdings noch ein paar Fragen.«

Ich stöhne. »Wollten wir uns nicht beeilen?« Er hat mich tagelang hingehalten. *Er und ... ja, verdammt, wer? Ethan?* Diese Anziehung, die ich mir eingebildet habe zu spüren, hat nichts mit Ethan zu tun gehabt. Nur mit Aaron.

»Du scheinst nicht ganz bei mir zu sein.« Seine Stimme ist fordernd. Mir schießt das Blut in die Wangen.

»Dann sorg dafür, dass ich es bin.« Provozierend sehe ich zu ihm auf. Aaron stößt ein leises Knurren aus. Dann packt er mich mit beiden Händen an der Hüfte, dreht mich herum und drängt mich gegen das Auto. Mein Oberkörper wird gegen die Kante des Daches gepresst, meinen Kopf dirigiert er mit der Hand nach unten. »Wirst du dich dieses Mal auch weigern, deinen Körper dorthin zu legen, wo man es dir befiehlt?«, schnurrt er leise an meinem Ohr.

Im ersten Moment bin ich irritiert und kurz davor zu widersprechen. »Ich ...« Erst dann realisiert mein Verstand, dass er nicht diese Sache in seinem Polizeiauto meint, sondern *diese Nacht.* Mein Atem stockt.

»Ist das ein Widerspruch, Maddison?«

Ich schüttle stockend den Kopf. *Er weiß von der Nacht. Von dem Mord. Von meinem Anteil daran, beziehungsweise meinem Wissen, was ich ihm und der Polizei vorenthalten habe. Fuck. Natürlich weiß er es ... Nur was bedeutet das? Dass er es war? Scheiße ... wieso traue ich mich nicht, zu fragen? Weil ich die Realität fürchte? Angst habe, dass er mir offenbart, dass ich Ethan meinen Körper hingegeben habe?*

Meine Gedanken werden harsch unterbrochen, als er seine Hand unter meinen Pullover schiebt. Er saugt scharf die Luft ein. »Hast du diese Unterwäsche für ein Treffen mit deinem Exfreund ausgewählt?« Aaron reißt an meiner Hose, die meinen Po bedeckt. Er zerrt sie nach unten und fährt mit den Fingerspitzen über den dünnen Stoff meines Tangas. *Des Tangas. Dem, den ich vor wenigen Stunden neben den Blumen gefunden habe, und der den, der mir zerschnitten wurde, ersetzt.* Mein Herzschlag stoppt. *Fuck.* Mein Kopf schwirrt vor lauter Unstimmigkeiten. Es ist, als fehlt mir ein entscheidendes Puzzleteil, damit alles ein Gesamtbild ergibt.

Mir rauscht das Blut in die Wangen. Ich will mich herumdrehen, doch er knurrt leise. »Keine Bewegung.«

Selbst mein Herz gehorcht.

»Mir scheint, als müsste ich mir an dieser Stelle doch etwas mehr Zeit nehmen.« Seine Stimme ist dunkel, er klingt gepresst, während er über den Saum meines Slips streicht. Meine Kehle schnürt sich zu. »Wir haben an dieser Stelle zwei Möglichkeiten, Maddison.« Ich bin unfähig, zu denken oder zu reagieren.

Überrascht zucke ich zusammen, als er die Finger seiner anderen Hand unter meinen BH schiebt. »Ich werde gehen.« Er sagt diese Worte so ruhig, dass sie mich einlullen. »Oder ich bestrafe dich dafür, dass du die Wäsche eines anderen Mannes für mich trägst. Schon wieder.«

In meinem Kopf rauscht es.

Schon wieder? »Wer bist du?« Die Frage ist heraus. Ich beiße mir so fest auf die Lippe, dass ich Blut schmecke, und würge den Geschmack herunter. Panisch und abwartend sehe ich ihn an. Mein Herz rast, als stehe ich kurz vor einem Herzinfarkt.

»Zuerst will ich eine Antwort von dir. Soll ich gehen?«

Ich kann nicht klar denken.

Alles in mir schreit danach, dass er bleiben muss. »Geh nicht.« Meine Stimme zittert bei den zwei Worten.

»Nicht?« Er fährt mit den Fingerspitzen über meinen Nippel. Ich schließe wimmernd die Augen und presse meine Schenkel fest zusammen. Ohne Vorwarnung trifft seine Hand schwungvoll auf meinen Hintern. Meine Hüfte wird schmerzhaft gegen meinen Wagen gedrückt und ich stütze die Hände intuitiv rechts und links neben mir ab. »Du hast mir nicht geantwortet, Maddison.«

»Doch, du mir aber nicht«, schieße ich zurück und spüre den erneuten Schlag seiner Hand auf meinem Hintern.

»Also?«, hakt er nach.

Ich beiße mir auf die Lippe und keuche gepresst. »Du sollst nicht gehen«, bringe ich schließlich stockend hervor.

»Auch wenn ich dich dann bestrafen muss?«

Mein Atem geht gepresst. Ich schlucke. »Auch dann nicht«, wimmere ich leise. Aufgrund der Nervosität und Überreizung entweicht mir ein leiser Schrei, als ich etwas an meinem Nacken spüre. »Auch wenn du dann nicht sofort eine Antwort erhältst?« Sein Kinn reibt über meinen Nacken.

Ich verfluche, wimmere und stöhne vor Verzweiflung. »Ich muss es wissen!«

»Dann wirst du bleiben müssen. Dann wirst du dich gedulden müssen. Dann wirst du nach meinen Regeln spielen müssen«, schnurrt er leise und treibt mich damit in den Wahnsinn.

Ich drehe den Kopf, sodass ich ihn im Augenwinkel sehen kann. Aarons Augen sind verengt, die Brauen zusammengezogen. Er rollt meinen Nippel zwischen seinen Fingern und entlockt mir damit ein Stöhnen. Ich brauche ihn, aber noch mehr brauche ich eine Antwort. *Auch wenn ich dafür warten muss.* Ein zufriedenes Lächeln erscheint auf seinen Lippen. »Eine Bestrafung solltest du nicht genießen, Maddison.«

Ich schließe flatternd die Lider und presse meine

Beine zusammen. Lust schießt durch meinen Körper. »Hm«, summe ich lediglich, um ihm nicht erneut eine Antwort zu verwehren.

Ich werde eine Antwort fordern. Noch heute.

Ein drittes Mal trifft seine Hand meinen Hintern. Dieses Mal ist der Schlag hauchzart. Ich zucke zusammen, spanne meinen Körper an und kralle die Finger um die Dachreling.

»Für wen hast du diese hübschen, sündigen Dessous angezogen, Maddison?«

»Für dich.« Ich antworte sofort.

Wieder klatscht seine Hand auf meinen Hintern. Wieder ist der Schlag leicht und dicht gefolgt von einigen weiteren.

Ich winde mich, drücke ihm meine Hüfte entgegen und spüre den Vibrator, der in dem Slip befestigt ist, überdeutlich.

»Und habe ich dir befohlen, diese für mich zu tragen?« Seine Schläge stoppen für einen Moment. Lust sammelt sich zwischen meinen Beinen, da er weiterhin meine Brust berührt. »Nein«, antworte ich rau nach kurzem Zögern. Es ist die einzig ehrliche Antwort. Mir fallen dutzende Entschuldigungen oder Begründungen ein. *Ich dachte, dass du sie mir geschenkt hast. Ich dachte, dass du mich hierhergebeten hast. Ich dachte, dass du willst, dass ich sie trage.*

Keine davon sage ich. Weil sie mich nicht näher an das bringen, was ich so dringend brauche. Ihn. Und meine Antwort, wer er ist.

»Nein.« Je länger er still stehen bleibt, umso nervöser

werde ich. Ich atme gepresst, rühre mich ebenfalls nicht und warte auf sein Urteil. Irgendwann halte ich es nicht mehr aus. »Ich dachte, dass es dir gefallen würde«, bringe ich schließlich hervor.

Aaron zieht die Hand unter meinem Pullover hervor. Ich wimmere leise und bedauere es, den Kontakt zu ihm zu verlieren. Ich weiß, dass er noch immer dicht hinter mir steht, doch sein Körper drückt sich nicht mehr gegen meinen.

Plötzlich greift er nach meinem Kinn. Ich will mich umdrehen, doch er drückt meinen Körper mit einer Hand auf dem Rücken weiter nach unten. Ich drehe den Nacken so weit, wie es mir möglich ist, und blinzle nervös.

»Du gefällst mir immer, Maddison.«

Seine Worte lösen ein Seufzen in mir. Ich öffne die Lippen und starre ihn an. »Sag es mir!«, flehe ich.

»Schon bald.« Er funkelt mich boshaft an. Dann gibt er mein Kinn frei und kehrt zu meinem Hintern zurück. Bei seinem ersten Schlag zucke ich zusammen. Er ist um einiges stärker als die zuvor. »Das ändert allerdings nichts an der Tatsache, dass es nicht meine Wäsche ist, die du trägst.«

Seinen Worten lässt er mehrere Schläge, dicht nacheinander folgen. Mein Hintern glüht unter seiner Berührung. Jeder einzelne schießt Lust und Schmerz gleichermaßen durch meinen Körper. Meine Beine werden weich. Ich klammere mich an dem Auto fest. Immer wieder legt er eine kurze Pause ein, in der er wohlwollende Bewegungen über meinen erhitzten Po zieht.

Jedes Mal wandern seine Fingerspitzen tiefer

zwischen meine Pofalte und in Richtung meiner pochenden Mitte. Aber nicht ein einziges Mal verschafft er mir die Erlösung, nach der ich mich seit Tagen sehne. Stattdessen kehrt seine Hand zurück zu meinem Hintern, um mir ein paar weitere Schläge zu verpassen.

Ich muss eine Entscheidung treffen.
Ficke ich dich oder töte ich dich?
Beides klingt so verdammt verlockend für mich.

Kapitel 40

Der Mörder

Ich bin unentschlossen, Maddy.

Während er dir wie einer unartigen Frau den Arsch versohlt, hatte ich ein paar Momente, um mich zu sammeln und nachzudenken.

Ich hätte schwören können, dass der Abend anders enden würde. Tja … und jetzt? Jetzt stehe ich kurz davor, dir entweder eine Kugel in den Schädel zu jagen oder dich aus seinem Griff zu zerren und dich selbst zu ficken.

So viele Entscheidungen …

Endlich bist du mein.

Kapitel 41
Der Cop

Ich atme gepresst ein und kann den Blick nicht von ihrem himmlischen Hintern nehmen. Eigentlich sollte ich längst aufhören. Ich sollte das hier genau genommen gar nicht tun.

Der Plan war ein anderer, aber wie sollte ich ihn befolgen, wenn auch du dich nicht an irgendetwas hältst, was man dir vorschreibt? Wie, wenn das offensichtlich niemand macht? Nicht einmal mein treuester Freund? Es ist nur fair, dass er warten muss.

Meine Hand klatscht ein weiteres Mal auf ihren Arsch. Sie zuckt zusammen und versteift sich erneut. *Aber du wehrst dich nicht. Du schreist nicht, läufst nicht davon. Liegt es an mir?*

Meine Bewegungen stoppen.

Oder liegt es etwa an ihm?

Bist du so etwas gewohnt?

Befindest du dich in einer Schockstarre, in der du dich nicht wehren kannst?

Ich ziehe mich harsch zurück.

Bin ich zu weit gegangen? Habe ich ein altes Trauma erneut aufgerissen?

»Schon fertig?«

Fuck ... »Mach das besser nicht, Maddison.«

Sie zuckt zusammen und richtet sich stockend auf. Ich halte sie nicht zurück. Langsam sieht sie an sich herab. Ihre Hose hängt um ihre Knöchel, die Schenkel presst sie zusammen.

»Was?«

»Mich quälen.« Mein Puls schwillt an. Ich balle die Finger zur Faust. Alles in mir drängt darauf, sie umzudrehen und ihren Arsch erneut unter meiner Hand zum Erzittern zu bringen. *Ich habe dich ausgesucht. Ich entscheide. Du kannst dich ihm nicht einfach so hingeben, Maddison, selbst dann nicht, wenn ich es inszeniert habe. Ich bin wütend auf dich. Du verdienst es, dass ich dich bestrafe. Aber fuck ... ich will dich auf keinen Fall brechen.*

Sie tritt auf mich zu. Strauchelt aufgrund der nach unten gezogenen Hose. Ich packe ihren Arm und gebe ihr Halt. Sie lächelt nervös, sieht flehend mit geweiteten Augen zu mir auf. »Wenn wir fertig mit der Bestrafung sind, können wir doch zu dem Punkt der Antworten zurückkommen, oder?«

Das kann nicht dein Ernst sein. Du flehst mich förmlich um mehr an. Ich habe dir befohlen, zu warten, bis ich bereit bin, dir alles zu offenbaren.

Ich schließe für einen Moment die Augen und atme scharf ein. Dann sehe ich sie erneut an. »Ich bin nicht er.«

Sie beißt sich auf ihre herrlichen Lippen, in die ich

meine Zähne nur zu gern ebenfalls graben möchte. Dann wenn ich tief in ihr stecke und sie mit meinem Mund verschlinge. »Weiß ich.« *Weißt du das wirklich? Weißt du, wer ich bin? Oder hast du keine Ahnung?* »Wie du vielleicht mitbekommen hast, habe ich ihm etwas anderes angeboten.« Bevor ihr Blick zur Seite zucken kann, packe ich ihr Kinn. Für ein paar Herzschläge sehe ich ihr in die Augen.

Was denkst du dir, Maddison? Dass er ich ist? Das kannst du nicht glauben ... aber was alles andere betrifft ... das liegt nicht in meiner Hand. Aber jetzt und hier geht es um dich und mich und niemand anderen.

Dann fluche ich leise. »Sag nicht, dass ich dir keine Chance zur Flucht geboten habe.« Meine Worte gehen in dem Geräusch, als ich meinen Waffengurt nach oben zerre und die Hose öffne, unter.

Mein Schwanz pulsiert begierig, als ich ihn aus meiner engen Hose befreie. Ich dränge Maddison mit einer Hand auf dem Rücken erneut gegen das Auto.

Sie wiegt ihr Hüfte bedächtig vor mir, sodass ich nicht anders kann, als ihr erneut einen kurzen Schlag zu verpassen. Ihr ersticktes Keuchen bringt meinen Schwanz zum Zucken. Ich reibe ein paar Mal seufzend über meine Länge und drücke meine Spitze von hinten gegen ihren Arsch. *Das hier sollte nicht unser erstes Mal werden ... nur kann ich mich nicht mehr zurückhalten, Maddison.*

Abwartend beuge ich mich zu ihr herunter. »Bist du bereit für deine Antworten?« Ich liebe es, wie ihr Körper sich versteift und sie leicht erschaudert. Sie stößt lediglich ein sanftes Schnurren aus. »Das ist mir nicht genug für ein Ja.«

Sie quittiert meine Aussage mit einem unzufriedenen Murren, was ihr einen weiteren Schlag auf ihren heiß pochenden Arsch beschert.

»Ich will meine Antworten und ich will dich!«

»Wo genau möchtest du mich denn, Maddison?«

Drückst du dich davor, die Wahrheit zu erfahren … mhm, genießen wir die Verzögerung doch für einen Moment. Ich dränge meinen Schwanz an ihren Arsch und reibe mit der Hand auffordernd über die Stellen, die mit Sicherheit herrlich gerötet sind, auch wenn ich es in der spärlichen Beleuchtung nicht sehen kann.

Maddison wirft mir über die Schulter einen flehenden Blick zu, der Lust durch meine Venen schickt. Sie keucht und allein dieses Geräusch lässt meinen Schwanz schmerzhaft hart werden. Ich drücke mich fester gegen den Stoff ihres Tangas.

»Du willst, dass ich deinen Arsch in Besitz nehme? Ich will, dass du mich darum anflehst, Maddison.«

Einen kurzen Moment halte ich inne. »Du flehst ja noch nicht.« Ich warte ihre Antwort nicht ab. Stattdessen greife ich in ihren Nacken und drehe ihren Kopf noch weiter zu mir herum. Sofort drücke ich meine Lippen auf ihre, schiebe meine Zunge in ihren Mund und platziere meinen Schwanz dicht vor ihrer Pussy. Sie stöhnt an mir und küsst mich mindestens genauso verlangend wie ich sie.

Ich schiebe den Slip mit den Fingern zur Seite und ignoriere den Vibrator. *Den brauchen wir im Moment nicht, Maddison.* Sofort drängt mir ihre Feuchte entgegen. Ich seufze und als sie mich erneut küsst, beiße ich in ihre aufgeplatzte Lippe. Sie keucht und will sich instinktiv zurückziehen. Ich gebe nicht nach und drücke ihren Kopf bestimmt zu mir. *Seitdem du dir das erste Mal auf die Lippen gebissen hast, wollte ich das tun. Ich wollte wissen, wie du schmeckst, wie du stöhnst und wie es ist, in dir zu sein.*

Ohne weiteres Zögern dränge ich meinen Schwanz an ihre Pussy und gleite in ihre feuchte Enge.

Sie stöhnt. Ich gebe ihre Lippen frei und schmecke einen leichten Blutschleier auf meiner Zunge. Ich dränge mich bis zum Anschlag in sie. Maddison erwidert die Bewegung und drückt ihre Hüfte in meinen Schoß. Knurrend greife ich um sie und ficke sie mit langen, tiefen Stößen gegen den Wagen. Mein Schwanz ist so fucking hart, dass ich jeden Moment in ihr kommen könnte. Ihre Pussy ist eng und nass und fühlt sich so verdammt gut an.

Jeder Stoß treibt mich weiter in den Wahnsinn.

Sie wimmert. Bettelt, dass ich sie härter nehmen soll und lässt mit jedem ihrer Worte mehr Lust durch meinen Körper schießen. Mit meinem Blick fixiere ich sie. Ihre Lider flattern. Sie öffnet lustvoll die Lippen und pariert jeden meiner Stöße.

»Ich möchte, dass du kommst, Maddison. Dass sich deine Wände um mich zusammenziehen und mich förmlich melken. Ich will spüren wie du erzitterst und dein süßes Seufzen hören, wenn ich dir meinen Samen schenke.« Meine Stimme wird von meinem und ihrem Keuchen untermalt. Sie reißt die Augen weit auseinander und nickt begierig. Lust funkelt in ihrem Blick und ihr Körper erbebt, als ich mich das nächste Mal in sie stoße. Bis zum Anschlag in ihr halte ich schwer atmend inne. »Aber ich sagte, dass ich dich bestrafen werde.« Mit einem boshaften Lächeln ziehe ich mich aus ihr zurück. Millimeter für Millimeter.

Sie starrt mich mit geweiteten Augen an. Ihre Lippen beben, weil sie nicht glauben kann, dass ihr erneut ein Orgasmus verwehrt wird.

Ja, Maddison. Das passiert, wenn man ein böses Mädchen war. Nur gute Mädchen dürfen kommen. Du hingegen musst noch etwas warten.

Ich würde fast behaupten, dass es mir genauso schwerfällt wie dir. Die Sache ist nur die: Ich weiß, was uns noch erwartet, und es gefällt mir, dich leiden zu sehen. Zumindest in mancher Hinsicht.

Aber bevor ich dich das nächste Mal ficke, haben wir noch etwas zu erledigen.

Bist du bereit für die Wahrheit?

KAPITEL 42
MADDY

Ich sacke stöhnend auf dem Autodach zusammen.

Das kann nicht sein verdammter Ernst sein.

Wie oft wurde ich in den vergangenen Stunden heißgemacht und dann fallen gelassen?

Ich will nicht einmal zählen. Das Ergebnis wäre frustrierend. Ungefähr genauso, wie ich mich fühle.

Aufgeheizt, begierig, lustvoll … und hängen gelassen.

Und noch immer ohne Antworten. Mir wird bei dem Gedanken schlecht. *Will ich es wissen? Kann ich die Wahrheit ertragen? Hake ich nicht nach, weil ich weiß, dass ich daran zerbrechen könnte?*

Mir entweicht ein frustrierter Laut, der Aaron lediglich ein raues Lachen entlockt.

Ich lege die Stirn gegen die Reling und schließe für einen Moment die Augen. »Ich muss es wissen, Aaron. Alles. Sag mir die Wahrheit. Wer bist du?«, frage ich schließlich stöhnend.

Ich halte den Blick gesenkt, spüre ihn in meinen

Nacken und traue es mich nicht, mich umzusehen. Er bleibt stumm. Mein Herz rast. Ich atme tief ein. Sammle den Mut zusammen ... »Jetzt. Keine Ausflüchte. Keine Verzögerungen ...« Bei meinen Worten drehe ich mich harsch herum. Mein Puls schießt in die Höhe. Im selben Moment spüre ich ein Vibrieren zwischen meinen Beinen, das mir einen spitzen Schrei entlockt. Ich stolpere über meine eigene Hose und schaffe es geradeso, mich an meinem Autospiegel festzuhalten.

Mir entweicht ein leises Wimmern, als die Lust zwischen meinen Beinen zunimmt.

Dann blinzle ich und sehe mich panisch um. Zuerst schießt mein Blick zur Seite. Zu meinem Autoreifen, wo Ethan liegen sollte. *Sollte.*

Mist. Aber wieso ...

Langsam hebe ich den Kopf.

»Du.«

Mein Herz stoppt.

Ich sehe zu Aaron, der wenige Schritte entfernt steht. Er hat die Arme vor der Brust gekreuzt. Ein paar Meter entfernt steht ein Mann. Er trägt einen schwarzen Pullover, eine dunkle Jeans und eine schwarze Skimaske, die sein ganzes Gesicht verdeckt.

Er hebt die Hand.

In derselben Sekunde stoppt die Vibration zwischen meinen Beinen.

Ich öffne die Lippen. Tränen der Verzweiflung und Überforderung schießen mir in die Augen.

»Ein hübsches Spielzeug.« Aarons Stimme hat erneut diese monotone Note angenommen, die ich bereits kenne.

»Das stimmt. Und du wolltest sie dafür bestrafen, dass sie es trägt.« Die beiden so dicht nebeneinander zu hören, bringt mein Herz zum Rasen. *Wie konnte ich nur jemals glauben, dass es sich um ein und denselben Mann handelt? Dass Aaron der maskierte Mörder ist?*

»Dafür habe ich sie nicht bestraft.« Aaron wiegt den Kopf. Der Maskierte tritt langsam näher, bis die beiden dicht nebeneinanderstehen. »Sondern dafür, dass sie es nicht für mich getragen hat.«

Die Maske zuckt um die Mundpartie herum, als würde der Mann lächeln. Ich sehe fassungslos zwischen ihnen hin und her, unfähig, zu begreifen, was hier passiert. Wie in einer Trance bücke ich mich und ziehe meine Hose hinauf, um mich weniger ... ausgeliefert zu fühlen.

»Sei nicht nachtragend. Es ist kein Wunder, dass sie durcheinander ist.« Der Maskierte tritt näher. Ich strauchle zurück, bis ich gegen den Wagen stoße. Er hebt eine behandschuhte Hand dicht vor meine Wange. Panik schießt durch meinen Körper. Er berührt mich nicht. Ich vermute, dass er lächelt. Dann zieht er sich zurück und dreht sich zu Aaron, der uns nachdenklich betrachtet. »Immerhin waren die letzten Wochen sehr irritierend für sie.«

»Irritierend?« Aaron zieht eine Augenbraue in die Höhe. Dann tritt auch er näher an uns heran, bis er dicht neben mir steht. Förmlich zwischen den beiden Männern eingekesselt zu sein, raubt mir den letzten Rest an Verstand. »Nicht«, flehe ich leise.

»Nicht was?« Der Maskierte verengt die dunklen Augen. Mein Blick zuckt zwischen ihnen hin und her.

»Tötet mich nicht?«, schlägt Aaron vor.

»Oder flehst du einen von uns an, den anderen zu verschonen?«

Ich schlucke. »Beides.« Meine Kehle schnürt sich zu. *Sind sie Freunde? Feinde? Wollen sie mich töten? Wer ist der Fremde? Ethan? Nein. Niemals!*

Aaron hat Ethan gewürgt, bis er das Bewusstsein verloren hat. Er hat ihn am Boden liegen gelassen, während wir ... Ich keuche leise, während mein Verstand versucht, die Teile zusammenzusetzen. Plötzlich hebe ich den Kopf. Ich versuche, mich zu sammeln und die Teile zu sortieren ... Es gelingt mir nicht, ohne alles laut zu wiederholen, was durch meinen Kopf geht.

»Sie haben mich verhaftet.«

»Wir waren doch bereits auf einer persönlichen Ebene«, antwortet Aaron mit amüsiertem Unterton.

»Die Polizei«, keuche ich leise. »Die Polizei hat mich zum Verhör vorgeladen, weil sie dachten, dass ich es getan habe. Dabei war ich es nicht.« Die letzten Worte hauche ich leise und versuche, in meinem Kopf die letzten Tage aufzuarbeiten. *Es sind zwei. Aaron ist nicht schizophren. Ich nicht verrückt. Es sind zwei, verdammt!*

»Das weiß ich.« Aarons raue Stimme reißt mich für einen Augenblick aus meinen Überlegungen.

»Ich hatte Angst vor der Polizei und ... und ich hätte Angst vor dem Mörder haben sollen.« *Der Mörder, der nicht Aaron ist. Irgendwie hat es mir ... Mut gegeben, dass er es ist. Dass der Cop der Mörder ist, hat alles so viel erträglicher gemacht. So als würde ich dann an dem Bild des Polizisten, nicht des Mörders festhalten.*

»Um den Mörder brauchst du dir keine Gedanken zu machen.« Der Maskierte. Seine Stimme jagt mir einen Schauer über den Rücken.

»Doch.« Ich hebe den Blick und sehe ihn an. »Doch, das muss ich. Denn er ist auf mich aufmerksam geworden. Er hat mich verfolgt. Weiß, wo ich wohne.«

Scheiße … nicht Aaron! Nicht der Polizist! Jetzt habe ich Gewissheit.

»Das stimmt.«

»Ich hätte Angst haben sollen, dass er dasselbe mit mir tut. Dass er mir ein Messer in den Hals rammt und zusieht, wie ich langsam verblute.« Mein Blut rauscht in meinen Ohren. »Ich hätte vom ersten Moment an fürchten sollen, dass er mich findet.«

Aber das habe ich nicht, weil wir einander in der Öffentlichkeit wiedergesehen haben und alles … gut wurde. Aber das war eine Lüge.

»Das hat er bereits.«

»Ja«, wimmere ich leise. Aber darum geht es nicht. Mir ist bewusst, dass alles, was ich sage, nichts Neues ist. Ich muss es wiederholen, um die Realität zu begreifen.

»Er hat dir Geschenke geschickt, dich beobachtet, wie du dich selbst berührt hast. Und weißt du auch, warum?« Er tritt erneut auf mich zu und keilt mich zwischen seinem Körper und dem Wagen in meinem Rücken ein.

»Weil ich es ihm erlaubt habe«, antworte ich wie von selbst. *Aaron! Ihm habe ich es erlaubt.*

Wieder zuckt seine Maske. »Ganz genau, mariposa.«

Ich keuche leise.

»Er hätte mich töten können«, wimmere ich und begreife endlich, in welcher Situation ich mich befinde; welche Gefahr mir droht.

»Das wollte er.« Der Maskierte legt seine Hand an meine Wange und streicht mir die Haare sanft aus dem Gesicht. »Vom ersten Moment an wollte er dich töten. Er wollte, dass sein Messer dein Blut berührt, dass die Klinge erneut rötlich glänzt.«

Mein Atem geht rasselnd. »Das hat sie«, stoße ich aus. Schweiß sammelt sich auf meinem Körper. Ich habe Mühe, mich auf den Beinen zu halten.

»Das hat sie«, wiederholt er leise.

»Wieso hat er es nicht getan?« Ich musste die Frage stellen. Seit diesem Abend beschäftigt sie mich. *Wieso hat er mich nicht getötet? Wieso hast du mich nicht getötet? Wieso, wenn du nicht er bist? Wieso hat er Interesse an mir, wenn er nicht du ist, Aaron?*

Er bleibt einen kurzen Moment still. Dann packt der Maskierte meine Kehle. Ich sträube mich nicht. Sehe ihn lediglich an. Der Maskierte blinzelt träge. »Ihm scheint etwas an deinem Verhalten gefallen zu haben. Du bist nicht weggelaufen, hattest keine Furcht.«

»Ich hatte Angst. Panik …«, unterbreche ich ihn.

»Aber nicht davor, dass du stirbst. Du warst nicht in Sorge.«

»Ich hatte eine Menge Sorgen.« Eine erste Träne rollt über meine Wange nach unten. Er fängt sie mit dem Handschuh auf und reibt die Feuchte in meine Haut ein. »Aber nicht um deinen Nachbarn.«

»Nein.« Nein, das hatte ich nicht. Ich weiß selbst nicht, was ich in dieser Nacht dachte. Was ich getan hätte, wenn er nicht zu mir gekommen und mich auf diesem Tisch genommen hätte.

»Wieso nicht?« Ich höre, wie der Maskierte ausatmet. Seine Finger zucken an meiner Kehle.

»Dir scheint das *Warum* noch immer wichtig zu sein.« Mir entweicht ein aufgelöstes Lachen.

»Das ist es. Schenkst du mir eine Antwort darauf?«

Mein Herzschlag stolpert. Ich presse die Zähne fest aufeinander. Dann spreche ich, ohne nachzudenken. »Weil manche Menschen es verdienen, zu sterben.«

Er hebt das Kinn leicht an. Schenkt Aaron einen kurzen Seitenblick. »Und hatte dein Nachbar es verdient?«

Ich sträube mich in seinem Griff. Das hier ist falsch. Über den Tod eines Mannes zu sprechen, als wäre es nichts.

Und trotzdem mache ich es. »Das weiß ich nicht. Schließlich war ich nicht sein Mörder.« Inzwischen stelle ich mir eine andere Frage: Habe ich es verdient, zu sterben?

Erneut tauschen die beiden Männer einen knappen Blick, der mir die Nervosität durch den Körper schießt.

Aaron stöhnt leise. »Ich möchte gern, dass du es aussprichst, Maddison.«

Mir schießt das Blut in den Schädel. »Was meinst du?«

»Du hast ihn nicht getötet, wer dann?« Der Maskierte lenkt mit der Frage meine Aufmerksamkeit auf ihn.

»Das ist offensichtlich.«

»Wieso sprichst du es dann nicht aus?«

Ich atme scharf zwischen den Zähnen aus. »Weil es dann … echt wird.« In meinem Kopf rauscht es.

»Und was noch?«

»Dass … ich …«

»Ja«, hakt Aaron nach.

»Er war es. Er, nicht ich und nicht … du.«

»Und das bedeutet?«, hakt der Fremde nach.

»Dass ich zwei Männern verfallen bin.« Mir wird schlecht. Zwei Männer. *Zwei.*

»Und was noch?« Aaron.

»Zuerst muss ich es wissen. Ich muss wissen, wer du bist.« Mein Blick schießt zu dem Fremden.

Er ist ein Fremder. Wohin auch immer Ethan verschwunden ist, er ist es nicht! *Dafür bete ich.*

Der Fremde schiebt eine Hand an sein Kinn. Er greift nach dem Stoff der Maske. Mein Herz stoppt, als er sie langsam nach oben zieht. Millimeter für Millimeter legt er sein Gesicht frei, das vom Vollmond beschienen wird. Ich blinzle hektisch. Sauge alles mit meinen Blicken auf.

Sein kantiges Kinn, den gestutzten, dunklen Bart, der einen großen Teil seines unteren Gesichts bedeckt. Die schmalen Lippen, dessen eine Seite geschwollen und aufgeplatzt ist, bei deren Anblick ich meine eigenen befeuchte. Er verzieht sie zu einem knappen Grinsen, das Hitze durch meinen Körper jagt.

Es ist besser.

So viel besser, als meine Fantasie es jemals zeichnen konnte. Er beugt sich nach vorn. Enthüllt seine Nase und endlich diese himmlischen, dunklen Augen, die mich in meinen Träumen verfolgt haben. »Es ist schon längst real, mariposa«, raunt er leise. Ich blinzle hektisch, mein Puls stolpert. Dann enthüllt er den Rest seines Gesichtes und zieht die Maske endgültig über seinen Kopf. Die dichten schwarzen Augenbrauen hat er zusammengezogen. Seine schwarzen Haare sind ein paar Zentimeter lang und hängen ihm lose in die Stirn.

»Wer bist du?«, rutscht es mir heraus. Es ist nicht Ethan. *Er ist nicht Ethan.* In meinem Kopf rauscht es. Ich verstehe gar nichts mehr. Mein Blick zuckt zur Seite. Ethans Körper bleibt verschwunden. Lediglich eine dunkle Blutspur glänzt im Nachtlicht. Der Maskierte war nie Ethan. *Natürlich nicht. Ich hätte ihn erkannt. Erkennen müssen ... aber Gott ... ich ...*

Meine Gedanken stocken.

»Wer ich bin, spielt keine Rolle.«

Ich wimmere leise. »Für mich schon.«

Der Fremde hebt das Kinn an. Er sieht abwartend zu Aaron. »Sollen wir ihr diesen Gefallen gewähren?« Dieser hebt eine Augenbraue. »Sie hat sich heute Abend gut gemacht, findest du nicht?«

Ich beiße mir auf die Lippen und versuche, geduldig zu warten.

Der Fremde nickt schließlich und sieht zurück zu mir. »Das stimmt, Maddy. Wir haben nicht damit gerechnet, dass du dich so gut schlägst.« Er reibt mit seinem behandschuhten Daumen über meine Lippe. »Mein Name ist Javier Vargas und es freut mich, dass du noch immer hier bist und ich dich nicht bereits bei unserer ersten Begegnung getötet habe, Maddy.«

Javier.

Ich kann nicht widerstehen, seinen Namen in meinen Gedanken ein paar Mal zu wiederholen. *Javier.* Er hat endlich einen Namen. *Und es ist nicht Ethan.*

»Wieso das alles?«, frage ich zögernd.

»Diese Frage wirst du konkretisieren müssen, Maddison.« Mein Blick zuckt zu Aaron.

Ich schnaufe leise. »Beginnen wir doch damit, wieso ich hier bin.«

Aaron hebt den Arm und streckt mir die Hand auffordernd entgegen. Ich ergreife sie ohne Zögern. Nicht aus Angst, nicht aus einer Dummheit oder Unüberlegtheit heraus, sondern weil ich es will. Javier gibt mich frei, als mich Aaron in Richtung der Lagerhalle dirigiert. Trotzdem bleibt er dicht an meiner anderen Seite.

»Wir sind sehr eigensinnig, Maddison. Mit uns ist es nicht wie mit einem Mann, den du auf Tinder kennenlernst, den du datest und irgendwann vielleicht heiratest.« Ich werfe einen schnellen Blick zurück zu meinem Wagen, während ich mich von ihm zu der Lagerhalle führen lasse. »Wir werden nicht heimlich die Kellnerin angaffen, nicht jeden Abend auf dem Sofa mit Chips und Netflix verbringen.« Aaron seufzt leise.

»Dafür haben wir ein paar andere Eigenarten.« Bei Javiers dunkler Stimme zucke ich zusammen. Er lässt sich davon nicht abschrecken und legt eine Hand auf mein Schulterblatt. »Mein Freund hat dich bereits vor Monaten ausgesucht, so ist es doch, oder nicht?«

Aaron öffnet die Wellblechtür und deutet nach drinnen. »So ist es«, bestätigt er leise.

»Aber wieso?«

Kaum, dass ich eingetreten bin, packt mich Aaron an der Hüfte und drängt mich mit dem Rücken gegen Javier, der wie ein unüberwindbares Hindernis hinter mir steht. Aaron umfasst mein Gesicht und sieht mir tief in die Augen. »Weil ich mir immer hole, was mir versprochen wurde.«

Ich keuche leise. »Ich habe dir nichts versprochen.«

Er schürzt die Lippen. »Das hast du, auch wenn du vielleicht erst daran erinnert werden musst.« Mein Verstand versucht, seinen irritierenden Worten zu folgen. Ich hätte mich ihm versprochen. Sofort. Ohne Zögern.

Nur wie soll ich das getan haben, wenn ich ihn nicht kenne?

»Als ich vor deiner Tür aufgetaucht bin und dich zu dem Mord deines Nachbarn befragt habe, sind wir einander nicht das erste Mal begegnet.«

Ich schlucke.

Javiers Hände wandern an meine Hüfte. Keuchend presse ich die Schenkel zusammen, unfähig, mich ansonsten zu rühren.

Aaron setzt sein Bein zwischen meine. Ich dränge ich ihm sofort entgegen und spüre den Vibratorslip überdeutlich an meiner Pussy. »Wo dann?«, frage ich viel zu spät. *Zwei Männer*. Mein Verstand kann es noch immer nicht begreifen.

»Wer war der erste Mann, der erste Junge, könnte man vielmehr sagen, dem du dich versprochen hast?«

Ich schlucke. Es fällt mir schwer, ehrlich zu antworten. »Ethan, mein Ex.« Bedauern schwingt in meinen

Worten mit. Zuerst habe ich ihm meine Liebe gestanden, obwohl mich jede Faser meines Körpers und meines Verstandes angefleht hat, es nicht zu tun. Aber ich wollte einfach nicht länger allein sein ... Ich schlucke.

Und als ich mich ihm versprochen habe ... da war es nicht ... freiwillig. Ich versuche, den aufkeimenden Schmerz zu verdrängen.

»Nein.« Aaron schüttelt langsam den Kopf. Seine Finger ziehen sanfte Kreise über meine Wangenknochen. »Davor.«

»Es gab kein ...« Ich breche ab. Hebe überrascht das Kinn und starre ihn an. Meine Blicke huschen über sein Gesicht. Ich befeuchte meine Lippen. Mein Herz schlägt schneller. »Alles davor war ...« Mir fehlen die Worte. *Das kann nicht sein ... oder?*

»Alles davor war was, Maddison?«

»Kindeleien ...«

»Vielleicht für dich.« Er zieht einen Mundwinkel nach oben und verengt den Blick. »Du warst ein impulsives Kind. Immer musstest du das letzte Wort haben.«

Ich schluchze leise. »Nur weil ein Junge mich immer provoziert hat.«

»Er hat es nur getan, um zu sehen, wie du dich gegen ihn zur Wehr setzt und behauptest.«

Ich schlage die Hände vor die Lippen und stoße dabei gegen seine Arme. »Das kann nicht sein.«

»Wieso nicht?«

Wieso nicht?

Weil ... wenn das stimmt, dann stehe ich vor Aaron Brown, meiner Kindergartenliebe. Wir haben jeden Tag miteinander verbracht, gespielt und ... Ich hebe den Kopf. »Ich war damals verliebt in dich.«

»Und ich mochte keine Mädchen.« Er schmunzelt.

Für einen kurzen Moment gibt es nur ihn und mich. Tränen rinnen über meine Wangen. Ich weiß nicht einmal, wieso mich dieses Geständnis derartig überrennt. Nach allem, was geschehen ist, sollte dass das kleinste Thema sein. »Das ist eine Lüge«, schniefe ich leise.

»Vielleicht.« Er beugt sich zu mir herunter und legt seine Lippen hauchzart auf meine. Er küsst mich nicht. Erst recht nicht so verlangend und dominant wie zuvor. Es ist lediglich eine sanfte Berührung, bevor er sich zurückzieht.

»Du ... du hast dich als Aaron Williams vorgestellt.«

»Und nicht gelogen.« Sein Blick zuckt an mir vorbei und erst jetzt werde ich mir erneut Javier, der noch immer dicht hinter mir steht, bewusst. Mein Verstand schießt zurück in meine Kindheit. *Javier? Javier? Ich kenne keinen Javier.*

Ich schüttle irritiert den Kopf. »Warst du verheiratet?« Meine Kehle schnürt sich zu. Ich kann unmöglich eifersüchtig sein, wenn meine Kindergartenliebe, die ich seit über 20 Jahren nicht gesehen habe, verheiratet war.

»Nur mit dir«, antwortet Aaron dicht an meinen Lippen. Mir entweicht ein nervöses Lachen bei seiner Antwort und der Erinnerung daran, wie ich ihn gezwungen habe, mich im Sandkasten zu heiraten. »Aber nachdem du weggezogen bist, hat meine Mutter erneut geheiratet.«

Ich nicke stoisch, ohne eines seiner Worte richtig zu begreifen.

»Und …« Ich drehe mich stockend um und werfe Javier einen schnellen Blick über die Schulter zu.

Er erwidert den Blick. »Nein, mariposa, wir haben keine dramatische Kindheitserinnerung, die wir teilen.«

Ich schüttle den Kopf. In meinem Kopf setzen sich die Teile zusammen. Jeder Brief, den ich in den letzten Wochen bekomme habe, sehe ich mit einem mal wieder vor mir. Die gestanden Geheimnisse, die Erinnerungen. Javier war neu in der Schule … Wie alt war er? 12 Jahre? Er muss Aaron kennengelernt haben, als ich längst weggezogen war. »Aber Aaron und ich teilen dafür einen langen Abschnitt unserer beider Leben miteinander.« Ich schluchze. *Ich weiß*. Kein Ton verlässt meine Lippen.

Mein Blick schießt zurück zu Aaron. »Wir haben uns in der Schule kennengelernt und nun ja … seitdem gibt es uns nicht mehr einzeln.« Ich nicke, weil ich es verstehe. Weil mein Kopf es endlich zusammensetzt. *Das Puzzle zwischen uns.*

Mir schießt Hitze in die Wangen. Es gibt dutzende Auslegungen für diese Aussage, doch in meinem Verstand bleibt lediglich eine davon hängen.

Es gibt sie nur zusammen. Fuck. Ich will sie zusammen!

Und trotzdem muss ich eine letzte Frage stellen, bevor ich mir über die nächsten Tage, geschweige denn irgendeine Form von Zukunft Gedanken machen kann. »Wo ist Ethan?«

Javiers Griff verstärkt sich an meiner Hüfte. Ich ziehe

scharf die Luft ein. Aaron schließt die Lücke zwischen unseren Körper, sodass ich seine muskulöse Brust, den Waffengürtel und sein Bein überdeutlich an meinem Körper spüre. »Wieso interessiert dich das?«

Ich schlucke und atme gepresst aus. »Ihr habt mich hierher gebeten«, stelle ich fest.

»Ja, mariposa.« Ich spüre Javiers Worte auf meinem Nacken kitzeln.

»Ihr habt ihn aus dem Gefängnis geholt.«

»Er war lediglich in Gewahrsam auf der Dienststelle, aber ja, fahr ruhig fort.« Mein Blick schießt zu Aaron.

»Wieso?«

Er schüttelt langsam den Kopf. »Du bist so weit gekommen in deiner Mutmaßung. Lass mich dir nicht den Spaß am Rest davon nehmen.«

Ich atme tief ein. Mein Körper bebt. Ihre Berührungen, die Nähe verwirren mich. Alles in mir steht unter Strom. Deshalb dauert es einen Moment, bis ich meine Gedanken sortieren kann. »Er hat mir wehgetan.«

»Das hat er.« Javiers sanftes Schnurren berauscht mich.

»Er hat mich geschlagen und verletzt.«

»Nicht nur einmal.« Aaron bringt mein Herzschlag zum Rasen.

»Ihr wolltet, dass ich dieses Mal diejenige bin, die ihm wehtut ... oder?« Das letzte Wort schiebe ich zittrig hinterher.

»Du hast ihm wehgetan.« Mein Kopf schießt herum zu Javier.

»Hast dich gewehrt und bist weggelaufen.« Ich nicke

Aaron bestätigend zu. »Aber das war nicht der Moment, indem ich entschieden habe, dass du die richtige Frau für uns bist.«

Ein monotones Fiepen setzt in meinen Ohren ein. »Wann dann?«

Ich spüre Javiers Lippen dicht an meinem Kopf. »Das weißt du längst.«

Aaron streicht über mein Kinn. Ich schlucke. »Als ich innegehalten und mich umgedreht habe.«

Das ist es? Das kann nicht sein! Aber ich sehe die Bestätigung in Aarons Augen. Javier hat gesagt, dass er mich testen wird. Dass er ... Ich schlucke. *Er hat mich Ethan ausgeliefert, um zu sehen, ob ich die Frau bin, die an seiner Seite besteht?*

»Und wieso hast du das getan? Wieso bist du nicht weggelaufen.« Aarons Frage raubt mir den Atem.

»Weil ...« Ich stocke.

In meinem Kopf rauscht es. Ich lege mir dutzende Rechtfertigungen zurecht.

Ethan hat es verdient. Er hätte nie aufgehört, mich zu verfolgen. Irgendwann hätte er mich getötet. Die Polizei hätte nichts unternommen, bevor es nicht zu spät gewesen wäre.

Aber es gibt nur eine Aussage, die den wahren Kern am besten trifft.

»Weil manche Menschen es verdienen, bestraft zu werden.« Ich hebe den Kopf. »Und jetzt war ich dran, zu bestrafen.«

»War?« Javiers Stimme ist sanft und gleichzeitig dunkel. Sie lässt mich erschaudern.

»Er ist weg.«

Aaron tritt zögerlich zurück. Er greift an meine Schultern. Javiers Hände liegen noch immer auf meiner Hüfte. Zusammen drehen sie mich leicht zur Seite. Aaron schiebt sich aus meinem Sichtfeld und gibt meinen Blick auf die Lagerhalle frei.

Meine Beine werden weich und mein ganzer Körper versteift sich. Meine Augen huschen durch die schwach vom Mondlicht beschienene Halle und treffen auf die Umrisse eines Mannes, der einige Meter entfernt vor einem großen Fenster hängt. Seine Füße schweben ein paar Zentimeter über einer Kante, die zu einer Art Bühne oder Podest gehört. Ich weiß nicht, wofür sie einmal genutzt wurde, aber inzwischen ist die große Betonfläche leer.

Erst nach ein paar Metern stelle ich fest, dass ich auf die Gestalt zugehe. Meine Schritte sind zittrig und meine Beine fühlen sich schwer an. Das Mondlicht strahlt von außen durch das große Fenster. Es ist zerstört. Von den vielen kleinen Streben und Scheiben, die es teilen, sind nur noch wenige vollständig erhalten.

Ich erschaudere bei dem Anblick und halte inne.

Schwer atmend hebe ich den Kopf und sehe zu der Gestalt hinauf.

Zu Ethan.

Wartest du auf dein Ende?
Es wird schon sehr bald kommen.
Soll ich dir verraten, woher ich das weiß?
Ich selbst werde dafür sorgen.

KAPITEL 43
MADDY

Sie haben ihn mit Ketten an den Handgelenken aufgehangen. *Javier. Er war das. Er muss es gewesen sein. Wie konnte ich das nicht merken?* Nur stockend hebe ich den Kopf und lasse meinen Blick über seinen Körper gleiten. Seine Hose wurde hochgezogen und nur notdürftig geschlossen. Der Reißverschluss ist offen, der Gürtel wurde ihm um den Mund gebunden, was mir zugegebenermaßen eine gewisse Befriedigung verschafft. Mir wird schlecht, als meine Augen für einen Moment auf dem Leder verharren. Es ist, als würde es einen Schalter umlegen und mich nicht mehr an der verwirrenden Situation festhalten lassen.

Für einige Sekunden spielt es keine Rolle, wieso er hier ist, ob Javier ihn weggeschafft und aufgehangen hat, während ich abgelenkt von Aaron wurde. Es interessiert mich nicht, wie ich so unachtsam sein konnte, wie mir so viel entgegen konnte, nicht nur heute, in den letzten Wochen.

Ich werde zurück in die Vergangenheit katapultiert. In jede schlimme Situation, die ich wegen Ethan durchmachen musste. Es ist, als würden mit einem Mal alle Schmerzen noch einmal über mir zusammenbrechen. Jede Demütigung, jedes schlimme Wort, jede Drohung, jede Gewalt, die er mir in den gemeinsamen Jahren angetan hat.

Ich bin zurück an dem Moment, als ich mich vor knapp zwei Jahren schon einmal von ihm trennen wollte und er mich durch die Wohnung gejagt hat. Sitze erneut im Kleiderschrank, zittere vor Angst und Schmerzen. Ich kann mich kaum rühren, als er auf einmal gegen die Tür schlägt und mich nur Sekunden später herauszieht. Ich kreische. Schlage, weine, flehe.

Ich kam nicht dagegen an.

Damals nicht, auch nicht drei Monate später, als er mich krankenhausreif zusammengeschlagen hat. Nicht an Weihnachten, als er mich auf die Knie zwang und ich mich hinterher stundenlang erbrach. Auch nicht, als er kurz vor unserer Trennung, kurz bevor ich weggelaufen bin und alles hinter mir ließ, mich so lang misshandelt hat, bis ich geblutet habe und tagelang Schmerzen hatte.

Dafür heute.

Schwer atmend öffne ich die Lider, ohne zu wissen, wann ich sie geschlossen habe. Ich sehe erneut nach oben.

Seine Beine hängen gut anderthalb Meter über mir in der Luft. Ich lege die Hände an die Kante des Podestes und will mich hochdrücken, als ich eine Berührung an jeder Hand spüre. Überrascht sehe ich zur Seite. Zu Javier. Mordlust und ein teuflisches Funkeln liegen in seinem Blick. Dann zur anderen, zu Aaron. Er trägt eine fette Sorgenfalte auf der Stirn. »Wenn es dir zu viel ist, können wir jederzeit gehen. Ich wollte eine dunkle Königin an unserer Seite – die bist du. Ungeachtet dessen, was ab sofort passiert.« Seine ruhigen Worte berauschen mich und geben mir den Mut, den ich gebraucht habe. Ich schüttle stockend den Kopf und drücke meinen Körper mühsam auf das Podest. Tief einatmend richte ich mich auf.

Meine Beine zittern, doch hier oben gibt es nichts, an dem ich mich festhalten will. Nur Ethans Körper.

Am Rande bekomme ich mit, wie Aaron und Javier nach mir auf die Kante springen – wesentlich sportlicher als ich –, aber das spielt in dem Moment keine Rolle.

Statt auf sie zu achten, sehe ich Ethan an. Mein Blick fällt auf seine graue Hose, die an einer Stelle von dunklem Blut durchtränkt ist.

Ohne nachzudenken, strecke ich die Finger danach aus. Ich zucke zusammen, als ich den durchtränkten Stoff spüre, und reiße meine Hand zurück. Javier tritt an meine Seite. »Kein Grund zur Furcht. Er kann dir nichts mehr antun.«

Mehrmals wiederhole ich seine Worte in meinem Geiste, bis ich sie endlich begreife. Ja, er kann mir nicht mehr wehtun. »Ich ihm aber schon.« Javier lacht rau, als ich die Finger erneut auf die blutende Stelle drücke und dieses Mal nicht innehalte. Bewegung kommt in Ethan. Sein Kopf zuckt, jedoch hebt er ihn noch nicht an.

»Ich habe mir erlaubt, seine Wunde zu verbinden, während ihr beiden beschäftigt wart.« Ich sollte mich aufgrund Javiers Worte schlecht fühlen – mache ich nur nicht.

»Wieso?«

»Damit er noch ein Stückchen länger am Leben bleibt, Maddison.«

Aaron dicht an meinem Rücken zu spüren, beflügelt meinen Puls. »Was hättest du getan, wenn ich dich vorhin nicht unterbrochen hätte?«

Meine Gedanken rasen. Ich weiß es selbst nicht. Im ersten Moment wollte ich einfach weg. Dann habe ich realisiert, dass ich nicht endlos lang davonlaufen kann. Nicht, wenn Ethan mich doch immer wieder einholt. »Es zu Ende gebracht«, sage ich mit rauer Stimme. Dann stoße ich Ethan erneut an. Dieses Mal fester. Er regt sich, gibt ein ersticktes Stöhnen von sich und rollt den Kopf fluchend zur Seite. Nach ein paar Sekunden schlägt er die Lider auf.

Er blinzelt träge.

Ich beobachte ihn genau. In dem Moment, als er mich erkennt, gerät sein Körper in Bewegung. Er flucht, windet sich, spuckt gegen den Gürtel an und gibt vom Leder gedämpfte Worte von sich.

Wie von selbst schiebt sich ein Lächeln auf meine Lippen. »Ist scheiße, wenn man nicht sprechen kann, oder?«

Ethan windet sich. Die Kette an seinen Handgelenken klirrt, er tritt mit den zusammengebundenen Füßen nach mir. Ich weiche jedoch nicht zurück, ungeachtet dessen, dass er zu weit entfernt ist. Stattdessen drehe ich mich um und sehe zwischen den Männern hin und her. »Können wir ihn ein Stück herunterlassen?« Javier schiebt die Hand in seinen Pullover. Er holt zwei Fernbedingungen heraus. Mein Blick bleibt bei der kleineren davon haften und automatisch zieht sich meine Mitte begierig zusammen. Mir schießt das Blut in die Wangen, als ich nach der klobigen, älter aussehenden greife.

»Schlechte Wahl«, kommentiert er gelassen.

»Weshalb?«, gebe ich stockend zurück und erstarre, die Finger um die Fernbedingung gelegt.

»Diese hier hätte uns allen etwas mehr Freude bereitet.« Er dreht die kleinere zwischen den Fingern.

Seine verdorbenen Worte schießen durch meinen Körper. Lust sammelt sich zwischen meinen Beinen. »Dann ist sie doch bei dir um einiges besser aufgehoben, findest du nicht?«

Javier schließt die Finger um die Fernbedingung in seiner Hand, die mit Sicherheit für das, was sich in meinem Höschen befindet, gedacht ist. Ich presse die Beine zusammen und warte förmlich darauf, dass er sie bedient, was er jedoch nicht macht. Zumindest nicht sofort.

»Nicht jetzt, Maddy.« Er lächelt matt.

Stockend drehe ich mich zurück zu Ethan. Javier tritt hinter mich und legt die Hände ein weiteres Mal an meine Hüfte. Seine Lippen platziert er dicht an meinem Ohr. »Hast du dir schon überlegt, was du tun möchtest?«

»Und ich wiederhole nur allzu gern, dass es eine absolut tragbare Wahl ist, dass wir ihn hier hängen lassen und uns stattdessen um uns kümmern«, fügt Aaron hinzu.

Ich erschaudere und halte die Luft an. Dann betätige ich einen Knopf und höre, wie die Kette über Ethan rasselt. Nervös blicke ich hinauf und sehe, wie die Kette nach oben gezogen wird. »Nein.« Kurzerhand drücke ich den anderen Schalter und warte darauf, dass Ethan nach unten sinkt. Seine Füße stoßen gegen die Kante des Podestes. Er will sich hinstellen, doch ich trete kurz entschlossen gegen sein Schienbein. Er verliert den Halt und sein Körper rutscht an der Kante vorbei und schlägt begleitet von seinem Stöhnen dagegen.

Ich zucke zurück und stoße gegen Javiers Körper. Dabei spüre ich seinen harten Schwanz, der sich durch seine Hose gegen meinen Rücken drängt. Kurz reißt mich diese Feststellung aus meinem Vorhaben. Überrascht drücke ich auf Stopp, sodass Ethan vor mir in der Luft hängt. Sein Kopf befindet sich einige Zentimeter unter mir. Ich sehe, wie er die Beine anheben will und das Gesicht vor Schmerzen verzieht. »Aber vielleicht kannst du mir dabei helfen?« Ich sehe zurück. Mein Puls trommelt unter meiner Haut. Dann blicke ich zu Aaron, der wenige Zentimeter neben uns steht.

Ich habe ihn gebeten, mir zu helfen, jemanden zu töten. Das ist völlig absurd! Nur wieso fühlt es sich so gut an? Weil ich mich endlich an Ethan rächen werde? Weil er dann niemanden mehr verletzen wird? Auch nicht mich?

Aaron hebt die Hand an seinen Waffengurt und zieht ein Messer mit einer schnellen Bewegung heraus. *Mein Messer*. Das ich, bevor ich das Haus verlassen habe, eingepackt habe. Das, mit dem verzierten Griff, das mir Javier vor wenigen Wochen geschickt hat. Inzwischen bin ich nicht mehr verwirrt. Javier ist mein Stalker, mein maskierter Mörder, Folterknecht und der Mann, den ich begehre. Genauso sehr wie Aaron. Den Polizisten, den Gentleman und meine persönliche Sünde.

Javier zieht eine leichte Spur aus Küssen über meine Halsbeuge, die mich erschaudern lassen.

Aaron spielt ein paar Momente mit der Klinge und reibt mit dem Finger über die glatte Seite.

Ich schlucke. »Das war von dir, oder?«, frage ich an Javier gewandt. Langsam lehne ich mich zurück, bis mein Kopf auf seiner Brust zum Ruhen kommt. Er beugt sich zu mir herab, sodass seine Lippen meinen Scheitel streifen. »Betrachte es als ein Gemeinschaftsprojekt.«

»Von dem ihr euch was erhofft habt?« Mein Puls bebt. Ich weiß nicht, wieso ich zögere.

Aus Angst? Scham? Oder weil es falsch ist, jemanden töten zu wollen? Javier zieht meinen Körper fester gegen seinen, sodass ich seine Erektion überdeutlich spüren kann.

Ich möchte ein paar Antworten und ... so verboten es sich auch anfühlt, ich genieße das Gefühl der Macht, vor Ethan zu stehen, der endlich wehrlos ist. Gleichzeitig beschützt und gestärkt von Aaron und Javier. *Fuck ... es fühlt sich gut an, wie kann es dann falsch sein?*

»Dein Nachbar hat sich die falschen Feinde gemacht, bei den falschen Menschen Schulden angesammelt. Ich habe Javier den Gefallen getan, mich ein wenig über ihn zu erkundigen, bevor er ihm einen Besuch abstattet.« Aaron tritt an mich heran. Ich spüre, dass das längst nicht alles ist, und werde nachfragen. Schon bald. Er verpasst

Ethan einen knappen Schlag, der sich mühsam mit den Knien an den Rand des Podestes getastet hat.

Javier schiebt eine Hand unter meinen Pullover und umfasst von hinten meine Brust, während Aaron weiterspricht. »Alles war normal, nichts, was wir nicht schon hundert Mal getan haben. Ich habe mich über seine Familie informiert, seine Lebenssituation und ihn.« Dann setzt er die Klinge mittig zwischen meinen Brüsten an. Ich schlucke, als er die Spitze langsam nach oben bis an meine Kehle führt. »Und dann habe ich mich über seine Nachbarn erkundigt. Maddison Alison Torres. Ich wusste sofort, wer du bist.« Er drückt die Spitze fester in meine Halsbeuge, bis ich vor Schmerz zusammenzucke. Aaron verengt leicht die Augen.

Javier zwirbelt meinen Nippel, sodass ich leise keuche. »Es hat mich nicht überrascht, dass Javier binnen weniger Sekunden Gefallen an dir gefunden hat. Hätte er es nicht, wärst du nicht die Frau geworden, die ich erwartet hätte.« Er zieht die Klinge zurück.

Ich spüre Javiers Lippen erneut an meinem Ohr. »Und wie du mir gefallen hast.« Sein dunkler Ton bringt mich zum Seufzen.

Aaron streckt es mir entgegen, den Griff voran, an dem noch immer Ethans Blut klebt. »Ich muss zugeben, dass es mir nicht gefallen hat, dass du mich nicht erkannt hast, aber gut, seitdem ist eine Menge Zeit vergangen.« *25 Jahre, wenn es reicht.* Er schüttelt langsam den Kopf. Mein Blick bleibt an dem Messer hängen. Zittrig nehme ich es entgegen. Er lässt nicht sofort los, stattdessen sieht er mir ein paar Sekunden in die Augen. »Noch weniger hat es mir gefallen, dass du einem anderen erlaubt hast, dich zu berühren.«

Ich öffne die Lippen, um zu protestieren. Javiers leises *Sch* bringt mich zum Innehalten. »Reiz ihn besser nicht. Dass er dir das Messer reicht, ändert nichts daran, dass er dich töten kann – mit oder ohne Waffe. Glaub mir, auf mich war er heute schon wütend.« Ich schlucke. *Die aufgeplatzte Lippe. Das war Aaron? Mist … hat er Javier etwa meinetwegen geschlagen?*

»Du solltest auf ihn hören.« Aaron gibt die Klinge frei. »Niemand kennt mich so gut wie er.« Er verengt den Blick. »Aber das werden wir ändern. Zumindest was ein paar Dinge angeht. Schließlich will ich, dass du lernst, wie du deine Verfehlungen wiedergutmachen kannst.«

Ich schlucke. »Indem ich ihn töte?«

Aaron schnauft leise. »Ihn zu töten ist unser Geschenk an dich. Nimm es an oder nicht, das ändert nichts daran, dass du mir gehörst.«

Javier schiebt seine Hand vorn in meine Hose. Ich greife intuitiv nach seinem Arm und stoppe ihn. Mein Herz schlägt schneller. »Und Javier?«, frage ich stockend.

»Fürchtest du, ich könnte ihm etwas antun, wenn er seine Hand in dein Höschen schiebt?«

Ich nicke stockend. *Das würde er nicht, oder? Nicht mehr als eine aufgeplatzte Lippe.*

Javier lacht rau und bewegt seine Finger tiefer, bis er auf meine feuchte Pussy stößt.

»Solang er sich ab sofort zu benehmen weiß hat er gute Chancen, den Morgen zu erleben.« Ein Schmunzeln liegt in Aarons Stimme und lässt mich erleichtert durchatmen. *Ich wusste es.* Trotzdem musste ich es hören.

»Dann sehe ich schwarz, was den Morgen angeht. Wer benimmt sich schon gern?« Javier schnappt mit den Zähnen nach meinem Hals. Ich zucke zusammen. »Und jetzt sei ein braves Mädchen und lass uns die Sache zu Ende bringen. Du läufst förmlich aus und diesen Umstand kann ich nicht länger ignorieren.«

Mir entweicht ein bedauerndes Wimmern, als er die Hand aus meiner Hose und meinem Pullover zieht. Höchst widerwillig setze ich einen Schritt nach vorn und starre auf Ethan hinab. Ich atme tief ein, dann greife ich nach dem Gürtel, der fest um seinen Kopf und seinen geöffneten Mund gezogen ist. Er hält in der Bewegung inne, bis ich ihn befreit habe. »Du widerliches Stück Scheiße! Du wirst es bereuen, dich gegen mich gewandt zu haben ...« Seine Hassreden werden von Aarons Schlag gegen seine Schläfe unterbrochen. Ethans Augen verdrehen sich und sein Kopf hängt für einen Moment schlaff zur Seite, bevor er sich stöhnend aufrichtet.

»Sei kein Arsch. Er sollte mein Spielzeug sein.« Mir entweicht ein nervöser Laut.

Aaron schmunzelt. »Verzeihung. Aber niemand spricht so mit dir. Auch kein zum Tode Verurteilter.«

Ich schüttle den Kopf und sehe zurück zu Ethan. »Du machst es mir leicht. Selbst jetzt zeigst du mir, dass du weder meine Gnade noch meine Zeit verdienst.« Er öffnet die Lippen, weshalb ich die Spitze meines Messers kurz entschlossen an dem weichen Fleisch seines Mundes ansetze und den Druck verstärke. Er flucht und dreht den

Kopf harsch zur Seite. Dabei zieht mein Messer einen blutigen Schnitt von seiner Lippe bis zu seiner Wange. Er brüllt vor Schmerz.

Wie paralysiert starre ich auf die rote Linie, die leicht auseinanderklafft und die ersten dunkelroten Tropfen herabschickt.

»Du warst schon immer nur eine dreckige Hure«, spuckt er mir mitsamt des Blutes entgegen. Ich zucke zusammen, als ein paar Tröpfchen meinen Handrücken und meinen Hals treffen und sehe nachdenklich nach unten. »Du brauchst dich nicht zu wundern, dass ich dich genauso behandelt habe. Um ehrlich zu sein, hättest du so viel mehr verdient. Wenn uns die Bullen nicht abgefangen hätten, hätte ich dir gezeigt, was Demut bedeutet …«

Meine Faust trifft hart sein Gesicht. Ich spüre das Knirschen seiner Nase und reiße meinen Arm überrascht zurück. Aaron tritt an meine Seite, als ich die Hand fluchend schüttle. »Daran arbeiten wir noch.« Ich schenke ihm einen schnellen Blick, als er meine Hand zwischen seine nimmt und sanft über meine Knöchel streicht. »Vielleicht sollte ich einfach bei meinem Messer bleiben«, stöhne ich.

»Oder zumindest den Daumen nach draußen nehmen.« Er faltet meine Hand auf und schiebt die Finger nach innen. »Sonst wirst du dir irgendwann die Finger brechen.« Aaron hebt meinen Arm und platziert einen zarten Kuss auf meinem Daumen.

Ich nicke stockend, bevor ich mich Ethan wieder zuwende. Allein in sein Gesicht zu sehen, löst eine erneute Flut bitterblutiger Erinnerungen aus. Ich kralle die Finger fest um den Griff des Messers. Mein Herz pumpt. Ich sehe Ethan in die Augen, die er beinahe zusammengekniffen hat. Seine Worte blende ich aus. *So wie auch jedes Mal in meiner Vergangenheit.* Jedes Mal habe ich mich nur auf seine Augen konzentriert, während er getobt und mir meine Verfehlungen vorgehalten hat. *Das zu kalte Essen, die nicht gemachte Wäsche. Nichts war gut genug und für alles hat er mich bestraft.*

Ethan brüllt. Er spuckt und tobt, doch ich blende seine Stimme aus. Meine Finger zucken vor Anspannung um den Messergriff herum. Er hat mich gedemütigt, mich jedes Mal zu Boden gezwungen, mich geschlagen oder erniedrigt. Ich konnte lediglich die Augen schließen, damit ich ihn nicht länger ansehen musste.

Aber dieses Mal nicht.

Dieses Mal halte ich die Augen geöffnet, während ich an ihn herantrete.

Ich platziere das Messer an seiner Kehle. Endlich verstummt er. Dort, wo er seinen Gürtel dutzende Mal um meine gelegt und die Schnalle an meiner Haut gescheuert hat. Er hat ihn zugezogen, mir Blut und Sauerstoff geraubt. Noch jetzt spüre ich die Narbe, wenn ich die Finger an meine Haut lege, und die alten Erinnerungen keimen auf.

Javier greift in Ethans Haare und zerrt seinen Kopf zur Seite. Ethan spuckt Blut und Speichel in meine Richtung. Ich weiche nicht zurück.

Nicht dieses Mal.

Nicht, wenn ich mich daran erinnere, wie das Leder

mir in die Haut geschnitten hat. Wie ich tagelang einen Schal trug, egal wie warm es war.

Nicht wenn er mich ansieht und sein Blick vor Hass und Spott trieft.

Ich drücke die Klinge nach vorn. Der Widerstand, als ich seine Haut durchbreche, ist kaum spürbar. Blut rollt aus dem Schnitt und läuft an seinem Hals herab.

Ethan schreit, er reißt seinen Körper zur Seite und zerrt an den Ketten.

Aaron schnalzt leise mit der Zunge und packt ihn an seinem Pullover. »Hat dir noch niemand gesagt, dass man sich besser nicht bewegen sollte, wenn jemand eine Klinge an deine Kehle hält?«

Ethans Antwort ist ein gurgelnder Laut. Blut läuft an seinem Körper herab. Ein paar Spritzer treffen mich, doch ich ignoriere sie. Aaron und Javier fixieren ihn für mich. Mein Verstand schaltet sich ab. Dann setze ich das Messer erneut an und ziehe es von seinem Ohr ein paar Zentimeter abwärts.

Mit einem Mal stoppe ich.

Aaron schenkt mir einen kurzen, prüfenden Blick, doch ich schüttle den Kopf. Ich trete näher an Ethan, presse die Zähne fest zusammen, als mich seine letzte Demütigung erneut einholt. Ich kann den Gedanken, dass er mich mit seinem Buchstaben zeichnen wollte, nicht vergessen. *Dieses Recht steht ihm nicht zu.* Jetzt werde ich dafür sorgen, dass er mich niemals vergisst – genauso wenig sein Körper.

Ich zerre seinen Pullover nach oben. Seine Brust wird

von mehreren Blutschlieren bedeckt, die sich in den dunklen Haaren darauf verfangen.

Ohne Zögern setze ich das Messer auf seiner Haut an und schneide ihm ein blutiges M ins Fleisch. Zunächst ist es ungewohnt. Die erste Linie verwackelt. Die Zweite geht zu tief nach unten, aber das spielt keine Rolle. Ich umfasse den Griff fester, lasse mich nicht von dem schmierigen, warmen Gefühl seines Blutes irritieren. Er röchelt, spuckt, flucht und kämpft, auch wenn sein Widerstand langsam erlischt. Ich stoße das Messer tiefer in sein Fleisch, bis ich auf einen Widerstand treffe. Er brüllt ein letztes Mal auf. Javier packt ihn fester. Aaron ist dicht an meiner anderen Seite.

Noch ehe ich fertig bin, sackt sein Körper in sich zusammen. Sein Kopf hängt herunter, sein Körper schlaff an den klirrenden Ketten, als ich den letzten Strich nach unten schneide.

Schließlich stehe ich da. Schwer atmend, das Messer fest umklammert. Mein Herz pulsiert, Schweiß bedeckt meine Haut. Sein Blut hat meinen Körper und den Boden um mich herum bespritzt.

»Ich habe ihn umgebracht.« Das Messer rutscht mir aus den Fingern und schlägt auf dem Betonboden auf.

»Noch nicht ganz, mariposa. Aber er steht kurz davor«, säuselt Javier liebevoll.

Aaron tritt dicht vor mich. Ich balle die Finger zur Faust. Er legt die Hände an mein Gesicht. Auch sie sind von Blutspritzern bedeckt. »Wie geht es dir damit?«

Wie geht es mir? Ich habe keine Ahnung? Wie kann er mich das fragen?

Ich schlucke mehrmals. Mein Atem stockt. Javier tritt hinter mich. Seine Hände auf meinen Schultern sorgen dafür, dass sie sich langsamer heben und senken. Schließlich blinzle ich den Tränenschleier, den ich erst in dem Moment bemerke, weg. *Er wird mir nie wieder wehtun. Niemandem. Er wird mich nicht erneut schlagen oder verletzen. Niemals wieder.* Ich hebe das Kinn und sehe Aaron in die zusammengezogenen, grünen Augen. »Gut, denke ich.« Meine Stimme bricht ab. Eine Welle der Erleichterung bricht über mir zusammen. »Aber ich sollte mich nicht gut fühlen ... das war ... ich habe ...« Ich kann nicht klar denken. Hunderte Gedanken jagen gleichzeitig durch meinen Schädel, bis Aaron sie alle zum Verstummen bringt. »Manche Menschen verdienen es, bestraft zu werden.« Meine Worte aus seinen Lippen lassen mich erschaudern. Ich drücke mich hoch, greife nach seinem Nacken und ziehe sein Gesicht zu mir hinab. Sein Mund trifft hart auf meinen. Ich verschlinge ihn, küsse ihn, lasse mich treiben. Ich genieße, ignoriere und verfluche den metallischen Geschmack auf meinen Lippen gleichzeitig.

Keuchend löse ich mich von ihm. Ein paar Herzschläge lang sehe ich ihm in die Augen. Dann drehe ich mich langsam zu Javier herum. Sein Mundwinkel zuckt. Er legt den Kopf schräg und betrachtet mich aus verengten Lidern. »Aaron hat dir gesagt, dass du immer gut aussiehst, mariposa. Aber glaube mir, du warst nie schöner als in diesem Moment.« Er streicht mit den Fingerspitzen über meine Wange und streckt sie mir dann blutbefleckt entgegen.

Stöhnend presse ich meine Lippen auf seine, genieße seinen Geschmack, gemischt mit dem metallischen Blut. Ich reize ihn mit meiner Zunge, drücke mich an seinen Körper und ertaste ihn. *Damit ich ihn nie wieder mit einem anderen verwechseln werde.*

KAPITEL 44
DER COP

Fuck ... diese Frau ... Ich schüttle den Kopf und kann kaum glauben, dass sie all meine Erwartungen übertrifft.

Ja, ich habe mich nach ihr gesehnt. Sie hat ein dunkles Verlangen, sie zu besitzen, in mir geweckt, aber nie hätte ich mir zu träumen gewagt, dass sie irgendwann zwischen uns stehen würde, ihren Körper mit Blut bedeckt, nachdem sie ihren Ex-Freund ermordet hat.

Und sie hat es nicht aus Furcht getan, nicht, um mir oder Javier zu gefallen. Sie wollte es!

Diese Einsicht schießt elektrisierend durch meinen Körper und setzt mich förmlich unter Strom. Sie löst sich schnappend von meinem besten Freund. Er hält einen Moment inne.

»Meinst du, dass das der richtige Moment ist?«

»Vielleicht sollten wir reden?«, füge ich hinzu und lege die Hand an ihre Hüfte.

»Vielleicht ist das unsere Art, zu reden«, keucht sie

leise und drückt ihre Lippen erneut auf Javier, während ihre Hände nach mir tasten. Ich löse mich für einen Moment.

Während Javier sie küsst und den Pullover über ihren Kopf zieht, springe ich von der alten Bühne herunter. Mein Blick findet Javiers. Er lächelt verschmitzt und dirigiert Maddison an die Kante. Ich greife nach ihren Beinen. Sie keucht überrascht, als ich sie herunterhebe und ihren Arsch auf dem Podest platziere. Ich öffne ihre Hose verlangend. Mein Schwanz presst sich hart gegen den Stoff meiner Uniform. Maddison keucht und presst die Schenkel zusammen.

Javier lacht rau, was mir sagt, dass er für dieses himmlische Geräusch verantwortlich ist. Maddison hilft mir dabei, ihre Hose abzustreifen. Als ich spüre, wie ihr Höschen vibriert, halte ich für einen Moment inne. Sie stöhnt und reißt den Stoff selbst nach unten.

»Wie bedauerlich«, schnurre ich leise.

Sie murrt leise. »Sei still und sorg dafür, dass ich dich nicht als Nächstes töte.« Ihre Worte bringen meinen Schwanz zum Zucken. Ich umgreife mich selbst und schiebe ihre Beine mit der andren Hand auseinander und platziere sie auf meinen Schultern. Dann sehe ich zu ihr auf und reibe ein paar Mal über meine Länge. »Wirst du ein braves Mädchen sein und deine Beine für mich geöffnet halten?« Fordernd sehe ich sie an. Meine Eier ziehen sich vor Lust schmerzhaft zusammen.

Maddison stöhnt und nickt fiebrig. Sie beißt sich auf die vollen Lippen und atmet stockend ein.

Mit einem rauen Lachen senke ich den Kopf

zwischen ihre Beine, während ich mich mit der Hand selbst bearbeite. Ich sehe im Augenwinkel, wie Javier über sie steigt und höre, wie er seine Hose öffnet. »Beim letzten Mal mussten wir dir deinen hübschen Mund stopfen, damit keine unüberlegten Laute herauskommen. Heute will ich dich schreien hören.« Sie wimmert leise. In dem Moment drücke ich meine Lippen auf ihre heiß pulsierende Pussy und dränge meine Zunge in ihre Feuchte. »Aber zuerst werde ich deinen Mund ficken und mich tief in deinen Rachen schieben, mariposa.« Ihre Beine zucken auf meinen Schultern.

Ganz genau so, Maddison. So habe ich dich in meinen Träumen vor uns gesehen. Seitdem ich dich das erste Mal wiedergesehen habe, habe ich mir vorgestellt, wie es ist, zwischen deinen Beinen zu verschwinden und deine Lust zu kosten. Ich wollte es genauso.

Du bist aufgeheizt, weil wir dir mehrere Male einen Orgasmus verweigert haben. Dein Körper verzehrt sich nach uns beiden und befindet sich dicht zwischen uns. Du bist von Blut bedeckt und bereust es keine Sekunde lang.

Ist es nicht perfekt?

Ich ficke sie mit meiner Zunge, lege meine Hände an ihre Schenkel und dränge sie weiter auseinander. Ich grabe die Finger fest in ihr Fleisch und zerre sie auf mein Gesicht.

Du stöhnst. Du windest dich. Meine Bewegungen treiben dich immer wieder bis kurz vor den Höhepunkt. Sag mir, verzweifelst du bereits?

Als ihr Körper erbebt, ziehe ich mich harsch zurück. Sie jammert bedauernd, was von Javiers Schwanz in ihrem Mund erstickt wird. Ich lege meine Finger auf ihre verlangende Pussy. Sie zieht sich unter meiner Berührung begierig zusammen und drängt mir ihre Hüfte entgegen. Ich dringe lediglich ein paar Zentimeter ein und halte inne. Ich reize sie, aber nicht genug, um ihr Erlösung zu schenken. »Du willst kommen und das wirst du. Dann, wenn wir tief in dir stecken. Keine Sekunde früher.« Ich bewege mich träge, beuge mich über ihre gierige Pussy und raune die Worte auf ihre Feuchte. »Ich sagte dir doch, dass du Bestrafung verdienst.«

Javier stöhnt leise. »Du weißt, dass du damit uns alle quälst.« Ich schiebe meine Finger so weit wie möglich in sie hinein und bewege mich langsam in ihr. Sie quittiert meine Bewegungen mit einem erneuten Wimmern, was direkt in meinen Schwanz schießt. »Ich will deine Pussy kosten, spüren und ficken.«

Langsam ziehe ich mich aus ihr zurück. »Ich will deinen Mund erforschen und mich bis zum Anschlag in dich rammen.« Ihr ersticktes Keuchen sagt mir, dass Javier genau das in dem Moment macht. »Sehr gut«, lobe ich die beiden.

Ich weiß, dass es meinem Freund genauso schwerfällt, sich zurückzuhalten, wie dir. Aber wie ich, weiß er, dass es sich am Ende für euch lohnen wird. Erst recht, weil er an diesem Tag bereits meinen Unmut auf sich gezogen hat.

»Und genauso gern will ich mich tief in deinem hübschen Arsch versenken und spüren, wie er sich um mich zusammenzieht.« Ich lasse meine Finger an ihre Schenkel wandern und ziehe sie ein Stück weiter an die Kante. Sie krallt die Finger seitlich in Javiers Beine und versucht sich zu halten. »Du bist entspannt. Das ist gut, denn für das, was ich mit dir vorhabe, wirst du es sein müssen.«

Ihre erstickten Laute verschaffen mir enorme Zufriedenheit. Ich führe meine Finger an ihren Arsch und reibe ein paar Mal über ihren Ringmuskel. »Entspann dich, Maddison. Ich werde dir weder wehtun noch dich zu etwas zwingen. Aber das hier wird uns beiden wesentlich mehr Freude bereiten, wenn du dich fallen lässt.« *Darauf warte ich bereits viel zu lang, Maddison.*

Das Gewicht ihrer Beine drückt zufriedenstellend auf meine Schultern, was mir sagt, dass sie endlich der Anspannung nachgibt. »Das machst du gut«, lobt Javier sie leise.

Mit einem zufriedenen Knurren verteile ich ihre eigene Feuchte auf ihrem Eingang und drücke meinen Zeigefinger probeweiße in ihren Arsch. Sie zuckt zusammen, weshalb ich kurz innehalte und meine andere Hand auf ihre Pussy lege.

Du hast dir zwei Männer ausgesucht, die es für dich nicht mehr einzeln geben wird. Besser wir gewöhnen deinen Arsch schon mal daran, dass er ab sofort häufiger von uns beehrt werden wird. Zu deinem Glück haben wir dich dahingehend bereits vorbereitet. Unser erstes Mal zu dritt sollte auf keinen Fall dein erstes Mal nach deinem gewalttätigen Ex-Freund sein – und zwar in keinem deiner Löcher.

Ich reize ihre nasse Pussy, die wohlwollend für mich ausläuft und schiebe meinen Finger zentimeterweise in ihren Arsch. Ihr Körper wird mit jeder Sekunde, in der ich sie reize und dehne, weicher. Meine Bewegungen werden schneller. Ich schiebe zwei Finger in ihren Arsch und meinen Daumen in ihre Pussy. Fordernd bewege ich meine Finger und greife erneut nach meinem Schwanz. Er zuckt in meiner Hand und stöhnend lege ich den Kopf in den Nacken. Ich pumpe an meinem Schaft auf und ab und spüre die Lust, die sich in meinem Körper sammelt.

Ein paar Momente müssen wir uns noch gedulden, Maddison.

Sag mir, hast du dir schon überlegt, wen von uns du wo in dir spüren willst? Ich hoffe es für dich. Wenn du mir die Entscheidung überlässt, wirst du noch ein Stück mehr warten müssen. Schließlich stelle ich dich nicht vor die Wahl, damit du sie an mich abgibst.

KAPITEL 45
DER MÖRDER

Scheiße … Aaron. Wenn du nicht mein bester Freund wärst, würde ich dir die Kehle aufschneiden.

Immer wieder zieht er sich zurück und gibt mir mit einer kurzen Berührung an meinem Bein zu verstehen, dass ich ebenfalls innehalten soll.

Das größte Problem ist, dass dieser Wichser recht hat.

Dein Körper biegt sich vor Lust. Du nimmst meinen Schwanz mit jeder Pause umso begieriger in dir auf und lässt mich tief in deinen Rachen gleiten. Dein Körper zerfließt zwischen uns vor Lust und wenn wir dich nehmen, wird es sich so viel besser anfühlen, in deiner Pussy oder deinem Arsch zu kommen, als zwischen deinen Lippen.

Als ich Aarons Berührung ein weiteres Mal spüre, ziehe ich mich ruckartig aus ihren Lippen zurück. Fluchend lege ich den Kopf in den Nacken.

Beinahe hätte auch er uns nicht davor bewahren

können, dass ich tief in deiner Kehle abspritze und du meinen Samen auf deiner Zunge schmecken würdest.

»Ich werde dir eine Frage stellen, die für mich sehr wichtig ist, Maddison.« Bei Aarons Worten trete ich zurück und platziere mich seitlich neben ihr, sodass sie ihn ansehen kann. Seine Augen funkeln boshaft und ein wissendes Grinsen liegt auf seinem Gesicht. Mein Schwanz zuckt verlangend. Ich streiche über meinen Schaft und stöhne leise. »Und ich möchte, dass du mir antwortest.«

Sie nickt und nagt an ihren geschwollen, feuchten Lippen.

»Du hast brav gewartet, dafür würden wir dich gern belohnen.« Ihr schießt das Blut in die Wangen, die sich sanft erröten. »Also sag mir, wen von uns möchtest du in deiner Pussy spüren?« Ich lege den Kopf stöhnend erneut in den Nacken, lasse meinen Schwanz los und reibe über meine Schläfen. *Auf diese Frage gibt es kein Falsch oder Richtig und trotzdem kann deine Antwort dazu führen, dass keiner von uns glücklich wird. Das weiß ich, denn ich kenne meinen Freund sehr gut, Maddy.*

Aarons Blick ist warnend.

Ich lächle bedauernd, als sie mich Hilfe suchend ansieht. *Immerhin merkst du, dass das nicht nur eine belanglose Frage ist. Aber entschuldige, ich darf dir leider nicht helfen.*

Sie keucht leise. »Und der andere?«

Mir entweicht ein Lachen. *Sag mir nicht, dass das deine größte Sorge ist?* »Kein Grund zur Nervosität. Der andere wird nicht gehen.« Ich trete dicht neben sie und gehe in die Hocke. Ich dirigiere ihr Kinn zu mir und streiche mit meinen Lippen sanft über ihre. »Der andere wird sich nur allzu gern um deinen Arsch kümmern.«

Sie stöhnt leise und dicht an meinem Mund. Ich sauge den Laut auf und küsse sie.

Als ich mich von ihr löse und aufrichte, ist Aaron inzwischen zu uns auf das Podest gesprungen. Er streckt die Hand auffordernd in Maddys Richtung. Sie greift zittrig danach. Sofort lege ich meine Finger an ihre nackte Hüfte und gebe ihr Halt.

Süß, wie weich deine Beine sind.

Etwas schade, dass sie dich noch immer tragen.

Ich drücke meinen Schwanz von hinten an ihren Arsch. Sie atmet scharf ein.

»Also?«, fordert Aaron eine Antwort.

Sie schnurrt leise, wie ein williges Kätzchen. »Ihr ...« Maddys Worte stocken, als Aaron dicht vor sie tritt und sie zwischen uns einkesselt. Sie schluckt hörbar. »Ihr steht einmal so gut.« Leise seufzend sinkt sie gegen meine Brust, als ich die Hände an ihren Arsch lege. »Ich will, dass ihr tauscht.«

Ich stocke, als ihre Worte mich erreichen. »Wie bitte?«

Sie dreht sich zu mir herum. Ich gebe sie frei und lasse es zu. »Ist das ein Problem?« Sie beißt sich auf die Lippen.

»Nein, nur etwas überraschend.« *Du sagst uns, dass wir perfekt stehen und willst dann, dass wir tauschen? Die Herleitung deiner Gedanken ist ... amüsant.*

»Und Dinge wie diese Sorgen dafür, dass ich niemals genug von dir bekommen werde, Maddison.« Aaron stöhnt leise.

Ich kann ihm nur zustimmen.

»Gut, ich habe nämlich nicht vor, mich jemals zu ändern.« Ihre starke Stimme löst Stolz in mir aus. Mir ist es gleich, ob ich ihre Pussy jetzt oder später nehme. Ich will in ihr sein. Sofort. »Und außerdem habe ich Aaron schon seit einiger Zeit versprochen, meinen Po in Besitz zu nehmen.«

Er knurrt leise. »Und wie ich das werde, Maddison.«

Ich gehe an ihrem Körper hinab und sinke in die Knie. Dabei schenke ich jedem Stoffband ihrer reinweißen Unterwäsche, das ihren Körper schmückt, kurze Beachtung. *So zart und unschuldig und doch im Inneren so verdorben. Es war eine gute Entscheidung, dir ein neues Set zu schicken, noch dazu ein so sündiges.* Ich fahre sie mit den Fingern nach und ziehe eine Spur aus Küssen an ihr entlang. Fordernd greife ich nach ihrer Hüfte und ziehe sie zu mir hinunter. Ich lege mich auf den Betonboden und ignoriere alles um mich herum. Den Schmerz in meinem Oberkörper, den langsam ausblutenden Körper und den Staub.

Mein voller Fokus liegt auf ihr.

Auf dir.

»Ich wusste, dass dir mein Geschenk hervorragend stehen würde und ich danke dir dafür, dass du es für mich trägst.«

Sie wimmert leise und sackt auf die Knie. Ihr Körper schwebt nur wenig Zentimeter über meinem. Aaron zieht seine Hose aus und wirft sie auf den Boden. Dann kniet er sich dicht hinter Maddy und umgreift ihre Brüste. »Sie stehen dir wahrlich ausgezeichnet«, ergänzt er leise.

Maddy wimmert und windet sich über mir. Ich habe die Hände weiterhin an ihrer Hüfte.

Dieses Mal bin ich es, der dich warten lässt. Aber keine Sorge, meine Gier nach dir ist zu groß, um noch länger zu warten. Lass uns nur einen kurzen Moment die Lust und die Vorfreude auskosten, bevor ich mich in dir versenke.

Das hier wird ein kurzes Vergnügen werden, so sehr, wie wir dich begehren.

Meine Spitze stößt gegen ihre nasse Pussy. Ihre Feuchte drängt mir entgegen und Maddy schiebt ihre Hüfte tiefer, um mich endlich in sich aufzunehmen.

Ich sehe sie an. Betrachte meinen Freund, der sich hinter ihr platziert, und den schlaffen Körper ihres widerlichen Ex-Freundes, der die Szene perfekt einrahmt.

Blutspritzer besprenkeln ihre Wange. Ihr Körper zittert vor Lust. Aaron platziert seinen Schwanz zwischen ihren Beinen, weshalb ich innehalte und abwarte, wie er sich genießend von hinten in ihre Pussy schiebt. Sie stöhnt, als er sich viel zu schnell zurückzieht und sich hinter ihr platziert.

Du glaubst nicht, wie perfekt du für uns bist. Zu sehen, wie verkommen und verdorben du in deinem tiefsten Inneren bist, ist ein Liebesgeständnis an meine eigenen Dämonen.

Langsam lasse ich sie auf meinen Schwanz sinken und schiebe mich in ihre Pussy. Maddy stöhnt und beginnt sich mit langsam Bewegungen auf mir zu reiben.

Vom ersten Moment an wusste ich, dass du mehr als ein scheues, unsicheres Ding bist. Du hast eine dunkle Seele und das ist ... wunderbar.

Ich spüre, wie ihr Körper nach vorn gedrängt wird und sich Aaron langsam in sie schiebt. Sein Blick verkeilt sich für einen Moment mit meinem, als er tief in sie eindringt.

Immer wieder gibt er ihr einen kurzen Moment, um sich an seine Größe und uns beide in ihr zu gewöhnen.

Ich möchte dir gern etwas versprechen.

Ich weiß, dass keiner von uns der erste Mann in deinem Leben oder deiner Pussy ist, die sich in dem Moment so begierig um mich zusammenzieht. Aber wir werden die letzten sein, todsicher, versprochen, mariposa.

Mit kräftigen Stößen beginne ich, sie von unten zu ficken. Ihre süßen, kleinen Titten wippen bei jedem Stoß und heizen mich weiter auf.

Aber nicht nur deine Seele lechzt nach Dunkelheit. Dein Körper tut es ebenfalls.

Ich greife zur Seite und zerre mein eigenes Messer aus meiner Hose, die ich neben mir fallen gelassen habe. Maddy folgt der Bewegung mit den Blicken und beginnt, mich begieriger zu reiten, als ich die Klinge hebe.

»Schauen wir, ob du schlauer bist als er.« Ich führe die Spitze zwischen ihre Titten. Aaron macht mir Platz und legt seine Hände nach außen. Maddys Bewegungen stoppen abrupt. Ihr Herzschlag pocht unter ihrer Haut und sie zuckt seufzend zusammen. »Offensichtlich.«

Ich nicke Aaron zu, der ihren Körper fixiert und sich langsam aus ihr herauszieht. Ihre Augen weiten sich. Sie blinzelt überrascht. »Kein Vertrauen?«, ziehe ich sie auf und nehme die Klinge zurück, als sich Aaron in sie stößt. Maddy seufzt leise und schließt flatternd die Lider.

»Nicht doch.« Ich tippe ihr mit dem Messer von unten gegen das Kinn. Mein Schwanz zuckt erregt in ihrem Inneren, als sie die Augen aufreißt. »Ich will dir in die Augen sehen, Maddy. Und ich will dass du mich ansiehst.« Ihre Blicke huschen über mein Gesicht. Ich lasse das Messer erneut tiefer gleiten und passe mich Aarons langsam Stößen an. Zwischen ihren Titten halte ich inne und knurre leise. Aaron stoppt und ich drücke die Spitze in ihre Haut.

Maddy keucht, als ein Bluttropfen die Spitze umhüllt und schließlich an ihrem Körper herabrinnt. Bereits nach wenigen Sekunden wird er von einem der weißen Bänder auf ihrer Haut aufgesogen.

Ich schüttle leicht den Kopf und bewege mich langsam in ihr. »Die Dessous sind schön, aber leider hindern sie mich daran, deinem Blut beim Fließen zuzusehen.« Ich wische das Blut mit meinem Finger zur Seite. *Aber ich gebe zu, dass es mir gefällt, wie sich der weiße Stoff von deinem Blut verfärbt.*

Sie schürzt die Lippen, sieht mich flehend an.

So verdorben.

Du willst genau das hier, oder? Du hast weder deinen Ex vergessen noch das Blut, auf dem wir liegen. Du genießt es. Du willst, dass ich dich schneide, dass wir dich nehmen, bestrafen und erneut ficken.

Keine Sorge, das werden wir.

Immer und immer wieder.

Ich bin mir sicher, dass du uns genug Gründe liefern wirst, deine hübsche Haut zu röten – ob von dutzenden leichten Schlägen auf deinen Arsch, den du uns begierig entgegenstreckst, oder von der blutigen Spur meines Werkes.

Ich setze das Messer erneut ein paar Zentimeter tiefer an. Ein roher, lustvoller Laut entrinnt ihrer Kehle. Mit den Fingern umkreise ich den Schnitt liebevoll und tauche die Fingerspitze schließlich in das Blut. Ich ziehe sanfte, dunkelrote Kreise über ihren Körper, bis meine persönliche Farbe aufgebraucht ist. Dann starre ich zufrieden auf die Linien, nehme die Klinge zurück, lege sie neben mich und beginne, sie schneller zu ficken. Immer wieder stoße ich mich in sie, schiebe ihre Hüfte auf mich und stoße gegen ihren Muttermund. Bei jedem Stoß spüre ich Aaron, der sich in ihrem Arsch versenkt und fuck … *ich liebe es.*

Das ist eine völlig andere Art der Verbindung, mariposa. Nur du und ich und er und du und er und ich.

Ist es nicht schön?

Sie stöhnt und reitet mich fordernd. Ich treibe mich immer wieder in ihre Enge und entlocke ihr gemeinsam mit Aaron himmlische Töne.

Inzwischen krallt sie die Finger in meinen Körper, stützt sich ab und sucht Halt.

Sie drängt sich mir immer schneller entgegen. Mehrmals flattern ihre Lider, doch immer wieder reißt sie sie für mich auseinander und hält den Blick mit meinem verschränkt.

»Sag es«, fordere ich sie auf. Meine Stimme klingt gepresst und angespannt.

Sie sieht überrascht zu mir. »Was?«

»Das, was wir beide vom ersten Moment an wussten.«

Ich ficke sie härter, bringe meine Hand an ihre Pussy und reibe über ihre Perle. Ich entlocke ihr einen dumpfen Schrei der Lust. *Genau das wollte ich hören. Dein Schrei gefällt mir, aber da ist noch mehr, oder?*

Aarons Bewegungen stocken. »Wir wollen etwas von dir hören, Maddison.«

Fuck … seine Selbstbeherrschung will ich haben. Ich kann nicht aufhören, dich auf mich zu ziehen und mich immer wieder in dich zu stoßen. Aber er hat recht. Wir wollen etwas hören.

»Du hast ihn getötet«, wimmert sie leise.

»Das meinte ich nicht.«

»Ich habe jemanden getötet.« Ihre Stimme stockt.

»Das auch nicht«, schnurrt Aaron.

»Was dann?« Sie schreit mir die Worte entgegen, fiebert dem Höhepunkt immer mehr entgegen. Der verzweifelte Ton ihrer Stimme lässt mich schnaufend innehalten. Maddy wimmert bedauernd.

»Ich möchte hören, dass du dich in einen Mörder verliebt hast. In zwei«, knurre ich leise.

Ihr Körper erbebt allein von den Worten. Sie flucht leise und bewegt ihre Hüfte erneut, um sich Erleichterung zu verschaffen. Meine Eier ziehen sich begierig zusammen.

Aaron stoppt ihre Bewegungen. »Wir werde dich erst kommen lassen, wenn du es zugibst.«

Ich spüre, wie er sich tief in sie stößt. Sobald er sich zurückzieht, versenke ich mich bis zum Anschlag in ihrer Pussy. Maddy wimmert. Sie hebt eine Hand und fährt sich durch die Haare. »Javier.« Ein paar Sekunden sieht sie mich an. Aufmerksam erwidere ich es. Dann wirft sie einen schnellen Blick über die Schulter. »Aaron«, keucht sie leise.

»Ja, Maddison?« Wieder schiebt er sich in sie und entlockt ihr ein himmlisches Stöhnen. Dann blinzelt sie hektisch.

»Ihr seid Mörder.«

»Ja«, schnurre ich leise. *Und du liebst es. Du liebst uns. Vom ersten Moment an bist du uns verfallen. Halte mich für einen Egoisten, für eitel, für was auch immer, aber ich muss es hören.*

Sie sieht mir fest in die Augen. »Und ich auch.«

Lust schießt durch meinen Körper. Mein Schwanz zuckt in ihr. »Ja«, stöhne ich und kann mich kaum davon abhalten, sie nicht ein paar weitere Male zu ficken.

Maddy beugt sich nach vorn. Sie stützt die Hände neben meinem Körper ab. Sie wird nach vorn gedrückt, als Aaron sie langsam fickt. Maddy greift zur Seite. Dann hält sie mir mit einem Mal mein Messer an die Kehle. »Wenn ihr mir nicht endlich erlaubt, zu kommen, wird es keine Rolle spielen, ob ich mich in einen oder zwei Mörder verliebt habe. Dann werde ich selbst zu einem. Schon wieder.« Mir entweicht ein raues Lachen.

Aaron stöhnt. »Das genügt mir.«

Ich greife nach ihrer Hand. Sie will sie zurückziehen, doch ich halte sie fest, sodass sich das Messer an meine Kehle drückt. »Nicht doch, du machst das hervorragend«, lobe ich sie. *Mir hat es gefallen, dass meine Klinge dein Blut kosten durfte. Aber mir bereitet es genauso großes Vergnügen, dir den richtigen Umgang damit beizubringen.*

Dann beschleunige ich meine Bewegungen. Ich reibe mit meinem Daumen über ihre Perle und reize sie, bis ich spüre, wie sie sich über mir verspannt. Deshalb ramme ich mich umso tiefer in sie, bis sich ihre Muskeln um meinen Schwanz zusammenziehen. Die Klinge des Messers schneidet brennend in meine Haut, ehe sie es fallen lässt.

Es ist perfekt.

Du.

Er.

Die Kulisse, die uns umgibt. Einfach alles.

Dein Schrei. Dein Zucken. Dein Stöhnen. Der Moment, in dem deine Körperspannung nachgibt und du auf meiner Brust zusammenbrichst.

Ich spüre, wie Aaron sich fest in ihren Arsch rammt und sich dann stöhnend zurückzieht. Das alles führt dazu, dass ich mich im selben Moment tief in ihre Pussy pumpe und ihre jeden Tropfen meiner Lust schenke.

Mit einem Wimmern bricht sie endgültig auf mir zusammen.

»Fuck … ihr seid völlig verrückt«, summt sie leise gegen meine Haut.

»Wir«, korrigiere ich sie schmunzelnd und schiebe die Hand in ihre Haare.

»Und wir sind noch lange nicht fertig mit dir.« Da kann ich Aaron nur zustimmen, auch wenn mein Schwanz eine kurze Pause braucht, habe ich nichts dagegen, sie bis in den siebten Himmel zu lecken.

Maddy stöhnt. »Ihr macht mich fertig.«

»Offensichtlich nicht genug, wenn du noch immer in der Lage bist, zu sprechen.« Aaron wirkt amüsiert und reibt mit den Fingern über ihren Rücken. Ich spüre, wie sie auf mir erbebt. »Wir sind erst fertig mit dir, wenn keine klaren Sätze mehr deine Lippen verlassen, Maddison.«

Sie erschaudert und quittiert sein Versprechen mit einem leisen Summen, das bis in meine Eier schießt.

Vielleicht lassen wir die Pause doch sein, schließlich werde ich, noch immer in dir, wieder hart, mariposa.

KAPITEL 46

DER MÖRDER

Beinahe hätte ich dich verloren, Maddy. Es wäre meine schuld gewesen. Ganz allein meine …

Du könntest nicht hier stehen, nicht lachen, nicht gegen uns rebellieren. Du hättest nicht jeden Kontakt zu deinen Freunden abgebrochen, nicht deinen Job gekündigt, dein Leben nicht für uns zurückgelassen. Nichts davon.

»Javier, komm schon! Du wolltest mir die spanische Sonne und dein Heimatland zeigen.« Maddy lehnt sich zu mir herunter. Bevor ich nach ihr greifen kann, springt sie aus dem Bett und läuft kichernd und nackt davon.

Wir hätten dir keine neue Identität und keinen neuen Job besorgen können. Du hättest keine neuen Freunde gefunden, mit denen du jeden Montag um 19 Uhr zum Yoga gehst.

Weil du dann nicht hier wärst.

Ich blinzle träge und lasse diese Gedanken für einen

Moment hinter mir. »An diesen Anblick könnte ich mich gewöhnen.«

Ich sehe zu Aaron, der sich neben mir im Bett aufrichtet. Maddy kommt zurückgelaufen und zerrt an der Decke. Damit enthüllt sie den Körper meines nackten Freundes. »Daran muss ich mich nicht gewöhnen. Pack deinen Schwanz weg.« Stöhnend greife ich nach einem Kissen und werfe es zu ihm hinüber.

Aaron fängt es in der Luft ab. »Gut. Mir fällt der perfekte Ort dafür ein.« Er pfeift leise.

Maddy steht vor dem Bett, hat die Hände in die Seiten gestützt und sieht herausfordernd zwischen uns hin und her. »Ich hoffe du erwartest nicht, dass ich belle?«

O Maddy ... seit inzwischen drei Monaten teilen wir unser Leben und unseren Alltag und noch immer hast du nicht gelernt, deinen Mund zu halten.

Aaron knurrt warnend. »Deine Pussy befindet sich besser auf meinem Schwanz, bis ich von drei runtergezählt habe.«

»Sonst?«, fordert sie stolz und ohne jede Zurückhaltung. *Mir gefällt es, wie du dich zwischen uns gehen lässt und wie angenehm es ist, mit dir Zeit zu verbringen. Aber um deinetwillen und das Wohl deines Arsches, hoffe ich, dass du dich schnell für deine Aufmüpfigkeit entschuldigen wirst ...* Mit einem stillen Lächeln auf den Lippen verschränke ich die Arme hinter dem Kopf und beobachte die beiden.

»3!«, droht Aaron.

Maddy schnauft leise.

»2!«

Sie zuckt, reagiert aber nicht.

»I …«

Sie streckt das Kinn in die Höhe. *Fast würde ich dir deine Unerschrockenheit glauben, würde ich nicht sehen, wie deine Knie zittern und du die Schenkel begierig zusammenpresst. Sag mir, läufst du bereits wieder für uns aus?*

Aaron schnauft leise. Er schiebt die Laken zur Seite und richtet sich auf. Sein Blick ist dunkel, während er auf sie zugeht. Sie zuckt nicht zurück. Er steht dicht vor ihr, leckt sich leicht über die Lippen. »Renn«, knurrt er leise.

Sie stöhnt. Dann folgt sie seiner Warnung und läuft aus dem Schlafzimmer und in den Wohnbereich der geräumigen Strandvilla, die ich für uns gemietet habe.

»Dein Spielzeug ist schlecht erzogen«, brummt er in meine Richtung.

Ich lache leise. »Dein Spielzeug läuft gerade vor dir davon.«

»Und ich hoffe, dass sie weit und sehr schnell wegrennt … ansonsten wird ihre Pussy geschwollen, ihr Arsch gerötet und ihre Titten von meinen Abdrücken bedeckt sein, wenn du zu uns stößt.«

»Das klingt nach ganz wunderbaren Aussichten«, gebe ich leichthin zurück und beobachte, wie er ihr langsam hinterhergeht.

O Maddy. Ich liebe die Dynamik zwischen uns.

Inzwischen kann ich kaum glauben, was ich getan habe.

Aber es musste sein, das verstehst du doch, oder? Zwischen uns wäre es niemals so geworden, wir wüssten nie, ob wir einander auf jeder Ebene ebenbürtig sind, hätte ich es nicht so weit getrieben.

Sobald Aaron mir von dir berichtet hat, direkt nach unserer einen, besonderen Nacht in deinem Hintergarten, habe ich es verstanden.

Ich darf nicht mehr davonlaufen, aber du genauso wenig. Du brauchtest dieses Ende. Hätte eine der Frauen, die du in dem Club getroffen hast, deinen Ex-Freund nicht zu dir geführt, hätte ich es getan. Ich wollte, dass es so kommt. Ich habe es mir gewünscht, mich danach gesehnt und darauf hingearbeitet ... Ich habe ihn beobachtet ... Ihn, dich und Aaron.

Du hast dich uns entgegengestellt, du hast uns an deiner Seite anerkannt und folgst uns auf unserem Weg der Rache, der von blutigen Leichen gepflastert ist. Deinetwegen fühlt es sich gut an und nicht nur wie eine Notwendigkeit.

Ich wusste, dass du jemand Besonderes für uns sein wirst. Und das bist du.

Absolut besonders und perfekt.

Kapitel 47
Der Cop

Maddison …

Dein Körper, jeder deiner Blicke, jedes Wort aus deinen vorlauten Lippen gleicht einem stummen Gebet.

Fuck … Jahrelang habe ich dich vermisst, ohne es zu wissen.

Jeden Tag habe ich eine erschreckende, quälende Leere verspürt, wogegen keine Drogen, kein Job, kein Geld und kein Blut der Welt etwas ändern konnten.

Ich hätte nie gedacht, dass diese Zukunft möglich gewesen wäre.

Nur du, dein herrlich geröteter Arsch direkt vor meinen Augen, mein bester Freund, der in dem Moment am Türrahmen erscheint und beobachtet, wie ich mich in deinen Arsch schiebe, und ich.

Mir entweicht ein raues Stöhnen. Ich lege die Hände auf ihre Haut und reibe mit zarten Bewegungen wohlwollend über ihre gereizte Haut.

Maddison stöhnt. Sie zerfließt unter mir.

Danke, dass du mir gezeigt hast, was ich immer vermisst habe. Dass du uns ergänzt wie ein perfektes letztes Stück in einem großen Puzzle.

Danke, dass du unsere Dämonen erträgst.

Dass du uns liebst und es uns jeden verdammten Tag beweist.

Ich danke dir, dass du lebst; ich danke dir, dass du mir gezeigt hast, was es bedeutet, zu leben.

DANKSAGUNG

Ihr Lieben, mein Herz hängt an diesem Buch und ich bin ihm von der ersten Sekunde an verfallen. Aber ohne euch wäre es niemals zu dem geworden, was es ist.

Deshalb ein großes Dankeschön an meine liebste Vanessa, die meinetwegen ständig Sonderschichten im Arbeitslager schieben muss. (Sie will es, vertraut mir ;))

Außerdem an meine Testleser Jenny, Kathi, Julia und Sarah. Und meiner wundervollen Lektorin, Alina, du Smartie – Finger weg von den Absätzen.

An dieser Stelle noch ein fettes Dankeschön an den Verlag; an Jane, Lou, Sandra, Nathaly, Talia und ein Wahnsinns-Team, das an mein Buch glaubt und mir die Chance gibt, von Anfang an dabei zu sein.

Und natürlich an euch – ihr seid verrückt, wenn ihr diesen Männern verfallt. Aber hey, mit Verrückten hat man sowieso mehr Spaß.

TRIGGERWARNUNG

Dieses Buch behandelt folgende potentiell triggernde Themen.

- Häusliche Gewalt
- Vergewaltigung & sexuelle Gewalt – nicht ausgehend vom Love Interest
- Spanking
- Knife Play
- Blut
- Stalking
- Erbrechen
- Entführung
- Manipulation,
- Forbidden constellation
- Obsession
- Sadismus
- Orgasm Control
- Drogenmissbrauch
- Betäubung
- Mord
- Folter
- Edging